Agridoce

O PRIMEIRO LIVRO DA SAGA:
SABORES DO SANGUE

— Simone O. Marques —

Agridoce

O PRIMEIRO LIVRO DA SAGA:
SABORES DO SANGUE

© 2015, Madras Editora Ltda.

Editor:
Wagner Veneziani Costa

Produção e Capa:
Equipe Técnica Madras

Colaboração:
Marlizy Cagnoni

Revisão:
Arlete Genari
Silvia Massimini Felix

Dados Internacionais de Catalogação na Publicação (CIP)
(Câmara Brasileira do Livro, SP, Brasil)

Marques, Simone O.
Agridoce / Simone O. Marques. -- São Paulo : Madras, 2015.

ISBN 978-85-370-0951-2

1. Literatura fantástica brasileira I. Título.

15-01616   CDD-869.9

Índices para catálogo sistemático:
1. Literatura fantástica : Literatura brasileira 869.9

Proibida a reprodução total ou parcial desta obra, de qualquer forma ou por qualquer meio eletrônico, mecânico, inclusive por meio de processos xerográficos, incluindo ainda o uso da internet, sem a permissão expressa da MADRAS Editora, na pessoa de seu editor (Lei nº 9.610, de 19/2/1998).
Madras Teen é um selo da Madras Editora.

Todos os direitos desta edição reservados pela

   MADRAS EDITORA LTDA.
Rua Paulo Gonçalves, 88 – Santana
CEP: 02403-020 – São Paulo/SP
Caixa Postal: 12183 – CEP: 02013-970 – SP
Tel.: (11) 2281-5555 – Fax: (11) 2959-3090
www.madras.com.br

*Para todos aqueles que sabem desfrutar
dos aromas e sabores que a vida tem a oferecer.*

"Agridoce é um adjetivo que tenta definir o que é ácido e doce ao mesmo tempo; aquilo que causa prazer misturado de amargura e pessoas cujo caráter áspero se disfarça numa aparência de doçura." (dicionário online)

Prólogo

Era a segunda noite que Anya ia até a praia naquela semana. Aproveitava que seu curso na faculdade não teria aulas e foi ver o mar. Estava acostumada a ver o mar à noite, pois desde criança tinha alergia aos raios UV, o que a impedia de sair ao sol. Embora a falta do sol fosse deprimente, adaptara-se à visão noturna da praia, das ondas brancas que surgiam junto à areia, do brilho da lua e das luzes da rua sobre a água. Não ficava até muito tarde, só o suficiente para respirar o ar salgado, pisar na areia e sentir a água nos tornozelos.

A lua já surgira e Anya sentou-se na mureta de pedras observando algumas pessoas que passeavam pela orla com cachorros, outras faziam caminhada e dois casais de namorados estavam encostados junto às pedras.

Anya respirou fundo e, sentada, puxou os joelhos de encontro ao peito, apoiando o queixo sobre eles. Acabara de completar 20 anos e estava no último ano de Gastronomia, mas era uma garota solitária, não gostava de "baladas" e as poucas amigas a chamavam de *cocooner*.

A brisa que vinha do mar tocava sua pele branca, como se uma mão suave a acariciasse. Mais uma vez ela imaginou o que aconteceria se resolvesse sair de casa na manhã seguinte e se expusesse ao sol. Sorriu balançando a cabeça. Com certeza seu pai não deixaria, pois sempre trabalhara à noite para que durante o dia pudesse ficar com ela, dar-lhe atenção e ajudá-la a não se sentir sozinha. Fora criada superprotegida, com o pai temendo que sua doença a deixasse marcada para o resto da vida, mas não era possível refrear seu desejo de um dia poder sair ao sol...

Um aroma diferente chamou sua atenção naquela noite. Anya era uma apreciadora de aromas, tinha um olfato sensível e algo diferente mexeu com ela àquela hora. Seu sangue se agitou ao sentir uma mistura deliciosa de perfumes doces e azedos, um toque de açúcar e sal. Olhou ao redor tentando descobrir de onde vinha. Ficou confusa e uma excitação agitou seu sangue. Andou um pouco pela areia, passou por algumas pessoas, mas o aroma se distanciou e se dissolveu na brisa.

Ansiosa e confusa com aquele aroma que havia atormentado seu olfato, voltou para casa. A cozinha americana era pequena, mas tinha tudo de que ela precisava. Num instante estava misturando ingredientes na tentativa de decifrar aquele aroma...

Agridoce... ela apelava para sua memória olfativa. Quando seu pai chegou, já passava das 23 horas e a encontrou diante do fogão com as bochechas rosadas, os cabelos presos em um coque alto, alguns fios pendendo sobre sua testa. Curioso, perguntou se era alguma "experiência" para a faculdade, ao que ela respondeu que era uma experiência pessoal.

Anya foi para a cama de madrugada, atormentada pelo aroma que não decifrara...

O dia seguinte se arrastou de forma irritante. Seu pai foi obrigado a comparecer a uma reunião na universidade e ela ficou sozinha. Andou pelo apartamento, cujas janelas eram sempre cobertas por cortinas pesadas, que impediam que a luz do sol passasse. Ela experimentou mais algumas receitas, pesquisou na internet e em seus livros as possíveis combinações para encontrar aquele aroma, mas nenhuma de suas tentativas gerou o resultado esperado.

No início da noite retornou à praia na esperança de que o vento lhe trouxesse aquele aroma novamente. O que a irritava era que a simples lembrança daquele perfume a fazia sentir água na boca, uma ansiedade, sensações estranhas e intensas que não lembrava de ter sentido antes...

Sentada na areia, acompanhava impaciente o quebrar das ondas, olhava desconfiada para cada pessoa que passava por ela. Um dos moradores de sua rua passou por ela acompanhado pelo seu cachorrinho. O senhor idoso parou para conversar um pouco, perguntou do pai dela e a aconselhou a não ficar ali até muito tarde.

Anya afagou o cachorro, agradeceu o conselho e o homem continuou o passeio pela orla.

Anya suspirou e, desanimada, resolveu voltar para casa. Bateu a mão na calça, livrando-se da areia. Foi então que aquele aroma chegou até ela, atingindo-a como se tivesse levado um soco no peito. Ofegante, começou a andar pela praia, olhando para a calçada, para a areia. O aroma era enlouquecedor e ela agia como um cão perdigueiro perseguindo uma caça.

A brisa do mar levou até ela aquele aroma e ela se virou para a água. Estreitou os olhos para enxergar melhor e foi então que viu aquele rapaz que saía da água. Anya prendeu a respiração por um momento. O jovem parecia fazer parte de um filme. Ele tinha um corpo musculoso, abdome definido, os cabelos molhados caíam até quase os ombros largos. O cheiro ficou muito intenso e Anya se viu parada junto à arrebentação, com as mãos apertadas ao lado do corpo, o rosto queimando e a respiração acelerada.

O rapaz balançou a cabeça, livrando-se do excesso de água nos cabelos. Anya quase podia ver as ondas de perfume deslizando em sua direção. Não havia dúvida, o aroma vinha dele...

Anya era uma garota tímida, recatada e bastante insegura, mas naquele momento seu corpo a impulsionou na direção daquele belo homem que chegava à areia. O perfume dele era uma mistura de doce e salgado e fazia o corpo inteiro dela vibrar.

Ela entrou na água e as ondas suaves bateram em suas canelas fazendo-a oscilar por um momento, mas não o suficiente para fazê-la desistir de seu objetivo. O rapaz parou alguns metros à frente, olhando intrigado para ela. Ele olhou na direção da praia por um momento. Apenas um casal estava sentado junto à calçada, entretido demais no namoro, e um velho ia ao longe com um cachorrinho preso a uma coleira.

Anya aproximou-se e a água estava na altura de seu quadril. Ela parou como que tentando compreender o que estava fazendo e a onda bateu contra sua cintura, fazendo-a se equilibrar mais uma vez. O rapaz aproximou-se e a encarou. Naquela pouca iluminação que vinha da luz da lua e das luzes distantes da rua, ela notou que os olhos dele eram claros, mas não era aquilo que interessava. Era o perfume dele que a estava deixando completamente atordoada e desorientada. Ele sorriu.

– Oi... – falou, parando bem perto dela.

Os corpos dos dois foram dançando conforme as ondas batiam neles. Anya estendeu o braço e tocou no peito dele. Sua mão tremia. Em algum lugar distante de sua mente sabia que aquilo era uma loucura total, mas não conseguia resistir. Alguma coisa dentro dela parecia dizer que estivera esperando por aquele momento.

O rapaz segurou no braço dela quando uma onda um pouco mais forte quase a derrubou, mas ela parecia nem se importar; seu olhar estava fixo no peito dele e subia para seu pescoço.

Ela sabia que devia sair correndo dali, mas não conseguia, e quando ele a puxou para perto, Anya encostou o nariz na pele molhada dele. O aroma era simplesmente divino, enlouquecedor. Ela gemeu e o lambeu experimentando. O sabor dele era perfeito... ela precisava de mais, necessitava daquela combinação que a enlouquecera um dia antes. Então Anya o mordeu até sentir a pele se rasgar sob seus dentes. O sangue fluiu quente, doce como frutas flambadas, e se misturou deliciosamente com o sal da água do mar. Era simplesmente perfeito! Estava ali o sabor que tanto procurara, agridoce...

O Despertar

nya sentiu ânsia, um bolo que crescia em seu estômago, algo que queimava seu esôfago. Sentiu uma pressão no peito. Um sopro quente entrou pela sua boca. Seu sangue parecia estar espesso demais enquanto corria desesperadamente pelas veias. Todo o seu corpo pulsava. A ânsia aumentou e um líquido quente saiu por sua boca, fazendo-a tossir.

– Graças a Deus! – ouviu uma voz abafada em sua cabeça, mas não conseguiu abrir os olhos. Todo o seu peito queimava.

– Afastem-se, por favor! – uma voz grave falou alto muito perto dela. Anya podia sentir aquele hálito quente em seu rosto. Uma mão úmida a tocou na bochecha. – Moça, moça... está me ouvindo?

Ela não conseguiu responder e tossiu, expelindo mais água. Sentiu que seu corpo era erguido do chão e deitado numa superfície dura. Alguém tocou em seu rosto novamente e algo foi colocado sobre sua boca e nariz, jogando um ar fresco que encheu seus pulmões. Falavam com ela, mas não estava compreendendo nada.

– Pro hospital! – uma outra voz ecoou e Anya sentiu uma picada no braço antes que uma sensação gelada corresse sob a pele, misturando-se ao sangue que fluía rápido e quente como a lava de um vulcão. O som estridente de uma sirene fez sua cabeça doer, mas logo foi ficando distante, enquanto seu corpo relaxava...

Na frente dela estava aquele homem. Ele a segurou, ela tremia, ele disse "Oi" e ela o mordeu...

Anya despertou tossindo e ofegando. Sua garganta ardia tanto que parecia pegar fogo. Luzes piscavam e deixavam flashes diante de seus olhos.

– Fique calma, filha...

Era a voz mansa e preocupada de seu pai e ele estava no meio daquela luz. A mão trêmula e fria dele tocou no rosto dela tentando acalmá-la. Anya piscava com força e o pai apagou a luz de cima da cama deixando acesa apenas a luz indireta junto ao teto.

– Anya... está tudo bem... estou aqui – o pai disse, segurando nas mãos dela, enquanto ela tremia como se tivesse sido jogada dentro de uma piscina com gelo no inverno.

O pai puxou uma coberta sobre ela e alisou seus cabelos carinhosamente, acalmando-a. Tocou a campainha sobre a cabeceira para chamar uma enfermeira.

Edgar olhou para a porta esperando que uma enfermeira aparecesse logo, mas não iria sair dali do lado de sua filha que tremia enquanto tentava voltar à consciência.

Anya abriu mais uma vez os olhos, que estavam muito vermelhos, e só então pareceu enxergá-lo ali.

– Pai... – a voz dela saiu rouca e chorosa.

– Shhhh... – ele acariciou o rosto dela. – Está tudo bem agora, filha... fique calma.

Anya recostou a cabeça no travesseiro e lágrimas desceram pelo seu rosto. Edgar limpou o rosto da filha tentando manter-se calmo, apesar de toda sua preocupação. Ninguém poderia imaginar seu desespero quando mandaram chamá-lo na sala onde estava lecionando e disseram que sua filha havia sofrido um acidente. Edgar não saberia dizer como foi que saiu da faculdade e chegou ao hospital. Anya tinha sido atendida e só depois que estava estável é que o deixaram entrar na CTI. Ele lutara contra o desespero de perder sua única filha, seu tesouro, a única pessoa que importava em sua vida, a quem ele tentara proteger de todas as formas por anos a fio, desde que sua mulher morrera...

Edgar apertava a mão da filha e sentiu que os tremores haviam diminuído um pouco. Ele ajeitou os óculos quadrados escondendo ligeiramente as olheiras sob os olhos castanhos escuros. Olhou com extrema preocupação para ela. Observou os arranhões no rosto e nos braços, e sua boca pálida. O soro e a glicose pingavam lentamente e desciam pelo cateter até o braço dela. Queria brigar com ela, dizer que sempre avisara para não sair sozinha à noite, mas, olhando para o rosto amado e que agora estava ferido, a única vontade que tinha era de levá-la para casa e não se afastar mais, não permitir que nada de ruim voltasse a acontecer...

Anya suspirou profundamente e abriu os olhos que ardiam. Ainda tremia um pouco, mas, lentamente, a realidade começava a voltar. Olhou em volta confusa. O que teria acontecido? Como fora parar ali? Por que sentia sua garganta queimando tanto? Por que sentia como se o sangue fluísse com dificuldade pelo seu corpo? E que cheiro era aquele? Parecia que estava na cozinha experimental da gastronomia! Havia uma mistura de aromas que a deixou imediatamente enjoada. Engoliu com dificuldade...

– Está sentindo alguma coisa, Anya? – a voz do pai a fez se virar.

Anya olhou para ele e parecia que ele havia envelhecido. Estava abatido, tenso, os cabelos acinzentados pareciam ter adquirido mais fios prateados. Talvez fosse porque não haviam sido penteados.

– O que... aconteceu? – a pergunta nasceu fraca e a voz nem parecia ter saído dela.

O pai acariciou seus cabelos e respirou fundo antes de responder.

– Você... se afogou... – os lábios dele se contraíram, tornando-se uma linha fina e tensa. Estava preocupado e irritado.

– Me afoguei? Como? Eu não... – Anya perguntou assustada. Aquilo era inacreditável! Não se lembrava de ter ido à praia!

– Eu lhe disse tantas vezes que era perigoso sair sozinha de noite, Anya! – a bronca era mansa, mas Anya conhecia o pai e sabia que ele estava realmente muito nervoso.

– Pai... eu... não sei o que aconteceu! – a voz dela saiu rouca e ela tossiu.

Edgar levantou-se e pegou um copo de água para ela e a observou beber com dificuldade, enquanto a mão que segurava o copo tremia.

– Desculpa, filha... agora está tudo bem... – Edgar falou, sentindo-se culpado por não ter conseguido esconder sua aflição. – Você foi nadar? Sabe que ela não é própria para banho... – falou em tom mais controlado e viu os grandes olhos marrons de sua filha se voltarem para ele. Ela se parecia tanto com a mãe, principalmente fragilizada daquela maneira...

– Eu não me lembro de ter ido à praia! – estava angustiada e nervosa.

O pai pegou o copo de sua mão, enquanto ela tentava se sentar na cama. Ela viu arranhões e marcas arroxeadas nos braços. Havia se afogado? Tinha sido atacada? Assaltada?

Um aroma forte destacou-se de repente, deixando-a enjoada. A porta do quarto se abriu e uma enfermeira entrou. Era uma mulher de meia-idade, com cabelos bem curtos que começavam a exibir fios grisalhos. O crachá com sua foto indicava o nome: Denise.

– Que bom que acordou! – a enfermeira aproximou-se da cama com um sorriso e fez um ajuste no dosador de soro. – Já bebeu água? – perguntou e Anya assentiu lentamente. – Precisa se hidratar!

– Dói um pouco... – Anya disse com a mão sobre a garganta.

A proximidade da enfermeira a estava deixando muito enjoada, pois percebeu que era dela que vinha um aroma muito doce, como se a velha senhora estivesse lambuzada de geleia de morango ou algo assim...

– É assim mesmo! A água salgada provoca estragos na garganta – Denise disse enquanto pegava o termômetro em uma bandeja.

– Tem um cheiro de torta de maçã... – Anya sussurrou, mas foi ouvida por Denise, que a olhou surpresa e com estranheza.

– O quê?

– É... cheiro de torta de maçã... – Anya sentiu seu corpo pulsar e sua boca se encher de água. Talvez fosse vomitar mesmo...

– Cheiro? – Denise olhou para as próprias roupas impecavelmente brancas e cheirou discretamente a manga da blusa. – Não... estou sentindo... está enjoada? Vontade de vomitar? – Denise indagou segurando o termômetro.

Anya prendeu a respiração e engoliu com dificuldade. Não sabia se queria vomitar ou comer...

Denise não disse nada e aguardou a jovem se recostar novamente no travesseiro, mas ficou surpresa pelo fato de a jovem ter adivinhado que ela comera torta de maçã naquela manhã. Ela colocou o termômetro em Anya.

– O médico vem vindo e vai falar sobre a tomografia, ok? – deu um sorriso leve. Virou-se para a bandeja e pegou o prontuário. Aproveitou para verificar se não havia deixado cair algo em sua roupa e testou seu hálito, apesar de ter escovado os dentes depois que havia comido. O termômetro avisou que já medira a temperatura e Denise olhou o resultado, 39 graus. A jovem estava com febre, mas seu corpo não estava quente. Verificou o pulso, 59 bpm, baixo para a idade, mas a jovem parecia bem, apesar de estar um pouco pálida. Mediu a pressão, 11 por 7. Registrou tudo na ficha de Anya, depois deu um tapinha na mão dela.

– Volto daqui a pouco, tá bem? – disse e saiu.

Anya sentiu-se aliviada com a saída da enfermeira, pois aquele cheiro saiu com ela. Olhou para o pai e o viu com uma ruga de preocupação bem vincada na testa. Quando ele percebeu que ela o olhava, relaxou a expressão, ajeitou os óculos no rosto e pegou em sua mão.

– Eles fizeram uma tomografia para ver se não entrou água em seus pulmões... – explicou rapidamente e viu as lágrimas brilharem nos olhos da filha.

– Pai? Eu... estou ficando louca? Não é normal eu não lembrar das coisas... de uma coisa assim! – perguntou irritada, afundando a cabeça no travesseiro.

O pai sorriu entristecido, enquanto acariciava seus cabelos. Ela poderia estar traumatizada com o que acontecera, isso seria normal. Edgar não queria nem pensar se acaso ela tivesse sido atacada, violentada... mas iria guardar aquelas preocupações para si, por enquanto, pois não queria assustá-la ainda mais apresentando essa possibilidade.

– Não, filha... acho que só está um pouco estressada. Tem estudado muito... – procurou tranquilizá-la. Realmente ela era muito dedicada aos estudos e nas últimas semanas não havia saído do laboratório e de cima dos livros. Estava no último ano do curso de Gastronomia e tinha muito que fazer, inclusive a monografia. Ele era professor e lecionava Sociologia na mesma universidade onde ela estudava, por isso sabia muito bem como esse período podia ser desgastante.

– Mas... não me lembrar de que fui à praia? – falou irritada. – Será que não é Alzheimer? – seus olhos se arregalaram assustados.

– Claro que não, Anya! Você é meio desligada... mas é muito nova pra essa doença. – Edgar brincou para tentar animá-la um pouco, mas a viu suspirar desolada.

– Seria só mais uma na lista... – ela falou baixo.

Edgar olhou-a entristecido. Havia muitas coisas sobre as quais ele não tinha certeza nenhuma, mas não estava disposto a arriscar. Uma delas era a possível *solar dermatitis severa*, herdada da mãe e que a impedia de receber raios UV, mas não era realmente esse o problema... uma preocupação maior o deixava angustiado e com o peito apertado com lembranças amargas querendo vir à superfície...

Alguém bateu e abriu a porta. O médico entrou com o prontuário de Anya na mão. Era jovem, com cabelos castanhos claros, o rosto bem barbeado e olhos de um verde-escuro.

– Bom dia! – disse e apertou a mão de Edgar. – Sou doutor Dante, estou substituindo o doutor Pereira que teve um pequeno contratempo – explicou e foi até a cama. – Oi, Anya. Como se sente? – sorriu olhando para a jovem, e duas covinhas apareceram ao lado de sua boca. – Ainda está com muito gosto de sal na boca? – brincou e olhou para o prontuário.

– Estou bem – ela respondeu, sentindo o coração acelerar e parecia que sua veias pulsavam com violência. Sentia um cheiro de café preparado bem forte e de cigarro, mas não era isso que chamava sua atenção, lembranças de olhos verdes brilhando no escuro a fizeram estremecer.

Dante aproximou-se dela e olhou de forma analítica para os braços arranhados. Pegou em seu pulso, encontrando os batimentos cardíacos. Percebeu que ela o observava atentamente, séria e preocupada.

– Sente-se nervosa? Ansiosa? – perguntou, percebendo o pulsar lento do coração. Não era algo muito normal, pois ela estava numa situação de estresse e visivelmente nervosa. Como o coração podia estar batendo tão devagar?

– Quero ir para casa – ela falou simplesmente.

– Hum... claro... quem gosta de ficar em hospital, não é mesmo? – fez uma careta e colocou o estetoscópio nos ouvidos. – Pode se sentar um pouquinho? – ela o obedeceu e ele encostou o instrumento em suas costas, colocando-o por debaixo da camisola. Ficou auscultando por um tempo, mudando o aparelho de lugar. Havia algo estranho ali realmente. – Tussa um pouco, por favor... – pediu, e ela o obedeceu.

Continuando o exame, sentia o peso do olhar do pai da jovem sobre seus movimentos. Ele imaginava o que devia estar preocupando o homem, pois no prontuário havia a indicação de que ela poderia ter sido atacada na praia.

– Com licença... – ele disse, e segurou no rosto dela para examinar dois arranhões junto ao pescoço. Seus olhos desceram pela pele clara e aveludada antes de se voltarem para os olhos que estavam um pouco vermelhos. Dante era médico, sabia que não devia se deixar afetar por pacientes, mas alguma coisa o estava perturbando ali. Soltou o rosto dela e enfiou a mão no bolso pegando a espátula descartável, apertando-a entre os dedos um pouco mais do que devia. Abriu a embalagem e olhou para a boca da jovem. Imediatamente algo se agitou dentro dele e uma sensação quente correu por todo o corpo. Os lábios eram extremamente macios... – A... abra a boca, por favor... – sua voz falhou por um momento e ele respirou fundo.

Anya seguia as instruções do médico e observava seu rosto, enquanto sentia aquele cheiro forte meio ácido junto com café e cigarro. Ele tinha a mão quente e tremeu suavemente.

– Ainda está um pouco irritada... – Dante falou baixo e se viu fitado por grandes olhos cor de chocolate. – Você se sente quente? – perguntou, pois sentia a pele dela fria, mas a temperatura registrada pela enfermeira mostrava que estava com febre. Anya negou – Tonturas? – ela negou novamente. – Enjoos? – novamente a negativa.

Dante, então, pegou no braço dela, analisando as manchas roxas e os arranhões.

– Isso é por causa do contato com a areia... – passou o dedo suavemente sobre a pele dela e viu que ela ficou arrepiada e estremeceu. Aquilo realmente estava mexendo com ele. Para tentar escapar daquela estranha e inapropriada atração que irritantemente sentia, olhou para o pai dela. Viu que Edgar o analisava invocado. – Não há líquido nos pulmões... mas está um pouco febril... vou pedir um exame de sangue.

– Quando vou para casa? – ela perguntou com a voz rouca.

Dante sabia que a rouquidão dela era provocada pela água salgada, mas, mesmo assim, sentiu seu corpo vibrar como se ele fosse um menino inexperiente. Esticou o corpo e pegou a prancheta com o prontuário. Sua mão tremia enquanto fazia algumas anotações. Nem sabia se estava escrevendo direito, mas precisava voltar seus olhos para outro lugar que não aqueles olhos cor de chocolate...

– Ela está bem, doutor? – perguntou Edgar, que estivera observando o exame ao lado da cama. A verdade é que ele temia as possíveis respostas.

– Está... com... um pouco de febre... – Dante falou devagar e com o olhar confuso. Edgar sentiu seu estômago retrair. Ele já vira aquela expressão antes, muitas e muitas vezes. – Só vamos verificar o sangue...

Edgar sentiu um tranco forte no peito. O sangue... Não! Não podia pensar no pior. Concentrou-se em descobrir se ela fora atacada de alguma forma. Seu Tito, o senhor que morava em sua rua e fora quem havia chamado o resgate na praia, contara que ela estava na areia, molhada, mas vestida...

– Eu só preciso fazer umas perguntas, tudo bem? – Dante parou em pé ao lado da cama e segurou a prancheta com força diante do corpo.

Anya assentiu relutante e olhou para o pai, que parecia muito atormentado. Queria pedir desculpas por ter se aventurado na praia sozinha, mas não se lembrava do que acontecera.

–Tem alguma doença cardíaca? – Dante perguntou.

– Não. – Anya lutava com o leve enjoo que aquele aroma estava provocando. Prendeu um pouco a respiração e reparou que o médico apertou a caneta com força entre os dedos, como se também lutasse com alguma sensação ruim.

– Aqui... diz que é alérgica ao sol... é isso? – Dante perguntou e preferiu olhar para o pai dela.

– É o que sempre soube. – Anya também olhou para o pai. Aquela informação sempre fora motivo de discussão entre os dois, que acabava com ele mostrando um laudo médico no qual havia a incontestável afirmação de que ela herdara a doença da mãe. Entretanto, ela nunca teve coragem suficiente para testar a veracidade do diagnóstico. Nunca saíra ao sol.

O pai conseguira uma autorização especial para que estudasse em casa quando era pequena e uma professora ia à sua casa para ensiná-la. E depois, só estudara à noite. As janelas do apartamento viviam fechadas durante o dia, cobertas com pesadas cortinas escuras. Tudo perfeitamente controlado para que não fosse ferida por seu pior inimigo.

– É alérgica a algum medicamento? – Dante continuou o interrogatório.

– Não que eu saiba. – Anya respondeu já sem vontade, aquilo não ia acabar nunca? Quando poderia ir embora dali?

– Fuma?

– Não.

– Bebe?

– Socialmente – respondeu irônica e impaciente. Um leve sorriso se desenhou no rosto dele. Anya sentiu o rosto ficar vermelho. O médico era um homem muito bonito, sem dúvida.

– É dependente química?

– Não! – Anya riu nervosa. Tinha cara de quem usava drogas? Não! Com certeza! Foi categórica em pensamento.

– Tentou se matar?

A última pergunta a fez ficar vermelha e o coração bater um pouco mais rápido. Foi o pai quem respondeu à pergunta, também nervoso.

– Claro que ela não tentou se matar! – elevou a voz, indignado.

Dante baixou a prancheta e olhou para a janela fechada.

– São só perguntas de praxe... quando há uma ocorrência assim...

– Eu não tentei me matar – a voz de Anya saiu baixa e trêmula. Estava insegura. E se tivesse mesmo tentado se matar? Não se lembrava de nada! Ainda não sabia como tinha ido parar na praia!

– Você foi... atacada? – Dante perguntou olhando para as marcas arroxeadas nos braços dela. – Estava com alguém? Um namorado...?

Anya o olhou horrorizada; também olhou para seus braços e apertou as mãos sobre as pernas debaixo do lençol. Ela não sabia. E se... meu Deus! Pensou, sentindo um medo correr pela espinha.

– Não... eu não... quer dizer... – ela não sabia o que dizer.

– Ela não tem namorado e saiu sozinha, apesar das minhas orientações... – Edgar falou com rispidez, deixando claro que não estava gostando do interrogatório a que a filha era submetida.

– Alguém atacou você, filha? – era a pergunta que ele havia desejado fazer desde que ela acordou, mas não havia encontrado coragem para fazê-la. Agora que o médico incluía a pergunta entre tantas outras, ele também precisava saber.

– Eu acho que... não... eu me lembraria, não? – ela respondeu com raiva e vergonha.

– Na verdade há alguns tipos de traumas que podem causar amnésia temporária... – Dante falou sem compreender bem por que a informação de que ela não tinha namorado o deixou aliviado. – Sente alguma... dor? – perguntou, e viu que ela compreendeu que a pergunta se referia a uma possível violência sexual, pois o rosto, até então pálido, ficou ruborizado.

Anya baixou os olhos envergonhada e fitou as próprias mãos.

– Não... só estou um pouco enjoada e meu esôfago que queima...

– Isso vai passar logo – Dante concluiu, mantendo a prancheta ao lado do corpo. Estava se sentindo estranho. Ao mesmo tempo em que queria sair dali, parecia que seus pés estavam concretados no piso, impedindo-o de movimentar as pernas. A sensação o deixou ainda mais tenso.

Denise retornou ao quarto com uma bandeja com suco de laranja, algumas torradas e uma barra de cereal. Novamente o olfato de Anya captou o aroma que saía da enfermeira e agora havia algo mais além da torta de maçã, talvez uma coxinha de frango, um brigadeiro... Por que aquela mulher comia tanto? E como ela podia sentir o cheiro do que a enfermeira comera? Anya ficou angustiada e sua boca voltou a salivar.

Dante pediu que a enfermeira coletasse o sangue e providenciasse um antitérmico antes que Anya comesse e a autorizou a tirar o soro quando o conteúdo terminasse.

– Eu... volto mais tarde para ver como você está – falou, afastando-se.

– Eu não vou ter alta agora? – Anya perguntou aflita, e Dante se viu obrigado a olhar para ela. Meu Deus! O que aqueles olhos queriam dele? Piscou com força antes de responder.

– Vamos esperar o resultado do exame, ok? – disse, e saiu do quarto.

Anya queria sumir daquela cama. Não queria ficar mais tempo ali, queria ir para sua casa, sua cama...

A enfermeira preparou a seringa para a coleta.

– O resultado sai rápido... logo, logo vai poder ir para casa – Denise sorriu e apertou o braço de Anya com a tira de borracha, fazendo uma veia saltar facilmente e espetou nela a agulha. Os olhos da enfermeira arregalaram-se quando o sangue começou a encher a seringa. Nunca vira algo igual, nunca vira um sangue tão claro! Era de uma tonalidade quase rósea...

Edgar viu a expressão de espanto no rosto da enfermeira e olhou para o conteúdo dentro da seringa. Sentiu que empalidecia... aquilo não era possível! Não com sua filha! Não com Anya!

– Ele está claro demais, não está? – Anya olhou com desconfiança para seu sangue coletado. Tivera muitas aulas de biologia para saber que aquilo não era normal.

– Pode ser uma anemia... – Denise falou, insegura, enquanto injetava o sangue dentro de dois pequenos tubos de ensaio. O que disse era um chute, pois jamais, em seus dez anos como enfermeira, vira algo parecido.

Anya olhou para seu pai que se sentara, pálido, na cadeira ao lado da cama. Seus olhos estavam distantes, perdidos em algum lugar no tempo e no espaço. Ela sabia que, quando ele ficava assim, era porque pensava na mãe dela...

Quando a enfermeira saiu, o quarto ficou em silêncio e Anya fitou o teto sem saber o que fazer. Estaria morrendo? Seria algum tipo de câncer? Como poderia deixar seu pai sozinho? Não conseguiria terminar a faculdade? As lágrimas escaparam de seus olhos. Nunca viajara para lugar nenhum! Queria tanto ter conhecido a Itália, a França, ou outro lugar qualquer! Montar seu bistrô! E agora não haveria mais tempo...

– Não vai ser nada, filha – a voz do pai soou ao lado dela e a fez se virar. Lá estava ele de novo, firme, com o olhar preocupado, mas tentando passar-lhe confiança. Era incrível o poder que ele tinha. – Vai ver é muito sal... – Edgar entortou os lábios em um sorriso fraco. – Tomara que não fique hipertensa – brincou, enquanto ela enxugava as lágrimas do rosto. – Que tal tomar esse lanchinho, agora? – disse, apontando para a bandeja ao lado da cama.

– Não... estou com fome, pai... – Anya falou, ajeitando-se na cama. – Estou só... cansada... – fechou os olhos, intrigada: que sono era aquele agora? Já não dormira o suficiente desde o... acidente? Mas era incontrolável! Suas pálpebras não conseguiam se manter abertas, era como se pudesse sentir a ação metabólica de seu corpo, que pulsava mais lento agora. – Com sono...

Edgar beijou a testa dela e suspirou. Não poderia enfraquecer agora. Pegou o celular e discou um número que não estava guardado ali na agenda, mas do qual se lembrava perfeitamente.

Uma voz grossa e rouca atendeu do outro lado.

– Ivan? – Edgar sentiu que sua voz tremeu.

– Ed? – a voz falou surpresa do outro lado.

– Vou precisar de você... mais uma vez... – ele olhou para a filha com lágrimas nos olhos.

– Anya? – Ivan parecia ter despertado e sua voz ganhou tom de urgência. – Onde você está?

– No Hospital Ana Néri...

– Tô indo – Ivan falou e desligou e telefone.

Edgar sentou-se apertando o celular na mão e abaixou a cabeça derrotado...

A Loucura de Dante

ante entrou em seu consultório e se sentou atrás da pequena mesa sobre a qual havia vários prontuários para o atendimento naquela manhã. Teria muitos pacientes para acompanhar, mas não estava mais animado para trabalhar e controlava seu corpo para que não voltasse para o quarto de Anya. Era como se um ímã o estivesse atraindo, puxando-o com força na direção dela. Tentou se distrair e olhou para os prontuários. Respirou fundo, mas se viu segurando o prontuário onde constava o nome: Anya Andrade.

Pegou-se relendo o relatório dela desde que dera entrada no hospital.

Anya Andrade, 20 anos, solteira, estudante universitária...
Ele não sabia exatamente o que seus olhos procuravam, passou direto pelo endereço.
Ocorrência: afogamento. Atendida prontamente pelo bombeiro Wilson Neves... (outros dados genéricos). Pai comunicado pelo grupo de resgate. Nome: Edgar Andrade.
A paciente estava inconsciente quando deu entrada no hospital. Medicada na ambulância com... (vinham as descrições dos procedimentos médicos de emergência).
Informações importantes: doença congênita. Solar dermatitis.
Tipo sanguíneo: ainda não identificado.
Histórico: estavam ali as anotações feitas pela enfermeira pouco antes do atendimento dele. *Temperatura: 39ºC. P.A. 11/7 FC 59 bpm.*

Logo abaixo vinham as anotações que ele havia feito: *temp. 39ºC. P.A. 11/7 FC 59bpm.*

Dante apoiou o queixo na mão, olhando para a ficha e suas anotações.

Aparência dos olhos: normal, a garganta está vermelha e irritada... Bradicardia e possível infecção primária.

Fazer hemograma completo. Retirar o soro. Antitérmico injetável.

Em observação.

Não fuma, não bebe, não usa drogas... Amnésia global transitória. Não foi possível confirmar a ocorrência de violência sexual.

Alguma coisa não estava correta ali, a frequência cardíaca não poderia estar tão baixa com a temperatura do corpo tão elevada. Arqueou as sobrancelhas e se recostou na cadeira. Grifou inconscientemente a última frase.

Por que aquela garota havia mexido tanto com ele? Sentia-se como que centrifugado no meio de um tornado, sem saber para onde ir...

– Doutor Dante... – uma enfermeira apareceu à porta. – Tem que checar o paciente do quarto 25 – ela o informou. Ele suspirou e pegou a ficha correspondente. O paciente era uma criança que havia engolido uma chave.

Trabalhar na emergência não lhe dava tempo para ficar pensando em assuntos que não diziam respeito a atendimento médico, o que, naquele momento, era muito bom.

Saiu do consultório deixando a ficha de Anya sobre a mesa.

O menino que engolira a chave estava bem. A radiografia mostrava que o objeto já estava caminhando para o intestino. Dante receitou um laxante e mandou que o paciente ficasse mais algumas horas em observação.

A emergência estava agitada naquela manhã e Dante não parou um minuto sequer. Doutor Pereira não poderia ir ao hospital, então teria de dar conta do serviço sozinho.

Sorte que havia acabado de voltar do seu dia de folga, apesar de que nunca conseguia relaxar o suficiente quando ficava em casa.

Precisava verificar seus e-mails, fazer as compras para a semana, dar uma ajeitada na casa... Tinha uma faxineira que ia uma vez por semana, mas ele era realmente desorganizado, bagunceiro, como dizia sua mãe. Além disso, sentia-se na obrigação de dar um pouco de atenção à sua namorada, Lena.

Ele a avisara com antecedência de que era médico e que trabalhava na emergência de dois hospitais da cidade. Embora Lena dissesse que aceitava a profissão dele, vivia exigindo, pelo menos, uma ida ao cinema, uma saída para tomar um chope. E seu dia de folga passava tão rapidamente como um piscar de olhos. Graças a Deus que haviam inventado o café! Forte, com muito açúcar! E o cigarro...

Seu pai dizia que um médico jamais deveria ser fumante, mas não entendia como era estressante a jornada, às vezes tripla, de trabalho, e as situações que vivia nos hospitais em que trabalhava. Quando foi que sua profissão começou a ser tão mal paga? Ah, se tivesse dinheiro para ter montado seu próprio consultório... a vida seria outra... e talvez nem precisasse fumar, beber tanto café e tomar algum estimulante de vez em quando.

Olhou para o relógio e se surpreendeu: Uma hora da tarde? E não tinha parado nem para um lanche!

Deixou um paciente aos cuidados de um enfermeiro e foi para o consultório. Havia ainda alguns prontuários sobre a mesa. Vasculhou os papéis, abriu a gaveta, olhou no chão... não estava ali. Onde teria ido parar o prontuário de Anya? Será que outro médico teria feito o atendimento dela? Não ia aceitar aquilo! Sentiu que seu rosto esquentou e sua cabeça começou a latejar. Apertou os dedos sobre as têmporas. Dor de cabeça agora, não... Saiu da sala atrás da enfermeira Denise.

Procurava nos corredores onde as enfermeiras desfilavam com bandejas de medicamentos. Será que já teria ido embora? E o resultado do exame de Anya? Como uma profissional poderia ser tão negligente e não reportar ao médico o que haviam feito? Uma raiva cresceu dentro dele. Pensou em denunciar a enfermeira para a direção do hospital, pelo menos chamariam a atenção dela.

Voltou pelo corredor e tentou se lembrar de qual era o quarto. *Vinte e oito, eu acho...* pensou caminhando pelo corredor. Uma sensação de urgência cresceu em seu peito. Sem ao menos bater, entrou no quarto de número 28. Vazio! Como assim vazio? Onde estava sua paciente? Ele não tinha lhe dado alta! Quem a atendera depois dele? Aquele hospital estava ficando uma bagunça! Não sabia por que suas mãos estavam tremendo. Talvez fosse pela falta do almoço. Colocou a mão no bolso da camisa sob o jaleco e sentiu o maço de cigarros ali guardado. Precisava fumar urgentemente, mas percebeu que mais urgente era saber o que acontecera a Anya.

Saiu de volta para o corredor e encontrou outra enfermeira. Dalva era o nome dela. Trabalhava no hospital já há muitos anos e era a chefe da enfermagem.

– Dalva! – ele a abordou no meio do corredor e ela parou olhando séria para ele.

Dalva era chamada de "praga" pelas companheiras. Era uma mulher de meia-idade, com uma postura rígida, o olhar sempre superior, que usou para medi-lo de alto a baixo.

Dante ignorou a avaliação explícita que ela fazia dele.

– Onde está a paciente do 28? – sua voz tremeu quando falou. Tentava não deixar transparecer o nervosismo, mas estava ficando impossível manter-se equilibrado.

– Paciente do 28? – ela apenas levantou a sobrancelha.

– É! – falou impaciente. – Uma jovem, Anya... afogamento...

Dalva fez uma careta e começou a andar novamente.

– Não tinha ninguém no 28, doutor – a voz era rude.

– Como não havia? Eu a examinei! Onde está Denise? – Dante começou a caminhar ao lado dela.

– Denise não estava bem, foi embora cedo – respondeu sem qualquer paciência e se aproximou da farmácia.

Dante a olhou sem acreditar, como aquilo era possível?

– Pedi que ela coletasse o sangue da paciente do... – piscou confuso.

– Vinte e oito? – Dalva lhe dirigiu um olhar arrogante. Detestava aqueles médicos que se drogavam. Era tão antiético!

Dante não disse nada e respirou fundo.

– Tem certeza de que foi hoje que a viu? – Dalva parou diante de uma porta com a plaqueta indicando "farmácia".

– Onde estão os prontuários? – ele a pegou pelo braço e ela lançou um olhar mortal para a mão que a segurava. Puxou o braço com violência, soltando-se.

– Os prontuários dos *seus* pacientes estão em *sua* sala – a voz era de total irritação. – Agora, se me der licença, tenho que providenciar medicamentos para outros pacientes. Pois, caso o senhor não tenha percebido, isto não é um consultório particular! Eu *não* trabalho para o senhor! – frisou os "nãos" com raiva.

Aqueles médicos jovens, presunçosos e arrogantes! Mal chegavam e já se acham donos das enfermeiras! Como odiava aquilo! Dalva tinha quase trinta anos de experiência e estava certa de que sabia muito mais que ele...

Dante a olhou surpreso pelo ataque, mas não tinha tempo a perder batendo boca com uma enfermeira velha e petulante. Virou as costas e saiu em direção ao laboratório. Como Denise não tinha coletado sangue da paciente? Não... aquilo era uma loucura! Todos estavam loucos! Ou seria o excesso de cafeína que estava provocando alucinações? Suas têmporas latejavam insuportavelmente.

Entrou no laboratório tentando controlar a vontade de pegar um cigarro, sua boca já estava seca. O técnico que trabalhava no laboratório olhou com estranheza para o médico que entrava.

– Posso ajudá-lo, doutor? – perguntou solícito.

– Sim. Eu preciso saber o resultado de um hemograma que requeri para uma paciente – procurava manter a voz controlada.

– Ah, claro... qual o nome? – o rapaz sentou-se diante do computador.

– Anya Andrade – falar aquele nome provocou nele uma taquicardia imediata, o coração pulsava em sua garganta e suas têmporas iam explodir.

– Quando foi feito o exame? – o rapaz perguntou, olhando para a tela.

– Hoje pela manhã – a tentação era pegar um cigarro.

Momentos intermináveis de busca se seguiram para Dante.

– Não tem nenhum registro aqui, doutor.

– Não é possível! – a voz de Dante se elevou. – Veja direito! – tentava não ser estúpido, mas aquilo já estava passando dos limites!

O rapaz o olhou desconfiado, percebia que aquele médico não estava muito bem. Assim mesmo, fez a busca novamente.

– Não, doutor, nada – afirmou seguro.

Dante nem se lembrou de agradecer, virou-se rapidamente e saiu. Suas mãos tremiam violentamente, sua cabeça latejava... Estava ficando louco, era isso... Ou teria dormido durante o plantão e sonhara com tudo aquilo?

Tentaria ainda mais uma coisa... Saiu em direção à recepção.

Aline, a recepcionista, sorriu para ele quando se aproximou, mas o médico não percebeu. Ela tinha uma "quedinha" por ele. Na verdade, todas as recepcionistas tinham. Dante era um homem muito bonito, e aquelas covinhas que se formavam em seu rosto quando sorria as faziam suspirar.

– Doutor Dante... tudo bem? – Ela o olhou, percebendo que estava nervoso.

– Aline, por favor... – procurava manter a calma, mas já estava ficando impossível. – Pode olhar aí nos registros a ficha de Anya Andrade? – apoiou-se desanimado no balcão.

– Quando ela deu entrada, doutor? – Aline abriu a tela do computador onde apareciam as fichas dos pacientes.

– Ontem... à noite – não se lembrava bem do horário que vira no prontuário. – Foi trazida pelo resgate – quando falou aquilo, uma luz se acendeu em sua cabeça...

– Olhe... tem uma Ana Matias, uma Ana Maria e uma Angélica... mas nada de Anya. Tem certeza de que é esse mesmo o nome?

– Absoluta.

– Não, ninguém deu entrada aqui com esse nome... será que não foi em algum outro dia? – falava solícita, observando os olhos verdes dele e o rosto tenso, contraído.

– Tem alguma Anya registrada aqui em qualquer outro dia? – suspirou.

– Vou ver... – ela abriu uma outra tela. – É com ípsilon?

– É. – Não havia nenhuma dúvida.

– Nome estranho, não? – a recepcionista brincou enquanto esperava a tela carregar.

Estranha era aquela sensação que o atormentava...

– Desculpa, doutor Dante, mas não tem ninguém com esse nome em nossos registros... – ela queria tê-lo ajudado, só para ver aquelas covinhas no rosto dele quando sorria. Mas recebeu apenas um "obrigado" distante e o viu se afastar em direção à porta da frente.

O ar fresco da tarde bateu no rosto de Dante, como que para tirá-lo daquele torpor com que saiu para o estacionamento. Encostou-se em uma coluna de concreto e, com as mãos tremendo irritantemente, puxou o maço de cigarros do bolso da camisa. O isqueiro que tirou do bolso da calça custou a acender. Quando, finalmente, conseguiu tragar a nicotina, o efeito não foi o esperado, pois não aplacou sua ansiedade, não fez suas mãos pararem de tremer, nem sua cabeça parar de latejar.

– Mas que merda toda é essa? – falou baixo e jogou o toco de cigarro em uma lixeira com areia que havia ao lado da coluna.

O celular vibrou no bolso. Pegou o aparelho e olhou para o número que o chamava. Suspirou tentando recuperar um pouco da calma e atendeu.

– Oi, Léo... tá tudo bem? – perguntou enquanto acendia outro cigarro.

– Oi, Dan...

– O papai e a mamãe estão bem? – suas mãos tremiam um pouco menos agora.

– Tá tudo bem, Dan... e você? A mamãe tá fula da vida com você, cara! Disse que faz uma semana que não liga! Fica enchendo meus ouvidos e quer que eu vá pra Floripa só pra checar se você tá vivo! – o irmão riu do outro lado.

– Eu tô vivo, cara... por enquanto – falou baixo. – Mas tô trabalhando que nem louco! E quando chego em casa só quero dormir...– como queria ir para casa agora, entrar debaixo do chuveiro, me esticar na cama e dormir... sair daquele pesadelo, pois, com certeza, havia dormido e o pesadelo o estava acompanhando. Quem sabe se sonhasse que estava dormindo e sonhando, aquilo terminasse?

– Tá me ouvindo, cara? – Léo falou do outro lado, trazendo-o de volta à realidade. Definitivamente não estava dormindo. – Mamãe quer saber se precisa de alguma coisa...

Precisava sim! Precisava que alguém dissesse que não estava louco! Precisava que alguém dissesse ter visto Anya naquela merda de hospital!

– Não, Léo, tá tudo bem – concluiu desanimado. – Diga pra mamãe que eu ligo amanhã quando acabar meu plantão, tá?

– Ela mandou te dizer pra que não esqueça de comer... – o tom era irônico. – E pra que pare de fumar... – Léo riu.

Dante olhou para o segundo toco de cigarro em sua mão.

– Tô parando... Fala pra ela não se preocupar – encostou a cabeça na coluna.

– Quando vem visitar a gente?

– Não sei, Léo... não sei... – o seu ritmo de trabalho não o permitia programar nada.

– Se cuida, Dan – o irmão falou caloroso.

– Você também, Léo... dá um beijo nos velhos por mim.

– Falou...

Entrou novamente no hospital e foi para a sala do consultório que dividia com doutor Pereira. Tomou três comprimidos contra a dor de cabeça e se sentou à mesa. Pegou o telefone e discou para a recepção.

– Aline? Doutor Dante.

– Sim, doutor?

– Ligue para o resgate para mim, por favor? E passe aqui para minha sala – disse apoiando a cabeça nas mãos.

– Já passo. – Aline respondeu solícita.

Dante deitou a cabeça sobre os braços em cima da mesa. Havia ainda vários prontuários ali, o que significava que tinha muito trabalho pela frente. O telefone tocou.

– Resgate do Corpo de Bombeiros, boa tarde – a voz feminina falou profissionalmente.

– Boa tarde, sou doutor Dante Mazzeto, do Hospital Ana Néri. Quero saber sobre um atendimento a uma jovem que se afogou ontem... – tentava desesperadamente se lembrar do nome do bombeiro que estava em seu prontuário.

– Em que praia, doutor? – a mulher perguntou e ele se encostou na cadeira. Devia ter prestado atenção ao endereço dela e às notas dos bombeiros.

– Não... sei.

– É que atendemos a muitos chamados de afogamento por dia...

– Ela foi encaminhada para cá. Mais alguém foi encaminhado para o Ana Néri? – esfregava as têmporas.

– Vou verificar. Só um minuto, sim? – Dante foi deixado em companhia de uma música, uma valsa. Se a intenção daquilo era acalmar a pessoa que esperava na linha, não estava funcionando para ele, que começava a sentir as mãos tremendo novamente.

Uma enfermeira apareceu à porta.

– Doutor Dante, estão esperando o senhor nos quartos 27 e 30.

– Já vou, já vou... – ele sinalizou com a mão e ela saiu fazendo uma careta.

– Doutor? – a voz de mulher interrompeu a valsa em seus ouvidos.

– Sim? – ele queria sentir alguma esperança.

– Olha só... parece que tivemos um "probleminha" com os registros de ontem e não vou conseguir passar essa informação. Sinto muito – ela não parecia penalizada.

– Obrigado – *por nada* – completou de mau humor, em pensamento...

Respirou fundo várias vezes, pegou os prontuários dos pacientes dos respectivos quartos 27 e 30, ajeitou o jaleco e saiu da sala.

Elos de Sangue

Era a décima vez que o telefone tocava. Edgar suspirou, olhou para o número, embora já soubesse quem era.

– Oi, Rita – fez uma careta e passou a mão pelo cabelo.

– Edgar, você quer que eu morra de preocupação? O que está acontecendo? Onde está minha neta? – a voz estava esganiçada.

– Qual pergunta quer que eu responda primeiro? – tentava parecer despreocupado.

– Onde está Anya? – a sogra confirmou a prioridade.

– Dormindo.

– O que aconteceu?

– Ela só está cansada. Tem estudado muito – mentiu um pouco. Sabia que, se a sogra suspeitasse do que havia acontecido, iria correr até sua casa, e ele não desejava isso de maneira nenhuma.

– Liguei ontem e hoje o dia inteiro, mas ninguém atendeu! Ela não pode sair ao sol! Anya não estava em casa? Está sem o celular?

– Ligou? Ah... deve ter sido o problema que tivemos no telefone e ela perdeu o celular – ele tirou os óculos e massageou os olhos. Na verdade, o celular da filha havia se perdido na praia.

– Eu quero falar com minha neta – a voz era ríspida, típico de Rita.

– Não vou acordá-la agora – Rita podia gritar o quanto quisesse, mas ele não iria acordar a filha, de jeito nenhum!

– Peça para ela me ligar assim que acordar.

– Vou pedir – ele mal havia terminado de responder e a sogra desligou o telefone.

Edgar colocou o fone no gancho e respirou fundo.

– Ela não te perdoa e não te deixa em paz, não é? – a voz rouca e grossa vinha da cozinha.

– Eu também não me perdoo, Ivan... – Edgar sentou-se exausto. – Acho que ela é o que faz com que eu pague pelos meus pecados todo dia... – fechou os olhos e encostou a cabeça no sofá.

Ivan colocou a cara por cima do balcão da cozinha americana. Era um homem muito grande. Um "armário". Um belo negro, com um sorriso franco e com um tronco tão largo que parecia não caber na cozinha do apartamento de Edgar. A cabeça raspada tinha várias cicatrizes, assim como os braços tatuados.

– Ei, Ed... ela é sogra, não? Tem que manter a fama! – ele brincou e saiu da cozinha levando dois copos com uísque. Estendeu um a Edgar e se sentou no sofá.

– Quando ela vai acordar, Ivan? – Edgar olhou entristecido para seu copo. – E como? Eu não vou aguentar...

– Ei, Ed! Calma! E... você não teve culpa pela Bete... – completou mais baixo. – Nós falhamos, sim... mas como poderíamos saber...? – ele não completou a frase.

– Eu deveria saber, Ivan... eu. – Edgar tomou um gole do uísque. – Como minha filha vai enfrentar isso?

– Ed... eu tô nessa junto com você, meu irmão... se tu devia saber, eu também. Não queira carregar essa culpa sozinho. Eu também falhei... feio. – Ivan ficou com os olhos parados lembrando-se do passado e, então, tomou um grande gole de seu uísque.

– Tem certeza de que não vão encontrar minha filha? – Edgar olhou-o preocupado.

– Ninguém vai chegar nela, eu garanto – confirmou sério, terminando o uísque.

– Eu... vi aquele olhar, Ivan... o médico ficou com aquela cara... os olhos dele... sabe? – balançou a cabeça.

– Sei muito bem, meu irmão... muito bem... – Ivan suspirou. Só não conseguira encontrar o tal médico que atendera Anya, mas apagara todas as informações da presença dela naquele hospital, tanto nos registros quanto na mente das pessoas que poderiam identificá-la. O médico ficaria meio perdido, mas acabaria por esquecer de apenas mais uma paciente que possivelmente teria atendido, pois a emergência estava lotada naquele dia.

– Eu... vou pedir uma comida pra gente – Edgar pegou novamente o telefone.

– Ahá! Vai aproveitar que Anya tá dormindo pra aprontar... – Ivan deu uma risada grossa.

– Eu não sei se ela vai voltar a cozinhar, Ivan... – os olhos de Edgar se encheram de água.

– O que foi, Alex?

– Ela vai me procurar... – os olhos verdes estavam fixos no teto do quarto.

– Ela? – Júlia sentou-se na cama ajeitando os cabelos. Não conseguiu manter o jeito despreocupado de sempre, como fazia quando ele tocava naquele assunto. – E por que ela iria? – fez uma careta enquanto vestia a calça.

– Não sei... eu... só sinto – afirmou, sério, passando a mão pelo cabelo e depois no pescoço.

– Sente? – ela riu sarcástica. – Desde quando sente alguma coisa? Só porque ela deixou uma marca grande aí? – apontou para o pescoço dele onde havia a enorme marca de uma mordida parecida com o molde de uma dentadura cercada por uma mancha roxa de um chupão.

– Ei! Doeu, sabia? Acho que a garota estava com fome... – o sorriso brincava nos lábios dele ao ver o rosto vermelho de Júlia.

– Claro! Você, todo gostosão, de sunga... com esse cheiro tentador que só você tem... queria mais o quê? – jogou-se sobre ele e enfiou o nariz no pescoço marcado dele.

– Ela... me lambeu primeiro... – disse, levantando as sobrancelhas, e riu.

– É virgem, com certeza! – Júlia bufou.

– Você também não era quando veio atrás de mim? – ele entortou os lábios em um sorriso encantador e mordeu de leve o lóbulo da orelha dela, fazendo-a se arrepiar.

– Mas eu fui a primeira, não fui? – ela fez uma careta, olhando dentro daqueles olhos verdes profundos.

– Hummm, deixa eu ver... – fingiu pensar e levou um soco no braço.

– Eu bem que gostaria que você deixasse essa "profissão" de Mensageiro... de "despertador"! – irritada, sentou-se novamente na cama e começou a vestir a blusa.

– Mas é o que sou, Jú... – Alex suspirou.

– E o que ganha com isso? – perguntou enquanto calçava os sapatos.

– Minha cabeça no lugar? – ele riu – Prestígio? Grana? Esse apartamento com todas as contas pagas? – enumerou as vantagens e levantou os ombros.

– Mas não vai se atrever a querer ser o tutor, não é? – Júlia apertou os olhos puxados, que brilharam ameaçadores.

– Não ganhei para isso – ele se levantou da cama.

– Se ela vier atrás de você, eu vou matá-la. Já está comunicado! – ela se apertou contra o corpo rígido de Alex. Era bem mais baixa, ficava abaixo do queixo do rapaz, e o sentiu beijando seus cabelos.

– Se ela viver o bastante... – ele suspirou.

– Tem que me lembrar disso? – encarou-o com apreensão.

– Todos temos que nos lembrar disso, Jú... – ele segurou no queixo dela e a beijou.

Montéquio e Capuleto

Aquele cheiro novamente. Era demais... Anya corria atrás daquele homem e ele se distanciava dela. Não sabia seu nome, de onde viera, mas precisava dele. Tinha que sentir seu gosto novamente... uma sede foi tomando conta de seu corpo... o sangue borbulhava em suas veias, sentia-se como uma garrafa de refrigerante!

De repente era encarada por olhos verdes, mas eram outros olhos, mais ansiosos e atormentados... uma mão segurou em seu braço, impedindo-a de seguir adiante. Sua boca secou, sentiu um cheiro forte de café... segurou na mão que apertava seu braço e a mordeu...

– Acredito que esse travesseiro não seja muito gostoso...

Anya abriu os olhos respirando com dificuldade, e os dentes cravados no travesseiro. Ergueu a cabeça, totalmente constrangida e completamente confusa, quando viu um homem que olhava diretamente para ela, sentado em sua cama. Deveria ter uns trinta anos, o rosto bem barbeado, cabelos escuros amarrados em um rabo-de-cavalo e olhos de um azul muito claro. Ele sorriu e ela se sentou na cama olhando na direção da porta. Onde estava? Onde estava seu pai? Não estava no hospital? O lugar estava levemente perfumado com um aroma de baunilha.

– O que... – tentou se levantar, confusa, mas suas pernas fraquejaram e teve que sentar na cama novamente. – Quem é você? O que faz aqui? Onde está meu pai? – suas mãos tremeram e o homem tocou sobre elas delicadamente. Anya sentiu como se, de repente, todo o medo sumisse e constatou, aturdida, que confiava totalmente naquele homem, o que era absurdo!

– 38 –

– Bem-vinda, Anya – a voz tocou suavemente seus ouvidos, como a brisa nas folhas das árvores.

– Bem... vinda? – gaguejou. Não havia chegado de lugar nenhum! E via que estava em seu próprio quarto. Como, "bem-vinda?"

– Bem-vinda ao primeiro dia do resto de sua vida... – ele sorriu e ela fez uma careta. – Também sempre achei essa saudação muito brega... tenho que me lembrar de pensar em algo melhor!

– Quem é você? E o que faz aqui no meu quarto? – encarou-o, vendo a suavidade do céu nos olhos dele.

– Que grosseria da minha parte... – ele se levantou, segurou a mão dela, inclinou-se e beijou o dorso da mão com extrema suavidade. – Sou Rafael Montéquio, seu tutor... – apresentou-se e sorriu.

– Montéquio? Tutor? – Que loucura era aquela? Com certeza estava sonhando. Aquele belo homem sentando na sua cama, beijando sua mão, com o sobrenome de um personagem de Shakespeare e se dizendo seu tutor! Só podia estar sonhando!

Deitou-se na cama novamente, fechou os olhos e falou consigo mesma: *Acorda, Anya... vamos!*

Ouviu um riso suave ao lado dela. Abriu os olhos e ele ainda estava lá, olhando-a de forma curiosa e com um belo sorriso nos lábios finos.

– Então é isso... – ela suspirou esticando os braços ao lado do corpo e olhando para o teto. – Eu realmente estou louca e meu pai mandou arrumarem um quarto igual ao meu em um hospício, pra eu não me sentir estranha... estou com o sangue cheio de remédios, por isso ele está borbulhando como refrigerante. Você ou é meu terapeuta ou é um dos malucos internos que leu Shakespeare demais... – sorriu com a organização do seu pensamento.

Rafael riu, levantou-se da cama e foi até a porta de vidro da pequena sacada do quarto onde a cortina tremulava agitada pelo vento, deixando passar a iluminação vinda da rua.

– Boa teoria... é a primeira do tipo que escuto em muitos anos... – balançou a cabeça e olhou na direção da rua.

Era noite e Anya não fazia ideia de há quanto tempo estava dormindo. Só tinha certeza de que ainda dormia. Resolveu não se estressar com o sonho estranho.

– Então... senhor Montéquio... errou o endereço de sua Capuleto? – brincou, e ele se virou para ela sem sorrir.

– Você tem o jeito de Edgar... – ele contraiu os lábios.

– Meu pai sabe que você está aqui, no meu quarto? – levantou-se devagar, sentindo uma fraqueza nas pernas que tremiam, mas ela se forçou a caminhar em direção à porta.

Deveria estar muito lenta mesmo, pois Rafael, num piscar de olhos, estava entre ela e a porta. Era alto e esguio e exalava um delicioso aroma de baunilha e, quando a tocou no rosto, tinha a mão suave e quente. O som da campainha soou abafado no quarto.

– Eu... volto amanhã, minha querida – sussurrou ao ouvido dela, fazendo-a se arrepiar e o sangue se agitar ainda mais. Anya fechou os olhos puxando o ar lentamente; quando os abriu novamente, estava sozinha e uma estranha sensação de abandono tomou conta dela. Algo como ser jogada num buraco escuro, sem ar, faminta...

Ela se encostou à porta do banheiro da suíte. O coração batia acelerado. O que estaria acontecendo com ela? Quem era o homem de seu sonho? Ela queria lembrar direito do que acontecera na praia, mas tudo ainda estava coberto por uma névoa... o médico dissera que ela iria se lembrar, que aquilo era normal, mas... o médico existia mesmo ou fazia parte daquele sonho maluco? Sentia uma fraqueza terrível... Olhou para os braços e ali estavam os arranhões e as marcas roxas... Olhou seu reflexo no espelho. Estava pálida, descabelada. Um pensamento cruzou sua mente, uma pergunta que o médico lhe fizera: *você foi atacada?*

E se tivesse sido atacada e não se lembrasse? Assustada, tocou-se procurando marcas, testando se havia lugares doloridos. O rosto daquele homem aparecia à sua frente. Bonito, atraente, com um perfume enlouquecedor... Ofegante, apoiou-se à pia, vomitou e, então, tudo escureceu...

Edgar e Ivan devoravam seus lanches na cozinha, quando ouviram a campainha. Eles se entreolharam; Edgar foi até a porta e espiou pelo olho mágico. Suspirou e encostou a cabeça na porta. Esperava que a visita desistisse, mas alguns minutos depois a campainha voltou a tocar. Edgar suspirou e, um minuto depois, abriu a porta.

– Oi, Renato – Edgar cumprimentou o rapaz à porta.

– Boa noite, professor, tudo bem? – Renato sorriu apertando a mão de Edgar. – Oi – acenou para Ivan que saíra da cozinha e o olhava com desconfiança.

– Renato, você não deveria estar na faculdade? – Edgar falou parado à porta, e o rapaz passou por ele.

– Eu fui, sabe? Mas aí eu vi que a Anya não tinha ido... e a gente não se viu ontem, não se falou pelo telefone... fiquei meio preocupado – Renato respondeu sem graça, sentindo-se intimidado pela enorme presença de Ivan ali.

– Esse é Ivan... amigo da família – Edgar apontou para Ivan. – Ivan, esse é Renato... um amigo de Anya – ele fez uma careta e Ivan compreendeu que se tratava de um pretendente.

– A Anya está em casa? – Renato olhou para a porta do corredor que separava a sala dos quartos.

– Está sim, mas com muita enxaqueca... por isso que ela não foi hoje. Tomou um remédio e está dormindo.

– Caramba! Bem que desconfiei... ela não é de faltar! – Renato sentou-se confortavelmente no sofá.

– Pois é, Renato... então amanhã vocês se veem, tá legal? – Edgar tentava se livrar do rapaz.

– O senhor também não foi pra faculdade? – o rapaz pareceu não perceber que era uma visita inconveniente.

– Se você está me vendo aqui... significa que...? – falou com impaciência, e Ivan acabou sorrindo.

– Putz, é mesmo! – Renato sorriu distraído.

– Então amanhã você fala com ela – Edgar fez um gesto indicando que a visita estava terminada.

– Ah... tá! – Renato se levantou, finalmente percebendo que não devia ficar ali. – O senhor avisa pra ela que eu vim? Pede pra ela me ligar? – disse, enquanto era praticamente empurrado por Edgar em direção à porta.

– Aviso, sim. Boa noite – Edgar deu um tapinha nas costas do rapaz e fechou a porta atrás dele.

– Namorado dela? – Ivan sorriu, percebendo o jeito de Edgar com o pretendente da filha.

– Um chato, isso sim! – Edgar fez uma careta. – Vou ver como está minha filha – foi para o corredor.

O quarto de Anya era o último do corredor, era a suíte que o pai fizera questão de deixar para ela. Ele abriu a porta, o ambiente estava fracamente iluminado pela luz da rua que passava pela janela entreaberta, pouco se podia ver ali dentro. Sentiu o coração batendo na boca e acendeu a luz. Anya estava caída junto à porta do banheiro. Estava sem cor alguma no rosto. Ele gritou por Ivan, que correu para o corredor. Edgar chamava pela filha, mas não havia reação. Olhou para Ivan, que apareceu à porta.

– Vou atrás daquele fedelho – Ivan, que havia pegado Anya no colo sem o mínimo esforço e a colocado sobre a cama, anunciou com a voz grave já saindo do quarto.

– Ivan... eu não sei se... – Edgar ficou pálido.

– Você sabe do que ela precisa, Ed! Ele deve servir por enquanto! – uma ruga se formara em sua testa. Ivan era a imagem da determinação e objetividade, sempre estava pronto para agir e tinha a incrível capacidade de se concentrar na situação. Edgar sabia que podia contar com ele e que o ajudaria mais uma vez; então, não disse nada e apenas segurou a mão de sua filha.

Por Uma Boa Causa...

A maleta de "emergência" de Ivan tinha sido preparada novamente depois de alguns anos sem ser usada. Ele a organizara assim que o amigo o chamou pelo telefone. Já se preparava para uma batalha que podia levar muito tempo e que exigiria dele muita ação e disposição. Foi por essa e outras coisas que jamais havia se casado. Nenhuma mulher estava preparada para compreender um homem com o dom que ele tinha. Por isso mesmo, apesar dos seus 37 anos, estava só e sentia-se bem em poder ajudar seu amigo novamente. Respirou fundo e pegou uma pequena seringa de dentro da maleta. É por uma boa causa, falou baixo e saiu rapidamente do apartamento.

Renato caminhava lentamente pela calçada com as mãos dentro dos bolsos da calça quando ouviu alguém que o chamou com uma voz grave e de comando.

– Ei!

Virou-se e viu aquele homem enorme que o deixara meio constrangido pelo tamanho e belicosidade, mas que era um amigo da família de Anya.

– Anya quer ver você.

– Puxa, cara... eu até cheguei a pensar que era ela que não queria me ver... – Renato falou sem graça, passando a mão pelo cabelo castanho curto.

– Ela quer te ver – Ivan, apesar de sorrindo, confirmou com uma voz sinistra que fez se arrepiarem os pelos do braço do rapaz.

Se não estivesse tão ansioso para ver Anya, Renato não seguiria aquele armário para lugar nenhum! O homem era intimidador, com uma largura que rivalizaria com lutadores profissionais e braços que o estrangulariam sem qualquer tipo de esforço. O amigo de Anya engoliu com dificuldade, mas respirou fundo e seguiu Ivan para dentro do prédio.

O prédio de três andares não tinha porteiro e, como os interfones viviam quebrando, a porta ficava destrancada até as 22 horas; depois o síndico se encarregava de trancá-la e só entrava quem tivesse a chave. Josué, o síndico, se dirigia para a porta para trancá-la quando viu aquele homem enorme, com a cabeça raspada e os braços tatuados, acompanhado por Renato, que ele já vira por ali antes. Olhou desconfiado para os dois e Renato o cumprimentou rapidamente. Ivan olhou para o síndico, disse um "boa noite" educado e seguiu com o rapaz para o segundo andar.

– Esse síndico é meio sinistro... – Renato brincou, tentando quebrar o gelo quando chegaram à porta do apartamento. Na verdade, achava Ivan muito mais sinistro, mas jamais comentaria aquilo.

Quando entraram no apartamento, Renato não viu Anya nem Edgar na sala; então se virou para perguntar sobre eles a Ivan, mas defrontou-se com olhos de um azul muito claro e não conseguiu desviar o olhar; seus músculos travaram e sua mente entrou num espaço vazio onde a única coisa que havia era a voz de Ivan que lhe dava instruções... Renato só conseguiu balbuciar:

– Sim, senhor...

Renato não teve consciência da agulha sendo espetada em seu pescoço e tudo sumiu.

Ivan segurou o rapaz, que caiu feito um boneco de pano. Entrou no quarto carregando-o e o colocou na cama ao lado de Anya.

– Vou dar um jeito no síndico e já volto.

– No síndico? – Edgar levantou a sobrancelha e Ivan apenas levantou os ombros. Não podia deixar pontas soltas. Já bastava o tal médico que ele não encontrara.

Edgar olhou para sua filha e Renato sobre a cama. Suspirou. Sabia o que tinha de fazer, pois o fizera muitas vezes antes por sua Bete; mas agora era diferente, seu sentimento era diferente. Anya era sua menina, sua filhinha... As lágrimas chegaram aos seus olhos e ele respirou fundo. Foi até a sala e pegou um pequeno estilete na maleta de emergência.

Voltou para o quarto e segurou no braço de Renato. Ele já tinha a experiência, sabia como fazer, mas fazia tantos anos! Tivera a esperança de que nunca mais precisasse fazer aquilo, que, afastando Anya de tudo, mantendo-a protegida, longe do sol, conseguiria evitar que o mal maior acontecesse, mas apenas adiara o que parecia inevitável... Apertou o braço esquerdo de Renato, fazendo saltar uma veia, e fez uma pequena incisão na parte interna superior; apertou o local e uma gota de sangue apareceu...

Anya, em seu sonho difuso no qual tentava encontrar um homem desconhecido numa praia escura, sentiu um perfume maravilhoso, doce como *milk-shake* de chocolate. Sua boca se encheu de água. Ao longe, ouviu a voz do seu pai que dizia:

– Beba, filha...

Faminta e sedenta, ela avançou implacavelmente na direção daquilo que o pai oferecia...

As lágrimas correram pelo rosto de Edgar enquanto olhava para sua filha, que sugava o sangue de Renato.

Viu quando os dentes se projetaram e tocaram a pele do rapaz, perfurando-o de forma a aproveitar melhor o "sumo" que, para ela, a partir daquele momento, representaria sobreviver... O rosto de Anya foi recuperando a cor, enquanto o rosto do rapaz começou a ficar lívido. As lembranças bombardeavam a mente de Edgar, trazendo com elas dor e agonia. Mas precisava se manter controlado para poder controlar...

Segurou no pulso de Renato e começou a acompanhar o ritmo cardíaco. Quando o pulso de Renato atingiu 59 batidas por minuto, Edgar se inclinou e sussurrou carinhoso ao ouvido de Anya, enquanto acariciava seus cabelos. Rezava para que ainda fosse capaz de manter a voz sob controle, com o timbre necessário, afinal descobrira esse seu dom quando Bete precisou dele.

– Chega, filha... é o suficiente.

Anya deu um suspiro abafado como se lamentasse largar algo que lhe proporcionava imenso prazer, mas soltou o braço de Renato e se deixou cair sobre a cama com a respiração ofegante. Os lábios estavam coloridos pelo sangue que escorria suavemente em direção ao seu queixo.

Edgar suspirou e, apesar de não se sentir bem com o que sua filha teria de fazer o resto da vida para sobreviver, respirou aliviado. Ivan entrou no quarto com um ar sinistro no rosto.

– Cinquenta e seis batidas... ele precisa ir para o hospital – Edgar o informou e Ivan assentiu. Pegou o jovem pálido e inerte, e saiu com ele pela porta.

Com uma toalha, Edgar limpou os lábios de sua filha, que gemeu satisfeita com o rosto rosado.

– Eu te amo, filha – beijou a testa dela. Anya se virou para o lado e dormiu...

Daniel acabara de sair da academia. Passou por um *drive-thru* e pegou dois lanches, batatas e refrigerante. Sorriu. Ele era mesmo uma incoerência, mas adorava um sanduíche, o que poderia fazer? Parou o carro no estacionamento da lanchonete e deu uma mordida em seu hambúrguer. Um gosto amargo preencheu sua boca. Aquele sanduíche não estava legal... Olhou para ele, cheirou, mas não notava nada estranho. Tomou um gole de refrigerante e era como se estivesse sugando fel! Colocou a cabeça pela janela do carro e cuspiu.

– Argh! Que merda é essa? – falou irritado, saindo do carro e caminhando furioso para o interior da lanchonete.

Havia pouca gente dentro da lanchonete naquele horário. Uma atendente bem jovem o olhou sorrindo e ele jogou o pacote com seu lanche sobre o balcão.

– Essa merda está estragada! – ralhou com ela, que ficou vermelha como um tomate. – Como podem vender um lanche estragado? Vou chamar a vigilância sanitária!

– Desculpe... nós podemos trocar... – a menina sugeriu com a voz trêmula.

– É um absurdo! Um lanche caro pra caramba e uma porcaria? – ele estava realmente irritado.

O gerente da lanchonete apareceu quando ouviu a confusão.

– Em que posso ajudá-lo, senhor? – o rapaz falou solícito, tentando levar a cabo o ditado que diz que o "cliente sempre tem razão".

Era tarde, estava cansado, queria ir para casa e agora aquele chato aparecia fazendo escândalo.

– O lanche está estragado! – Daniel apontou para o saco de papel com seu lanche dentro. – A bebida tá com gosto péssimo!

– Posso... verificar, senhor? – o gerente pegou o saco com o lanche e retirou o sanduíche de dentro. Ele cheirou, mas não havia nenhum aroma diferente ali... – Eu... vou trocar, ok? – resolveu não implicar, afinal estava diante de um rapaz muito forte, que fazia questão de exibir os músculos definidos em alguma academia, o que aparecia sob a camiseta preta muito justa.

– Se não estiver tudo estragado... – Daniel fez uma careta, mas, antes que pegasse seu novo sanduíche, sentiu o sangue se agitar pelo corpo e seu estômago embrulhou. Um cheiro estranho invadiu suas narinas, não era cheiro de comida, era cheiro de sangue... passou a mão no nariz para verificar se não estava sangrando. Alguma coisa parecia devorar suas vísceras e ele se contorceu até cair de joelhos no chão diante dos funcionários da lanchonete, que correram em seu socorro...

O rapaz grande e forte tombou diante de todos e sangue escorreu pelo seu nariz. O gerente da lanchonete correu para chamar uma ambulância.

Cordeiro

— Doutor Dante... – uma enfermeira foi chamá-lo na sala de descanso.

Imediatamente, Dante se ergueu esfregando o rosto, preparando-se para trabalhar. Era seu segundo turno de trabalho naquele dia e estava no Hospital Geral, que ficava do outro lado da cidade. Fizera seu plantão no Hospital Ana Néri até as 22 horas e dali cruzara a cidade toda para chegar ao HG. Já havia tomado uns dez comprimidos para dor de cabeça, uns trinta cafés e fumara um maço inteiro de cigarros. Tivera a esperança de que aquela loucura que havia sido seu dia passaria quando mudasse de ambiente, mas aquilo não aconteceu. Havia algo que o estava incomodando, e muito! E aquele algo tinha um nome: Anya Andrade.

Não se conformava que tivesse imaginado aquilo tudo. Nem se estivesse drogado. Tentara de tudo para conseguir alguma notícia da paciente, até ligara para a casa de Denise, a enfermeira que o acompanhara no atendimento, mas não havia ninguém, e aquilo o deixara ainda mais atormentado...

– Doutor? – ele foi despertado de seus devaneios pela enfermeira que ainda estava à porta. – Emergência, possível overdose... – informou-o e saiu pelo corredor.

– Overdose... – Dante balançou a cabeça e ajeitou os cabelos. Depois foi até a pequena pia do banheiro e lavou o rosto. Nem se deu ao trabalho de olhar no espelho e verificar sua aparência. Devia estar com mais cara de drogado do que o paciente que atenderia.

O HG era um hospital periférico e a movimentação era muito maior que a do Hospital Ana Néri, principalmente porque também atendia pacientes do SUS. Havia algumas pessoas sobre macas pelos corredores, outras sentadas em cadeiras desconfortáveis esperando atendimento. Dante passou por elas tal qual um zumbi, caminhando mecanicamente sem ao menos se dar conta das queixas e lamentos doloridos dos pacientes quando viam alguém usando o jaleco de médico. A sala de emergência tinha três macas ocupadas. Sobre uma delas havia um rapaz e sua aparência era de anemia profunda... Essa foi a primeira impressão de Dante.

– Qual o relatório? – Dante pegou o prontuário das mãos de um enfermeiro e leu as informações.

"Nome: Renato Mendes Cordeiro; idade: 22 anos.

Sem sinais de muco nasal ou oral. Sem fraturas aparentes.

P.A. 8 por 5. F.C. 59 bpm.

Reagiu a alguns estímulos.

Laceração na parte superior interna do braço esquerdo.

Possível injeção de droga ou barbitúrico.

Obs. O rapaz foi encontrado inconsciente sobre uma maca. Ninguém se lembra de tê-lo visto entrar e se foi acompanhado até o local."

– Coletaram o sangue?

– Sim – o enfermeiro respondeu prontamente. – O resultado já deve estar chegando.

Dante começou a examinar o rapaz. Abriu as pálpebras iluminando os olhos e percebeu a palidez. Mediu a pulsação e ia ditando para o enfermeiro, que registrava.

– Frequência, 59... – aquela constatação o fez se lembrar de outro atendimento. – Pressão, 9 por 6.

Pegou no braço do rapaz e examinou a parte interna, onde o registro dizia haver uma laceração. O local estava arroxeado, sem marcas de sangue ou vestígios de alguma secreção. Dante apertou o local e o sangue demorou a aparecer. Ele ficou intrigado. O resultado do exame de sangue chegou às suas mãos e ele constatou que havia um número extremamente baixo de hemácias e plaquetas. Imediatamente, mandou encaminharem o rapaz para novos exames e uma possível transfusão. Aquilo era incrível! A constatação era de que o rapaz perdera muito sangue, mas não havia uma hemorragia aparente.

Tinha que verificar se não era nada interno e acompanhou a maca para a sala de exames.

Com a mão sob o queixo, analisava as radiografias, comparando seus resultados aos resultados hematológicos. Impossível! Murmurou... era a segunda impossibilidade clínica que encontrava no mesmo dia! O que estaria acontecendo? Massageou as têmporas que começavam a latejar novamente. O rapaz não havia sofrido acidente, pois não havia nenhuma fratura... não estava com câncer, pelo menos nada tão grave que aparecesse naqueles exames ou nas radiografias, não estava com hemorragia interna. Aliás, o rapaz estava bem internamente, seus órgãos pareciam saudáveis, mas a constatação era de que havia perdido bastante sangue.

Voltou para a UTI onde o paciente estava sendo monitorado e pegou novamente em seu braço, analisando aquele pequeno ferimento cercado por uma marca roxa. Havia ali um corte muito pequeno. Com certeza o sangue todo que perdera não havia saído por ali, porém seus olhos encontraram algo diferente naquele local...

– Mas... o que é isso? – aproximou mais o rosto da região machucada. Piscou os olhos com força e balançou a cabeça. Aquilo era surreal. Com certeza. – Mordida? – constatou analisando o local onde começava a aparecer a marca de dentes circundando todo o local do pequeno corte. Não eram dentes de animal, mas havia duas marcas fundas que pareciam pertencer a dentes caninos. Analisou aquele lugar por um bom tempo, elaborando teorias, todas as mais improváveis. Mas era médico e tinha que buscar a causa patológica do estado daquele rapaz. Olhava para o resultado dos exames de sangue em sua prancheta. Não havia traços de droga no sangue, nem de algum veneno, mas, com certeza, alguém "metera" a boca no braço do rapaz, com força, e... parecia ter... sugado o sangue do ferimento!

– Ha... ha... ha... – forçou uma risada irônica e o enfermeiro o olhou curioso. Aquilo já era ridículo! O rapaz devia pertencer a alguma seita ou alguma tribo de tomadores de sangue. É, definitivamente tinha enlouquecido. Respirou fundo. – Vou pedir uma tomografia e mais alguns exames hematológicos. Ele vai acordar logo – disse, olhando para os resultados que apareciam em um pequeno monitor ao lado da cama, verificando que a pressão e os batimentos cardíacos estavam aumentando lentamente enquanto o rapaz recebia sangue.

Saiu da UTI com uma sensação muito estranha. O corpo cheio de remédios para dor de cabeça e sua cabeça latejando insistentemente. Precisava de um café, urgente! Caminhou pelo corredor e ouviu quando uma mulher entrou correndo no hospital, procurando aflita por seu filho que dizia se chamar Renato. Dante foi despertado quando a mulher disse o nome do filho. Não era costume o médico conversar com os parentes dos pacientes atendidos na emergência sem ter um diagnóstico da situação, mas ele já estava estranho mesmo e, além disso, algo naquele ferimento do rapaz o deixara intrigado.

– Senhora? – aproximou-se da mulher que estava pálida e tremia. – É a mãe de Renato Cordeiro? – verificou a ficha que ficara em sua mão.

– Sim, sim! O que aconteceu com meu filho? – a voz saiu embargada.

– Pode me acompanhar, por favor? – Dante indicou o corredor.

– Ele morreu? Meu Deus! – a mulher começou a chorar. Quando um médico chamava alguém para conversar depois de um atendimento de emergência, só poderia ser uma notícia muito ruim, era o que intuía Vera, a mãe de Renato.

– Não... não morreu – Dante afirmou tentando passar segurança à mulher. – Mas preciso que a senhora me dê algumas informações, pode ser? – indicou uma porta no corredor e entrou depois que a mulher passou. Ela se sentou diante da mesa e ele do outro lado. – Sou doutor Dante e atendi seu filho na emergência.

– Como ele está, doutor? – a aflição tomava conta dela.

– Ele... – Dante suspirou e se encostou na cadeira. – Está passando por uma transfusão.

– Transfusão? O que aconteceu? Ele sofreu algum acidente? Mas ele não foi de carro! Estava com alguém? Ai, meu Deus! – despejou seu desespero em forma de perguntas.

– Ao que parece, não foi acidente. – Dante a olhava intrigado. – Ele... está com uma anemia grave...

– Anemia? – Vera se sobressaltou. – Mas isso pode atacar assim, do nada? – a mulher não entendia.

– Normalmente, não – isso o intrigava ainda mais.

– É câncer? Leucemia? – Vera apertava as mãos com força em sua bolsa sobre o colo.

– Precisamos fazer mais exames. Renato tem algum tipo de alergia?

– Não, doutor! É um rapaz saudável, não bebe, não fuma... como uma coisa dessas pode aparecer assim, de repente? – ela não se conformava.

– A senhora não percebeu nada de diferente nele nos últimos dias? Cansaço extremo, muito sono, falta de apetite, talvez algum tipo de sangramento... – voltou a massagear as têmporas.

– Não! Ele estava muito bem! Até foi à faculdade ontem, mas me ligou dizendo que estava preocupado com uma amiga e que ia até a casa dela visitá-la... e não voltou! – Vera narrava a última conversa com o filho.

– Onde ele estuda? – Dante procurava alguma informação que lhe desse alguma luz sobre o que teria acontecido ao rapaz.

– Na Universidade Federal – havia orgulho e tristeza na voz da mãe de Renato.

– E a senhora sabe aonde ele foi ontem? Por que teria aparecido aqui, neste hospital, inconsciente? Nenhum amigo dele entrou em contato com a senhora? – a cabeça de Dante latejava tanto que estava começando a lhe dar enjoo.

– Ele me disse que estava indo na casa da Anya, porque ela tinha faltado à faculdade, e depois...

Vera não terminou de falar e se assustou ao ver Dante saltar da cadeira como se tivesse levado um choque.

– Co... como a senhora disse que se chama a amiga dele? – a voz falhou e seu coração acelerou tanto que suas mãos tremeram.

Confusa, a mãe de Renato o olhou sem entender.

– Anya... é uma amiga lá da faculdade... – Vera falou lentamente, observando o rosto do médico empalidecer. – Algum problema, doutor?

– A... – procurou manter a voz calma – senhora saberia me dizer onde mora essa amiga? – tinha que controlar a ansiedade, talvez um cigarro naquele momento fosse o remédio...

– Ah... não sei... nunca me disse. Mas vai sempre lá... ele gosta muito da moça... – Vera respondeu. – Eu posso ver meu filho agora? – estava muito agoniada.

– Depois. Quando estiver estabilizado – Dante andava de um lado para outro no pequeno consultório e passava a mão pelo cabelo. Suas mãos começaram a tremer novamente, como havia acontecido mais cedo. – Ele estava com celular? – virou-se para a mãe do rapaz.

– Estava.

– Espere por mim aqui que já volto – disse, e saiu apressado para o corredor.

As ideias fervilhavam em sua cabeça. Então não estava louco afinal! Anya realmente existia! Poderia haver mais de uma Anya? E que não tinha ido à faculdade, deixando o amigo preocupado? Não... não, aquilo era um sinal e ele iria resolver aquela loucura de um jeito ou de outro. Foi até a triagem da emergência e procurou uma das recepcionistas.

– Preciso do celular de um paciente que entrou na emergência hoje – falou em tom de urgência.

– Qual o nome? – a recepcionista olhou para ele com má vontade.

– Renato Cordeiro.

Ela então procurou dentro de uma tosca caixa de papelão onde havia vários envelopes com nomes escritos. Não demorou a encontrar os pertences de Renato. Pegou o envelope e o virou sobre o balcão. Havia uma carteira e um molho de chaves. Nada de celular. Dante pegou a carteira e a abriu. Estava vazia, com apenas um cartão de banco e a carteira de identidade. Devolveu tudo para a recepcionista, que voltou a colocá-lo na caixa. Dante agradeceu e voltou para a sala onde a mãe do rapaz esperava. Só ela poderia lhe passar mais informações.

Vera levantou-se quando ele entrou.

– Alguma notícia do meu filho? – ainda apertava a bolsa na mão.

– Ainda não terminou a transfusão – ele afirmou e a fez se sentar novamente. Tinha que tentar manter a calma para extrair mais informações da mulher. – Me desculpe a indelicadeza... nem perguntei seu nome – começou a conversa.

– Vera.

– Quer um copo de água? A senhora está bem? Tem problema de pressão ou do coração? – Tinha de garantir que a mulher ficaria bem, não que estivesse realmente preocupado com ela. Ele percebeu os pensamentos que o motivavam e se achou um crápula por agir assim, mas precisava daquilo.

– Eu tomei dois comprimidos assim que ligaram aqui do hospital...

– Seu telefone está escrito em algum papel? Por que o celular não está aqui no hospital... – ficou desconfiado. Como um hospital como o HG ia atrás de um parente tão rapidamente? Normalmente eram os parentes que corriam atrás de informações de pessoas que sumiam e que poderiam estar em algum dos hospitais da cidade. Havia algo de muito suspeito naquele contato...

– Eu... não sei... – Vera o olhou confusa, sem entender a especulação.

– O importante é que conseguiram avisar a senhora... – disfarçou. – Que curso seu filho faz na Universidade? – disse, querendo mostrar interesse no rapaz, mas na verdade buscava outra informação.

– Ele faz Administração – a mulher respondeu com o olhar apagado, e Dante sentiu pena dela. Respirou fundo, procurando se concentrar naquilo que precisava fazer.

– A amiga dele... Anya... – o nome fez seu coração acelerar – estuda o quê?

– Gastronomia. É uma bela moça... – Vera completou e sorriu levemente – acho que estão de namorico. Renato só fala dela... e do pai dela que é professor...

– Professor? – Dante se aproximava cada vez mais do que precisava descobrir. E podia perfeitamente visualizar o rosto e os olhos de Anya.

– É, o professor Edgar... ele deu aula para meu filho no primeiro ano da faculdade...

– Ele dá aulas lá na Universidade? – o coração de Dante estava batendo na boca.

– Sim...

A conversa foi interrompida pelo enfermeiro que havia acompanhado Renato.

– Doutor, com licença... – ele entrou no consultório. – O rapaz acordou – anunciou, e Vera e Dante ficaram de pé.

– Levaram para a enfermaria? – Dante se animou.

– Sim. – Josias afirmou e Dante saiu acompanhado pela mãe do rapaz. Agora conseguiria mais respostas.

– Doutor Dante! – outra enfermeira apareceu no corredor. – Precisam do senhor lá na emergência!

Agora não! Dante pensou com raiva. Precisava pegar informações com aquele rapaz...

– É urgente, doutor... – a enfermeira percebeu que ele relutava em seguir para lá imediatamente.

– Não há outro médico lá? – Dante parou. – Estou indo ver um paciente. – indicou Vera que aguardava no corredor.

– Não tem mais ninguém livre – ela falou e Dante suspirou.

– Leve a mãe do rapaz até a enfermaria que já vou lá – Dante pediu a Josias e saiu junto com a outra enfermeira, que passou para suas mãos o prontuário do paciente da emergência.

Esteroides

ante lia a ficha do paciente enquanto caminhava para a emergência.

Nome: Daniel Martins. Idade 24 anos. Trazido pelo resgate do Corpo de Bombeiros, acompanhado de funcionário da lanchonete... Possível intoxicação alimentar. Pequeno sangramento nasal que foi estancado.

Dante cruzou com o tal funcionário que, uniformizado, aguardava no corredor. Ele sabia que era procedimento de algumas empresas mandar um funcionário junto com um cliente que passasse mal dentro da loja. E se aquilo fosse mesmo um caso agudo de intoxicação alimentar, a empresa precisaria mostrar que oferecera o socorro, caso houvesse um processo futuro.

Estava de volta à sala de emergência, com toda a cabeça latejando, vontade de fumar e de tomar mais um café e, principalmente, de falar com o jovem que acabara de acordar. A enfermeira indicou a maca e seguiu com Dante até ela.

– Quais procedimentos já foram realizados? – perguntou à enfermeira.

– Lavagem estomacal, doutor, porque disseram que ele havia comido quando passou mal, mas o funcionário da lanchonete garantiu que o lanche não estava estragado. Parece que até o guardaram... sei lá – informou-lhe Paula, a enfermeira.

– E ele não acordou com a lavagem? – a enfermeira negou e Dante levantou as pálpebras do paciente. Notou algo estranho em suas pupilas. – Mais algum sangramento? – conferiu o pulso do paciente e notou que estava alterado demais, 140 bpm... pra quem está inconsciente?

– Não... mas ele está respirando mal desde que entrou... – Dante podia ver o peito muito grande e forte subindo e descendo rapidamente.

Efeito de anabolizante? Possivelmente. Muitos jovens apelavam para o uso de tais esteroides para aumentar a massa muscular rapidamente e não se davam conta de que tal uso poderia causar-lhes câncer no fígado, hipertensão, aumento do colesterol...

O paciente poderia estar enfartando ou sendo vítima de um aneurisma, ou AVC. Mas o estranho era que a pressão arterial dele era de 14 por 9. O que não combinava com o restante dos sintomas. Dante fechou os olhos por um momento e suspirou. Com certeza era ele quem estava ficando louco e enxergando tantas discrepâncias... Pediu para que a enfermeira verificasse novamente a pressão e a frequência cardíaca, e os dados batiam com o que ele registrara.

– Leve-o para a emergência cardíaca – era uma tentativa. Fariam alguns exames cardiovasculares, uma tomografia para verificar o que acontecia. Pediu um hemograma para verificar os índices do colesterol e triglicérides. O que o intrigava era que as pupilas estavam muito dilatadas e as íris eram vermelhas, mas o globo ocular estava límpido...

Acho que assisti a muitas séries sobre médicos e casos estranhos quando era adolescente... pensou, apertando novamente as têmporas. Um médico não pode fantasiar...

Dois enfermeiros chegaram à sala para levar o paciente até a sala de exames. Quando se preparavam para sair, Dante sentiu um aperto violento em seu braço e se assustou. O rapaz, que até então estivera desacordado, olhava para ele com aquelas íris vermelhas, a mão forte apertando seu braço, os lábios pálidos contraídos. Estaria sentindo dor?

Dante, que se considerava bem forte, embora há muito desistira da academia e mal tivesse tempo para suas corridas matinais, forçou a mão do rapaz para que o soltasse, mas o aperto era surpreendentemente forte. Os enfermeiros tentavam soltar a mão dele do braço de Dante.

– Você não vai conseguir! – a voz de Daniel saiu rasgada, assustando a todos que estavam ali. – Eu mato você!

Dante respirou fundo enquanto conseguia se desvencilhar do aperto. Sabia que os esteroides, consumidos em altas doses, aumentavam a irritabilidade e a agressividade, além de poderem produzir comportamentos estranhos, como aumento da energia e confusão mental...

– É melhor acalmá-lo... – Dante falou com a enfermeira que já preparava uma injeção calmante.

O rapaz parecia um touro. Começara a se debater sobre a maca, procurando se livrar do aperto de dois enfermeiros que tentavam amarrá-lo a ela. Era muito forte. A enfermeira conseguiu injetar o calmante depois de levar um safanão. E só então o rapaz diminuiu a tensão dos músculos e, antes de adormecer, olhou para Dante.

– Anya... – ele falou e deixou o rosto cair sobre a maca.

Quem estava enfartando agora era Dante, com certeza! Ouvira mesmo aquilo que achava que ouvira? Sua cabeça iria explodir... Olhou para Paula, lívida, encostada à parede da emergência.

– O... o que... ele disse? – Dante sentiu que suas mãos tremiam incontrolavelmente, assim como sua voz, que não conseguia mais disfarçar.

Paula o olhou e viu que também estava pálido e tremendo. O paciente o havia assustado também, com certeza.

– Que vai... matar o senhor? – ela começou a falar confusa.

– Não... não! Agora! Antes de apagar totalmente! – ele apontou para a maca que saía.

– Acho que Ana... algo assim... – Paula respondeu sem entender. – Talvez queira que chamem a namorada dele ou a mãe... – puxou profundamente a respiração. – Eu nunca vi nada igual, doutor... – ela fez o sinal da cruz diante do corpo. – Parecia mais que estava possuído... – concluiu.

Dante sentia suas pernas querendo falhar, precisava de uma cadeira, precisava sair correndo dali... precisava de um calmante...

E foi isso que fez antes de voltar à enfermaria para ver Renato. Tomou um calmante com duas xícaras de café, total incompatibilidade, mas parecia sempre funcionar para ele. Jogou água no rosto, sentindo que suas mãos não paravam de tremer. Já havia passado de seus limites, tinha que ir embora, mas ainda havia horas de trabalho pela frente.

Esse pesadelo não vai acabar?, falou para si mesmo antes de voltar para o corredor.

Vera estava de pé ao lado da cama do filho quando Dante entrou na enfermaria. Os olhos de Renato estavam muito fundos, com olheiras escuras.

– Como está se sentindo? – Dante se colocou ao lado da cama, enquanto olhava para os monitores que revelavam que o corpo do rapaz voltava à normalidade, pressão e batimentos cardíacos normalizados.

– Estou bem, doutor – Renato respondeu, enquanto era alimentado pelo soro.

– Então... – Dante massageou as têmporas – se lembra de como chegou aqui?

– Era o que estava falando pra minha mãe... não me lembro de nada! Estava indo pra casa da Anya... e depois tudo apagou! – ele balançou a cabeça demonstrando sua aflição e não reparou na expressão que passou pelo rosto do médico. – Devo ter desmaiado na rua... minha mãe disse que meu celular não tá aqui, né? Devem ter roubado... – suspirou.

– Você, então... não chegou à casa de sua amiga? – o coração de Dante estava acelerado com a perspectiva de ter notícias de Anya.

– Não...

– Estava se sentindo mal quando saiu ontem? Algum cansaço, sangramento...

– Eu estava superbem... até assisti às duas primeiras aulas – meneava a cabeça, confuso.

– E, então... foi para a casa da sua amiga... – Dante respirou fundo. – Ela... mora perto da faculdade? – não encontrava jeito de descobrir o endereço de Anya sem que levantasse alguma suspeita.

– Não muito... eu peguei um ônibus, depois andei umas duas quadras.

– Ela mora aqui perto do hospital? – era outra forma de perguntar a mesma coisa.

– Não! – Renato arregalou os olhos. – É longe daqui! Por isso não sei como vim parar tão longe!

Dante suspirou e passou a mão pelo rosto. De volta à estaca zero.

– Você... "tentou" usar alguma droga? – Dante olhou na direção do braço dele. Decidiu se focar naquele ferimento que o instigava.

– Não! – Renato, surpreso com a pergunta, se ajeitou na cama, olhando para mãe que arregalara os olhos. – Eu sou contra essas coisas...

– Meu filho jamais faria algo assim, doutor! – Vera falou ofendida.

– Senhora – Dante se virou para ela –, pode sair um minuto para que eu fale com seu filho? – não era um pedido, mas uma ordem dita mansamente.

Vera não gostou de se ver expulsa da enfermaria, mas Dante mantinha o olhar sério e profissional sobre ela. Relutante, ela saiu.

Dante respirou fundo e cruzou os braços diante do peito.

– O senhor acha que eu usei drogas, não acha? – Renato o olhava sério.

– Não – o médico respondeu e Renato ficou confuso. – Mas pode ter tentado usar – foi até perto da cabeceira da cama e pegou no braço do rapaz. – Ou participou de algum encontro amoroso com uma esganada... ou sei lá...

– Doutor... se eu disser pro senhor que não faço a menor ideia de como esse machucado foi parar aí, o senhor acreditaria? – o rapaz o olhou demonstrando sincera ignorância da causa do ferimento. – E se antes de me socorrerem... alguém tenha me atacado? Meu celular sumiu, não foi?

– O agressor... morderia você? – Dante levantou a sobrancelha. – Tem certeza de que não participou de nenhum ritual? Algo que não contaria à sua mãe? – olhou na direção da porta.

– Não, doutor! – ele parecia indignado.

– Olha só, Renato. Não é nada contra você... mas eu tenho que entender como foi que se feriu e como perdeu tanto sangue! – a cabeça de Dante voltara a latejar insuportavelmente.

– E eu não faço a menor ideia... – Renato encostou a cabeça no travesseiro.

– Não foi a sua namorada que mordeu você então? – procurou parecer descontraído, mas não sabia como sua voz estava soando, se tremia ou não. – A tal de... Anya?

Renato sorriu.

– Anya? Bem que eu queria, doutor... – brincou. – Eu nem ligaria se ela me mordesse... eu deixaria...

– Sei... – Dante visualizava o rosto de Anya e imaginava por que o rapaz estava tão apaixonado. – Ela... sabe que você está aqui?

– Acho que não... eu não consegui falar com ela – suspirou. – Aliás... preciso falar com ela.

– Sua mãe disse que você estava meio preocupado com ela... – aproveitava para explorar.

– É que ela faltou na faculdade... e ela não é de faltar, é muito responsável...

Dante não disse nada, precisava pegar do rapaz a informação sobre o telefone ou endereço de Anya, mas não sabia como fazê-lo. Pois aquelas informações não diziam respeito ao médico.

– Eu vou sair dessa, não vou, doutor? – Renato interferiu em seus pensamentos.

– Vai sim... – Dante afirmou seguro, o rapaz estava bem –, mas ainda devemos esperar os resultados dos últimos exames.

– Se eu tiver uma doença ruim... não conta pra minha mãe não, tá? – pediu em voz baixa.

– Pode deixar – Dante não sabia por quê, mas tinha certeza de que ele não tinha nenhuma doença grave. – Vou chamar sua mãe... – foi para a porta e a abriu, deixando a mãe ansiosa entrar. A mulher olhou para Dante com aflição, talvez temendo alguma descoberta terrível sobre o filho. – Ele está bem, dona Vera... – ele a tranquilizou.

– Graças a Deus! – ela colocou a mão no peito, visivelmente aliviada.

– Ele vai ficar mais um dia aqui, pelo menos. Vou passar uma dieta para controlar a anemia, ele vai tomar alguns remédios e, se fizer o tratamento corretamente... vai ficar cem por cento – informou.

– Obrigada, doutor. – Vera falou, agradecida.

Dante precisava de informações, mas não encontrou maneiras de fazer perguntas sobre Anya. Poderia dizer que havia atendido uma Anya, mas o rapaz parecia não saber que ela quase morrera afogada e ele também não tinha a comprovação de que realmente a havia atendido... Saía do quarto quando ouviu o pedido de Renato à mãe.

– Me empresta o celular pra eu ligar pra Anya?

Aquela frase fez Dante parar do outro lado da porta. Ficou ouvindo.

– Ué... – disse Renato. – Eu disquei certo, tenho certeza! – Dante o ouviu tentar ligar de novo. – Tá falando aqui que o número está temporariamente desligado... Mãe, eu tô ficando preocupado com ela! Será que aconteceu alguma coisa?

– Renato, agora você tem que se preocupar com você! – a mãe falou brava com ele. – Quando voltar para casa, você tenta falar com ela.

Dante ficou parado ali no corredor, encostou a cabeça na parede e fechou os olhos. Anya transformara-se em um grande mistério e o estava deixando louco! Precisava esperar o "touro" acordar para também investigá-lo.

Sua dor de cabeça não dava trégua e o calmante que tomara, aliado aos outros remédios, o estava deixando grogue, precisava de meia hora de sono... Tirou o jaleco, seguiu pelo corredor e saiu do hospital, indo até o estacionamento. Entrou no seu carro e se deitou no banco de trás. Só uma horinha... pensou, fechando os olhos...

Três Homens e um Segredo

Anya acordou sentindo-se muito bem. O quarto estava escuro. Espreguiçou-se languidamente na cama e sentiu o cheiro de café que vinha da cozinha. Levantou-se, caminhou até a janela e abriu a cortina lentamente. Era noite e a rua estava coberta por uma neblina espessa, o que a fez estranhar o cheiro de café àquela hora. Foi ao banheiro, lavou o rosto e se olhou no espelho. Estava bem, com a face corada. Realmente precisava ter dormido. Mas tivera sonhos muito estranhos, nos quais estivera no hospital, de que um personagem de Shakespeare a visitara em seu quarto, de que comia batatas fritas e tomava um delicioso *milk-shake* de chocolate...

Foi ao quarto do pai. Ele não estava na cama, deveria estar com insônia. Às vezes ele chegava da faculdade e ficava por horas preparando textos ou corrigindo trabalhos e provas. Abriu a porta que separava o corredor da sala.

– Oi, Anya! – foi recebida por aquele negro enorme, que abriu um sorriso largo quando a viu.

– Tio Ivan? – falou, surpresa, e o abraçou carinhosamente.

– Oi, filha... dormiu bem? – o pai apareceu da cozinha e deu um beijo em seu rosto. Parecia cansado, apreensivo, mas também aliviado.

– Eu... dormi... – falou desconfiada, olhando para Ivan parado no meio da sala. – Aconteceu alguma coisa? – olhou dele para o pai. Afinal, fazia anos que não via Ivan e ele estava na casa dela de madrugada tomando café com seu pai.

– Ivan vai passar um tempo aqui em casa, Anya – o pai a informou.

– Tá tudo bem? – ela olhou para Ivan, que sorriu.

– Tá sim, branquinha... – falou carinhoso, apertando em volta dela os braços enormes. – Você cresceu desde a última vez que a vi, hein? – brincou, passando a mão na cabeça dela, que batia na altura do peito dele.

– Você também! – ela sorriu olhando para cima.

– Pros lados, né? Pode falar! – o riso grosso dele encheu a sala.

– Hummm, também... – ela bateu a mão no abdome dele, parecia que batia contra a parede.

– Quer café, filha? Comer alguma coisa? – Edgar falou carinhoso, olhando-a com preocupação.

– Eu não estou com fome... – sorriu e olhou para mesa da cozinha. – E, pelo visto, os dois andaram comendo porcarias enquanto eu dormia, não é? – viu a embalagem da lanchonete sobre a mesa. Depois se virou séria para o pai e Ivan na sala. – Vão me dizer o que está acontecendo? – encostou-se ao balcão da cozinha, esperando explicações. Afinal, a visita de Ivan era totalmente inesperada, fazia uns dez anos que não o via, e seu pai tinha uma expressão estranha no rosto enquanto olhava para ela.

– Nada, filha... – Edgar respondeu depois de um tempo.

– Pai! Eu não sou criança e te conheço muito bem! Vamos! Quem é que vai me contar? – encarou-os. – Eu sonhei que estava no hospital... – organizava os pensamentos. – Não foi um sonho, não é?

– Não – Edgar se sentou no sofá.

– Eu quase me afoguei, não foi? – ela se sentou ao lado dele.

– Quase... – ele suspirou.

– E você acha que eu quis me matar, não acha? – olhou fixo para ele e viu sua expressão indignada.

– Claro que não! – pegou na mão dela.

– E por que não me lembro de ter vindo pra casa? – questionou.

– Você estava medicada e veio dormindo... – Edgar tentava manter a segurança para não levantar mais desconfianças.

– Ahhh... – exclamou e olhou para Ivan. – E o que faz aqui, tio? – levantou a sobrancelha. – Não que eu não goste de sua visita... estava morrendo de saudades de você! – sorriu. – Mas é estranho aparecer assim...

– Puxa... e eu que pensei que fosse pular em cima de mim... fazer a maior festa! – Ivan se fingiu ofendido. – Pois é, Edgar... às vezes é melhor que permaneçam aquelas crianças irritantes... depois que crescem... – balançou a cabeça.

– É que... faz tantos anos! – Anya justificou. – Você não ligou, escreveu uns poucos *e-mails*... e simplesmente sumiu! – realmente sentira muita falta de Ivan.

– Eu... fui trabalhar longe, branquinha... ficou difícil me comunicar... – ele respondeu sem jeito.

– Desculpas, desculpas... – ela cruzou os braços. – Agora aparece no meio da noite? Tá fugindo da polícia? É isso?

– Você é muito preocupada, Anya – Ivan riu, desconversando.

A conversa foi interrompida pela campainha. Ivan enrijeceu e olhou para Edgar, que ficou pálido. Os dois olharam para a porta.

– É a polícia? – Anya perguntou baixo olhando para eles, mas podia sentir um perfume suave de baunilha. Ela conhecia aquele perfume...

Edgar foi até a porta e espiou pelo olho mágico. Do outro lado, Rafael olhava diretamente para ele, como se não houvesse uma porta entre eles.

– Pai... quem é? – Anya via o rosto translúcido do pai, que se encostou à porta.

– Eu não vou deixar, Ivan... – Edgar olhou para o amigo que estava parado no meio da sala e também ficara pálido.

– Não vai funcionar, Ed! – Ivan respondeu.

– Tio! Se esconda no meu quarto! A gente diz que não sabe de você! – Anya pegou no braço dele e sugeriu, nervosa. Não sabia o que Ivan havia feito, mas não deixaria a polícia levá-lo.

– Edgar! Não adianta adiar o inevitável! – a voz mansa de Rafael soou do outro lado da porta. – Eu estou sendo educado e batendo à porta... pedindo sua permissão...

Anya sentiu seu corpo esquentar quando ouviu aquela voz; ela a conhecia, mas achava que tinha sido em um sonho...

– Pai? – ela olhou confusa para Edgar, esperando sua reação. – Quem é que está aí fora?

– Ele vai falar mentiras, Anya! Não precisa acreditar nele! – a voz do pai estava trêmula e tensa.

– Eu... não estou entendendo mais nada! – o rosto dela ficou vermelho.

– Ed... – Ivan os olhava com preocupação. – Se ele quiser... ele...

– Eu sei, Ivan! – Edgar se exaltou.

Rafael esperava pacientemente do lado de fora. Sabia como Edgar se sentia com relação a ele, sabia que o culpava pelo que havia acontecido à esposa e de certa forma aquilo era verdade. Encantara-se tanto por Bete que se perdera de seu objetivo: prepará-la adequadamente para o que viria. Mas Edgar precisava saber que estava disposto a não falhar com Anya. Respirou profundamente enquanto ouvia as vozes de Edgar, Ivan e Anya do lado de dentro.

A porta abriu e Ivan apareceu de forma intimidadora diante dele. Rafael sempre se sentia mal na presença dele; embora o dom de Ivan não tivesse efeitos sobre ele, sentia-se exposto. Era uma força que incomodava...

Ivan saiu e fechou a porta atrás de si. Encarou Rafael. Os dois eram bem altos, mas Ivan o superava, e muito, em largura...

– Não vai dominar minha mente, Escravo! – Rafael o encarava.

– E você não vai fazê-la sofrer, porcaria de tutor – falou com desdém e apontou o dedo para o rosto de Rafael. – Eu posso arrancar sua cabeça...

– Não será necessário. – Rafael falou com a voz inalterada apesar da ameaça. Estava acostumado a ameaças. Sabia que, se Ivan quisesse sua cabeça, já estaria bem distante de seu corpo. – Você não é o Escravo dela, Ivan... sabe disso.

– O que sei é que, Escravo ou não, eu vou protegê-la, está compreendendo? – os lábios grossos de Ivan se contraíram.

– Vai me deixar entrar? – Rafael falou mansamente. Aquela calma dele sempre irritara Ivan, que não podia evitar pensar que Rafael tinha sangue de barata.

Ivan colocou-se de lado e abriu passagem para Rafael.

Anya estava parada com seu pai no meio da sala. Estava totalmente confusa e sentiu suas pernas falharem quando viu Rafael passando pela porta. Então não foi um sonho! Aquele homem existia mesmo! Tinha aquele agradável cheiro de baunilha e sua presença a deixava enfraquecida, vulnerável... foi obrigada a se sentar.

– Como vai, Edgar? – Rafael encontrou os olhos castanhos de Edgar, que o encaravam furiosos. – Anya, querida... que bom vê-la novamente – ele sorriu para Anya e se aproximou suavemente. O corpo de Ivan se colocou entre ele e Anya imediatamente.

– Não precisa chegar perto – a voz grave interveio na aproximação.

– O que quer aqui, Rafael? – Edgar procurava manter o controle e não assustar ainda mais sua filha.

– Falar com Anya, Edgar. – Rafael olhava para a jovem pálida sentada no sofá. Os olhos dela demonstravam que tentava processar informações e compreender o que acontecia. Ele podia sentir a angústia nascendo no peito dela.

– Você... já esteve aqui, não é? – Anya o olhou com desconfiança. – Não foi um sonho, não é?

Edgar e Ivan se viraram para Rafael com olhares que seriam capazes de fazê-lo em pedaços. Mas Rafael não se deixou amedrontar.

– Eu... só queria dar boas-vindas... – ele sorriu para Anya com os lábios finos e sensuais e ela sentiu o rosto queimar.

– Você... é o Montéquio... – a voz dela saiu sussurrada.

– Sou – o sorriso continuava em seus lábios.

– Não acredito que entrou em minha casa sem ser convidado! – Edgar vociferou.

– Me perdoe, mas quanto antes sua filha souber sobre a nova vida, antes será capaz de se defender e... o que aconteceu à Bete pode não se repetir... – concluiu, e Edgar pegou-o pelo colarinho impecável da camisa preta de grife, ignorando a diferença de altura e de força, além do fato de que, se Rafael quisesse, ele estaria morto.

– Você foi culpado! – os olhos de Edgar brilhavam de raiva e dor.

– Eu não era nem o protetor nem o Escravo dela, Edgar! – o tom era acusativo. Edgar puxava a respiração com força enquanto o encarava. Ivan mantinha os braços cruzados diante do corpo tenso. Deixava que Edgar jogasse toda a sua raiva contra Rafael, sabia que os três haviam falhado com Bete.

– Esperem! – Anya gritou e se levantou com as pernas trêmulas. – O que minha mãe tem a ver com isso? Alguém vai me explicar o que está acontecendo aqui? – seus olhos se encheram de lágrimas.

Edgar soltou o colarinho de Rafael e pegou na mão fria da filha. Respirou profundamente, fechou os olhos e procurou manter a voz calma.

– Nós três falhamos com sua mãe, Anya... – embora controlasse, a voz ficou embargada. – Ela... morreu por nossa culpa... – concluiu, e Anya foi obrigada a se sentar.

– Ela... não sofreu um acidente? – a boca de Anya estava seca e seu coração batia acelerado. Seu pai sempre dissera que a mãe morrera em um acidente de carro quando Anya tinha apenas 6 anos.

Edgar e Ivan se olharam. Teriam de contar tudo e não sabiam se estavam prontos para enfrentar esses demônios do passado. Viam-se confrontados pelos olhos grandes e confusos da jovem...

– Se você permitir, Edgar... – Rafael interveio. – Eu conto a ela. O que não concordar com minha versão, pode corrigir – a voz dele era inalterada, de uma maciez e conforto tão grandes que fizeram Anya se virar para ele pronta para ouvir.

Edgar não disse nada, apenas ajeitou os óculos no rosto. Rafael então se sentou ao lado de Anya e pegou em sua mão. O toque era quente, macio. Ela sentiu, mais uma vez, que podia confiar nele... e aquele aroma de baunilha a deixava calma.

– Anya, querida... eu vou lhe contar o que precisa saber para enfrentar essa nova vida... – ele falou calmo. Anya ainda não entendia o que ele queria dizer com "nova vida", mas alguma coisa dizia para que esperasse, que logo isso estaria esclarecido.

Portadora de Necessidade Especial

– Bete só descobriu que era uma Portadora de uma necessidade especial, essa necessidade só despertou depois que você nasceu, Anya – os olhos claros de Rafael ficaram fixos na janela.

– Necessidade especial? – Anya espantou-se com a informação. Conhecia alguma coisa sobre pessoas com necessidades especiais e, normalmente, a expressão se referia àqueles que possuem determinados tipos de deficiência...

– Não há um nome certo para essa necessidade. Pode ser chamada, de forma acadêmica, de hematofagia ou, de forma popular, de... – ele a olhou com cuidado e preocupação, estava acostumado a diferentes reações quando era obrigado a dar aquela notícia – vampirismo.

Anya olhou-o por um minuto e depois começou a rir.

– Uma pegadinha! É isso! Com certeza tem alguma câmera escondida em algum lugar por aqui... – ela se levantou e andou pela sala. – Quem encomendou? Só pode ter sido alguma daquelas "sem noção" da minha sala que... quer colocar essas coisas no vídeo, no dia da formatura!

– Anya... – o pai falou, olhando-a de forma triste e preocupada.

– Não, pai... eu entendi! Claro! – ela ria, sem acreditar. – Mas... vampirismo?

– Não é brincadeira, filha... – Edgar falou sério e ela olhou para Ivan, que tinha os olhos rasos de água, e para Rafael, que continuava impassível sentando no sofá.

– Pai! Vampirismo? Estão me dizendo que minha mãe era uma vampira? – o rosto dela ficou vermelho. – E como ela morreu? Com uma estaca no coração? Com água benta? Com os raios... – Anya falou e, de repente, pareceu se dar conta daquilo que iria dizer.

Parou lívida olhando para eles, seu estômago embrulhou, sua respiração ficou difícil e seu coração bateu tão acelerado que parecia querer fugir do seu peito. Sem palavras, observava os rostos tristes e tensos de seu pai e de Ivan. Suas pernas fraquejaram e o pai a amparou, ajudando-a a se sentar no sofá novamente. Ivan foi até a cozinha e voltou com um copo de água com açúcar.

– Pai? – Anya falou, com as lágrimas escorrendo pelo rosto. Aquilo não podia estar acontecendo! Era um pesadelo! Uma história irreal!

Edgar sentou-se ao lado dela e a abraçou. Estava trêmulo e suas mãos transpiravam.

– Ninguém aceita isso fácil, Anya... – ouviu a voz suave de Rafael às suas costas. – E nem espero que compreenda rapidamente.

Ivan entregou o copo de água com açúcar nas mãos trêmulas de Anya e ela bebeu o líquido com dificuldade. Por que estavam lhe contando aquilo agora? Por que os três ali, juntos, para lhe dar uma notícia daquelas?

– Como... foi que... – respirou fundo, passando a mão pelo rosto e enxugando as lágrimas. – Minha mãe... morreu? – a pergunta saiu com muita dificuldade.

Rafael assumiu a narrativa depois de certificar-se de que Edgar o autorizava a prosseguir, dirigindo-lhe um olhar que continha muita dor.

– Sabe, Anya... cada vez que uma pessoa com essa necessidade especial desperta, despertam com ela também outras... – ele suspirou.

– Outras? – a jovem apertava o copo nas mãos.

– É... E uma delas é o Antagonista, que chamamos de caçador – ele fez uma parada. – Bete foi morta pelo Antagonista.

– Um... caçador matou minha mãe? – aquilo era inacreditável! A sensação que tinha era a de que participava de algum filme de terror. Talvez tivesse assistido a filmes demais ou talvez o estresse pelo que passava a tivesse enlouquecido e estava vivendo em um mundo paralelo, em uma realidade virtual. – E agora está atrás de mim? – a pergunta parecia sem sentido, mas ela não sabia mais em que pensar.

– Não, Anya. – Rafael falou seguro.

– Ontem... você disse que era meu... tutor. O que significa isso? Eu não sou mais criança... e tenho meu pai para... – suspirou, olhando para Edgar que estava arrasado, sentado no sofá. E então as peças começaram a se encaixar. – Vocês não acham que eu também seja... – falou nervosa. – Essa alergia ao sol... pode ser apenas uma... alergia, não? – de repente suas mãos começaram a tremer. Aquilo não era possível! Sem querer passou a mão pelo pescoço, procurava sinal de alguma mordida; pelo menos nos filmes era assim que as pessoas se transformavam.

– Não sabemos se você é realmente alérgica ao sol... – o pai confessou com a cabeça baixa. Mentira para a filha durante anos, apenas porque temia que ela despertasse para aquela condição.

– Não sabem? – Anya olhou para ele espantada. – Eu... fui privada de ver o sol e ninguém sabe se eu tenho essa alergia? – isso a deixou atormentada.

– Anya... nenhum despertado é igual ao outro... a não ser pela hematofagia – Rafael explicou.

– Despertado? Como assim? Quando eu fui mordida? Não me lembro de ter sido atacada... – havia uma confusão mental muito grande acontecendo com ela. Sabia que havia coisas em sua memória que estava deixando propositalmente de lado. Coisas de que não queria se lembrar, mas a sensação era de que estavam lá, esperando a oportunidade de aparecerem e a aterrorizarem... – Algum vampiro me atacou? Na... praia...? – ela estava de pé novamente e se encostou ao lado de Ivan junto à janela. Ivan parecia uma estátua de ébano, de tão impassível e distante que estava sua expressão. – Foi você, Rafael? – ela olhou na direção dele e o viu sorrir. – Onde me mordeu? – levou a mão ao pescoço novamente.

– Eu não mordi você, Anya... – ele respondeu calmamente, embora a pergunta fosse excitante.

– Mas você é um... vampiro? – os olhos grandes e cor de chocolate o investigaram. Claro! Era só olhar para a aparência dele! Aquele rosto impassível, a postura elegante, sensual, a fala mansa e sedutora...

– Se é assim que quer chamar... – ele levantou os ombros.

– Pai? – ela não podia acreditar que seu pai fosse um vampiro, que pudesse tê-la mordido... – Ivan? – olhou para cima, para o rosto dele.

– Não, Anya... seu pai é um protetor e Ivan é o que chamamos de... Escravo. – Rafael respondeu.

– Escravo? – agora que estava tudo confuso mesmo!

– Escravos são aqueles que, de uma forma ou de outra, despertam junto com os "vampiros" – Rafael fez o sinal de aspas com as mãos; era evidente que aquele título o irritava – e que nos servem, nos alimentam e, muitas vezes nos... protegem – concluiu.

Anya, aflita, foi até o pai que estava sentado no sofá e se ajoelhou diante dele, tomando as mãos suadas nas suas.

– Pai... por favor... diga que isso não é verdade! Diga que estou sonhando... por favor...

– Eu... – as lágrimas desceram pelo rosto dele – não posso mais mentir para você, filha – respirou fundo e passou a mão pelo rosto dela. – Eu... cuidei de sua mãe quando ela... precisou... Foi quando conheci Ivan... – indicou o amigo que os olhava com os braços cruzados sobre o peito. – Ele despertou como Escravo quando Bete... despertou...

– Os Escravos normalmente apresentam alguns dons especiais... E seu sangue é o que há de mais atraente a um Portador. – Rafael tentava explicar, mas sabia que ainda teria muito trabalho pela frente.

Anya olhou para Ivan observando o braço musculoso coberto por pequenas cicatrizes. Sempre vira aquelas cicatrizes que ele cobria com tatuagens de anjos e dragões, mas jamais poderia imaginar...

– Minha mãe foi... quem... – ela balbuciou, querendo não acreditar naquela história que ia sendo construída à sua frente.

Ivan não disse nada, apenas sorriu ligeiramente. Não havia prazer maior para um Escravo do que ter seu corpo usado pelo Portador.

Os lábios sempre trêmulos e inseguros de Bete em sua pele lhe deram as sensações mais maravilhosas que tivera em sua vida.

– Edgar não é um Escravo, mas tem um talento especial que trazia sua mãe à razão quando ela estava se alimentando. Ela sempre... o escutava. E, como protetor, ele... – Rafael olhou para Edgar que estava com a cabeça enfiada entre as mãos, fitando o chão da sala.

– Não deveria ter falhado – a voz de Edgar não passava de um sussurro dolorido.

– Quem me mordeu? – Anya perguntou baixo e se levantou, olhando pela janela para a rua que começava a receber os raios de sol.

– Não sei... algum Mensageiro... Alguém que está ali para ser mordido. Ele a provoca e faz despertar a necessidade em você, até que não tenha escolha a não ser... – Rafael viu os grandes olhos marrons o fitarem assustados e com um brilho de lembrança cintilando. – Mas ele não a mordeu... você o mordeu...

Anya sentiu um bolo comprimir seu estômago. De repente, o sonho que a vinha atormentando ficou claro. Ela havia perseguido um rapaz na praia, havia sentido aquele aroma enlouquecedor e precisava experimentá-lo, então se lembrou: ela o mordera!

– Eu... mordi! – falou alto, nervosa e começou a andar pela sala. – Eu... não acredito! Eu o mordi! Ele tinha aquele cheiro agridoce! – e ela não havia resistido.

– Ele quem, filha? Você se lembra de quem esteve com você na praia? – Edgar perguntou nervoso. Precisava saber o que havia acontecido com ela na praia, como se afogara, se haviam se aproveitado dela de alguma forma.

Anya parou e ficou fitando o vazio por um momento, evocando a imagem do rapaz que encontrara e perseguira na praia.

– Ele... estava nadando... e eu senti aquele aroma... eu estava meio atordoada... mas então eu... entrei na água, estava escuro... – ela balançou a cabeça.

Edgar segurou a filha pelos ombros e a olhou nos olhos.

– Ele feriu você, Anya?

– Como ele era? – Rafael perguntou interessado, pois era importante identificar mensageiros e onde agiam.

Anya evocou o que se lembrava do homem na praia.

– Os cabelos eram meio... compridos... – mostrou a altura dos ombros –, mas estava escuro e ele estava... molhado... os olhos eram... verdes, eu acho... – fechou os olhos tentando se lembrar, mas a imagem que surgiu foi a do médico que a atendera no hospital. – Era forte... alto...

Rafael ouvia a descrição e tentava se lembrar de portadores que conhecia que tivessem algumas daquelas características. Certamente iria procurar o homem que a despertara.

– O Mensageiro é um estrategista... – Rafael levantou-se e começou a andar ao lado dela pela sala. – Ele percebe a sensibilidade maior do Portador e é através dela que ele o atrai para que o faça despertar... você tem uma afinidade com os aromas, por isso o cheiro dele foi tão importante!

– Meu Deus! Isso é uma loucura! – ela balançou a cabeça, tentando se livrar daquilo. – Por que eu? Por que despertar?

– É genético, Anya... você é uma Portadora... e alguma coisa, em algum momento da sua vida, pode levá-la à necessidade de despertar, entende?

– Genético?

– Sua mãe era Portadora... e você também.

– Eu... vou ter que chupar o sangue das pessoas? É isso que está me dizendo, Montéquio? – a raiva cresceu dentro dela e a jogou toda para Rafael. Aquele estranho com sobrenome shakespeareano era culpado! – Não posso fazer isso! É... monstruoso!

– Você já o fez, Anya... – Rafael falou calmo e ela arregalou os olhos, virando-se para seu pai.

– Eu matei uma pessoa? – não, aquilo já era demais! Como podiam estar sentados ali ao lado dela sabendo que era uma assassina, uma sugadora de sangue monstruosa? – Aquele homem na praia... eu o matei? – ela o havia mordido... teria o matado? Aquele pensamento a fez ficar enjoada.

– Não precisa matar... e não matou... apenas se alimentou – a voz de Ivan foi finalmente ouvida. – E certamente o desgraçado que despertou você não morreu, infelizmente – completou com raiva.

– Quem, então? A pessoa que eu... – ela suspirou, com dificuldade em terminar a frase – ...vai se transformar?

– Não, não vai. E não precisa saber quem é, Anya. A pessoa está bem. – Ivan respondeu objetivamente. Era melhor que ela não soubesse quem foi o primeiro a lhe doar o sangue, enquanto o Escravo dela não aparecesse.

– Então... o cheiro que senti no hospital... sabia até o que aquela enfermeira havia comido! Eu podia sentir o cheiro do sangue dela? – as coisas começavam a fazer sentido, infelizmente.

– É a sua sensibilidade olfativa... alguns desenvolvem maiores habilidades motoras e se tornam mais rápidos, mais hábeis em se deslocar... outros têm a visão mais sensibilizada e veem coisas que nós não vemos... outros apuram a audição e podem ouvir o coração de uma pessoa bater mesmo que esteja bem longe dela. São inúmeras as variações – Rafael explicou assumindo o papel de tutor, mas havia muito mais coisas a serem aprendidas e ensinadas.

– Qual... era a da minha mãe? – os olhos dela se encheram de lágrimas.

– Sua mãe sempre foi muito sensível... – o pai falou baixo – ela detectava as emoções... por isso foi tão difícil para ela...

– Posso ficar sócia de algum banco de sangue? – a ideia iluminou sua mente, não precisaria se alimentar de ninguém se tivesse sangue à sua disposição dentro da geladeira. Também vira isso em filmes.

– Não, Anya... precisamos da energia que vem junto com o sangue. Aquela que corre pelas artérias... – Rafael esclareceu.

– Posso me alimentar de um... – ela fez uma careta só de imaginar – rato? Um gato? – pensou em Frufru, a gata de Dona Eugênia, sua vizinha.

– Já adianto que o gosto não é bom, não vai satisfazê-la e pode atacar seu estômago – Rafael não queria que ela ficasse mal ao experimentar um sangue não humano. Não seria uma boa experiência. – O melhor sangue para você é o do seu Escravo... ele te satisfaz, te dá energia e tem o melhor sabor de todos.

– Meu... Escravo? – Anya perguntou sentindo um aperto na garganta. Aquilo era realmente terrível.

– Ele vai aparecer, não se preocupe – Ivan falou sério de onde estava. Um Escravo sempre encontrava o seu Portador. Era algo inexplicável, mas o sangue agia como um ímã, atraindo o Escravo para o

Portador independente de sua vontade. Um Escravo sempre sabia o que tinha de oferecer...

Anya piscou, perplexa com a notícia.

– Eu... vou sentir fome... de comida? – seu olhar se perdeu, olhando para a cozinha.

– Não como sentia antes, mas vai precisar comer... pense que, quanto mais fraca estiver, de mais sangue vai precisar... – Rafael a observava intrigado com suas reações.

– Vou ter que me... alimentar de sangue todo dia? – Anya voltou a fitá-lo.

– Não sei... Como disse, somos muito diferentes uns dos outros. Já conheci uma pessoa que conseguia se alimentar apenas uma vez por mês e outros que eram insaciáveis...

Anya deu um sorriso triste antes de perguntar.

– Sou imortal?

– Não. Mas ocorre uma alteração radical no metabolismo, que faz o ato de envelhecer se transformar em um processo extremamente lento e o corpo mantém a energia, a massa muscular e a tenacidade durante muitos anos sem se alterar... os radicais livres não nos atacam com a mesma ferocidade que atacam as outras pessoas.

– Meu sangue vai gelar? Vou parecer uma morta-viva? – suspirou. A imagem dos vampiros sempre fora algo aterrorizante.

Rafael aproximou-se e tocou no rosto dela. A mão dele era quente e macia.

– Sou frio demais? – ele sorriu e Anya ficou vermelha, sentindo o perfume de baunilha.

– Não... e tem cheiro de baunilha – disse, afastando-se do toque. – Por que não sinto o cheiro do meu pai, ou de Ivan? Quero dizer, do que comeram? Do sangue deles? – ela forçava o olfato, mas não conseguia.

– Você não pode sentir o cheiro do sangue de um Escravo de outro Portador. E seu pai faz parte do grupo de sortudos que chamamos de invisíveis – um sorriso brincou nos lábios finos de Rafael. – Com certeza, algum fator genético...

Anya sentou-se no sofá e apoiou os cotovelos nos joelhos, colocou a cabeça entre as mãos e fechou os olhos. Era uma loucura total aquilo que acontecia com ela, mas a cada minuto, mais real a situação se tornava e ainda tinha muitas perguntas, muitas dúvidas...

Edgar, Ivan e Rafael ficaram olhando para ela, calados. Precisavam dar um tempo para que processasse as informações. Edgar sabia que sua filha era curiosa, inteligente, e que em sua cabeça dúzias de perguntas ainda estavam para ser verbalizadas.

– Não sabem se posso sair no sol? – perguntou finalmente, olhando na direção da cortina. Logo iria amanhecer... – Você nunca quis arriscar, não é, pai? – olhou com carinho para ele. Imaginava quanto sofrimento o pai já havia passado, o que enfrentara com a mãe dela e o que tivera de esconder por tanto tempo. Conseguia entendê-lo, não o condenava por não ter dito nada.

– Não, filha. Mas você não pode... – Edgar sentiu um frio na espinha, imaginava o que ela iria fazer e não queria que ela fizesse.

– Não é uma nova vida, essa que terei que viver? – respirou fundo, bateu as mãos nos joelhos e se levantou decidida. – Se for para eu morrer... que seja o sol meu carrasco...

Sua ação provocou reações de alerta entre os homens presentes na sala.

– Não quer saber mais coisas, Anya? Como, por exemplo... sobre seu Escravo e o Antagonista? – Rafael, rápido como sempre, estava entre ela e a porta. Não podia deixá-la se expor e descobrir de forma dolorosa demais que era realmente alérgica.

– Não, por enquanto. Se o sol me matar, não terei que me preocupar com isso, não é? – ela o encarou e Ivan acabou sorrindo com o jeito dela, que o fazia se lembrar da menininha espirituosa que conhecera.

– Mas é que... – Rafael ia argumentar e Anya tocou no braço dele, pedindo passagem.

– Filha... – Edgar pegou em seu braço com a mão trêmula. Imagens de sua filha queimando sob os raios de sol feriam sua alma com tanta intensidade que faziam seu corpo doer.

– Eu te amo, pai – ela pegou no rosto dele e o beijou –, mas acho que é um bom momento para que eu seja apresentada ao sol... algo de bom tem que vir dessa loucura toda!

– Mas e se... – o pai não conseguia falar e Ivan interveio usando outra tática.

– Você está de pijamas, branquinha... – disse de forma casual, como se não se importasse com o fato de ela sair ao sol, apesar de seu coração estar pesado de apreensão. Mas tinha de admirar a atitude corajosa dela. Além disso, sempre dissera a Edgar que tentasse verificar se a suspeita da alergia era verdadeira.

– Nossa! – Anya sorriu olhando para as roupas e sentiu o rosto esquentar. Estava de pijamas, na sala, onde havia um homem completamente estranho e que tinha um olhar devastador. Disfarçou o constrangimento e piscou para o pai. – Não queremos que ninguém me ache estranha, não é? – disse, e correu para o quarto.

– Ela é maravilhosa, Edgar. – Rafael falou com admiração, olhando na direção do corredor por onde Anya saíra. – Nunca conheci alguém que enfrentasse a nova situação dessa forma...

– É só uma garota, Rafael... e eu tenho muito medo por ela... – o pai encostou-se à porta. Não deixaria sua filha passar por ela.

– Sei o que passou com a Bete, Edgar... mas acredite que não falharemos de novo! Também aprendi muito depois do que houve com sua mulher... pode ter certeza.

– Vai descobrir, em tempo, quem é o caçador? – Edgar tirou os óculos e apertou os olhos. Estava exausto, não dormia há duas noites e não podia baixar a guarda para proteger sua filha.

– Não vou desconsiderar nenhuma hipótese dessa vez, Edgar. Eu prometo. – Rafael falou solene.

Não muito tempo depois, Anya apareceu de calça jeans, camiseta e chinelos.

– Dizem que o sol desse horário é bom para a pele. Vamos testar... – queria parecer confiante, segura e despreocupada, mas estava com medo, aflita. Não queria que seu pai se culpasse por tudo, não o queria fazer sofrer, via o olhar desesperado dele, enquanto se apoiava na porta. Tinha de provar que era capaz de superar aquela situação, que podia encará-la.

– Anya – Rafael aproximou-se e a segurou pelo braço. Era incrível a sensação de tranquilidade que ele passava quando tocava nela e ainda tinha aquele cheiro de baunilha. Anya virou-se e o encarou com os enormes olhos cor de chocolate que o faziam se lembrar de Bete. Puxou a mão e respirou fundo. – Pode não ser tão simples como pensa. Se você tiver a alergia... – olhou para Edgar que estava pálido. – Não vai derreter ou explodir como nos filmes, mas pode sofrer queimaduras terrivelmente dolorosas que a deixarão marcada pelo resto de sua longa vida...

– É verdade, filha! – Edgar completou, agradecendo silenciosamente àquele comentário tão providencial de Rafael.

Anya olhou para eles e respirou fundo. O cheiro de baunilha a estava deixando tonta, ou seria a voz do seu pai, que, suave, penetrava em seus ouvidos? Ele a controlaria, como controlara a mãe dela?

– Minha mãe... ela... se queimou? – perguntou, voltando a se sentar, sentindo que sua cabeça rodava. Talvez tivesse passado por muitas informações rapidamente, reagira com energia a tudo, mas era tudo muito difícil, muito difícil mesmo!

– Uma vez. – Edgar sentou-se ao lado dela e passou a mão pelo seu cabelo. – Eu corri e a tirei da janela, mas ela ficou com cicatrizes horríveis no braço que expôs ao sol... – ele soltou a respiração lentamente, lembrando-se com tristeza de quando Bete tentara provar a si mesma que não era uma aberração.

– Como foi, quando minha mãe descobriu? – olhou para Rafael. – Você era o tutor dela?

Rafael encostou-se à janela e cruzou os braços. Seu fracasso com Bete era um fantasma que o acompanhava a cada minuto de sua vida.

– Eu... não sabia o que fazer. Não conhecia muita coisa sobre a nossa condição e ainda tinha muitas dúvidas! Tentei, mas não soube como ajudá-la... acabei falhando como tutor – suspirou e Anya viu uma sombra de tristeza passar por aqueles olhos que pareciam um céu sem nuvens.

Ivan e Edgar se olharam. Todos haviam falhado com Bete.

– Quando minha mãe foi... despertada? – ela procurava entender tudo aquilo a partir da história de sua mãe, que, pelo visto, colocava aqueles três homens naquela sala, diante dela. – Como... foi morta? Quem era o caçador dela? O Antagonista? Quanto tempo ela ficou nessa situação de... vampira? Tentou morder você, pai? Tentou me morder? Ela se alimentava de quanto em quanto tempo? – de repente precisava saber de tudo, precisava compreender o que havia herdado e como poderia lidar com aquilo. Precisava saber por que os três se acusavam de ter falhado com sua mãe! Precisava saber se havia alguma esperança para ela! Aquilo definitivamente era um pesadelo e estava no meio dele, sem saber como sair. Queria se mostrar forte, mas não conseguia mais fingir. Colocou o rosto entre as mãos e começou a chorar.

Os Profissionais

— Doutor! Doutor! – Dante ouvia alguém gritando ao longe. Sua cabeça estava pesada e o som ecoava entre suas orelhas. Queria pedir mais dois minutinhos... só precisava de mais dois minutinhos de sono... – Doutor! – a voz foi acompanhada pelas batidas insistentes no vidro do carro.

Dante abriu os olhos e parecia que estava acordando depois de uma bebedeira. Sentou no banco de trás e olhou pela janela. Josias estava parado ali. Dante passou a mão pelo cabelo e esfregou o rosto, depois abriu a porta do carro.

– O senhor sumiu! – o enfermeiro falava nervoso.

– Eu estava com muita dor de cabeça, precisava de uma horinha de sono... – disse, fechando a porta do carro.

– Mas faz umas duas horas que procuramos pelo senhor! – Josias caminhava ao lado dele.

– O que é de tão urgente? – Dante procurava o maço de cigarros no bolso e suspirou quando não o encontrou. Esqueceu que havia fumado já os dois maços naquele dia.

– O paciente do esteroide... – Josias falou com uma expressão grave. Dante sentiu aquele enjoo e pensou novamente em Anya. Estava tão bom enquanto dormia! Não sonhara com nada, não pensara em nada...

– O que aconteceu com ele? Morreu? – já esperava a pior das notícias.

– Não, doutor! Bateu em um monte de gente e sumiu! Ninguém conseguiu segurar o cara! – Josias mostrou o braço machucado.

Dante interrompeu a caminhada e olhou surpreso para Josias.

– Fugiu? Chamaram a polícia? – as mãos voltaram a tremer.

– Chamamos... mas o cara tem ficha limpa. Só pudemos dar queixa de agressão, mas... – o enfermeiro suspirou.

– Como ele estava sob efeito de remédios que nós demos a ele... – Dante entortou a boca. O hospital era o responsável pelo paciente. – Pelo menos têm o nome e o endereço dele, não? – esfregou os olhos.

– É... mas o senhor tá meio enrascado... – o enfermeiro falou sem graça.

– Meio? – Dante foi obrigado a rir do comentário. Estava totalmente enrascado. Deixara o plantão para tirar um cochilo e ficara duas horas fora, enquanto um dos seus pacientes aprontava todas no hospital. – Acho que já tem uma recompensa pela minha cabeça – brincou. – Já fez sua aposta? – bateu no ombro de Josias, que sorriu sem graça.

– Vinte reais... – Josias confirmou com uma careta.

– No "todo-poderoso", não é? – disse, enquanto entravam no hospital.

– Sinto muito, doutor...

Daniel chegou ao seu apartamento sem saber como chegara ali. Estava confuso, com a pulsação muito acelerada, parecia que havia corrido por um dia inteiro na esteira da academia.

– Que porra é essa? – gritou ofegante, quando finalmente fechou a porta. Lembrava-se de ter ido da academia para a lanchonete e de que o lanche estava com o gosto péssimo! Havia reclamado, mas sentira uma dor terrível no abdome. Depois... depois... Como tinha ido parar em um hospital com um monte de gente em cima dele? Pensava aflito, enquanto tirava a roupa e ia espalhando-a pelo apartamento. Odiava hospitais! Sempre odiara! Odiava o cheiro de remédio que havia naquele lugar. Odiava gente vestida de branco com estetoscópio pendurado e, principalmente, odiava agulhas!

Passou a mão pelo braço onde uma mancha roxa aparecia no lugar de onde ele retirara a agulha quando acordou e se viu naquele lugar. Não... ninguém o manteria em uma cama de hospital. Não enquanto estivesse consciente!

Virou a torneira da ducha e se enfiou debaixo da água fria. Era um choque, mas foi muito bom. Precisava acordar daquele pesadelo e urgente! Apoiou-se na parede do box e deixou a água bater com força sobre sua cabeça. Sua intenção era deixar a água levar aquela loucura. Enquanto mantinha os olhos fechados sentindo a água massagear o couro cabeludo, um nome martelava em sua cabeça: Anya. De onde tinha vindo aquilo? Ele não conhecia ninguém com aquele nome!

– Não tomei droga nenhuma, porra! – não entendia por que sentia aquela urgência de encontrar a dona daquele nome.

Daniel nunca tivera problemas com drogas. Não que não as tivesse experimentado, mas decidira que se dedicaria ao culto do corpo. Aprendera que um número considerável de mulheres apreciava um abdome sarado, um tanquinho e braços musculosos, e resolvera que era isso que queria, que as mulheres o desejassem e, claro, pagassem bem pelo prazer que podia lhes oferecer. Descobrira esse seu "talento" quando estava na faculdade. E se deu muito bem. Conseguira pagar o curso de administração só para apresentar o diploma aos seus pais que moravam em São Paulo, além de conseguir comprar um carro zero.

– Cacete! Meu carro! – falou, desligando a ducha. Deixara seu carro no estacionamento da lanchonete!

O celular tocou sobre o criado-mudo ao lado da cama. A música já indicava quem era. Enrolou-se rapidamente na toalha, respirou fundo e tentou acalmar a voz.

– Max? – uma voz melosa ronronou do outro lado, chamando-o pelo seu nome profissional.

– Oi, gata – sua voz era suave, o que não combinava com a careta que fazia.

– Esqueceu de mim? – a cliente fazia aquele jogo que ele odiava: o de ter que ficar amaciando a carne, mas fazia parte de sua profissão.

– Não, linda... claro que não! – falou, enquanto esfregava a toalha na cabeça.

– Ontem eu liguei para ti, mas não consegui falar... estou sentindo falta!

Daniel agradeceu, aliviado, ao fato de ter esquecido o celular em casa antes de sair para a academia. Talvez tivesse feito aquilo de propósito.

– Eu esqueci o celular em casa, linda... desculpe – sentou-se na cama e ficou fitando o quadro que havia no quarto. Nunca olhava para ele, mas também nunca ficava em casa... Não sabia a autoria da pintura e também nunca se interessara em saber, nem perguntara ao gerente do flat. Era até uma paisagem bonita, uma rocha, ondas batendo violentamente nela... Anya... aquele nome apareceu como se uma flecha o tivesse atingido na cabeça.

– Vem aqui? – a voz melosa falou do outro lado, tirando-o daquela tempestade que começava a se formar em sua cabeça. – Meu marido foi viajar... deve ficar fora até amanhã, e meu filho foi pra casa da avó... vem... – ela pediu, prolongando a última palavra com charme.

Puta que pariu... ele pensou impaciente. Não queria nenhum programa hoje. Precisava descansar! Mas não podia perder uma cliente como aquela, que sempre lhe dava os perfumes importados caríssimos, as camisas de grife... além de pagar muito bem pelos serviços prestados. Respirou fundo.

– Claro, linda... só estou entrando no banho... depois eu vou aí, tudo bem? Vai colocando aquela camisola nova que você disse que comprou especialmente pra mim... – baixou a voz, imprimindo aquele tom sensual que sabia fazê-la arrepiar-se toda e ficar excitada.

– Ai... – ela gemeu do outro lado. – Não demora...

– Vai esquentando pra mim, linda – ele disse e desligou o telefone.

Deitou com metade do corpo ainda molhado sobre a cama e ficou olhando para o teto. Anya, Anya... que nome era aquele que não saía de sua mente? Seria alguma cliente que ele marcara de atender e não o fizera? Seria alguém a quem prometera ligar e não se lembrava? Levantou-se e foi até o frigobar. Pegou a garrafa de isotônico e a virou na boca de uma só vez. O líquido desceu refrescante e o alertou de que não havia comido nada depois da academia. Não havia comido aquele maldito lanche! Olhou no pequeno congelador e encontrou uma lasanha congelada que comprara na semana anterior, ainda estava na validade. Pôs a lasanha no micro-ondas e foi trocar de roupa para sair.

Enquanto colocava a roupa, aquele nome martelava em sua cabeça, Anya... Pegou o celular e foi conferir se tinha aquele nome em sua agenda que, felizmente, era organizada por ordem alfabética, senão demoraria a encontrar o nome. Havia uma meia dúzia de Anas, algumas Adrianas, Andreias, uma Alice, uma Abigail... ele fez uma careta. Não havia nenhuma Anya. Nenhuma para quem tivesse ligado ou que tivesse ligado para ele. Seria alguma garota da academia? O micro-ondas apitou e ele foi pegar a lasanha.

O telefone do quarto tocou enquanto ele, faminto, devorava a massa esquentada.

– Senhor Daniel? Tem um policial aqui que quer falar com o senhor – o recepcionista do flat avisou.

Daniel respirou fundo. Lá vinha encrenca... com certeza era alguma coisa que tinha feito no hospital. Tudo ainda estava bastante confuso em sua mente, mas sabia que havia saído correndo de lá à procura da segurança da rua. Não se lembrava muito bem do que acontecera nas últimas horas, mas sempre fizera questão de manter a ficha limpa, não costumava se meter em encrencas. Deixou à mão o telefone de uma "amiga" advogada e autorizou a polícia a subir.

– Doutor Dante... você foi contratado por esse hospital porque veio muito bem recomendado. Não é qualquer um que cai nas graças do professor doutor Pereira – o médico-chefe dos plantonistas o encarava sério com as mãos tensas apertadas sobre a mesa do seu escritório. Sua voz era arranhada, como se algo sempre estivesse atravessado em sua garganta. Naquele momento, Dante sabia que era ele que estava atravessado ali. – Há quanto tempo está aqui?

– Dois anos – Dante afirmou, apertando os olhos com a ponta dos dedos. Sua cabeça não parava de latejar e aquilo o estava deixando louco!

– Pois bem, e me parece que, até hoje, nunca houve nada que deponha contra sua conduta neste hospital. Até hoje... – ele respirou fundo e Dante se ajeitou na cadeira.

Estar diante do "todo-poderoso" do plantão era o horror para muitos funcionários, pois o médico-chefe, Doutor Amorim, tinha a fama de ser muito objetivo e não ter muito tato em suas conversas. Não que aquilo estivesse importando a Dante naquele momento. Sua cabeça latejava, estava com fome, as mãos tremiam e precisava fumar. Mal prestava atenção à repreenda que levava do seu superior. Mas foi despertado pela voz arranhada de Amorim.

– Está drogado, doutor Dante? – a pergunta seca e direta fez Dante pensar em outra coisa que não em sua dor de cabeça.

– Não, doutor – ele respondeu e apertou as têmporas. – Na verdade estou com muita enxaqueca e resolvi descansar meia hora antes de continuar os atendimentos – sabia que aquela explicação só complicaria sua situação diante do médico-chefe.

– Sabe que temos poucos plantonistas nesse horário? Tem ciência disso? – Doutor Amorim ficou em pé visivelmente irritado e sua voz arranhada parecia querer falhar. – Não sabe que deve comunicar se tiver de se ausentar por um minuto? E nem estou falando de suas duas horas de sono! Duas horas em que um de seus pacientes resolveu agredir a equipe de enfermagem e sair correndo pela porta! – a última frase saiu gritada, enquanto ele apontava para a porta do escritório.

– Sinto muito – Dante também se levantou, sentindo o sangue esquentar. O médico-chefe não fazia ideia de que ele estava a um passo de perder totalmente a lucidez, a compostura, a educação... – O paciente estava sedado e o mandei para a emergência cardíaca. Eu não sou médico cardiologista! – encarava o outro médico, que pareceu se surpreender com aquela reação. – Fiz o atendimento emergencial e o encaminhei. Estava com muita dor de cabeça e não conseguiria atender ninguém por pelo menos meia hora! – não sabia dizer por que seu sangue esquentava tanto, mas não levaria aquela bronca calado, e também tinha outras coisas mais importantes com que se preocupar. Como encontrar Anya, por exemplo.

– Isso vai para sua ficha, doutor Dante – o rosto do médico-chefe estava vermelho. – E vai comprometer sua efetivação futura! Não precisamos de profissionais assim por aqui!

– Realmente não precisam – Dante respondeu irônico, queria dizer que ele era bom demais para aquele hospital, mas o pouco de bom senso que lhe restava freou a resposta atravessada que estava na ponta da língua.

– Essa sua insubordinação será levada ao conhecimento da diretoria, pode ter certeza. E sendo ou não pupilo do doutor Pereira, pode esperar que não haverá chance de permanecer neste hospital!

Dante sentia que o sangue pulsava em seu corpo e se concentrava em seus braços. Seria capaz de socar a cara do médico arrogante. Contou até dez mentalmente, abriu e fechou a mão várias vezes antes de responder.

– Estou indo para casa – falou, e saiu do escritório do médico-chefe. Tirou o jaleco e passou no consultório para pegar sua pasta. Não queria mais saber o que fariam com ele, só queria ir para casa. Olhou para o relógio, eram nove e meia da manhã. Estava trabalhando há 27 horas e ainda tinha que escutar sermões? Não deveria ter saído da cama no dia anterior. Já tinha ouvido falar em inferno astral, mas não imaginava que poderia ser vítima de um. Mas era isso que estava acontecendo, com certeza!

Antes de chegar em casa, passou em uma padaria, tomou café e comprou cigarros. Se sua mãe soubesse quantos cigarros ele já havia fumado em pouco mais de 24 horas, ficaria em pânico.

Dante morava em um pequeno anexo que ficava nos fundos da casa de uma senhora viúva. Era um bairro tranquilo, bem perto da praia e longe do centro. Sua senhoria era simpática e vivia fazendo tortas e bolos e levando até a casa dele. Dona Amélia e a mãe de Dante viviam se comunicando e o rapaz tinha certeza de que sua mãe pedira à velha que ficasse de olho nele. Respirou aliviado quando estacionou e sua senhoria não apareceu na janela. Deveria ter ido à feira. O que era muito bom, senão seria obrigado a conversar por, pelo menos, uma hora. Não estava com disposição para aquilo no momento. Entrou em casa e trancou a porta.

– Finalmente! – disse baixo quando se jogou sobre o sofá. – Que loucura toda foi aquela? Meu Deus, estou louco, só pode ser isso! – ficou ali por cinco minutos olhando para a TV desligada. Estava esgotado, mas seu corpo parecia responder ao excesso de estimulantes. Talvez não tivesse contado direito o número de cafés que havia tomado. A cabeça ainda latejava. Esticou as mãos diante do corpo e viu que tremiam. – Que merda! – disse, socando o sofá. Levantou e, antes de tomar mais algum comprimido, foi tomar banho. Achava que conseguiria relaxar, mas, enquanto esteve debaixo do chuveiro, sua cabeça trabalhava e o rosto daquela jovem aparecia insistentemente. Ele não a imaginara... o tal de Renato comprovara isso.

– Renato! Puta que pariu! – gritou debaixo do chuveiro. Saíra do hospital sem deixar assinada a alta do paciente. Estava totalmente ferrado. Ainda tinha que voltar ao Hospital Ana Néri a uma hora da tarde. Vários palavrões saíram ao mesmo tempo de sua boca.

O banho foi bom, mas não tirou a sensação de urgência em seu espírito. Tomou o remédio mais forte que tinha em casa contra enxaqueca, comeu dois sanduíches de peru usando tudo que havia na geladeira, bebeu quase dois litros de refrigerante e se aprontou para sair novamente. Precisava ir ao HG e dar alta ao rapaz mordido. Precisava cumprir seu horário no Ana Néri e, o mais importante, precisava ir até a Universidade Federal saber de Anya...

Daniel tinha uma ótima lábia, alguns amigos nos "lugares certos", e logo estava livre dos policiais. Deixou-se cair no sofá e ficou olhando para aquela pintura... Maria Cristina teria que se virar sozinha aquele dia. Definitivamente ele não estava com pique para sair de casa. Desligou o celular. Queria descansar, mas não conseguia, parecia que sua adrenalina estava totalmente descontrolada. Decidiu que deveria ir até a academia, gastar aquela energia extra e voltar para casa e dormir. Mas antes tinha de buscar seu carro na lanchonete.

A História de Bete

– Toma, filha... – Edgar falou carinhoso, passando a mão no cabelo dela e entregando um copo de leite com chocolate.

Anya soluçou e enxugou o rosto, depois sorriu para seu pai e pegou o copo da mão dele. Ele a conhecia melhor que qualquer um ali e sabia que um chocolate sempre a fazia se sentir bem. Rezava para que aquela sua nova condição não tirasse o prazer que um chocolate produzia nela. Com a mão trêmula tomou todo o leite e se surpreendeu ao sentir o sabor que tanto amava. Talvez ainda houvesse alguma esperança, afinal.

– Está se sentindo melhor, branquinha? – a voz grossa e preocupada de Ivan soou do outro lado e ela assentiu. – Olha só... acho que você tem que conversar com seu pai. Só vocês dois, sabe? – olhou para Rafael que estava parado ao lado da janela, o olhar perdido voltado para a cortina fechada, a silhueta esguia tensa e os lábios finos contraídos. – Eu e o... Montéquio aqui... vamos dar uma volta ali na praia – levantou-se e fez um sinal para Rafael, que parecia não querer sair, mas depois de olhar para Anya sabia que devia aquilo a Edgar e à filha de Bete. Ivan beijou o topo da cabeça de Anya e saiu com Rafael logo atrás dele.

Edgar via o sofrimento de sua filha e sabia que teria que ajudá-la.

– Vem cá – ele disse, batendo a mão sobre a perna, e Anya deitou a cabeça no colo dele. Edgar então começou a acariciar os cabelos dela e respirou fundo. – Eu vou te contar sobre sua mãe, se isso for te ajudar... – os olhos castanhos dos dois se encontraram. – Mas se eu perceber que isso vai te fazer mais mal ainda, eu vou parar...

– Conta, pai... – ela pediu, segurando na mão dele. Sabia que não era só ela que estava sofrendo com tudo aquilo. – Se isso não te fizer infeliz... – completou, e ele sorriu e beijou a testa dela.

– Era uma vez...

– Ai, pai... – Anya sorriu, amorosa. Aquele era seu pai, sempre tentando levar um pouco de alegria para seus momentos de confusão e solidão.

Edgar respirou fundo, pois toda aquela história era extremamente dolorosa.

– Você não deve se lembrar muito bem de sua mãe, não é? – perguntou, acariciando o rosto pálido dela e ela negou. Anya pouco se lembrava da mãe, era muito pequena quando ela morreu. – É uma pena... – ele balançou a cabeça, lamentando. – Ela era a mulher mais encantadora que já conheci – os olhos dele brilharam num misto de admiração, amor e saudade. – Você sabe, ela tinha muita grana... sua avó faz sempre questão de falar isso – fez uma careta. – Mas nós nos apaixonamos mesmo assim... Rita nunca aprovou nossa união.

– Vocês se casaram longe daqui, não foi? – Anya sabia algumas partes da história.

– Foi. O que deixou sua avó ainda mais furiosa – Edgar encostou a cabeça no sofá e ficou olhando para o teto. – Mas eu a amava tanto... – Anya apertou a mão do pai, sabia daquilo. – E ela estava esperando você! Nós estávamos tão felizes que não queríamos saber de mais nada! – um sorriso fraco se desenhou no rosto cansado dele. – E aí você nasceu... tão linda! Com os olhos que pareciam dois bombons... – passou o dedo lentamente pela sobrancelha dela, olhando para seus olhos. – Sua mãe estava totalmente apaixonada... e sua avó também ficou, não resistiu a você! Você é boa mesmo, Anya... conseguiu tirar sorrisos daquele rosto de mármore – brincou, e Anya riu. Sua avó não era mesmo uma pessoa fácil de se conviver. – Mas logo depois que você completou 1 ano, Bete teve um problema sério de saúde... o médico tinha dito que era depressão e a gente não sabia o que fazer. Eu achava que ela era feliz, ela dizia que me amava, tratava você com amor e carinho... só que começou a não querer comer, pouco ficava acordada e desenvolveu a alergia ao sol... Uma médica disse que foi uma doença emocional que desencadeou tudo.

– Então... ela não nasceu com a alergia? – Anya sentou-se no sofá olhando para o pai. – Então não é genético?

– Alguns exames indicaram que sua mãe tinha predisposição para a doença... que estava latente no organismo e que alguma coisa fez com que despertasse... – Edgar suspirou.

– Ela foi mordida? Quer dizer, mordeu alguém? – corrigiu, lembrando-se do que Rafael tinha dito.

– Descobri algum tempo depois que tinha sido o psicanalista, um idiota que tinha sido professor dela – o rosto dele ficou vermelho. – Ele era o Mensageiro... ele a cercou por meses, enfraqueceu-a mentalmente, entende? Fez com que o mordesse e a deixou para sofrer sem saber o que estava acontecendo com seu corpo! Ela não me explicava! Mas estava definhando... Um dia, quis provar que aquela coisa com o sol não tinha nada a ver e, diante de mim e de Rita, colocou o braço para fora da janela ao meio-dia... a pele linda queimou, ela sofreu com as dores da queimadura por muito tempo e ficou com cicatrizes horríveis. Então sua avó chamou um médico amigo dela, que fez um monte de exames procurando descobrir o que estava acontecendo... o sangue dela estava... – respirou fundo.

– Rosa – Anya completou baixo, lembrando-se da cor do seu sangue que apareceu na seringa enquanto a enfermeira o coletava.

– Ele começou a tratá-la de anemia... mas ela só piorava! – aquelas lembranças o machucavam muito. Podia ainda ver o sofrimento estampado no rosto de sua mulher. – Ela ficou internada... e então... Ivan apareceu. Ele chegou ao hospital tão perdido! Devia ter a idade de sua mãe, até menos... morava no Rio de Janeiro!

– Como ele... encontrou minha mãe? – ela se interessou muito.

– Ele diz que não sabe... que se lembra de estar na academia militar, quando começou a pensar desesperadamente em sua mãe... disse que chegou a ver o rosto dela. E saiu como se alguma coisa o puxasse... quando ele a viu no hospital, pediu que... Bete o mordesse. Foi tudo uma loucura! – o pai contava e Anya imaginava a situação. – Ela... sugou tanto sangue dele que... achei que Ivan não ia aguentar e pedi para que parasse com aquilo! Fiquei tão sem reação, filha! Eu não entendia o que estava acontecendo! Mas vi sua mãe começar a melhorar...

– Como... Ivan ficou, pai? – os olhos de Anya se encheram de lágrimas.

– Ele é forte, Anya... muito forte... como todo Escravo deve ser...– o pai falou com alívio na voz.

– Ela... mordeu você? – perguntou, olhando em seus olhos.

– Ela não precisava me morder, filha... – ele sorriu, triste. – Já tinha me aprisionado muito antes...

– A... pessoa que eu... mordi... – suspirou – vai ser meu Escravo?

Edgar olhou-a por um momento. Sabia que Renato já estava escravizado por ela, assim como ele estivera por Bete, mas não era aquele tipo de servidão de sangue...

– Não, Anya. Acho que não... – não tinha certeza daquilo. Rafael era a pessoa mais indicada para responder àquele tipo de pergunta.

– E como ela... se alimentava? Quantas vezes? – as perguntas iam surgindo lentamente agora.

– Ela tentava não se alimentar... e como tentava! – Edgar tirou os óculos e esfregou os olhos que estavam ardendo pela falta de sono. – Como ela tinha uma sensibilidade muito grande para detectar a emoção das pessoas... ela sentia o medo, a dor, a angústia, e isso acabava com ela! Apenas Ivan a compreendia e não demonstrava medo, hesitação ou mesmo dor! Mas algumas vezes Ivan estava bastante enfraquecido e sua mãe precisava de mais... e nós... – ele engoliu com dificuldade – arrumamos doadores...

– Ela... deve ter sofrido muito! – Anya encostou a cabeça no ombro de seu pai imaginando o que sua mãe havia passado e como ele também havia sofrido.

– Ela sofreu muito... muito mesmo... – Edgar suspirou.

– Mas... o Rafael não era o tutor? Ele não explicou nada? – voltou a olhar para o pai.

– Ele tentou, filha... mas a maneira como sua mãe não aceitava a situação e se horrorizava com tudo isso não o ajudou a ajudá-la e ele... também não sabia exatamente como fazer, estava aprendendo... – não poderia acusar Rafael por não ter tido a experiência necessária, embora o culpasse também pela morte de Bete.

– Ele... gostava dela? – Anya olhou para seu pai, que fez uma careta, e ela soube que havia alguma coisa ali. – Minha avó nunca soube disso, não é? Dessa história do vampirismo...?

– Você acha que, se ela soubesse de alguma coisa, teria deixado você comigo? – ele riu. – Ela teria pegado você e sumido para a Europa, Oceania... pra Marte, sei lá! Bem que ela tentou... – ele pegou a mão dela e beijou. – Mas eu nunca a deixaria, filha... nunca.

– Obrigada, pai. – Anya segurou o rosto dele e o beijou. Não queria que sua avó a tivesse criado. Seu pai era maravilhoso. Sempre cuidadoso, carinhoso, presente, a melhor companhia que poderia ter em sua infância e adolescência, embora isso a tenha impedido de arrumar algum namorado. Não saía de casa durante o dia e à noite, estudava... atividades incompatíveis com alguma relação amorosa séria. Renato, um dos seus melhores amigos, já se declarara, mas ela preferiu manter uma amizade e foi sincera com ele. Renato dissera aceitar, mas ela não tinha certeza. Respirou fundo e se concentrou em sua nova realidade. – E quem... matou minha mãe? – a pergunta estava entalada em sua garganta.

Os olhos de Edgar brilharam e as lágrimas tentavam saltar e escorrer em seu rosto, mas ele se manteve firme.

– A Janete – ele falou baixo e Anya arregalou os olhos.

– A prima dela? Aquela que minha avó disse que morreu no acidente com minha mãe? – o coração dela ficou aflito. O pai a olhou e assentiu. – Janete era a caçadora?

– Isso foi o pior de tudo, filha! Elas eram muito amigas! Tinham a mesma idade... e sua mãe confiava nela totalmente! Foi ela quem guardou o segredo do nosso casamento, da gravidez...

– Meu Deus! – Anya deixou escapar. Aquela notícia era surpreendente e preocupante.

– Ela era muito próxima de sua mãe, Anya! Nós nunca desconfiamos! – Edgar levantou-se. Aquela parte da história era a que mais o machucava. – Eu deveria ter desconfiado!

– Mas... por quê, pai? Como você poderia saber? – Anya levantou-se e se colocou ao lado dele.

– Não aconteceu de uma hora para outra, Anya! Foram quase cinco anos de convivência! Janete estava sempre com Bete...

– Ela sabia do problema da minha mãe? – aquela informação a deixava muito preocupada, pois qualquer amiga sua poderia ser sua Antagonista.

– Não teve como escondermos dela... – ele suspirou e balançou a cabeça. – Sua mãe ficava deprimida cada vez que precisava... de sangue. Mas Janete parecia compreender... E, então... ela ficou estranha! Passou a tratar mal sua mãe... parecia que estava com raiva. Mas acho que estava sofrendo com isso! Também não lhe fazia bem, deveria estar passando por um conflito muito grande! Imagine você sentir que deva... – parou, pensativo – ...eliminar uma pessoa que ama! Isso é como um instinto animal! Foge da razão! Janete começou a dar sinais, mas não soubemos ou não quisemos lê-los...

– Ninguém percebeu nada?

– Rafael a identificou tarde demais... – Edgar suspirou e esfregou o peito. A dor ficaria ali para sempre. – Também tínhamos a preocupação com a saúde debilitada de sua mãe e não percebemos que Janete a estava envenenando...

– Envenenando? – aquilo era cruel demais.

– Existem muitos tipos de morte, filha... e Janete escolheu uma forma lenta e dolorosa, talvez para que não se sentisse tão culpada... mas sua mãe se recuperava, reagia. As alterações no corpo e no sangue de um Portador parecem protegê-lo desse tipo de agressão. Sua mãe ficava mal por um dia, mas depois começava a melhorar e a gente não percebeu o que acontecia.

– Minha mãe... não sentiu as intenções de Janete? – Anya sentiu que suas mãos tremiam.

– Acho que sim! Mas ela não disse nada, porque amava muito a prima...

– O que aconteceu, pai? – perguntou, ansiosa.

– Eu... tinha saído para trabalhar e Janete chamou sua mãe para sair... disse que precisavam conversar. Ivan e Rafael estavam de olho em Bete, que não estava muito bem... era o veneno agindo de novo. Mas sua mãe insistiu que precisava conversar com Janete. As duas saíram e Janete... – a voz falhou. Edgar sentia dor como se estivesse vivendo aquilo de novo – parou o carro na estrada e deu um tiro em sua mãe.

– Meu Deus! – Anya sentiu que as lágrimas desceram pelo seu rosto.

– Ivan e Rafael vinham logo atrás, mas não conseguiram impedir... e Ivan... – ele parou.

– Matou Janete. – Anya completou. Agora compreendia tudo. O acidente foi forjado para que ninguém desconfiasse do que havia acontecido.

– Sua avó sempre me culpou dizendo que eu não deveria ter saído de casa enquanto sua mãe não estava bem, assim ela não teria saído com Janete, que a polícia disse estar dirigindo alcoolizada. Sua avó estava certa em me culpar... – ele encostou a cabeça na parede e Anya viu as lágrimas escorrendo pelo rosto do pai. Levantou-se e deu-lhe um abraço apertado.

– Você não teve culpa, pai... ninguém teve – falou, emocionada. Não havia culpados naquela história, apenas vítimas daquela doença maldita.

Edgar segurou o rosto de sua filha e beijou sua testa e seu rosto. Estava determinado a não falhar novamente.

– Por onde andou esse tempo todo? – Ivan perguntou a Rafael, enquanto caminhavam de volta para o apartamento de Edgar.

– Por aí... tentando aprender um pouco para poder ensinar – ele levantou os ombros.

– Por que você é quem tem que ensinar a Anya? – Ivan o inquiriu.

– É minha redenção, Ivan... – Rafael suspirou. – E você? – encarou Ivan. – Sabe que não precisa...

– Preciso – Ivan falou com a voz grave. Para ele também era a redenção.

– Anya vai estar superprotegida... – Rafael sorriu. – Tomara que não coloque todos nós para correr, porque ser seguida o tempo todo por um bando de marmanjos é um saco, não acha?

– Acho. Mas não vou falhar, Montéquio, e estou disposto a apostar minha curta vida nisso – Ivan respondeu, seguro.

Talentos

— Ei, Daniel! Não saiu pra caçar hoje? – Bruno, o amigo da academia, falou brincando quando o viu suando no peck-deck.

– Talvez mais tarde – Daniel respondeu, puxando o ferro com força.

– Deus dá asas pra quem não quer voar... – Bruno falou, se sentando no aparelho ao lado. – Não quer me emprestar um daqueles telefones?

– Não tenho telefones de homens em minha agenda, cara – Daniel sorriu, sarcástico.

– Sei não... – Bruno riu.

– Ei, Bruno... – Daniel largou do aparelho e se virou para ele. – Tem alguma Anya aqui na academia? – sabia que Bruno conhecia todo mundo, pois não saía dali.

– Ana? – Bruno perguntou.

– Não, cara... A-ny-a – falou as sílabas separadamente.

– Ahhhh... – Bruno sorriu. – Anya? – fez uma pausa. – Não, não conheço – concluiu, levantando os ombros. – Ela te deu algum fora?

– Não sei quem é – Daniel disse, levantando-se. Aquele assunto o estava deixando nervoso. E ainda havia a falha que cometera com Maria Cristina, que deveria estar até agora na cama esperando por ele. Foi para a lanchonete da academia e pediu uma tigela de açaí com guaraná. Bruno o seguiu e se sentou ao lado dele, pedindo um isotônico.

– Como assim, não sabe quem é? – Bruno estava muito curioso. – Uma mulher que você não sabe quem é, mas sabe como se chama? Normalmente é o contrário, cara!

– É, normalmente é – Daniel concordou, sem dar muita atenção ao tagarela.

– Anya... não é um nome comum, não? Deve ser nome de velha... – Bruno elucubrava.

– É... deve ser – Daniel concordou, mal-humorado.

– Eu conheço uma Anya – uma voz de mulher falou diante deles, e Daniel levantou os olhos. Era a nutricionista da academia. A jovem morena de olhos negros e cabelos encaracolados sorriu, olhando para eles.

– Oi, Vilma! – Bruno a cumprimentou, enquanto Daniel a olhava sem conseguir falar nada. Vilma olhava para ele com os olhos brilhantes, parecia saber qual a profissão que exercia e talvez se interessasse em pagar o preço que cobrava.

Daniel procurou manter o foco que perdera ao ouvir o que ela dissera e sorriu para ela, fazendo-a derreter. Sabia que conseguiria qualquer informação dela.

– Oi... Vilma – ele falou, recuperando o jeito sensual. – Disse que conhece alguma... Anya? – aquele nome fazia o sangue dele esquentar.

– Bem... eu estudei em um dos semestres com uma Anya... esse nome não é tão comum assim, é? – ela disse, ficando com as bochechas vermelhas.

– Não... não é... – Daniel levantou-se, tocou na mão dela e a sentiu tremer levemente. Arrancaria dela o que quisesse, tinha certeza. – Quando foi isso? – ele sorriu e brincou com um dos cachos do cabelo dela.

– No... no... semestre passado... – ela gaguejou, enquanto era tragada por aqueles olhos castanhos-claros.

– Ela... fazia Nutrição? – Daniel sentiu o coração acelerar.

– Não... Gastronomia... – a resposta saiu num suspiro. Estava entregue, falaria o que ele quisesse e muito mais.

– É uma velha? – Bruno interferiu, curioso, mas Vilma parecia não ouvir a voz do rapaz, seus olhos estavam fincados em Daniel, como se estivesse presa por um anzol.

– É velha? – a voz de Daniel se tornou mais mansa.

– Não... é mais nova que eu... – respondeu, e Bruno acabou sorrindo.

– Sortudo! – o amigo brincou com Daniel.

– Em qual faculdade, linda? – o recurso de Daniel não falhava, e via que Vilma estava perdendo o fôlego enquanto ele tocava em seu braço.

– Fe... Federal... – a resposta foi sussurrada e ela aproximou os lábios do rosto dele. Não resistia. Se entregaria ali, sem qualquer resistência.

– Ah, é? Em que turno? – ele tocou de leve nos lábios carnudos dela com o dedo.

– Noturno... – ela fechou os olhos.

– Obrigado... Vilma... – Daniel parecia um gato ronronando. Selou os lábios dela levemente com os seus e a ajudou a se sentar. – Fica com ela, Brunão... – piscou para o amigo e saiu rapidamente da lanchonete.

Bruno ficou olhando para aquela mulher entregue, que parecia ter partido para outra dimensão.

– O cara é muito bom, mesmo! – ele riu ao ver Daniel se afastar.

Universidade Federal, Gastronomia, noite... Anya... com as palavras martelando em sua cabeça, Daniel pegou sua mochila e saiu rapidamente da academia, tinha um assunto urgente para resolver.

Dante voltou para o HG. Podia estar surtando, mas não era irresponsável ao ponto de não cumprir com sua obrigação para com algum paciente. Renato estava visivelmente melhor e dormia alimentado pelo soro. Vera dormia na cadeira ao lado da cama do filho com uma revista sobre o colo. Dante pediu para que a enfermeira verificasse a pressão, a pulsação e a temperatura, enquanto ia para o consultório preparar o registro para a alta.

– Doutor, está tudo bem? – a enfermeira olhou-o curiosa. Todos sabiam da bronca que havia levado do todo-poderoso.

– O rapaz está bem. Eu vou deixar a alta dele assinada. Assim que terminar o soro, pode mandá-lo para casa – disse, em tom profissional.

– Eu... tinha perguntado do senhor – ela afirmou, observando o abatimento dele.

– Estou bem e saindo. Trabalho no Ana Néri neste horário, já estou atrasado – afirmou, sério.

– O senhor é um ótimo médico – a enfermeira sorriu, olhando para ele.

Dante sorriu. Um elogio era muito bom àquela hora. Fazia horas que não conseguia esboçar um sorriso sequer.

– Obrigado, Mariângela... eu estava precisando disso – falou, agradecido, e ela ficou satisfeita por ver aquelas covinhas no rosto bonito do médico.

Ivan e Rafael voltaram para o apartamento de Edgar. Ele estava sentado no sofá, com o olhar perdido e cansado. Anya havia ido tomar banho. Decidira que não queria mais fazer o pai se lembrar de coisas tão dolorosas e que sua aventura ao sol poderia esperar, para alívio dele.

– E então, Ed? – Ivan sentou-se ao seu lado.

– Ela sofre, Ivan! Não fazia ideia... – balançou a cabeça.

– Nós vamos ajudá-la, Ed – Ivan bateu no ombro dele –, mas você precisa descansar... senão vai fazer a menina ficar mais preocupada – disse, vendo o rosto abatido do amigo.

– Você também, Ivan...

– Eu estou bem! – Ivan sorriu. – Estou acostumado a varar noites sem dormir...

– Eu... tenho que ligar pra faculdade. Não vou poder trabalhar de novo. Como eu vou deixá-la? E se... – ele não terminou a frase.

– Nós estamos aqui, Edgar, e dispostos a não falhar – a voz calma de Rafael foi ouvida.

– Ela é tudo que tenho, Rafael – Edgar falou com sentimento na voz.

– Eu sei, Edgar... – Rafael respondeu, compartilhando daquela dor que sabia que Edgar estava sentindo.

Anya estava debaixo da água quente que caía do chuveiro, mas nem a sentia. Sua mente vagava por tudo que havia descoberto, na loucura em que se transformara sua vida num estalar de dedos, desde quando sentira aquele aroma agridoce. Pensou na informação de que ela havia mordido aquele homem que atentara seu olfato deixando-a maluca. Rafael havia dito que o Mensageiro usava a sensibilidade de uma pessoa para atraí-la e, de alguma forma, ele descobrira que os aromas e sabores a afetavam demais. E era um homem lindo! Como era possível que fosse o Portador de um mal tão grande? Ser aquele que despertara nela o que havia de pior? Aquela "necessidade especial"? Aquela maldição que matara sua mãe e fizera seu pai conhecer o inferno?

Ainda não sabia como enfrentar tudo aquilo! Como podia ainda frequentar a faculdade? Ficaria tentada a atacar algum colega? A sugar o sangue de algum inocente para suprir sua necessidade? E havia o caçador...

Anya ficara muito assustada quando soube que sua mãe fora morta pela própria prima, uma pessoa a quem amava, em quem confiava, mas que havia despertado como a Antagonista...Quem seria seu Antagonista? Alguma amiga da faculdade? Alguém próximo? Alguém querido?

– Meu Deus! Não permita! – rezou, aflita, enquanto chorava debaixo do chuveiro.

– Vai ficar aqui, Montéquio? – Ivan perguntou, olhando para Rafael que andava calmamente pela sala.

– Eu preciso falar com ela, Ivan. Tenho que fazer minha parte. Algumas coisas só eu posso explicar – ele olhou para Ivan com os olhos azuis-claros e preocupados. – Por que não vão para minha casa? Podemos protegê-la melhor lá.

– Acha que Edgar vai deixar você levá-la? – Ivan arregalou os olhos.

– Vai ser o melhor pra ela, Ivan... e ele pode ir junto, se quiser – Rafael afirmou e ouviu a risada de Ivan.

– Às vezes você é tão ingênuo, Montéquio... – Ivan balançava a cabeça.

– Veremos... – Rafael lançou um olhar ameaçador a Ivan.

Anya saiu do banho sentindo-se esgotada, parecia que havia feito horas intermináveis de exercícios. Parou diante do espelho do banheiro e olhou para seu reflexo.

– Pelo menos tenho reflexo... – conseguiu sorrir e abriu a boca analisando seus dentes. Não se pareciam com aqueles caninos afiados que vira em vários filmes. Sabia que havia muitas coisas a aprender sobre sua nova condição, algo que nenhum filme de terror era capaz de ensinar, pois era tudo muito doloroso, terrível, real...

Sentia sono, muito sono... Rafael dissera que havia mudanças no metabolismo e certamente era aquilo que sentia. Colocou o sutiã e a calcinha, deitou-se e dormiu imediatamente.

Forças

Daniel caminhou pelo *campus* da universidade em direção ao prédio que haviam indicado ser o local da secretaria do curso de Gastronomia. Não sabia por que seu coração batia tão acelerado, não sabia explicar o porquê daquela ansiedade toda. Estava muito acostumado a mulheres e a não sentir nada de mais por elas. Fazia parte de sua profissão. Cumpria seu papel, dava-lhes prazer, realizava suas fantasias sexuais reprimidas, oferecia palavras macias que as faziam se sentir as únicas em todo o Universo, dava a algumas delas o que a maioria dos maridos não dava... Mas não se envolvia, mantinha seus sentimentos distantes... E agora parecia um moleque que ia atrás da garota mais cobiçada da escola e nem fazia ideia de quem ela era!

Caminhava distraído, seu pensamento concentrado na importância que aquela garota teria para ele, porque aquele nome havia sido como que sussurrado ao seu ouvido e agora não o deixava em paz. Nem reparava nas estudantes universitárias que o olhavam cobiçosas...

O prédio baixo de dois andares era um dos menos movimentados por ali. Daniel passou pelas portas de laboratórios, viu algumas pessoas usando aventais e carregando livros pelo corredor que tinha um cheiro de comida no ar. Sentiu cheiro de bife acebolado e isso fez seu estômago roncar. Definitivamente precisava comer algum carboidrato, alguma proteína.

A porta da secretaria estava aberta e ele ficou aliviado ao ver aquela mulher de meia-idade atrás do balcão. Eram as presas perfeitas. Elas nunca resistiam aos seus encantos...

– Boa tarde! – Daniel se debruçou sobre o balcão, caprichou no seu melhor sorriso e na sua fala mais sensual.

A mulher olhou-o por cima dos óculos de leitura que usava e, como se tivesse medo de se aproximar, apoiou as mãos sobre a escrivaninha do outro lado do balcão. Viu aquele belo rapaz que sorria para ela, todo sensual. Era um "colosso", como diziam em sua época! Mas ela sabia que, quando alguém chegava ali daquela maneira, era porque queria alguma revisão de nota, algum abono de falta. Estava acostumada. Porém, aquele rapaz a olhava de uma forma estranha... respirou fundo e manteve a voz o mais burocrática possível.

– Pois não? – disse, apertando a mão na revista que estivera lendo.

– Olhe só, querida... eu preciso saber em que sala estuda uma amiga minha – a voz era doce, melodiosa, cheia de intenções, e Clélia sentiu uma veia pulsar em seu pescoço. Ajeitou os óculos de leitura no rosto.

– Não costumamos... – ela começou a formalizar as regras que existiam para aquele tipo de informação.

– Por favor... – a voz era macia, acariciando seus ouvidos carentes de mulher solteira de meia-idade.

– Qual... o semestre? – ela perguntou diante do computador e Daniel sorriu agradecido, mas não sabia dizer qual o semestre que Anya cursava. Não sabia nem que ela era!

– Ah... não sei... só sei que se chama Anya... – ele sussurrou e Clélia sentiu o rosto ruborizar.

– Oh... Anya? A filha do professor Edgar? – ela piscou várias vezes, tentando se livrar daquele olhar sedutor que a incentivava a pensar em coisas tão libidinosas que havia anos não passavam por sua cabeça. Ah... como queria ter se casado com alguém que pudesse lhe dar uma centelha daquele fogo...

– Tem mais alguma Anya, querida? – ele tentava mostrar que aquela informação não havia feito seu coração acelerar e quase saltar do peito.

– Não. Não... nesse curso... só ela – Clélia se viu em pé diante daquele corpo delicioso de homem, que tinha um cheiro de perfume importado e promessas... – Sala 23 B – falou, inclinando-se sobre o balcão, e sentiu quando o rapaz pegou em sua mão e, galantemente, a beijou. Depois piscou para ela.

– Você é linda – ele sorriu e saiu, deixando-a com uma vontade louca de correr atrás dele e pedir um pouco de atenção e afeto, mas o balcão se mostrou um obstáculo imensamente indesejado.

Daniel foi tomado por uma ansiedade como nunca havia sentido e isso o irritava. Estava acostumado a deixar as mulheres se desfazendo aos seus pés, prontas para atender seus desejos e sugestões, mas a simples perspectiva de encontrar a dona daquele nome o fazia se sentir um adolescente inexperiente e imbecil! Parou diante da sala 23 B e olhou pelo pequeno quadrado de vidro na porta, mas, para sua decepção, a sala ainda estava vazia. Olhou para o relógio, ainda eram 18 horas! Entrou na sala e vagou entre as carteiras universitárias. O que procurava ali? Algum sinal de que Anya tivesse se sentado ali? Algum nome escrito na fórmica verde da carteira? Algum registro de que aquele nome pertencia mesmo a uma mulher real? Olhava curioso para as carteiras. Encontrou várias mensagens naquelas fórmicas e se lembrava das colas que fizera na faculdade. Não tinha nem um pouco de saudades daquelas aulas, mal se lembrava do nome das disciplinas e dos professores. Estava com seu diploma na mão e era isso que importava. Não pensava em trabalhar como administrador de empresas de jeito nenhum! Sentou-se em uma das carteiras e ficou ali esperando, enquanto olhava para o quadro branco e imaginava como seria o rosto da dona daquele nome...

Pela demora de Anya no quarto, Ivan imaginou que tivesse dormido. Sabia como o sono era terrível para um Portador e que, com certeza, ela acordaria com fome. Tinha que providenciar um outro doador... Estava cansado, mas aguentava o tranco. Havia olhado na geladeira e encontrado material para sanduíche; então fizera alguns para ele e Rafael, que parecia um manequim de vitrine, quieto, imóvel, usando roupas caras e sem falar. Os dois não tinham nada mais a dizer, haviam dito muita coisa há 14 anos. Acusações, injúrias... a culpa cuspida na cara de cada um deles...

A campainha tocou, chamando a atenção dos dois, que se olharam, e Rafael foi até a porta e olhou através do olho mágico, mas já sentira quem era.

– Rita – falou baixo, afastando-se da porta. Aquilo seria um problema. Rita odiava tanto ele quanto Ivan.

Ivan foi até o quarto de Edgar.

Edgar havia tomado banho e dormido, entregando-se à exaustão, confiando que Ivan não permitiria que Anya saísse sozinha. Sentiu quando Ivan pegou em seu braço e ao mesmo tempo ouviu a campainha que tocou como se o dedo tivesse grudado no botão.

– É Rita, Ed – Ivan o avisou, e Edgar levantou-se correndo, esfregando o rosto.

– E minha filha? – perguntou vestindo a camisa.

– Acho que dormiu... – Ivan respondeu. – Vou ficar aqui. Mande o Montépio... – ia falando, e viu Rafael já à porta do quarto.

– Não preciso que me diga o que fazer, Ivan – Rafael se encostou à porta. – Volto mais tarde – disse, caminhando até a janela. A campainha voltou a tocar e Rita começou a bater na porta. Edgar virou-se e saiu do quarto sem se importar com o jeito que Rafael usaria para sair, pois sabia que ele possuía algumas habilidades extras.

Edgar foi até a porta, respirou fundo e a abriu. A sogra passou por ele como um tigre pronto a enfiar as garras numa presa. Se alguma vez a expressão "soltando fogo pelas ventas" fizera algum sentido, foi no exato momento em que Rita adentrou no apartamento do genro.

Ela o encarou com uma fúria nos olhos escuros bem maquiados, passou por ele como se fosse invisível e caminhou para o corredor. Nada seguraria aquela mulher e Edgar sabia. Podia mandar Ivan dar um "trato" nela, mas não poderia carregar essa responsabilidade.

– Anya! – Rita falou com a voz fina à porta do quarto da neta.

– Ela está dormindo, Rita. – Edgar encostou-se na parede do corredor, enquanto via a sogra tentando abrir a porta, mas a encontrou trancada.

– Dormindo? Ainda? – Rita bateu à porta do quarto da neta e deu uma maciez à voz que só aparecia para Anya. – Anya, querida... sou eu, a vovó... abra a porta, sim?

– Ela... está cansada, Rita. Eu disse isso ao telefone! – Edgar ajeitou os cabelos desgrenhados.

– O telefone daqui está desligado! Tentei ligar várias vezes! O que fez? Não pagou a conta? – virou-se para ele com fúria.

– É um problema da companhia telefônica, Rita... e minhas contas estão pagas – ele respondeu paciente. Aprendera duramente que não adiantava falar com ela no mesmo tom que usava com ele.

Ivan ouvia Rita de dentro do quarto de Edgar e agradecia a Deus pela dádiva de não ter sogra.

– Eu quero saber o que está acontecendo aqui, Edgar! Minha neta está doente? – a fúria foi substituída por uma aflição na voz e no rosto de Rita.

Edgar sentiu o estômago se contorcer. Anya estava doente, sim... e não havia nada a fazer...

– Ela... só anda cansada, Rita. Teve uma enxaqueca e tomou um comprimido. Perdeu o celular ontem e o telefone aqui está com problema, por isso ela não te ligou – tinha que convencê-la.

– Enxaqueca? Ela tem comido direito, Edgar? Você tem se preocupado com a alimentação dela? Eu não vou permitir que... – o olhar arrogante e preocupado da mulher encontrou os olhos cansados de Edgar e ela engoliu o que diria.

– Ela não é mais um bebê, Rita... e não gosta de ser tratada como uma criança, você sabe disso.

– Mas você sabe que alguma doença pode aparecer do nada... – Rita sentou-se no sofá, tensa. – Ela fez 20 anos... a idade... – os olhos escuros brilharam com lágrimas. Edgar sabia que ela temia que acontecesse com Anya o que havia acontecido com Bete, que tinha 20 anos quando começara a ficar doente. E não estava errada em se preocupar.

– Quer um café? – Edgar foi para a cozinha.

Rafael havia saído pela janela do quarto de Edgar, mas não fora embora. Saltara para a pequena sacada do quarto de Anya e, depois de passar pela porta de vidro, ficara observando o sono dela. Sabia que Edgar e Ivan o matariam por estar ali, mas estava decidido a fazer por Anya o que precisava ter feito a Bete: não deixá-la nas mãos incapazes de meros Escravos. Desde a morte de Bete, viajara pelo mundo buscando compreender mais aquela necessidade de que eram portadores, aprendendo as diferenças sutis entre o comportamento de Portadores, Escravos e Caçadores. Experimentara o sabor do sangue em diferentes continentes... encontrara e eliminara seu Antagonista.

Anya virou-se na cama e ele foi atraído para a figura de pele alva que tinha o sono agitado e movimentava aquele corpo delicado e perfumado entre os lençóis. Rafael aproximou-se da cama e tocou no rosto dela. A pele macia, suave e quente em seus dedos o fez sentir o coração acelerado e sua necessidade de sangue crescer. Todo o seu corpo pulsou freneticamente. Ele apertou os lábios e respirou fundo. Precisava saciar a necessidade de seu corpo. Saltou sem qualquer dificuldade pela sacada do quarto dela.

– Eu fico preocupada, Edgar! – Rita falou enquanto ele aparecia com uma xícara de café. – Ela é tudo que me restou de Bete!

– Ela é tudo que eu tenho também, Rita. – Edgar sentou-se ao seu lado. – E você não acredita realmente que eu vá negligenciá-la, não é? – procurava ser o melhor pai do mundo.

Rita o olhou sem demonstrar emoção. Sabia que Edgar era um ótimo pai, o que a impediu de conseguir levar Anya para morar com ela depois da morte de sua única filha. Ele disse que lutaria pela filha e Rita se viu desarmada de qualquer argumento, quando a pequena Anya, com 6 anos, se agarrara ao pescoço do pai pedindo para que não deixasse a avó levá-la. Aquilo havia cortado seu coração...

– A semana que vem faz 14 anos, Edgar... – Rita disse, olhando para a cortina fechada.

– Eu sei... como poderia me esquecer? – Edgar olhava para sua xícara de café. Catorze anos sem Bete. Catorze anos do dia mais negro que já tivera em sua vida, até hoje...

– Ela... está bem, mesmo? – Rita voltou a olhar para o genro e o achou bastante abatido. – Ela não vai à faculdade hoje? – bebericou o café.

– Só se estiver se sentindo melhor... prefiro deixar que descanse. Tem estudado muito...

– Anya sempre se dedicou a tudo que fez, não? – havia orgulho na voz de Rita ao falar da neta. – Minha neta é forte, não é, Edgar? – aquela pergunta o surpreendeu. Chegou a pensar que ela poderia saber da verdadeira doença que acometera Bete.

– Muito, Rita... muito – respondeu, e ela assentiu, terminando de tomar o café.

– Você não tem uma chave extra daquele quarto, tem? – ela levantou a sobrancelha fina e Edgar acabou sorrindo. Nunca conhecera uma pessoa tão irritantemente insistente quanto sua sogra. – Só quero dar um beijo nela, Edgar...

Ele sentiu pena da sogra. Anya era sua única fonte de carinho e afeição. Rita era uma mulher rica, esnobe, que sempre teve o que quis na vida. Ficara viúva ainda jovem, e Bete, sua única filha, era parecida com uma boneca de porcelana, frágil e delicada. Tratada pela mãe como uma pedra preciosa. Rita só não contava que ela fosse se apaixonar pelo pobretão estudante de Sociologia...

Anya despertou de um sono agitado. Sua boca estava seca, tinha uma sensação de fraqueza... Sentou-se na cama por um minuto antes de se levantar. Olhou no relógio: *18h45?* Não podia faltar novamente à faculdade! Teria uma prova importantíssima na segunda aula...

Enquanto lavava o rosto, ela se perguntou se valia a pena tentar manter uma vida normal, apesar daquela descoberta recente de uma necessidade absurda. Olhou no espelho, seu reflexo meio pálido ainda estava ali. Graças a Deus, pensou aliviada. Sentiu um aroma conhecido... uma mistura de Patchouli com frutas secas e... *croissant*? *Vovó!*, exclamou baixo, correndo para se trocar. Sua avó estava ali e não podia desconfiar de nada.

Rafael estava ansioso, nervoso, e sentia suas mãos tremerem enquanto caminhava pelo parque naquele final de tarde. Precisava de sangue... Procurava com os olhos uma vítima. Normalmente não se alimentava na rua. Viviane, sua Escrava, era quem o saciava, mas não podia ir até em casa. Não antes de falar com Anya e passar o maior número de informações que conseguisse sobre sua nova condição. Não antes de tentar farejar o Antagonista dela.

Um rapaz de boné, camiseta e chinelos passou por ele e Rafael sentiu a adrenalina correr nas veias daquele que acreditava ter encontrado uma vítima para assaltar: um homem com aparência de rico, sozinho, andando no parque àquela hora... Rafael chegou a sorrir ao pressentir a inocência do seu agressor e previu o movimento que intencionava encostar uma arma às suas costas.

O jovem foi surpreendido ao ver sua presa se virar antes que terminasse de tirar a arma do cós da calça. Os olhos azuis cintilaram e o assaltante sequer percebeu quando a arma foi arrancada de sua mão e sumiu quando foi jogada entre as árvores. A mão de Rafael já o segurava pelo pescoço. Era forte, forte demais...

– Des... des... – o assaltante tentou falar, mas suas vontades foram minadas e tragadas para dentro daqueles olhos que não perdiam a aparência de um céu em dia de sol. Nem quando a noite caía...

Rafael segurou o braço esquerdo do rapaz, sentindo o sangue fluir com força e energia. O medo que corria junto com o sangue dava um gosto especial, do agrado do paladar de Rafael. Encostando-se atrás de um ipê, Rafael mordeu o lado de dentro do braço do rapaz, a parte macia que ficava entre o braço e o antebraço, a parte onde as veias saltavam desesperadas, o lugar que era usado para injetar drogas. O sangue espirrou quando a artéria foi perfurada pelos dentes afiados, jorrando como se fosse um bebedouro. O rapaz caiu de joelhos, os olhos estalados... Enquanto Rafael sugava aquele sangue repleto de adrenalina, sua mente se concentrou em Anya e seus dentes cravaram mais fundo no braço do infeliz que estava no lugar errado, na hora errada...

Rita levantou-se quando ouviu a porta do quarto de Anya se abrir. A neta apareceu no corredor vestida para sair e com alguns livros nas mãos. Edgar olhou desesperado para ela. Não achava que a filha deveria ir para a faculdade, mas não podia falar nada com Rita ali.

– Minha querida! Quanta preocupação! – Rita a abraçou e segurou seu rosto entre as mãos de dedos delgados, com unhas longas e bem pintadas. – Como está se sentindo?

– Oi, vó... – Anya sorriu para a avó, tentando não reparar no aroma de frutas e café que sentia partir dela e que fizeram sua boca se encher de água.

– Você está bem? Está pálida! – Rita passava a mão no rosto dela. – Seu pai disse que estava com enxaqueca... Você tem estudado demais, Anya! – na voz dela, toda a preocupação e carinho.

– Eu... estou bem. Só precisava descansar um pouco – mentiu. Não se sentia nada bem, suas pernas tremiam ligeiramente e sua boca estava cheia de água, como se fosse capaz de morder sua avó ali mesmo.

– Coma alguma coisa, filha. – Edgar falou, preocupado, olhando para ela. – Precisa mesmo ir à aula hoje? – ele queria dizer: Não vá, por favor! Ainda não está pronta!

– Tenho uma prova muito importante hoje e não posso perdê--la... – ela disfarçou e pegou uma maçã na fruteira. – Já vou chegar em cima da hora! – disse, olhando para o relógio.

– Mas, Anya... – o pai não sabia o que fazer.

– Pai, estou bem – ela sorriu, e sabia com o que ele se preocupava.

– Eu... vou com você – Edgar disse passando a mão pelo cabelo. – Só vou colocar meu sapato – saiu rapidamente para seu quarto.

Anya mordeu a maçã e teve a terrível sensação de estar mordendo o pescoço da avó, sentindo aquele gosto de fruta misturado ao doce sabor do sangue... suas mãos tremeram com aquele sentimento que percebia crescer dentro dela. Mordeu mais um pedaço de maçã.

– Ivan! Ela vai à faculdade! – Edgar falou nervoso para o amigo que estava encostado junto à janela de seu quarto, imaginando o que Rafael estaria fazendo. – Eu não acho que deveria!

– Você não vai conseguir segurá-la, Ed... ela precisa sentir que não é uma aberração. Pense nisso! – Ivan falou baixo e Edgar parou, olhando para ele. Não queria que sua filha se sentisse assim, mas temia muito por ela. – Eu saio logo depois de vocês... vou ficar por perto – garantiu, e Edgar assentiu, inseguro.

– Edgar me disse que perdeu seu celular... – Rita a olhava tentando detectar se estava mesmo bem. Anya estava muito pálida e isso a preocupava, pois a fazia se lembrar daquela anemia que acometera a filha.

– Perdi... sou uma esquecida mesmo, não é? – sorriu, tentando manter a boca cheia de maçã.

Rita abriu a bolsa que estava sobre o sofá, pegou algumas notas de cinquenta e as estendeu à neta.

– Compre um. Amanhã, ou melhor, hoje – disse, sem permitir contestação. Anya apenas virou os olhos. Aprendera que não adiantava discutir.

– Obrigada, vó. Vou comprar, não se preocupe – disse, carinhosa, mas procurou não se aproximar muito. Pegou um punhado de folhas de hortelã de um maço que estava ao lado do fogão e o colocou diante do nariz. Aquele aroma tão peculiar ajudou a diminuir um pouco o cheiro do sangue de sua avó, mas não o eliminou completamente.

Edgar apareceu na sala ajeitando a camisa.

– Vamos? – Anya o olhou, séria. – Não quero me atrasar.

Os três saíram e Ivan deixou o quarto assim que ouviu a porta se fechando.

– Me ligue, querida, por favor! – Rita deu um beijo no rosto dela.

– Não se preocupe, vó. Eu ligo – falou, carinhosa, mas se afastou rapidamente.

– Edgar. Mande arrumar aquele telefone! – Rita falou para ele e entrou em seu carro luxuoso, no qual o motorista a aguardava.

– Boa noite pra você também! – Edgar respondeu, e viram o carro de Rita partir na rua. Então se virou para a filha. – Agora podemos voltar lá pra dentro – ajeitou os óculos no rosto.

– Não, pai. Eu realmente preciso ir. Tenho prova hoje! – disse, parada ao lado do carro.

– Mas, Anya, você não está bem, filha! – disse, preocupado, sem coragem de abrir a porta do carro.

– Eu vou ficar melhor, pai? Ou vou piorar? – os olhos cor de chocolate dela brilharam. – Por favor... me ajude a não me sentir um monstro... – Anya apoiou-se na lateral do carro.

– Você nunca vai ser um monstro, Anya! – Edgar falou sério, sentindo o peito apertado.

– Como sabe? Eu... estava a ponto de morder minha própria avó! – a voz saiu trêmula.

– Por isso não sei se é bom que saia, filha...

– Eu não quero ser enterrada viva, pai! – as lágrimas estavam a ponto de escorrer pelo rosto dela, mas se segurava. Havia muita coisa em jogo naquele momento.

– Anya, por favor... não é isso! – Edgar falou, inseguro. Sabia que estava certa, não poderia viver enclausurada o resto de sua longa vida...

– Então me leve para a faculdade, por favor... – a voz saiu chorosa.

Edgar respirou fundo e abriu a porta do carro. Os dois entraram em silêncio.

Ivan viu o carro de Edgar se afastando e, antes que o seguisse, ouviu uma batida no vidro do lado do passageiro. Bufou... e abriu a porta.

– Para onde estão indo? – Rafael entrou rapidamente.

– Pra faculdade... – Ivan informou e acelerou.

O Triângulo

– Você é aluno novo? – Daniel acordou e viu o rosto de uma garota diante dele. Custou a se lembrar de onde estava e o que fazia. Ajeitou-se na carteira e passou a mão no rosto. Havia dormido na sala de aula! Percebeu que havia várias garotas que se sentavam nas carteiras ao lado dele e o olhavam num misto de curiosidade e cobiça.

– Está perdido? – outra jovem perguntou, debruçando-se sobre a carteira dele, exibindo um decote e um tratamento de silicone nos seios.

– Olá, garotas... – ele se recompôs e passou a procurar um rosto pela sala. Um rosto que não conhecia, mas tinha certeza de que reconheceria assim que o visse. Sorriu e elas pareceram se derreter. – Acho que morri e vim para o céu... – usou toda a sua tática de conquista, não pela frase clichê, mas pela maciez e sensualidade que imbuía à voz.

– Mas tem que tomar cuidado que o demônio já vai chegar... – uma delas falou, brincando, e ele sabia que se referia ao professor. Olhou para o relógio: 19h30. Levantou-se e ouviu alguns suspiros.

Ele se virou e viu que a sala estava quase cheia, a maioria dos alunos era de mulheres e viu dois rapazes sentados mais ao fundo, que o olhavam de maneira estranha. Um deles era de um gênero do qual vivia fugindo...

– Olha só... – disse, já recomposto. – Estou procurando a Anya... ela já chegou? – perguntou, olhando para elas.

– Anya? – uma delas arregalou os olhos. Parecia não acreditar.

– 113 –

– Ela é dessa sala, não é? – Daniel procurava não demonstrar quão ansioso estava.

– É sim... – uma delas respondeu, olhando-o admirada, enquanto outras cochichavam alguma coisa e davam risadinhas –, mas ela não veio ontem e até agora não apareceu... ela não costuma atrasar.

– Será que... ela vem hoje?

– Temos prova hoje e ela nunca faltou em dia de prova. Deve estar chegando – uma outra respondeu, e eles viram o professor que entrava na sala.

O homem taciturno olhou para Daniel enquanto colocava as coisas sobre a mesa.

– Pertence a essa turma? – a voz seca foi dirigida a Daniel, que viu as garotas se sentarem.

– Já tô saindo... – Daniel sorriu, acenou para as meninas e saiu da sala. Ouviu ainda uma delas falar: Anya, hein? Quem diria? Com aquele jeito de cdf!

Daniel encostou-se na parede do corredor do lado de fora da sala. Anya não estava ali, mas ia chegar e ele a esperaria. Sentiu o cheiro de comida e sua barriga roncou.

Dante estacionou e saiu em direção ao prédio onde sabia ficar a faculdade de Gastronomia. Havia conversado com seu médico-chefe no Hospital Ana Néri; comunicou que não estava bem e que precisava ir para casa. Mas não era a verdade. Durante toda a tarde fora tomado pela ansiedade de ir à Universidade Federal e tentar se livrar, finalmente, daquela loucura que havia tomado conta dele desde que atendera Anya no hospital. Pegou um cigarro com a mão trêmula e caminhou até o prédio. Conhecia bem o *campus*, afinal estudara ali por longos cinco anos... Mas não tinha tempo para melancolia. Aproximou-se do prédio iluminado e sentiu o coração acelerar. Estava se sentindo ridículo com aquilo, mas era uma sensação pungente e... irritante.

Foi até a secretaria para se informar.

– Como está se sentindo? – Edgar olhou para a filha enquanto caminhavam para o prédio da Gastronomia. Via que estava pálida.

– Eu... vou conseguir, pai. Juro que vou. – Anya procurou dar firmeza à voz.

– Estaremos aqui, branquinha – ela se virou para trás e viu Ivan e Rafael, que os seguiam.

– Meu Deus! Tem algum jeito de não chamarem a atenção pra cima de mim? – sorriu, nervosa. – Olhem só para o grupo que formamos! – aquilo era inacreditável! Ela chegando à faculdade seguida pelo pai, um negro enorme com pinta de segurança e um homem que parecia um manequim que escapara de alguma vitrine de loja chique.

– Anya, pode não ser o melhor momento para... interagir... – Rafael falou, ficando ao lado dela. – Você tem de compreender melhor o que se passa! Não é nada racional isso que está fazendo! – procurava não se exaltar, mas sentia o perigo à flor da pele.

– Racional? – ela parou e o encarou. – Olhe o absurdo do que está falando, Montéquio! – o rosto ficou vermelho por um momento e logo em seguida voltou a ficar pálido e ela fechou os olhos. Estava difícil, muito difícil... Sentia uma fraqueza nas pernas, suas mãos tremiam levemente e começava a sentir aquela confusão de aromas que provocavam seus sentidos, mas não iria voltar atrás agora.

– Você não está bem, Anya! – o pai a segurou pelo braço.

– Eu... preciso fazer isso, pai! – Anya se soltou. – Eu tenho uma prova hoje... é importante para mim... por favor – pediu, olhando para os três. Segurou na mão a hortelã que usara para aliviar o aroma que sentira de sua avó. Colocando-a diante do nariz, inalou aquele aroma profundamente. Tinha que conseguir...

– Vamos... esperar aqui. – Edgar falou, tentando não deixar a filha ainda mais irritada.

– A janela da minha sala é aquela ali – ela apontou para a terceira janela que dava para o jardim. – Sejam discretos, por favor – sorriu, apertando o livro contra o peito e entrando no corredor.

– Ed... ela precisa disso... – Ivan bateu no ombro dele. Sabia do terror que se apoderava do amigo, mas conforme percebia as reações de Anya, sabia também que não poderiam impedi-la de viver... não poderiam prendê-la em uma caixa e esperar os anos passarem.

– Eu sei, Ivan.

– Mas eu tenho uma sensação estranha... – Rafael falou, pensativo, e caminhou lentamente até a janela da sala dela.

Anya respirou fundo segurando a folha de hortelã diante do nariz. Fique firme, Anya, você consegue! Pensou e seguiu em direção à sua sala. Os aromas ainda atormentavam seu olfato. Era um perfume confuso de hambúrgueres, com soja, verduras, feijão, doces e frutas, e ela sabia que estava rastreando o sangue dos alunos que ali se encontravam. A vantagem da confusão de aromas era a de que não conseguia se fixar em um específico, e aquela bagunça olfativa mais provocava enjoo do que fome...

– Boa noite! – Dante falou com Clélia na secretaria.

– Estou saindo. Só funcionamos até as 19h30 – a secretária falou, arrumando os papéis sobre a mesa.

– No cartaz diz que atendem até as 20 horas e no meu relógio são 19h45... – ele olhou para o relógio – e só busco uma informação.

Clélia respirou fundo. Detestava pessoas que chegavam quando estava de saída e diziam que era apenas uma informação. Normalmente era muito mais que isso...

– Sou médico do hospital Ana Néri e procuro uma aluna daqui, Anya Andrade – ele falou sem rodeios, e ela o olhou num misto de surpresa e curiosidade.

– Por que todo mundo está procurando por ela, hoje? – Clélia aproximou-se do balcão. – O que essa menina andou aprontando que tem tanto homem atrás dela? – ela se surpreendia, pois a filha do professor Edgar era uma jovem recatada e muito estudiosa. O que levaria dois homens, muito bonitos por sinal, a estarem atrás dela?

Daniel estava no corredor já impaciente. Andava de um lado para outro torcendo para que Anya aparecesse para a aula. Procurava não roer as unhas, mania que tivera na adolescência e que lutara muito para perder. Seu sangue ferveu e seu coração acelerou quando avistou aquela jovem que vinha pelo corredor de cabeça baixa. Os cabelos muito lisos tinham cor de chocolate e atingiam a altura dos ombros. Era Anya, tinha certeza! Olhou enquanto ela se aproximava e, pela primeira vez, não sabia como chegar em uma garota... mas precisava tocá-la. Havia algo que tinha necessidade de fazer... com o coração acelerado, aproximou-se da porta da sala dela.

– Ela está em aula, doutor... sala 23 B. – Clélia falou, para se livrar logo do atendimento.

– Obrigado. – Dante sentiu o coração batendo na boca e suas mãos tremeram. Iria provar a si mesmo que não estava louco, que aquela garota existia e fora atendida por ele. Saiu na direção indicada.

A porta da sala 22B se abriu e vários alunos saíram ao mesmo tempo, surpreendendo Anya, que se sentiu invadida por aromas intensos de comida e de sangue. Sua cabeça rodou e ela se viu obrigada a encostar-se à parede. Segurava a respiração. Era isso que tinha de fazer: não respirar e esperar que aquele aroma enlouquecedor passasse. Por quanto tempo conseguiria prender a respiração? Já fizera isso enquanto nadava... um minuto? Um minuto e meio? Fechou os olhos, segurando o ar preso no peito.

Daniel viu que a jovem, que ele sabia ser Anya, parou no meio do corredor e se encostou à parede. Não parecia bem e ele não pensou duas vezes. Foi até ela.

Dante caminhou pelo corredor em direção à sala 23 B. Teve certeza de que era Anya que acabava de se encostar à parede, mas várias pessoas saíram para o corredor, bloqueando sua visão.

Só mais um pouco... Anya pensou aflita, sentindo que não conseguiria mais prender a respiração.

– Anya? – uma voz doce e melodiosa falou ao seu lado e uma mão forte a segurou.

Anya abriu os olhos e foi obrigada a respirar... olhou para o dono da mão que apertava seu braço e tudo escureceu...

– Ela não está na sala, Edgar – Rafael falou, nervoso, e os três entraram no prédio.

Dante ficara paralisado quando vira aquele rapaz se aproximar de Anya. Com certeza era ela! Sentia isso em todos os poros e músculos de seu corpo. Não esqueceria aquele rosto. Percebeu quando a moça perdera os sentidos, caindo sobre o jovem musculoso e, antes que pudesse se mexer, vira o pai dela... sim, ele se lembrava muito bem de Edgar e o vira passar com mais dois homens, um negro que mais parecia um jogador de basquete bem nutrido e outro homem alto, esguio e elegantemente vestido, que olhava para os lados e passou os olhos por ele, como que procurando alguma coisa... Dante não sabia por quê, mas se sentiu intimidado, queria se aproximar de Anya, mas não conseguiu reunir coragem suficiente. Fora tão longe e, agora que poderia esclarecer tudo, simplesmente se acovardava!

Daniel segurou Anya nos braços quando percebeu que ela perdia os sentidos. Meu Deus! Precisava daquela mulher! Todo o seu sangue pulsava agitado nas veias, como se fossem explodir. O cheiro dela, a pele... algo o havia imantado ali. Ouviu uma voz grave no corredor ao mesmo tempo em que alguns alunos paravam para observar o que acontecia. Antes que tivesse consciência do que estava acontecendo, Daniel sentiu que alguém tirava Anya de seus braços, enquanto uma massa muito forte o empurrava contra a parede, fazendo-o bater as costas com força contra o cimento. Mas não se importava com ele, só se importava com o desespero que sentiu quando viu um homem carregando Anya dali.

– Quem é você? – a voz muito grave e que seria capaz de fuzilar uma pessoa soou perto do rosto dele. Daniel era alto, 1,90 metro, mas teve que levantar o queixo para olhar no rosto do seu agressor. – O que fez? O que fazia aqui? – o interrogatório era acompanhado por um olhar vermelho de fúria.

Daniel o empurrou. Era forte, mas não conseguiu se desvencilhar do braço que apertava seu pescoço contra a parede.

– Me larga, cara! Eu não fiz nada! – ele encarou os olhos do agressor, respirando também furioso. Seu sangue esquentava e haviam tirado Anya de perto dele.

Dante viu quando aquele homem negro enorme pegou o rapaz que segurava Anya e o jogou contra a parede. Era impossível! O rapaz era o touro que fugira do hospital! Que loucura era aquela? Viu quando o pai de Anya passou correndo ao lado do homem elegante e esguio que demonstrava ser bastante forte pela facilidade com que carregava a jovem desacordada nos braços. Anya... ele a viu passar, seu sangue esquentou e pareceu entrar em ebulição dentro do corpo. Suas mãos tremeram e teve a mesma sensação que tivera no hospital: era atraído para ela com uma força sobrenatural. Apertou as mãos com força, esmagando o cigarro que mantivera ali. Segurava a vontade de correr atrás dela... Respirou fundo e, com dificuldade, seguiu devagar atrás do grupo que saía, misturando-se a alguns alunos que cochichavam especulando sobre o que teria acontecido.

Ivan olhou para aquele rapaz e viu algo de familiar em seus olhos... as pupilas estavam dilatadas e havia uma tonalidade vermelha crescendo em suas íris.

– O que queria? – afrouxou o aperto, ainda encarando o rapaz, e reparou que vários alunos os observavam de longe. Não podia se dar ao luxo de fazer um escândalo, pois teria muito trabalho para desfazer aquilo tudo.

– Eu... preciso falar com ela, cara! Muito, muito mesmo! – a voz saiu aflita.

Ivan percebeu que o rapaz não tinha medo dele, não se importava com a dor, não se importava com mais nada, a não ser... Fechou a mão e deu um soco no estômago de Daniel, que se inclinou, tossindo. Depois se virou para o grupo de seis alunos que ainda estavam no corredor. Seus olhos assumiram uma tonalidade muito clara e ele correu os olhos pelos jovens que pararam estagnados por um minuto. Depois saíram andando calmamente e conversando como se nada tivesse acontecido.

– O que você fez, cara? – Daniel olhava para ele segurando o estômago. A mão daquele negro pesava uma tonelada, com certeza, pois havia expulsado todo o ar que havia nele.

– Você vem comigo – Ivan disse em tom autoritário.

– Vai me levar até Anya? – na verdade era aquilo que importava, nem que tivesse que levar uma surra. – Ela precisa de mim, cara... – falou, seguro. Tinha certeza daquilo.

– Cala a boca e vem comigo – Ivan não olhou para ele novamente e saiu caminhando pelo corredor, que parecia pequeno para aqueles dois que deixavam o prédio da Gastronomia...

Dante viu Anya ser colocada dentro de um carro. Ficou tentado a seguir o veículo, mas aquilo seria insanidade demais! Que tipo de maníaco estava se tornando? Respirou fundo e se encostou a uma árvore do lado de fora do prédio, sentindo as pernas trêmulas. Esperou seu coração voltar ao ritmo normal e pegou um cigarro no bolso. Suas mãos tremiam muito enquanto ele acendia o cigarro. Viu quando aqueles dois armários saíram do prédio.

Edgar segurava a filha no banco de trás do carro. Conhecia os sintomas, sabia que ela precisava de sangue. Rafael saiu dirigindo o carro rapidamente, com as mãos apertadas no volante e a respiração irregular...

– Ele estava lá, Edgar – falou num sussurro, entre dentes. – Eu senti! – apertou o volante com mais força. Sentira a presença de um caçador, mas não conseguira definir exatamente onde ele se encontrava, pois havia muita gente no corredor quando entraram, mas tinha certeza de que o Antagonista de Anya estivera ali, muito próximo dela...

– Ivan o pegou? – Edgar sentiu as mãos tremerem.

– Acho que não... não sei! Havia muita gente por lá! Isso atrapalhou um pouco meus sentidos... – balançou a cabeça. – Acho que devemos levá-la para minha casa, Edgar... Anya estará segura lá! – ele queria ter proposto aquilo antes.

O celular de Edgar tocou e ele sabia que era Ivan.

– Ed? Como ela está? – Ivan perguntou.

– Ela... vai precisar de mais, Ivan... – Edgar falou, apertando a filha nos braços.

– Eu estou levando o lanche... – Ivan falou com os dentes trincando e Edgar sentiu a tensão na voz do amigo.

– Ivan... o que...

– Tá tudo bem, Ed.

— Vamos pra casa do Montéquio... – Edgar falou, olhando para Rafael pelo espelho retrovisor, e viu os ombros dele relaxarem.

— Casa do Montéquio?! – Ivan indagou, sem acreditar.

— É Ivan... ele disse que pressentiu a presença do Antagonista lá na faculdade... – explicou e ouviu o suspiro de Ivan do outro lado.

— E o Escravo está indo comigo... – Ivan olhou pelo retrovisor e podia ver o carro vermelho que o seguia. Aquilo era ridículo! Que tipo de Escravo era aquele? Mas reconheceu o Escravo pelos olhos, viu a necessidade que ele tinha de Anya! Conhecia muito bem os sintomas...

Edgar ficou sem fala. Estava em pânico. Tudo estava acontecendo em um ritmo alucinante.

— O que ele disse? – Rafael o observava pelo espelho e o viu ficar pálido.

— Ivan... está trazendo o... Escravo... – falou devagar, aquelas palavras saíam dolorosamente de sua boca e tornavam tudo muito real... de novo!

Pronto, Dante! Já não comprovou o que queria? Que não está louco? Que ela realmente existe? Dante pensava nervoso, sentado dentro do seu carro no estacionamento da Universidade. Tentava se convencer de que sua aflição terminava ali. Já tinha encontrado a garota... Mas algo continuava a lhe dar aquela sensação de que era mais, muito mais que isso que desejava...

O celular vibrou em seu bolso. Respirou fundo e o atendeu.

— Dan? – a voz de Lena era fina e baixa.

— Oi, Lena... – disse, fechando os olhos e encostando a cabeça no banco.

— Está trabalhando? Estou atrapalhando? – perguntou, insegura.

— Não, Lena, pode falar – ele se afundou no banco.

— Eu... queria saber se vai estar de folga amanhã.

— Não – respondeu rapidamente, apesar de ser seu dia de folga, mas não conseguia pensar em namorar com toda aquela loucura em sua cabeça.

— Ah... tá – ela falou, magoada. – Quando... vai ser sua folga?

— Ainda não sei, Lena... — disse, apertando as têmporas. — Mas eu te ligo.

— Você está bem, Dante? — ela parecia pressentir que nada estava bem com ele.

Dante não queria contar sobre sua loucura nem podia dizer como estava obcecado por Anya. Lena jamais compreenderia. Ninguém compreenderia...

— Só estou cansado — não era uma mentira. Também estava exausto, a ponto de ter um colapso.

— Fica inteiro pra mim, tá? — disse, amorosa.

— Vou tentar — ele respondeu, sem certeza nenhuma. Aliás, já não estava inteiro há alguns dias...

Daniel dirigia compenetrado no carro à sua frente. Sentia que seria levado até Anya e ele precisava dela, e sabia que ela precisava dele ainda mais... Que loucura, cara!, pensava. Que coisa toda era aquela? Ele, seguindo o carro com um motorista, que mais parecia segurança de casa noturna, que o havia jogado contra a parede e lhe dado um soco de aço no estômago? Seguindo porque sentia que veria Anya? Ele a tivera nos braços por um minuto e se sentia irremediavelmente atraído por ela? Para ela? E aquele sentimento de que ela precisava dele? "Cara... cê tá maluco!", falou baixo, balançando a cabeça.

Perdendo a luta contra a fissura que o arrastava para Anya, Dante resolveu que tinha algo para descobrir. Desceu do carro, voltou para o prédio da Gastronomia e caminhou até a sala 23B. Olhou pela pequena janela de vidro na porta e percebeu que os alunos faziam prova. Anya tentara fazer aquela prova, com certeza, mas passara mal no corredor. Ela não estava bem, e ele se lembrava de quando a examinara e sentira o coração batendo fraco demais para a idade, da febre, mas o corpo não estava quente. Mas nada se comparara àqueles olhos que pareciam dois bombons e que o tinham aprisionado por um minuto... Encostou-se ao lado da porta e passou a mão pelo cabelo. Esperaria algum aluno sair e perguntaria por Anya, pelo seu telefone ou endereço. Não ia sair dali enquanto não conseguisse aquela informação.

A casa de Rafael Montéquio ficava no norte da ilha. Era um lugar afastado, montanhoso, onde se chegava depois de passar por uma estreita estrada de terra batida. A precariedade do caminho era apenas uma forma de manter visitantes indesejados afastados, pois levava a uma casa magnífica que fora construída no alto da montanha, deixando a vista para o mar por conta da enorme varanda do terraço. Edgar já estivera ali e não gostava das lembranças que havia naquele lugar. Rafael olhou-o pelo retrovisor e o percebeu tenso. Sabia que ele não queria estar ali.

Um grande portão de madeira foi aberto automaticamente exibindo a luxuosa entrada da casa, com um enorme jardim com árvores e canteiros de flores e uma fonte que jogava água sobre a estátua de um anjo com uma expressão triste e melancólica, cujas grandes asas estavam retraídas.

Rafael desceu do carro e abriu a porta de trás, pegando Anya nos braços com a agilidade que Edgar sabia não possuir mais. Dois empregados apareceram à porta e correram à frente do patrão, sabendo que deveriam preparar os aposentos de hóspedes. Edgar seguiu silenciosamente atrás dele e procurava não olhar para aquele lugar que produzia lembranças amargas.

Uma mulher alta e forte, com os cabelos muito loiros e cortados bem curtos, apareceu à porta do quarto.

– Como vai, Edgar? – a voz doce de Viviane nunca combinara com seu porte de fisiculturista.

– Como acha? – respondeu, sentando-se ao lado da filha.

– Eu... sinto muito – ela falou, e seus olhos brilharam marejados. Depois se virou para Rafael. – Quer que eu traga alguém para ela? – olhou para Anya com o rosto translúcido sobre a cama.

– Ivan está trazendo – Rafael respondeu, e a viu ficar com o rosto vermelho. – Peça para arrumarem hospedagem para mais três – falou, mantendo a calma de sempre.

Viviane saiu rapidamente e Rafael olhou para Edgar.

– Ela nunca esqueceu dele... – deu um leve sorriso, usando apenas um dos cantos da boca.

Edgar nada respondeu, estava preocupado com sua filha e tentava acordá-la.

– Anya, filha... você é forte, vai conseguir! – falou, passando a mão pelo rosto dela.

– Edgar... – Rafael falou ao lado da cama.

– Essa maldita doença, Rafael! – levantou-se, irritado. – Por que minha filha? Já não tinha sido o suficiente atacar Bete? – sua voz era abafada e angustiada. – Meu Deus!

– Eu... vou ajudá-la a superar essa fase! Prometo! – tocou no ombro de Edgar, que se apoiava em uma das paredes forradas com papel decorado por desenhos delicados de flores. Sentiu o soluço que saiu do peito de Edgar. Era um sentimento pungente, impossível de segurar. Rafael saiu do quarto deixando Edgar com sua filha e sua dor.

Daniel viu quando se aproximaram de uma propriedade toda murada e o enorme portão de madeira se abriu deixando o carro da frente e o dele entrarem.

– Uau! – Daniel exclamou, admirado ao ver a belíssima mansão construída na rocha. Ainda precisava trabalhar muito para conseguir uma daquelas...

O celular tocou e ele suspirou irritado. Já havia ligado para Maria Cristina, mentindo que não estava bem do estômago e que precisa ir até o hospital. Com certeza ela estava com um fogo que não conseguira apagar sozinha.

– Oi, linda – fez uma voz de dor.

– Max! Estou tão preocupada! Como tu estás? O que o médico disse? – a preocupação parecia autêntica, e ele acabou sorrindo. – É alguma coisa contagiosa? – perguntou, e ele pensou: Demorou!

– Acho que é Aids... – falou zombeteiro. Ele se cuidava, e muito bem, para evitar qualquer doença sexualmente transmissível.

– Não brinca! – ela falou, irritada.

– Foi só alguma coisa que comi e que não me fez bem... – ele segurou o riso ao pensar na dualidade de sentido de sua resposta. – Mas não se preocupe... você não tem culpa!

– Sem graça! – ela falou, e ele podia imaginar sua raiva. – Eu te ligo mais tarde pra saber como estás, tá bom? – a voz voltou a amaciar.

– Obrigado por se preocupar, linda... – ele ronronou. – Te recompenso depois...

– Vou cobrar... – ela respondeu, com voz melosa.

Daniel desligou o celular completamente. Não estava para ninguém.

O Escravo

Daniel largou o telefone dentro do carro e desceu. Ivan aproximou-se com aquele jeito intimidador de comandante de exército bárbaro.

– Não há tempo para explicações. Primeiro você faz o que tem de fazer, depois a gente conversa – a voz grave e autoritária não deixou espaço para perguntas. Apesar de Daniel sentir que saberia o que fazer...

A mansão era de tirar o fôlego e os empregados saíam do caminho conforme eles passavam, mas não se mostravam surpresos com sua presença, apenas subservientes. O homem alto e esguio que arrancara Anya dos braços dele apareceu no corredor e o encarou. O rosto impassível o analisava, como que o escaneando... Daniel queria ter feito uma piada quanto à sexualidade do observador, mas ficou quieto. Já estava acostumado a situações estranhas. Só ele e Deus sabiam quais tipos de fantasias sexuais as mulheres podiam ter...

– Tem certeza? – o homem magro perguntou ao "puro músculos" ao seu lado.

– Tenho, infelizmente... isso é um traste! – o homem negro falou com desagrado.

– Opa! Pega leve, cara! – Daniel não ia deixar que o insultassem. Já bastava aceitar aquele soco no estômago sem que tivesse feito nada. – Você é grande, mas não é dois! – falou, encarando o guerreiro de ébano.

– Veremos – o negro respondeu, e o outro homem abriu a porta atrás dele.

A luz dos abajures deixava visível Anya, pálida, sobre uma cama grande, cheia de travesseiros. A atração era irresistível! Ele tinha que tocá-la! Deu dois passos decididos à frente e foi bloqueado por um homem mais baixo que ele, com óculos quadrados e um olhar mortal. Por que havia tanto homem ali?, Daniel pensou irritado. Por que eles teimavam em adiar sua aproximação?

– Ed – a voz do negro soou atrás de Daniel –, ela precisa. O interrogatório vem depois.

Interrogatório? Daniel se surpreendeu. O que era aquilo? Um escritório da CIA? Da KGB? Da Interpol? Do FBI? Antes que pudesse falar, o homem com cara de intelectual colocou a mão com força em seu peito.

– Se machucar minha filha, ninguém vai achar seu corpo, tá entendido? – a ameaça fez Daniel dar um passo para trás, não porque sentiu medo, mas porque aquilo era totalmente improvável!

– Machucar? – balbuciou, confuso. Jamais a machucaria! Tinha certeza!

– Pai? – a voz fraca de Anya foi ouvida por todos eles.

Daniel viu o homem correr para o lado da cama e pegar a mão de Anya entre as suas.

– Filha... não se preocupe. Tudo vai se resolver – falou, carinhoso, beijando a mão dela e olhando para Daniel, que se viu livre para chegar ao lado dela.

Meu Deus! Como preciso dessa mulher! Pensou quase em pânico ao se ver mirado por aqueles olhos de chocolate.

– Oi, Anya... – tentou dar segurança à voz e viu que os três homens se afastaram da cama. Já tinha cantado tantos tipos de mulheres! Já havia conquistado inúmeras! Mas se sentia um garoto diante de seu primeiro amor, ou seja, um total idiota sem saber o que falar.

– Quem é... você? – ela perguntou com a voz fraca e os lábios pálidos, olhando do rapaz para o pai.

– Sou Daniel. Muito prazer... – ele sorriu e pegou na mão dela. Uma corrente percorreu seu corpo e ele sabia o que ela queria, porque precisava dele.

– Pai? – Anya sentou-se na cama, trêmula.

– Você precisa, filha... – a voz do pai estava embargada.

– Não! – ela olhou apavorada para Daniel ao seu lado e seus olhos se encheram de água. – Eu não posso!

– Não é questão de poder, Anya. É questão de necessidade – a voz irritantemente calma do modelo de revista de moda interveio.

– Oh, não! Por favor! – ela tentou sair da cama, mas não conseguiu. O corpo não respondia aos seus comandos. As lágrimas desceram pelo seu rosto e Daniel ficou com o peito apertado. Por que ela sofria tanto? Ele não podia vê-la sofrer! – Vá embora! – Anya empurrou-o com as mãos trêmulas e não conseguiu mexer o corpo forte dele um milímetro sequer.

– Eu... não posso! – conseguiu dizer, simplesmente. Era verdade, ele não podia e não queria.

– Pode e deve! – ela o encarou com os olhos castanhos deliciosos, cheios de lágrimas. – Por favor!

– Anya... – pegou na mão dela e buscou sua voz mais macia, mais sensual que sabia ser capaz de fazer. – Não quero ir embora... quero ajudar você – olhou-a nos olhos e passou a mão naqueles cabelos sedosos. Podia ouvir a respiração tensa de alguém às costas dele, mas não se virou para olhar e descobrir quem estava pronto para destroçá-lo.

Anya acabara de despertar, sentia-se fraca, faminta, e dera de cara com aquele homem que tinha o cheiro de algo que ela gostava muito: chocolate! Imediatamente sua boca se encheu de água e seu sangue pareceu borbulhar. Foi tomada por uma vontade louca de experimentá-lo, mas não podia! Não era um monstro! E com que direito ele falava daquele jeito tão sedutor com ela? Com que direito ele dizia que não ia embora e que queria ajudá-la?

– Podem me deixar a sós com ela? – Daniel virou-se para os três observadores que estavam igualmente rígidos, parados ao lado da porta. Eles se olharam, preocupados. – Vão me deixar tentar ajudá-la ou não? – insistiu, percebendo que estava desenvolvendo um sentimento de proteção e posse sobre aquela figura frágil ao seu lado, que seria capaz de arrancar a cabeça de alguém por ela.

Ivan olhou para Edgar. Ele sabia que sentimento e necessidade tomavam conta do rapaz e que ele precisaria convencer Anya do que tinha que fazer. Sentira aquilo por Bete e via na jovem a resistência da mãe. Com seu dom, Ivan conseguira convencer Bete de que aquilo era o certo a fazer. Percebia que o rapaz iria fazer o mesmo, embora não tivesse certeza do dom dele. Que não seja nada sexual... pensou, nervoso, mas não verbalizou.

– Já disse. Se machucar minha filha... – Edgar falou com os punhos fechados. Rafael colocou a mão sobre o ombro dele.

– Vai saber quando parar? – Ivan perguntou ao rapaz, que não conseguia tirar os olhos do rosto aflito de Anya.

– Acho que... sim... – Daniel respondeu, sem muita certeza. Mas por Anya ele iria até onde fosse necessário...

– Não me deixem aqui sozinha com ele! – Anya pediu, em pânico. – Pai! – implorou, e o pai se aproximou da cama e a beijou na testa.

– É para o seu bem, filha – falou com lágrimas no rosto e saiu do quarto acompanhado por Ivan e Rafael.

Anya abraçou-se às pernas com toda a força que conseguiu e escondeu o rosto sobre os joelhos.

– Vá embora, por favor! – pediu, soluçando com a voz abafada. – Você não precisa fazer isso...

Daniel pegou no braço dela e a fez levantar o rosto e olhar para ele. Parecia que a conhecia desde sempre... seu sangue pulsava pedindo por ela...

– Você é linda, Anya... – a voz envolvente e sedutora soou próxima ao rosto dela. – Não precisa ficar assim, por favor... – ele sorriu, acariciando seu rosto, e a viu piscar lentamente. Estava funcionando. – Eu quero ajudar você... pode confiar em mim. O que quer que eu faça? – aproximou-se acariciando os braços delicados, sentindo-a estremecer.

Meu Deus! Que voz macia era aquela? Anya sentiu o coração bater mais lentamente, como se ele a estivesse... acalmando? A voz dele acariciava sua pele e ainda havia aquele cheiro de chocolate... Instintivamente, passou a língua pelos lábios como que podendo sentir o gosto.

– Quer me lamber? – ele falou percebendo, excitado, aquele gesto involuntário dela e puxou a camiseta, tirando-a pela cabeça; então deitou com meio corpo sobre a cama. – Faça o que quiser, Anya...

Anya sentiu a voracidade crescer dentro dela, tal qual no sonho que tivera. Seu sangue borbulhava e sua presa estava ali, entregue, saborosa...

– Venha, Anya... – pegou na mão dela e a colocou sobre o peito forte e quente. Daniel só sabia que a deixaria fazer o que quisesse e nem pensava na loucura de tudo aquilo. Ao contrário, ele a incentivava; aquilo o excitava... e muito! O coração dele estava acelerado ao sentir o toque inseguro e suave da mão dela e ao observar seu jeito relutante de se aproximar. Virou-se e a segurou pela cintura, colocando-a sobre seu corpo. – Eu sei o que tem de fazer... e eu quero que faça... – a voz saiu rouca e quente.

Anya sentiu-se invadida pela voz e pelo aroma daquele homem. Como aquilo era possível? Sempre resistira a cantadas! Sempre foi tímida! Dedicava-se somente aos estudos! Não saía com ninguém... Mas agora se via sobre aquele corpo maravilhoso e queria experimentar...

Daniel a segurava pela cintura sobre seu corpo. Ela estava vestida e ele só tirara a camiseta, mas aquilo era extremamente excitante. Anya inclinou-se e, primeiro, encostou os lábios no peito dele, sentindo o acentuar daquele aroma que a estava deixando faminta. Podia ouvir o sangue que corria velozmente pelas veias dele, carregado de energia, então... passou a língua pela pele saborosa. Que gosto maravilhoso! Aquilo só a fez desejar ainda mais... Daniel gemeu. Ela precisava prová-lo, o instinto era mais forte que a razão.

– Me desculpe... – ela falou, antes de encostar os lábios em uma veia pulsante no pescoço dele e rasgar a pele com seus dentes caninos que se projetaram imediatamente quando tocou na pele dele...

Daniel estava fascinado, excitado e ansioso. Quando Anya passou a língua pelo seu peito, o gemido saíra involuntariamente. Ele apertou as mãos na cintura delicada dela. Queria e precisava que o mordesse... era isso! Era indescritível o prazer que sentia com os dentes dela perfurando sua pele e atingindo a veia de seu pescoço...

Ao saborear o sangue de chocolate, todo o corpo de Anya pulsou e o coração acelerou tanto que parecia querer saltar de seu peito, deixando-a ofegante. Era um líquido espesso como chocolate derretido, quente, saboroso, e possuía uma energia incrível que acendia todas as células do seu corpo. Era delicioso! Nem sentia as mãos daquele rapaz estranho que, ansiosas, corriam pelas suas costas e seu quadril, acariciando-a enquanto a deixava sorver sua energia vital... só sentia prazer...

Daniel percebeu o corpo frágil dela enchendo-se de energia. Queria Anya, ele a desejava. Seria capaz de deixá-la sugar todo o seu sangue até a morte, mas quando sua vista piscou e suas mãos tremeram, impedindo-o de apertar Anya com força sobre seu corpo, apesar de não querer soltá-la, soube que teria de fazê-la parar; entretanto, era tão bom sentir aquela boca quente e macia movimentando-se com avidez e desejo em seu pescoço! Piscou com força mais uma vez, sentindo os ouvidos zumbirem...

– Anya... – ele falou, sentindo tudo girar. – Anya... – com esforço, levantou o braço e passou a mão pelos cabelos dela. – Tem que parar agora... – tentava deixar a voz macia, mas sentiu que ela saiu fraca, trêmula... limpou a garganta... – Anya...

– E se ele não conseguir? – Edgar andava de um lado para outro diante da porta do quarto, as mãos trêmulas, o coração acelerado.

– Então não é o Escravo. – Ivan levantou os ombros sem se preocupar. – O que até seria bom – completou, sem disfarçar sua desconfiança quanto ao possível Escravo.

– Por quê? – Edgar olhou para ele intrigado.

– Não sei, Ed... não fui muito com a cara dele... tem pinta de safado... e a Anya... ela pode... – tinha medo de verbalizar o que pensava, que um tipo como aquele poderia seduzi-la e acabar se aproveitando daquela necessidade de Anya por sangue.

– O quê, Ivan? – Rafael falou ao lado deles.

– Vamos esperar para ver... – Ivan suspirou. – De repente, a gente dá sorte e o cara morre...

Anya sentiu aquela voz doce e macia que chegou aos seus ouvidos pedindo para que parasse... sua respiração estava acelerada, assim como seu coração, e sentiu que a respiração dele ficou lenta e o coração começou a bater bem mais lentamente. Isso a assustou e ela se ergueu rapidamente olhando preocupada para ele. Daniel estava pálido, mas sorriu, olhando-a.

– Estou bem – falou, antes de fechar os olhos.

Ela saiu de cima dele como se tivesse levado um choque. Viu a marca de seus dentes que haviam ferido a pele do rapaz e um filete de sangue que escorreu do pescoço.

– Meu Deus! O que eu fiz? – disse, tremendo, passando a mão pela boca que ainda guardava o sabor delicioso do sangue dele. Pegou uma toalha sobre um baú diante da cama e a pressionou contra o pescoço de Daniel. – Me desculpe, por favor! – disse, apavorada, apertando a toalha junto ao ferimento e acariciando o cabelo macio. Só então percebia como ele era realmente... jovem, com os cabelos escuros, bonito... muito bonito... um corpo muito bem trabalhado em academia, bronzeado...

– Pode me dar um beijo, agora? – ele falou baixo, sem abrir os olhos, e ela se afastou um pouco.

– Como... está se sentindo? – perguntou, confusa e aliviada por ver que não o havia matado.

– Eu, realmente, preciso de um beijo... – a voz dele parecia a de alguém embriagado. – Por favor? – pediu, manso.

Foi impossível Anya não sorrir com o jeito dele. Eles não se conheciam, ela acabara de lhe sugar muito sangue, quase o matara e ele pedia um beijo? Que homem era aquele, afinal? Por que se sentia envergonhada em dar-lhe um beijo depois do que acabara de fazer? Aquilo era ridículo! Inclinou-se e, delicadamente, deu um beijo no rosto dele, muito próximo aos lábios sensuais.

– Obrigada, Daniel... – sussurrou ao seu ouvido.

Daniel queria conseguir erguer os braços e puxá-la, tomando aquela boca na sua com toda a voracidade, mas estava com sono... muito sono.

– Já deu – Ivan olhou no relógio. – Vamos saber se aquele imbecil serviu pra alguma coisa – disse, já abrindo a porta. Edgar e Rafael apenas se olharam...

Eles encontraram Anya corada, com a cabeça sobre o peito desnudo de Daniel, sentindo a respiração leve dele, assim como o bater lento do coração... Ela se ergueu olhando para eles, que estavam com expressões de desconforto no rosto.

– Está batendo... acho que dormiu – falou aliviada, tocando delicadamente o peito bronzeado.

– Como está se sentindo, filha? – Edgar aproximou-se da cama e enfrentou o olhar sério dela.

– Como permitiu isso, pai? Por quê? – o olhar era de acusação, e ele se sentou na cama.

– Você precisava, filha! Não ia deixar que morresse! – tirou os óculos e fixou os olhos lacrimosos nela.

– Mas... ele não... – olhou para Daniel dormindo sobre a cama e que era examinado por Rafael.

– Ele está bem. É como você, Ivan... forte como um touro – Rafael falou com sarcasmo, sabendo que aquele jovem Escravo não agradara ao Escravo experiente. – Vou mandar prepararem uma boa refeição – disse, e saiu do quarto.

– Ele é... meu... – Anya respirou fundo. Como aquilo era difícil!

– Escravo. É sim, branquinha, mas vou ficar de olho nele – Ivan respondeu mal-humorado.

– E que lugar é esse? – perguntou, olhando para o quarto chique.

– A casa de Rafael – Edgar suspirou. Não queria estar ali, mas faria o que fosse necessário para garantir a segurança da filha.

– Por que estamos aqui? – ela não compreendia.

– Por que Rafael sentiu o seu... Antagonista lá na faculdade – Edgar falou com preocupação e Anya arregalou os olhos.

– Na faculdade? – levantou-se, nervosa. Sentia que seu corpo estava tão bem como há muito não estava, ou talvez nunca estivera. O aroma de chocolate predominava no quarto, também conseguia perceber os aromas de comida e de mar, de sal... seu olfato estava extremamente sensível, podia detalhar os ingredientes daquele filé com molho madeira que devia estar sendo preparado na cozinha, as batatas com alecrim, o suco de beterraba, o macarrão com cogumelos e o perfume de café... – aquele último aroma a fez voltar à realidade.

– Algum aluno? Professor? – perguntou, imaginando quem poderia ser seu Caçador. Ficou arrepiada.

– Não sabemos... Rafael disse que havia muita gente, o que o confundiu, mas ele sentiu que estava lá – Edgar respondeu, apreensivo.

Anya voltou a olhar para Daniel, que dormia sobre a cama. Não sabia dizer ao certo o que sentia... não entendia como ele pôde deixá-la fazer aquilo.

– Ele vai ficar bem, não vai? – olhou para Ivan, que se aproximou da cama pronto para tirá-lo dali.

– Infelizmente – Ivan respondeu, muito mal-humorado. – Vou tirar esse traste daqui. – Pegou o rapaz e o jogou sobre os ombros como se fosse um saco de batatas. Daniel pesava bastante, mas não o deixaria ali na cama com Anya mais que o necessário.

– Para... onde vai levá-lo? – Anya colocou-se ao lado dele. De repente, sentia que precisava de Daniel... e muito!

– Para outro quarto, não tem por que ele ficar aqui – Ivan respondeu e saiu do quarto, carregando o Escravo adormecido...

Anya, confusa, se virou para o pai que estava quieto, pensativo e com a aparência abatida.

– O que... ele tem?

– Ciúmes, eu acho – Edgar balançou a cabeça.

– Você... tá legal? – ela se sentou ao lado dele na cama. Não queria vê-lo daquele jeito. Sabia que sofria, mas não sabia o que podia fazer.

Edgar assentiu e acariciou o rosto de sua filha. Não iria perguntar a ela como fora, como ela se sentira ao sugar, por vontade própria, o sangue de outra pessoa. Mas percebia que estava bem, cheia de energia, com o rosto corado. Parecia saudável, embora bastante confusa. O que importava era que estava bem. Tentava se convencer de que sobreviveria a mais essa tormenta, embora não estivesse muito certo daquilo. Previa também um grande desafio: manter a filha em segurança sem privá-la de viver sua juventude, sem aprisioná-la, oprimi-la... aquilo realmente seria muito difícil!

Anya segurou em sua mão e respirou fundo.

– Pai... você vai achar que sou muito monstruosa se disser que foi... muito bom? – perguntou, insegura, como se tivesse lido os pensamentos dele. – Eu não queria, mas ele... estava tão certo do que deveria fazer! Ele me acalmou! E... o gosto dele... é... – suspirou, aquilo era terrível!

– Bom ou ruim? – Edgar levantou a sobrancelha. O sangue de Ivan não parecia ser tão saboroso para Bete ou talvez ela quisesse que ele acreditasse que não gostava realmente...

– Para mim tem gosto de chocolate... – falou, envergonhada, e seu pai acabou sorrindo sabendo como a filha adorava chocolate.

– Meu Deus... – o pai balançou a cabeça –, é melhor ele mudar a dieta...

– De onde ele surgiu? – aquilo realmente era muito estranho. Como um homem que ela nunca vira cruzara seu caminho daquela maneira e parecia aceitar o papel que o destino lhe incumbira?

– Ainda não sabemos. Não o interrogamos – ele respondeu, deitando com metade do corpo na cama. Estava exausto, parecia ter levado uma surra. Anya deitou-se ao lado dele.

– Vou ter que trancar minha matrícula... – suspirou, olhando para o teto. Não iria conseguir ficar tão próxima das pessoas sentindo aqueles aromas que a deixavam tonta e faminta, sabendo do que era capaz de fazer. – Será que um dia eu consigo voltar? – tentava ter alguma esperança de que poderia ainda levar uma vida com o mínimo de normalidade.

– Eu... sinto muito, filha. Eu vou dar um jeito, você tem apenas um semestre para terminar o curso... Vou falar com a Ester, a coordenadora do curso de Gastronomia – Edgar acariciou o rosto da filha, sabia como havia sido difícil chegar onde chegara e que ela gostava muito do curso que fazia. Mas se o Antagonista estava lá na faculdade, tinha mesmo que se afastar.

– Por quanto tempo vamos ficar aqui? – perguntou, voltando a contemplar o teto. – Minha avó não vai engolir qualquer desculpa... – suspirou.

– Não pretendo ficar mais do que essa noite – Edgar respondeu, sério. Não gostava de estar ali.

– Nem roupas pra trocar eu tenho... – ela bufou e foi até a janela, abrindo as cortinas, e viu que havia uma grande porta que dava para a sacada. Por um minuto olhou seu reflexo naquele vidro imaginando como poderia ter se tornado um personagem de histórias em quadrinhos ou de filmes de terror. Passou a mão pelo lábio e se lembrou do prazer que sentiu ao tocar a pele firme de Daniel. – Eu... nem sujei muito minha boca! – falou de repente, olhando pelo reflexo para os lábios que estavam ligeiramente inchados, certamente era o resultado do contato tão ávido que tivera com o pescoço do seu Escravo. – Até parece que já tinha prática nisso... Realmente estou vivendo um pesadelo...

Conspiração?

Os alunos começaram a sair da sala e Dante foi em direção a um grupo de garotas que comentava sobre a prova dificílima.

– Com licença... – abordou-as e sorriu. – Alguma de vocês é amiga da Anya?

Elas se olharam e uma delas deu um sorriso irônico.

– Eu sou – uma jovem, com os cabelos escuros presos num rabo de cavalo e de óculos estreitos com aro preto, se apresentou. As outras ficaram ali curiosas demais para se afastar. Precisavam saber o que outro bonitão fazia atrás de Anya.

– Oi, meu nome é Dante e eu preciso do telefone dela. Você tem? – procurava mostrar que não estava desesperado pela informação. – Ou sabe onde ela mora? – aquela informação seria mais importante ainda.

A jovem pegou o celular na mão e Dante se apressou em pegar o dele também. Ela ditou o número e ele digitou em seu aparelho.

– Ela mora na Rua Cardeal... é o único prédio que tem na rua, que é sem saída – explicou despreocupada. – Não me lembro do número do apartamento, eu passei lá uma vez para pegar um livro...

Dante gravou aquelas informações sentindo o coração disparar no peito. Foi fácil demais! E até perigoso. Como aquela jovem passava o nome e endereço da amiga para um estranho educado? Não era à toa que toda semana aparecia uma jovem vitima de violência sexual no pronto-socorro. Elas ainda davam muita credibilidade aos homens. Mas, naquele momento, agradeceu à imprudência e sorriu, exibindo as covinhas.

– Muito obrigado – agradeceu, e saiu pelo corredor.

As garotas se olharam por um segundo, depois deixaram o riso sair e o queixo cair.

– Anya? Quem diria! Com aquele jeito quieto e recatado de quem nunca fui beijada... – uma delas fez uma careta irônica – ...e, no mesmo dia, dois lindões aparecem atrás dela?

– Acho que não devia ter dado o telefone e endereço dela... – a outra falou, pensativa. – E se for um tarado?

– Tarado, Miriam? Você viu bem a cara dele? – a outra arregalou os olhos. – Se aquilo é um tarado, não me esperem que vou correr atrás dele! – brincou, e elas riram.

Dante caminhou para o carro como se acabasse de descobrir que ganhara na loteria. Estava agitado, nervoso, mas confiante, aliviado. A dor de cabeça não passava mesmo e ele até se esqueceu dela naquele momento. Entrou no carro pronto para ir até a casa de Anya. Segurou o celular na mão e olhou para o número que havia registrado. Deveria ligar? O que falaria? Oi, Anya, aqui é o doutor Dante e gostaria de saber se você existe mesmo ou se sonhei com você? Não é nada não, só que não consigo pensar em outra coisa a não ser em você! E isso está me dando uma enxaqueca irritante! Era um total absurdo!

Entretanto, antes que pudesse ligar, o celular tocou em sua mão, assustando-o. Viu o número e suspirou, tinha que atender.

– Oi, professor – tentou se mostrar normal.

– Dante, preciso falar com você. Venha ao hospital – o tom era sério e profissional, e Dante já imaginava o que doutor Pereira queria com ele.

– Estou indo, professor – respondeu.

– É importante, não me deixe na mão – seu superior frisou antes de desligar.

Dante apertou as mãos no volante do carro, respirando fundo. Não podia falhar com o respeitado médico que o aceitara como pupilo, que confiara em seu potencial e lhe abrira muitas portas. Torcia para ser bem convincente com sua enxaqueca persistente... Tomou, a seco, mais dois comprimidos para a dor, embora soubesse que já não estava mais adiantando.

Não demorou muito a chegar ao hospital, pois àquela hora já não havia trânsito. Colocou o jaleco, pegou sua pasta e caminhou para dentro do hospital imerso em sua dor de cabeça e em seus pensamentos. Não ouviu a recepcionista dar boa noite, tampouco prestou atenção a uma enfermeira que tentou avisá-lo que o doutor Pereira esperava por ele.

Parou à porta do consultório do seu professor e respirou fundo antes de bater. Ouviu a ordem para que entrasse.

– Boa noite, professor – Dante estendeu a mão para o médico-chefe.

– Dante. Que bom que apareceu! – Eduardo Pereira falou, visivelmente aliviado, e analisou a aparência extremamente abatida do jovem médico.

– Desculpe, mas eu tive um problema para resolver – Dante sentou-se diante do médico que mais admirava e de quem era considerado um fiel seguidor.

Eduardo era um homem de sessenta e poucos anos, magro, com os cabelos prateados, os olhos escuros e semblante calmo. Era um dos médicos mais respeitados em vários hospitais da região e professor na Universidade Federal. Dante fora seu aluno por quatro anos e despertara a admiração do mestre, que via nele uma promessa de excelência. Fora ele quem conseguira a residência para Dante no hospital mais conceituado da cidade, onde o jovem permanecera depois do período, assim como no hospital popular. Doutor Pereira sempre dizia que o bom médico serve aos que pagam e aos que não pagam com a mesma competência. E Dante não o decepcionara...

– Estou preocupado com você, Dante. – Eduardo recostou-se à cadeira e olhou para o ex-aluno. – Parece-me que não anda muito bem por esses dias...

– Sei que devo me desculpar – Dante também se encostou à cadeira. – Mas estou em meio a uma crise de enxaqueca... – tentaria a desculpa, não tão esfarrapada, da dor de cabeça constante.

– Vejo que não está mesmo com boa aparência – Eduardo o analisava. Tinha diante dele um de seus melhores ex-alunos. – Já verificou o que causou a crise? – disse, apoiando os cotovelos sobre a mesa e o queixo nas mãos, olhando fixamente para Dante.

– Estresse, talvez... ou alguma coisa que comi – levantou os ombros, mas sua dor de cabeça tinha nome e sobrenome.

– Já se medicou, com certeza.

– Com certeza – ele sorriu levemente.

– Doutor Amorim ligou para mim muito irritado com você... queria uma reprimenda exemplar – suspirou, levantando as sobrancelhas grisalhas. – Disse que você sumiu sem avisar a ninguém e que um paciente seu fugiu do hospital...

Foi inevitável para Dante não pensar na cena que vira no corredor da faculdade. Aquele touro fujão e Anya... e ela nos braços dele... Ninguém acreditaria! Resolveu responder da forma profissional.

– Eu o atendi e encaminhei para a emergência cardíaca. Não sou cardiologista, professor. Não posso ser responsabilizado porque o hospital não conta com profissionais suficientes – aquela acusação realmente era muito injusta.

– Não, não pode... mas o seu "sumiço" foi irresponsável – era o mestre falando e Dante não retrucou. – Recomendo que faça um pedido de desculpas por escrito e encaminhe ao doutor Amorim. Sabe como ele se melindra com determinadas coisas... – fez uma careta. Dante sabia que os dois médicos não se davam muito bem.

– Farei – Dante respondeu, objetivo.

– Dalva também disse que andou ligeiramente agressivo com ela – Eduardo falou em meio a uma careta e Dante levantou as sobrancelhas. Aquela enfermeira era insuportável! Irritante com todo mundo! E não gostava de médicos jovens. Sempre deixara aquilo bem claro. – Compreendo que ela não é uma pessoa fácil de se lidar, senão, não teria o apelido carinhoso que tem entre os enfermeiros... – Eduardo sorriu e parecia ter lido os pensamentos de Dante.

Dante respirou fundo. Era o momento de falar sobre os acontecimentos dos dias anteriores. Correria o risco de Eduardo supor que ele estivesse usando alguma droga, como sugerira doutor Amorim, mas tinha de deixar claro que havia ocorrido uma negligência naquele hospital e que tudo estava muito confuso quanto àquele atendimento.

– Professor... aconteceu algo muito estranho aqui no hospital há dois dias... – fixou os olhos verdes nos olhos do médico experiente e observador. – Preciso que me ouça. Se me julgar louco... prometo que buscarei um tratamento, mas me conhece e sabe que não sou dado a especulações absurdas e infundadas – Dante pedia o crédito por sempre ter sido um aluno exemplar e um médico responsável e competente.

– Sou todo ouvidos... – Eduardo se dispôs a escutá-lo.

Dante então narrou sobre o atendimento que fizera à jovem que se afogara, que fora auxiliado pela enfermeira Denise, constatara que a jovem estava com algum tipo de infecção, relatou os números de pressão arterial, temperatura, batimentos cardíacos... e que ela, apesar de tudo, parecia bem. Enquanto contava o ocorrido, percebeu que o médico se mexeu desconfortável na cadeira, como se alguma coisa em seu relato o incomodasse. Observando com mais atenção o comportamento do experiente doutor Pereira, Dante contou que pedira a Denise que coletasse o sangue da paciente para uma investigação e havia saído para outros atendimentos...

– O prontuário dela sumiu. Denise sumiu. A paciente sumiu. E não há um registro sequer da passagem dela por esse hospital – Eduardo levantou-se antes que Dante terminasse de falar e caminhou pelo consultório com as mãos apertadas às costas. Dante o observou com interesse. Alguma coisa havia afetado o médico. – O nome dela era Anya Andrade, o pai a acompanhou e se chama Edgar, é professor lá na Federal – falava, enquanto seus olhos investigavam o médico que ficou pálido e disfarçou o nervosismo com uma tosse. – Acredito que seja esse o motivo de minha dor de cabeça – afirmou, percebendo que sua história não estava parecendo tão absurda ao seu superior.

Doutor Pereira parou por um momento olhando para um cartaz de alerta contra a dengue que havia no mural do consultório, mas seus olhos não viam nada. Ele não deveria ter faltado ao hospital naquele dia... Virou-se e viu o jovem médico que desabafara sua aflição e que o observava. Não sabia como faria para afastá-lo daquilo.

– Dante... – disse, procurando as palavras – ...não é que não acredite em sua história... apesar de ela ser um tanto absurda – viu a perplexidade no rosto de Dante e se sentiu mal por aquilo, não havia absurdos ali. – Também não posso negar com veemência que algum arquivo tenha se perdido... – como era difícil mentir para uma pessoa tão inteligente e articulada quanto Dante! Respirou fundo. Iria contar o mínimo possível apenas para justificar parte da história. – Conheço Edgar Andrade – falou, e Dante apertou as mãos estalando os dedos, sua cabeça estava prestes a explodir.

– Então sabe que eu... – tentou falar, e Eduardo fez um sinal para que o deixasse terminar.

– Nós somos professores na Federal e nos conhecemos há vários anos... – Muitos anos... pensou Eduardo. – Anya é sua única filha e sofre de uma doença genética...

– Dermatite solar severa. – Dante completou o diagnóstico. Não se esquecera de nada que dizia respeito a ela.

– Isso – Eduardo arqueou as sobrancelhas, acentuando as rugas em sua testa. Percebia que Dante estava bastante envolvido. – E ele não aceita muito bem os tratamentos oferecidos... se ela tentou se matar... deve tê-la levado daqui sem a alta mesmo – aquela era a parte da mentira, sabia da preocupação enorme de Edgar para com a saúde da filha.

– Ele trabalha para algum serviço secreto? – pela primeira vez, Dante verbalizou aquela hipótese que aparecera recentemente, quando começara a relacionar aquela história a filmes de espionagem. – E sua agência "limpou" os vestígios de sua passagem por esse hospital – aquilo era ridículo, mas já não tão improvável. – Eliminaram Denise e... por que não me neutralizaram? – elucubrou.

– Acho que assistiu a filmes demais, Dante – Eduardo quis descontrair, mas o rapaz estava a um passo da verdade. Alguma coisa ele já havia acertado. – Mas... se for assim, sabe que não posso revelar nada e que é melhor esquecer o que aconteceu – concluiu, usando a teoria da espionagem que parecia uma explicação mais aceitável.

Dante fingiu aceitar que a hipótese conspiratória havia convencido Eduardo e mentalmente juntava peças do quebra-cabeça. Renato Cordeiro, amigo de Anya, aparecendo misteriosamente em um hospital do outro lado da cidade, com um ferimento estranho no braço e uma anemia provocada pela perda excessiva de sangue... Daniel Martins, o touro, socorrido em uma lanchonete, com sintomas estranhos, pupilas vermelhas, que dissera o nome de Anya ligado a palavras como morte e depois fugira do hospital e correra para se encontrar com ela na faculdade... Doutor Pereira agindo como se soubesse de toda a verdade escondida e sentisse medo de revelar. Tudo estava ligado! Ele não estava louco! Ou estaria? Estaria fantasiando e criando conexões improváveis? E a estatística da coincidência? Não. Não era coincidência. E ele estava no meio disso tudo, ficando louco com a dor de cabeça que não passava e um sentimento de que havia algo de podre na família Andrade...

– Sei... então posso me tranquilizar quanto a estar ficando louco? – Dante falou sorrindo levemente. Não iria desistir. Iria descobrir o que estava acontecendo.

– Acho que está estressado... vou te dar uma licença de uma semana. Vá visitar seus pais em São Paulo, se distraia, durma bastante e vai perceber que não há motivo para dor de cabeça. – Eduardo via que Dante não engolira aquela sua explicação ridícula, mas não retrucou. A notícia de folga sempre animava qualquer pessoa. Dante olhou para ele levantando uma das sobrancelhas. – É sério! Vá para casa! Está precisando. Não se preocupe, eu me entendo com o doutor Amorim.

– Então... sou o funcionário do mês! – Dante ironizou, levantando-se. – Tem certeza de que não irá me denunciar à agência de espionagem? Minha família está segura? – havia sarcasmo na voz, mas também uma pontada de preocupação e o martelar em sua cabeça.

– Aproveite – Eduardo deu um sorriso forçado e bateu no ombro dele. – Mas, quando voltar, vai virar muitas noites...

– Posso me acostumar a esse tratamento vip, professor... – já tinha planejado o que faria em sua licença.

– Não é para acostumar não... só não quero vê-lo socando enfermeiras velhas e irritantes pelos corredores – Eduardo afirmou, e foram interrompidos por uma enfermeira que batia à porta, avisando que um paciente do doutor Pereira estava esperando. Antes de sair, Eduardo falou com Dante quase como num apelo. – Não se envolva – saiu, deixando Dante ainda mais determinado a descobrir...

O Tutor

Edgar deixou a filha no quarto e saiu, precisava ligar para a faculdade e seu celular estava sem bateria. Anya andou pelo quarto elegante, decorado com papel de parede com desenhos delicados, a cama grande, o espelho com moldura de cobre... Foi até a porta que dava para a varanda e a abriu. O vento fresco da noite tocou sua pele e ela sentiu o perfume do mar. Foi inevitável pensar no tal Mensageiro e na situação em que o encontrara. Ela foi a culpada. Foi ela quem correu até o mar de onde ele saía com a água salgada escorrendo pelo corpo maravilhoso e exalando aquele aroma tentador. Tentou se lembrar do que acontecera depois que ela o mordera, saboreando seu sangue agridoce. Ele deveria tê-la largado na água e ela se afogou... ou quase... Suspirou e se debruçou sobre a beirada da varanda. Era noite, mas a paisagem era linda, podia ver as ondas brancas quebrando a alguns metros da casa. Aquele lugar era lindo...

– Adoro a brisa da noite – aquela voz calma e aveludada fez os pelos do braço dela se arrepiarem, ao mesmo tempo em que o aroma do mar se misturou ao cheiro de baunilha.

Ela se virou surpresa e viu o sorriso branco de Rafael iluminado pela luz que vinha de dentro do quarto.

– Tem uma bela casa, Montéquio – falou, séria, sem se fixar no rosto dele. Ele a deixava desconfortável. Era um homem sedutor, extremamente calmo e controlado, e a fraqueza que sentia diante dele a deixava irritada.

– Por que tenho a sensação de que tem raiva de mim, Anya? – a voz era suave, naquele tom calmo, mas ela percebeu o ressentimento por trás daquela aparência de tranquilidade.

– Eu teria algum motivo para isso? – respondeu, sem olhar para ele.

– Muitos – ele sorriu sem vontade. – Mesmo assim, podemos conversar um pouco?

Anya virou-se para ele. Os olhos azuis estavam brilhando enquanto se fixavam nela, esperando a resposta. Era incrível a sensação de fragilidade e de confiança que sentia cada vez que o olhava nos olhos.

– Claro – ela suspirou e esfregou os braços, sentindo o vento frio que vinha do mar.

Rafael imediatamente tirou a jaqueta que usava e a colocou sobre os ombros dela. O perfume de baunilha invadiu seu olfato sensível e a deixou zonza... Anya apertou as mãos sobre a jaqueta de grife e deu um passo à frente, livrando-se do toque de Rafael.

– Obrigada – falou, com o rosto ruborizado, e ele procurou não se ater naquele rosto que o fazia se lembrar tanto de Bete, mas com uma pitada de agressividade que o encantava.

– Tem uma bela vista dali – Rafael apontou para o outro lado da varanda, que parecia circular a casa toda. Os dois saíram caminhando lentamente. O perfume de baunilha misturado ao cheiro do mar deixavam Anya tonta, mas calma. – Como está se sentindo? – perguntou, ao lado dela.

– Bem, mas não gosto disso – suspirou com raiva. Sentia-se culpada por estar tão bem depois de ter sugado o sangue de outra pessoa. – Não posso gostar... – tentava se convencer em voz baixa.

– A culpa passa... – ele falou com a voz fria, sem emoção. – Alguns até sentem prazer...

– Prazer? – falou, irritada. – Prazer em ser capaz de sugar a vida de outra pessoa? – aquilo a deixou com raiva e confusa, pensando na sensação que tivera enquanto sugava o sangue de Daniel.

– Como dizem por aí, tem gosto pra tudo! – ele sorriu.

– Você gosta? – encarou-o, apertando os olhos. Tinha a impressão de que ele era um dos que sentia muito prazer com o que fazia.

– Eu me acostumei – ele respondeu simplesmente, levantando os ombros. Precisava se mostrar o mais normal possível para ela. Não queria assustá-la ou fazê-la se sentir ainda mais culpada por ser o que era.

– Você mata? – continuava a encará-lo com os olhos castanhos ansiosos, como que provocando Rafael a se manter controlado e não tocá-la.

– Às vezes – falou, sincero, e a viu arregalar os olhos.

– Por quê? – a pergunta foi feita com raiva e indignação.

Rafael não poderia dizer, naquele momento, que matar um doador e colher seu último suspiro era algo delirante, e por isso muitos procuravam doadores que não eram seus Escravos, para poder se deliciar com aquela sensação. Se dissesse aquilo, ela sairia correndo e nunca mais o deixaria se aproximar.

– Há doadores mais fracos que outros – era uma forma de responder sem se comprometer.

Mesmo aquela resposta fez Anya olhá-lo horrorizada. Ela não conseguia acreditar em como Rafael podia manter a calma e a frieza ao falar que era capaz de matar outras pessoas e que acontecia porque elas eram... fracas!

– Isso é... monstruoso! – Anya balbuciou, sem conseguir ligar aquela figura aristocrática e bela à do monstro assassino de filmes de terror.

– Não vamos discutir sobre isso agora, vamos? – ele perguntou, tocando nos cabelos dela, fazendo-a sentir uma vertigem. – Não é sempre, tá bom? – disse suavemente, mas ela não respondeu nada, ficando rígida e apertando ainda mais os braços ao redor do corpo. Rafael deixou o braço cair ao lado do corpo e suspirou. – Vamos falar primeiro de sua segurança, ok?

Com os olhos lacrimosos, ela concordou. Não havia gostado das cenas que fizera em sua mente, nas quais Rafael atacava uma mulher indefesa, sugando-a com fúria até deixá-la morta, caída aos seus pés, o rosto transfigurado... Tudo de pior que sempre vira em filmes de vampiros...

– Existe um Antagonista – Rafael apoiou-se na sacada da varanda olhando para o mar que estourava em ondas abaixo deles. – Ele pode ainda não sentir que mudou. Não ter, ainda, a consciência daquilo que deve fazer. Mas eu senti a presença de um caçador quando entrei no prédio da faculdade! – virou-se olhando para ela que, apertando a jaqueta contra o corpo, fitava com os olhos vidrados a escura paisagem diante deles. Os lábios dela estavam crispados e ele imaginava que Anya talvez estivesse tentando imaginar quem poderia ser o caçador ou se ainda estaria com raiva pelo que ele dissera antes. – Ele poderia apenas estar lá, assistindo a uma aula ou dando uma aula, ou trabalhando na secretaria, ou usando o banheiro... Mas estava ali, com certeza! – a sensação da presença de um caçador foi bastante forte para Rafael.

– E... por que eu não senti? – a voz dela saiu baixa, preocupada.
– Eu não deveria sentir algo? Alguma coisa? Como um sensor? Ter detectado algum cheiro? Ou meu senso de sobrevivência deveria ter me alertado, dando-me alguma sensação de medo?

– Não é tão fácil percebê-lo, Anya... ainda mais com seu Escravo ali do seu lado. O seu senso de proteção estava ligado, mas inconscientemente sabia que seu Escravo estava ali e não tinha o que temer – precisava ainda investigar aquele Escravo, Ivan não havia gostado dele e Rafael também não gostou ao vê-lo sem camisa, esticado na cama, com Anya deitada sobre seu peito. – Eu aprendi a perceber um caçador, mas é muito difícil identificá-lo com precisão... – balançou a cabeça.

– Você não identificou a Janete, não é? – ela perguntou e viu a tristeza escurecer os olhos azuis dele. Aquilo o machucava.

– É – falou virando-se novamente para o mar, deixando seus olhos e seus pensamentos se perderem naquela escuridão protetora. – Eu... não esperava que fosse ela ou não queria que fosse... – suspirou. – Ela demorou anos para descobrir no que tinha se transformado e o que precisava fazer.

– Você acha que minha mãe pode ter percebido? – ela se apoiou na sacada olhando para ele, que endireitou o corpo virando-se para ela.

– Bete era muito sensível... eu não sei dizer se ela percebeu. Mas ela gostava muito da prima... acho que ela temia por Janete... não sei – os olhos estavam bastante entristecidos enquanto falava e Anya sabia que não deveria ter sido fácil para nenhum deles...

Ela ficou calada imaginando como sua mãe se sentiu ao descobrir que Janete era sua Antagonista, sua caçadora... Respirou fundo e tentou parecer uma aluna que não estava horrorizada com o comportamento do professor. Sabia que ele queria ajudá-la.

– Então... vamos falar de vampiros – interrompeu aquele momento melancólico, forçando Rafael a olhar para ela. – O que conheço sobre eles... quer dizer, sobre nós – corrigiu, fazendo uma careta.

Rafael encostou-se à sacada pronto para ouvi-la. Adorava a voz dela, a maneira como ajeitava o cabelo atrás da orelha com timidez, a face que ruborizava com facilidade... Sorriu levemente ao perceber que ela respirou fundo, pronta a exibir suas teorias.

– Bem... vampiros são seres da noite. Pessoas que passaram pela experiência da morte e acabaram por voltar à vida em uma condição "não humana" – sinalizou as aspas no ar. – Provavelmente foram mordidas por um vampiro mais velho... Eles têm sede de sangue, são imortais... claro, porque já estão mortos... – falava, andava em círculos e ajeitava os cabelos atrás das orelhas, encantando Rafael. – O rosto de um vampiro transforma-se quando ataca uma vítima indefesa. Seus dentes são pontudos. Os caninos, para ser mais exata. Não têm reflexo nos espelhos, não gostam de alho, crucifixos e água benta... – respirou, retomando o fôlego. – Apesar de não morrerem de causas naturais, a luz do sol pode matá-los... – aquela frase foi dita com a voz ligeiramente trêmula. – Dormem em caixões, viram morcegos e a melhor maneira de matá-los é enfiando uma estaca em seu coração – concluiu e parou de andar. Viu que Rafael olhava para ela com prazer nos olhos e um sorriso zombeteiro nos lábios finos, o que a fez corar violentamente.

– Esqueceu-se de uma coisa... – ele completou, levantando a sobrancelha.

– Esqueci? – ela fez uma careta e ele assentiu.

– Não disse que os vampiros são extremamente sensuais e irresistíveis... – a voz era suave e convidativa.

– Ah... claro – ela respondeu, sem graça. Aquele detalhe batia perfeitamente com o homem que estava ali diante dela. Segurou a respiração quando percebeu que a analisava, como que acariciando sua pele sem tocá-la. – Então... o que há de verdade nisso tudo? – perguntou, procurando manter uma distância segura.

– Deixe-me ver... – ele sorriu e depois respirou fundo. – Você se sente morta? – olhou-a, percebendo suas bochechas rosadas.

– Não... – Anya disse, colocando um dos dedos no pulso esquerdo e sentindo os batimentos do seu coração que, por sinal, estavam acelerados.

– Conseguiu se olhar no espelho? – perguntou e ela assentiu, com um leve sorriso. – Ou será que não usa alho em suas receitas?

– Adoro alho – ela falou, apoiando os cotovelos na sacada da varanda. – O aroma, o sabor...

– Eu também – ele imitou a posição dela e os dois olharam para o mar. – Também não tenho nenhum caixão, prefiro minha cama confortável... – brincou.

– Você... pode sair ao sol? – Anya virou o rosto para ele, vendo-o confirmar com a cabeça. – E qual a sua relação com crucifixos e água benta? – ela sorriu.

– Não sou um homem religioso... e acho que esses instrumentos servem para espantar demônios. Sabe aquelas cenas de exorcismos? – ele riu e ela admirou seu rosto bonito descontraído.

– E quanto a virar morcego? – ela riu, fazendo uma careta.

– Ridículo... – ele levantou os ombros.

– Mas precisa de sangue... – ela completou, e ele assentiu. – E os dentes? – ela levou o dedo à boca e tocou em seus caninos levemente pontudos, iguais, praticamente, a de todo humano normal. Mas que ela sentira se projetarem quando entrou em contato com a pele de Daniel.

Rafael sentiu seu sangue esquentar ao olhar para ela com o dedo entre os lábios. Sorriu mostrando seus dentes brancos perfeitos. Ela percebeu que os caninos dele eram um pouco mais pontudos que os dela, mas não se pareciam com presas de animal. Ele se aproximou mais dela, impregnando o ar com aquele aroma de baunilha... por que aquilo a deixava tão tonta?

– Somos vampiros modernos. Nossos dentes são retráteis, só se manifestam quando precisamos deles, você deve ter sentido isso... – a voz suave tocava a pele dela e a fazia arrepiar. Tocou levemente nos lábios dela, que se afastou, trêmula.

Rafael aproximou-se ainda mais e Anya pôde sentir o hálito quente dele, quando se inclinou em sua direção. Ela não era capaz de resistir a ele. O aroma de baunilha se intensificou e as pernas dela ficaram bambas. Rafael tocou levemente em seu cabelo e ajeitou uma mecha teimosa do cabelo cor de chocolate atrás da orelha dela... Ela sentiu o corpo esquentar.

– E é claro que uma estaca pode nos matar... mataria qualquer um... – os lábios tentadores dele roçaram levemente nos lábios dela. Anya estava entregue, como uma presa seduzida, e deixaria que a beijasse...

– Anya! – a voz de Edgar vinda do outro lado da varanda fez Rafael se afastar bruscamente e respirar fundo. – Anya!

Ela sentiu uma sensação de desamparo quando Rafael se afastou, mas logo a voz de seu pai a fez colocar os pés no chão e se afastar, sentindo a respiração falhar e o coração aos saltos. O que estava acontecendo ali? O que Rafael pretendia? Olhou para ele tentando perceber o que havia acontecido, mas ele voltara a assumir o ar sombrio, enquanto ela sentia o rosto e os lábios queimando...

Edgar avistou sua filha ao lado de Rafael no meio da fraca luz que iluminava a varanda e seu sangue ferveu... Não podia confiar naquele homem. Aproximou-se e dirigiu um olhar ameaçador a Rafael.

– O que faz aqui? – perguntou, passando a mão pelos ombros da filha, percebendo que ela usava a jaqueta de Rafael. Trincou os dentes e respirou fundo.

– O Montéquio me... contava algumas coisas – a voz saiu mais rouca do que pretendia e ela pigarreou olhando para Rafael, que permanecia junto à parede sem se alterar.

– Não é a hora apropriada, é? – Edgar falou entre dentes, olhando para Rafael.

– Eu sou o tutor, Edgar – Rafael respondeu formal e Edgar o ignorou.

– Vamos entrar, filha? Esfriou muito. Talvez seja melhor irmos para casa – falou sério, encarando Rafael, vendo-o ficar tenso.

– Edgar, por favor – Rafael falou calmo, mas sua voz tremeu levemente.

Anya percebia que havia algo mais ali. Alguma coisa que ainda não fora exposta, que se refletia no clima entre seu pai e Rafael. Pelo visto, seu pai não queria estar ali. Precisava confessar que também não se sentia bem. Na verdade, era como se estivesse entregue demais ao lado daquele homem tão sedutor, que a deixava fraca e ela devia evitá-lo.

– Mandei preparar um jantar. Você e Ivan não comeram hoje e Anya precisa de comida para não enfraquecer facilmente – Rafael falou com a voz firme novamente, caminhando à frente deles. Anya sentia a mão tensa de seu pai sobre seus ombros.

Caminharam pela varanda e entraram por uma grande porta de vidro. Anya foi obrigada a abrir a boca de admiração. Era a sala de jantar mais linda que já vira. Parecia-se com os ambientes requintados de revistas, com um lustre enorme de cristais, espelhos, bancada de mármore, vasos finos com flores naturais e uma grande mesa pronta para um jantar luxuoso, com pratos e taças cuidadosamente arrumados como só vira nas aulas de etiqueta na faculdade. A ordenação do tamanho das taças para vinho branco, tinto e água estava impecável. Os talheres de prata devidamente colocados diante e ao lado dos pratos, candelabros dourados sobre a mesa e um belo arranjo de flores. O ambiente cheirava a flores e a baunilha... Anya começava a perceber que o aroma de Rafael parecia neutralizar outros aromas vindos de outras pessoas, pois havia alguns empregados ali na sala, mas não sentia o cheiro do sangue deles, apenas o aroma das flores e de Rafael... Sabia que não sentiria o perfume do sangue de seu pai, mas imaginava poder sentir o perfume do sangue de mais alguém naquela sala enorme...

Algumas Pessoas na Sala de Jantar

Uma mulher bastante alta e com os braços musculosos apareceu, sorrindo simpática diante deles naquela bela sala iluminada.

– Oi, Anya! – a voz era delicada, suave, parecia até não combinar com aquele corpo de lutadora. – É um prazer conhecê-la, finalmente! – ela segurou na mão de Anya, apertando-a suavemente.

Anya reparou que a mulher, de aproximadamente 40 anos, possuía pequenas cicatrizes nos braços e no pescoço, como Ivan...

– Eu sou Viviane, a Escrava do Rafael, mas pode me chamar de Vivi – ela falou aquilo com tanta delicadeza e naturalidade que deixou Anya boquiaberta. Como alguém podia aceitar uma situação tão estranha daquela forma? E se deixar ferir e não se revoltar com isso? Imediatamente pensou em Daniel, que pediu um beijo depois que ela o sugou.

– Oi – Anya sorriu.

– Espero que nosso jantar esteja à altura de uma *chef* de cozinha como você! – Viviane falou com simpatia contagiante, deixando Anya completamente à vontade.

– Eu... não sou *chef* de cozinha... – Anya falou, ajeitando uma mecha do cabelo atrás da orelha. Não iria se tornar uma *chef*, porque não conseguiria se formar...

– Não foi o que fiquei sabendo... – Viviane sorriu e a pegou pelo braço. – Nossa cozinha está à sua disposição para quantas experiências culinárias quiser fazer! E pode nos usar de cobaias também! – ela riu, fazendo Anya rir também. Viviane conquistou a jovem imediatamente.

O corpanzil de Ivan apareceu à porta e ele sorriu ao ver Anya bem, corada, e que seus olhos de chocolate estavam brilhantes, demonstrando que superara bem a primeira experiência com o Escravo.

– Branquinha! Que bom que está bem! – ele sorriu e a abraçou, beijando-a na testa. – Oi Vi, tudo bem? – falou, sem olhar muito para a mulher, que corou ligeiramente.

– Tudo bem, Ivan. E você? – a voz delicada saiu com timidez.

– Vivendo – ele respondeu sem delongas. Depois olhou sorridente para Anya. – Estou com fome!

Anya sorriu e se apertou ao corpo largo dele antes de ir se sentar à mesa. O aroma era de medalhão ao molho madeira, arroz com *curry*, batatas com alecrim e provavelmente um *consomé* de aspargos. Não estava com fome, sentia-se saciada, mas teria que se obrigar a comer um pouco para não manter o corpo tão necessitado de sangue. Ao menos fora isso que Rafael lhe dissera. E não seria difícil provar um pouco daqueles pratos tão aromáticos e saborosos que eram servidos por dois empregados elegantemente vestidos.

– E Daniel? – Anya virou-se para Ivan, que já devorava seu *consomé*. Ele ergueu a cabeça e fez uma careta.

– Tá dormindo – afirmou sem muitos detalhes.

– Mas ele precisa comer, tio! – ela falou, preocupada. Sabia que ele teria de se fortalecer depois de ter "doado" tanto sangue.

– Não se preocupe, querida – Vivi falou ao lado dela –, já preparamos o cardápio ideal para ele e, assim que acordar, ele come – sorriu sem preocupação.

– Vai ser sempre assim? – Anya sentiu as mãos tremerem, aquilo que ia dizer era horrível. – Toda vez que ele... – não sabia como continuar a frase.

– Não, Anya! Ele se acostuma! – Vivi tranquilizou-a, sabendo da preocupação que tinha. – Mas vai ser obrigado a comer mais determinados alimentos... tomara que não exagere e não estrague aquele corpo! – ela sorriu, abanando-se, e Anya sorriu; era visível o belo corpo de Daniel, assim como o ciúme que passou pelo rosto de Ivan, que se voltou para seu prato com fúria.

– Não se preocupe com ele – Rafael falou enquanto parecia fingir comer.

Anya suspirou. Não havia como não se preocupar, queria conversar com Daniel, conhecê-lo, saber o que fazia e não simplesmente olhar para ele como a um bife pedindo para ser devorado.

Edgar comia calado e pensativo. Estava assim desde que chegaram à casa de Rafael. Anya sentia que ainda havia muita coisa não resolvida entre ele e Rafael. Resolveu abrandar o clima, que estava assim por causa dela, era evidente.

– Então... Montéquio é sobrenome de guerra? – ela olhou para Rafael, que mordiscava um pequeno pedaço de carne. – Claro que não existe esse sobrenome... é uma invenção de Shakespeare... – disse, colocando uma batata na boca.

Rafael depositou elegantemente seu garfo sobre o prato, tomou um generoso gole de vinho e limpou os lábios com um guardanapo com fios dourados antes de responder.

– Meu pai era fã de Shakespeare, ele não conseguiu convencer minha mãe de que meu nome deveria ser Romeu... – ele sorriu – então... deixou que ela escolhesse o nome, mas ele o completou quando foi ao cartório me registrar. E ficou assim...

– Ah... – Anya estava admirada, nunca conhecera alguém com um nome assim antes. – E pelo visto você gosta – comentou, tomando um pouco de água.

– Aprendi a gostar – ele deu de ombros. – Isso me faz diferente...

– Como se precisasse disso... – ela falou baixo e ele acabou sorrindo, sentindo aquilo como um elogio. Realmente, já era muito diferente da maioria das pessoas. – E seus pais? – perguntou, curiosa, e viu uma nuvem cruzar aqueles olhos azuis.

– Mortos – ele respondeu simplesmente e tomou outro gole de vinho.

– Sinto muito... – Anya arrependeu-se da pergunta.

– Já faz tempo – ele procurou parecer despreocupado.

Anya queria perguntar de quem ele herdara a necessidade especial, mas percebeu que já havia penetrado demais na intimidade dele, então voltou a se concentrar no seu prato.

– O que tem feito, Ivan? – Vivi interveio e mudou de assunto. Na verdade queria muito conversar com Ivan. O último encontro dos dois não havia sido muito bom...

– Trabalhando – ele respondeu sem olhar para ela. Não queria dar novas esperanças a ela, como um dia havia dado.

– De segurança? – ela inquiriu curiosa.

– Também – a verdade era que ele procurava não se fixar em um único lugar. Havia levado uma vida diferente por anos; assim que descobriu ser um Escravo, muita coisa havia acontecido e a morte de Bete o deixara não só arrasado, mas seu corpo também sofrera por meses... ele precisava dela assim como ela precisava dele, seu sangue parecia que ia explodir em suas veias, pulsando de necessidade por Bete, e ela não estava mais lá...

Vivi percebeu que ele não queria conversa, então se virou para Anya.

– Como avalia nosso cardápio? – sorriu.

– Está tudo maravilhoso! De aroma e paladar perfeitos – Anya elogiou, e aquilo era a mais pura verdade. Havia um toque muito profissional naquele cardápio. – Meus cumprimentos ao *chef* – sorriu e viu um sorriso leve se desenhar no rosto de Rafael.

– Você pode escolher o cardápio de amanhã – ele falou e, depois de olhar para ela, desviou os olhos para Edgar, que largou os talheres sobre o prato, visivelmente irritado.

– Temos que ir para casa – Edgar falou baixo procurando se mostrar calmo, mas estava ficando mais difícil a cada hora que passavam ali. – Tenho trabalho a fazer, faz dias que não vou à Universidade.

– Claro, pai... podemos ir – Anya não queria atrapalhar a vida do pai mais do que já vinha atrapalhando.

– Não! – Rafael falou, com a voz tensa. – Quer mesmo correr esse risco? – encarou Edgar. – Só porque não quer ficar em minha casa? Eu estou oferecendo proteção à sua filha, Edgar!

– Sei o que está oferecendo, Montéquio, e não gosto nada disso! – os olhos de Edgar faiscavam.

Anya, confusa, olhava para os dois que se estranhavam à mesa. Ivan e Vivi apenas se olharam como que compreendendo aquele embate, mas ficaram calados.

– Eu só quero ajudar, Edgar! – o rosto impassível de Rafael ficou ligeiramente vermelho, demonstrando que tentava se manter calmo, mas seu sangue esquentava. – Tem de pensar no que é melhor para ela!

– Eu sei o que é melhor para minha filha – Edgar, também com o rosto vermelho, falou secamente.

– Esperem um pouco! – Anya falou com a voz trêmula e segurou na mão do pai. – Eu não sou criança! Vocês dois estão decidindo sobre minha vida como se eu não estivesse aqui e não fosse uma mulher adulta! – olhava do pai para Rafael. – Não sei o que houve entre vocês no passado e também não me interessa se querem ou não se acertar ou continuar se culpando. Mas não sou uma incapaz! Tomo minhas próprias decisões! – ela se levantou da mesa.

– Filha... – Edgar segurou na mão dela. Não era aquilo que queria, mas sim que estivesse segura, não que ela se sentisse incapaz de tomar decisões.

– Obrigada pelo jantar, mas já... estou satisfeita – disse, virando-se para sair, deixando o prato praticamente intacto. Esforçara-se para experimentar a comida para não fazer desfeita aos donos da casa. – Ficamos aqui essa noite, amanhã vou embora para minha casa – respirou fundo, vendo os olhares perplexos dos homens à mesa. – Vivi, por favor... – ela se virou para a Escrava que olhava a tudo, calada. – Pode me mostrar onde fica o quarto? – pediu, tentando parecer controlada, mas sua voz tremia.

– Anya... – o pai se levantou.

– Eu preciso ficar sozinha... por favor – pediu, com lágrimas nos olhos, e o pai não disse nada.

Viviane olhou para Rafael, que sinalizou para que acompanhasse Anya, e ela se apressou a segurar no braço da jovem.

– Venha, eu te mostro – falou com delicadeza.

Os três homens ficaram na sala sem dizer nada, apenas se olharam...

– Por que eles têm que ser assim? – Anya falou com lágrimas no rosto enquanto caminhavam pelo corredor. Passou a mão trêmula pelo rosto, enxugando-o.

– Porque são homens, Anya! Com uma história em comum e um passado perturbador... todos culpados e todos inocentes... – Vivi balançou a cabeça. – É difícil não enlouquecer perto deles! – sorriu levemente.

– Você conheceu minha mãe, Vivi? – Anya a olhou com o rosto vermelho.

– Ah, sim... Bete era uma mulher adorável! Todos se apaixonavam por ela! – respondeu, abrindo a porta do quarto onde Anya estava hospedada.

– Rafael apaixonou-se por ela? – perguntou Anya, sentando-se junto ao toucador, enquanto a outra se sentava aos pés da cama e a olhava parecendo receosa quanto a falar o que sabia. Anya percebeu seu receio e tentou outro tipo de abordagem.

– Ela esteve aqui? – perguntou e Vivi assentiu. – Com meu pai? – inquiriu e Vivi negou.

– Mas as coisas são mais complexas que isso, Anya... – a Escrava falou com a já familiar voz doce. – Sabe que você é um pouco diferente dela? – sorriu, tentando conduzir o assunto de outra forma sem que precisasse revelar detalhes.

– Sou? – Anya olhou-se no grande espelho do quarto. – Nas fotos até que sou parecida... – ajeitou o cabelo atrás da orelha enquanto se fitava no espelho, tentando encontrar ali uma parte da mãe que pouco conhecera.

– Fisicamente é muito parecida, com certeza! – Vivi sorriu e se colocou ao lado dela. – Mas Bete jamais falaria com aqueles marmanjos daquela maneira como falou... Ela era extremamente fechada... nunca sabíamos como estava se sentindo, mas você tem um sangue quente, menina! – brincou, e Anya deu um leve sorriso. – Acho que é a herança da sua avó... – fez uma careta.

– Conhece minha avó? – Anya virou-se surpresa para ela.

– Quem não conhece a Rita? – brincou. – Ela é capaz de derrubar uma casa inteira e passar por cima de quem quer que seja para atingir um alvo! – Vivi falou com convicção.

– Realmente você conhece minha avó! – Anya a olhava admirada. Vivi descrevera sua avó perfeitamente. – E ela vai me matar por não ter comprado o celular! – suspirou, já imaginando a bronca.

– Nós vamos resolver isso, Anya. – Vivi tocou no braço dela. – Apesar de ignorantes, aqueles três turrões lá na sala só querem o seu bem... mas eu entendo que não queira ser enjaulada. Só peço que não saia daqui sem saber se sua casa está segura. Não subestime a determinação de um caçador – a voz delicada ficou tensa por um momento.

– E o caçador do Rafael? – Anya perguntou intrigada.

– Rafael o encontrou antes que fosse encontrado – a resposta não foi objetiva, mas Anya entendeu que Rafael matara o caçador antes que ele o matasse.

Anya sentou-se sobre a cama fitando o edredom macio e com pequenas flores bordadas. Ainda tinha muita coisa em que pensar...

– Olha só... vou trazer um sorvete pra você, tá bom? – Vivi sorriu. – Açúcar sempre nos deixa mais felizes... e tem uma camiseta para você dormir ali – mostrou a peça sobre a cadeira ao lado da cama.

– Obrigada, Vivi. – Anya também sorriu. Sabia que a Escrava de Rafael não iria revelar mais nada e não tinha o direito de pressioná-la. Mas pressionaria Rafael, com certeza.

Anya colocou a camiseta que foi até quase seus joelhos e se perguntou se seria de Vivi. Deitou-se sobre os lençóis perfumados e a coberta macia. Ficou pensando... Aquela reviravolta em sua vida parecia ter levantado uma "poeira" há muito escondida debaixo do tapete. Coisas sobre as quais seu pai não falava, mas amargava. Segredos que envolviam os seis anos que sua mãe vivera como vampira, mas que ela precisava descobrir, embora pudesse ferir ainda mais a pessoa que mais amava: seu pai... Embalada pelo som das ondas quebrando nas pedras, ela dormiu...

– Fique essa noite, Edgar, já mandei prepararem um quarto pra você – Rafael falou formalmente na sala de jantar, onde o clima ficara péssimo, como se uma nuvem espessa e carregada pairasse sobre as cabeças daqueles três homens tão diferentes.

– Você não vai seduzi-la, Rafael – Edgar falou com a respiração tensa. – E se tentar alguma coisa... como fez com minha mulher... – o rosto ficou vermelho e Ivan apoiou a mão pesada em seu ombro.

– Eu estou de olho nele, Edgar. Confie em mim – Ivan falou com a voz grave e o olhar mortal dirigido a Rafael. – E, olha só... a Anya não é boba não! Vai sacar rapidinho que não deve confiar totalmente nesse aí e também vai perceber que ele cheira a naftalina! – riu ao perceber o rosto vermelho de Rafael, que apertava o maxilar. – Ele fica bancando o garotão, mas é mais velho que nós, meu irmão!

– Mas ainda vou levar flores no seu túmulo, Escravo – Rafael respondeu com os dentes trincando.

– Girassóis, por favor. Se ainda tiver mãos para carregá-los, depois que eu arrancá-las sem anestesia – Ivan retrucou. – E agora eu tenho um outro safado pra vigiar – suspirou e virou as costas.

– Também quero falar com ele, Ivan – Rafael falou às suas costas.

– Só depois que ele passar pelo meu interrogatório, Montéquio – Ivan falou sem olhar para trás.

Rafael virou-se e viu que Edgar havia saído da sala pela porta da varanda. Passou a mão pelo cabelo e suspirou. Sabia que havia errado quando levara Bete para sua casa sem que Edgar soubesse, mas ele a amava e queria que ela ficasse bem. Se Edgar a tivesse deixado ali, talvez ainda estivesse viva.

Edgar saiu para a varanda e respirou fundo várias vezes, procurando recuperar a sanidade e o controle. Não sabia o que fazer...

Vampiro Clássico

Dante saiu do hospital, em licença forçada, mas não pretendia ir para casa. Precisava verificar um endereço. Sabia onde ficava a Rua Cardeal e não era longe dali. A dor de cabeça constante ainda iria enlouquecê-lo. Precisava dormir... O celular tocou e viu que era sua mãe. *Esqueci!*, murmurou já esperando a bronca.

– Oi, mãe! – procurou dar uma aparência normal à voz, apesar de ela perceber, com incrível facilidade, quando ele não estava bem. Dom de mãe, ela dizia.

– Dante! Quer me deixar louca, filho? Quer que eu enfarte? – falava nervosa e ele suspirou, apertando as têmporas. – Seu irmão não pediu para você ligar?

– Pediu, mãe... mas eu tenho trabalhado muito e quase não dá tempo pra nada! – mentiu. Nos últimos dias, o que menos o preocupava era o trabalho. – Tá tudo bem?

– Seu pai não anda muito bem... a diabete vive querendo pregar peças... e eu tenho que ficar de olho! – a voz era a preocupada de sempre. – Você pode pegar seu irmão na rodoviária? – Ela falou de repente e Dante saltou no banco do carro.

– Pegar o Léo em qual rodoviária? – será que havia entendido direito?

– Na rodoviária aí de Florianópolis, claro! – para ela, aquilo parecia natural e totalmente lógico.

– O que o Léo vem fazer aqui? Ele não tem aula? – não precisava daquilo. Sua mãe mandara um espião!

– Só para variar, a faculdade entrou em greve. E eu preciso que alguém me diga a verdade sobre você, Dante! – O tom era de censura.

– Então... não acredita mais em mim... – encostou a cabeça no banco.

– Puxa, filho... pensei que você ficaria feliz em ver seu irmão! – ela usava da típica chantagem das mães, aquela que impossibilita qualquer tipo de resposta que não seja a que esperam.

– Claro que vou gostar de ver o Léo, mãe... só não vou poder dar atenção a ele! – outra mentira. Estaria de licença e teria tempo de sobra para o que quer que fosse, mas tinha outros planos para seus dias de folga. – A que horas ele chega?

– Deve chegar aí a 1 hora da manhã. Você pode ir buscá-lo? Ou vai estar de plantão? – Dante tinha certeza de que a mãe sabia exatamente os dias em que ele dava plantões. O radar dela era impecável!

Dante ficou furioso porque o irmão não havia ligado para ele avisando das intenções da mãe, mas imaginava a pressão que sofrera, deixando tudo para o elemento surpresa...

– Não, não tenho plantão. Vou buscá-lo – falou, cansado.

– O que você tem, filho? Eu te conheço, sei que tem alguma coisa te atormentando! – ela fazia uso daquele dom infalível.

– É só cansaço, mãe. Vida de médico não é fácil não! – ele brincou, tentando convencê-la de que dizia a verdade.

– Falei com dona Amélia hoje... ela me disse que fez tempo que não te vê. Pedi pra ela fazer a feira pra você, não esqueça de agradecê-la e pagá-la – então era um complô...

– Pode deixar – respondeu, sem comentar mais nada.

– Peça para o Léo ligar a hora que chegar? Eu vou esperar acordada... – ela falou, e Dante tinha certeza de que a mãe ficaria alerta ao lado do telefone.

– Pode deixar – respondeu mais uma vez.

– Se cuida, filho! Eu te amo! – falou carinhosa, fazendo-o sorrir.

– Você também, mãe, se cuida e cuide para que o papai não saia da linha... Eu amo vocês! – disse, antes de desligar.

Agora havia mais uma coisa com que se preocupar: a chegada de seu irmão caçula. Ligou o carro e foi em direção à Rua Cardeal.

Parou o carro diante do prédio de três andares na rua sem saída. Olhava para a construção, mas seu pensamento atravessava as paredes de concreto. Muitas indagações atormentavam sua cabeça dolorida... O que realmente fazia ali? O que esperava encontrar? Anya? Já não a havia visto e constatado que não se tratava de uma visão ou alucinação? O que pretendia? Ficar ali na porta e esperá-la sair? E o que faria? Ele a abordaria? Seguiria algum vizinho e perguntaria qual era o apartamento dela?

Apertou as têmporas e pegou um cigarro... olhava para o prédio enquanto tragava lentamente a nicotina, que já não surtia efeito algum. Ficou pensando na loucura em que se transformara sua vida nos últimos dias. Provavelmente já havia perdido a namorada. Olhou no relógio, onze horas da noite, colocou seu celular para despertar à meia-noite e meia, terminou o cigarro, encostou no banco do carro e fechou os olhos...

Caminhava em uma rua mal iluminada, sentia o suor escorrendo pelo rosto e as mãos tremerem, estava apreensivo, temia alguma coisa. Olhou para trás, mas não havia ninguém, embora se sentisse seguido. Bateu a uma porta. Ela foi aberta e ele se viu fitado por olhos grandes cor de chocolate que brilhavam intensamente, prendendo-o ao chão, com o coração aos saltos. – Anya... – ele a tomou nos braços, beijando-a desesperadamente, podia até sentir o gosto doce dos lábios macios e quentes... Ela mordeu delicadamente o lábio inferior dele e ele se afastou ofegante. – Fuja, Anya... – pediu, o desespero foi tomando conta de seu corpo, enquanto suas mãos tremiam e uma delas buscava uma faca que levava no cós da calça. Ela não se mexeu, olhando-o confusa e com medo... ele enfiou a faca logo abaixo dos seios perfeitos dela... A sirene de um carro de polícia soou às suas costas...

Dante se sentou, aflito. O coração batendo acelerado e o celular que despertava ao seu lado. Com a mão trêmula desligou o aparelho e esfregou o rosto para se livrar daquele pesadelo. Olhou para o prédio todo apagado e ligou o carro, saindo rapidamente em direção à rodoviária.

Enquanto esperava o ônibus que trazia seu irmão, Dante andava de um lado para outro, nervoso. Aquele pesadelo ainda martelava em sua cabeça, jamais sonhara com algo que o deixasse com aquela sensação terrível, uma dor no peito, uma angústia... Comprou um refrigerante e tomou mais três comprimidos para dor de cabeça. Não sabia há quanto tempo não comia direito, algo que não conseguiria fazer sentindo aquele bolo no estômago. Cruzou os braços diante do corpo, na tentativa de espantar o frio que começava a atingir o corredor da rodoviária. A temperatura estava caindo àquela hora. Parou diante de uma banca de jornal e ficou olhando para as capas de revistas, procurando se livrar da imagem dele enfiando uma faca no peito de Anya. Comprou um chiclete na tentativa de não acender mais um cigarro. Um gibi na banca chamou sua atenção...

Na capa da HQ havia um vampiro. A roupa preta e vermelha, os olhos vermelhos, os caninos proeminentes e com sangue pingando enquanto ele mordia o braço de uma jovem sensual com os seios siliconados aparecendo insinuantes no decote generoso. O rosto dela era de êxtase... Era o tipo de leitura que Léo adorava. Comprou a revista e ficou sentado folheando enquanto aguardava o ônibus que já estava atrasado vinte minutos.

Nunca fora muito admirador dos quadrinhos, ao contrário de Léo, que tinha uma verdadeira coleção. Os desenhos eram bastante interessantes e a mocinha era extremamente *sexy*, voluptuosa e inocente, qualidades certamente contraditórias... O vampiro, chamado Vladimir, era moreno, forte, e seu olhar era sensual. Por vários quadrinhos ele perseguiu e seduziu a pobre moça que era virgem, com certeza. Os diálogos eram clichês. As figuras eram bem mais interessantes. Em um dos quadrinhos a mocinha, cujo nome era Madeleine, sucumbia ao fascínio pelo vampiro e, languidamente, jogada sobre a cama, com as pernas perfeitas escapando pelas laterais do vestido, deixava que ele passasse aquela boca dentuça pelo seu corpo, pelos braços, pelo seio... Dante olhou novamente para a capa do gibi, verificando se havia alguma sugestão de censura. Nada. Voltou para a página onde parara... Vladimir estava próximo ao pescoço da mulher, que dizia frases como: "Oh, Vlad pare, por favor"... mas com a cara de quem estava próxima de um orgasmo. Vlad fincou os dentes no pescoço dela e o sangue escorreu pela pele pálida. A pobre Madeleine sucumbia à perda de sangue, quando um caçador de vampiros aparece na cena. O homem velho, magro, feio, usando um chapéu e um colete muito brega surgiu à porta do quarto; em uma das mãos segurava um crucifixo e na outra, um frasco de água benta. Não havia nada de sedutor nele, o que contrastava com o fascínio daquele vampiro. Vladimir afastou-se de Madeleine e o caçador o chamava de monstro enquanto aspergia água benta contra ele, que fez "Argh!" e viu sua pele descamar... O caçador, então, sacou uma estaca de madeira, pronto para matar o vilão sugador de sangue, quando percebeu que a pobre Madeleine começava a se transformar. Vlad grita: "É tarde, caçador! Ela é minha agora!". O caçador furioso avança sobre o vampiro cravando a estaca de madeira em seu peito... uma lágrima de sangue escorre pelo rosto branco do vampiro antes que ele vire uma camada de pó. O caçador vitorioso se vira para a bela Madeleine que, com a mão sobre a testa, diz com a boca carnuda: "O que aconteceu?".

– O que aconteceu? O que fez com meu irmão? – Dante foi tirado daquela leitura pela voz de Léo atrás dele. Estivera tão absorto com aquela história que nem ouvira o ônibus dele chegar. – Onde está minha água benta? – Léo sorriu, exibindo as covinhas.

– Léo! – Dante levantou-se e os irmãos se abraçaram, batendo um nas costas do outro. – Não ouvi seu ônibus chegar!

– Eu percebi. E custei a acreditar que era você sentado com uma HQ na mão e tão entretido! – Léo brincou e pegou a revista da mão de Dante. – Vlad e Madeleine? Não é o melhor, mas é um clássico, com certeza! – com uma careta, fez sua análise de especialista.

Léo estava prestes a completar 18 anos e se parecia bastante com Dante, embora seus cabelos fossem mais alourados e não tivesse os olhos verdes. Era alto, já passava dos 1,85 metro de Dante. Leonardo entrara na faculdade no início do ano e fazia o curso de Cinema, tinha pinta de surfista e adorava visitar o irmão em Florianópolis, onde podia curtir a praia e as garotas.

– Não tinha mais nada pra fazer... – Dante sorriu e deu um tapa na cabeça do irmão. – Traidor! Você podia ter me ligado alertando para a armadilha da mamãe!

– Pra que eu ia aliviar pro seu lado? – Léo falou, enquanto eles caminhavam para o carro. – Eu sou a vítima aqui, Dan! Não sei como ela descobriu que os professores resolveram fazer greve, foi tudo decidido ontem de manhã! Acho que tem espiões trabalhando pra ela em toda parte... – falou em tom de segredo.

– Eu sei – Dante suspirou. Dona Amélia, sua senhoria, era um deles, tinha certeza disso.

– Mas aí, quando cheguei em casa ontem na hora do almoço, a passagem já tava comprada! Ela é boa, temos que admitir – Léo riu.

– Acho que já foi da CIA... – Dante concordou e desligou de longe o alarme do carro.

– Ela tá muito preocupada com você, cara! – Léo ficou sério e olhou para o irmão que estava com olheiras escuras, a boca pálida, o cheiro insuportável de cigarro na roupa e dentro do carro. – E pelo que estou vendo... Tava certa de novo. Você tá um lixo!

– Não vai dizer isso a ela, vai? – Dante levantou a sobrancelha enquanto ligava o carro.

– Eu vim para te salvar, mano! – Léo brincou, batendo no ombro do irmão. – E, claro, aproveitar pra dar uma surfada... – completou, e Dante suspirou. Na verdade era bom ter seu irmão ali. Léo era o que chamavam de pessoa pra cima e talvez isso lhe fizesse bem, no meio daquela loucura toda. Talvez se contasse o que havia acontecido, Léo, com sua imaginação gigantesca e seu conhecimento de enredos de filmes policiais, de suspense e terror, pudesse ajudá-lo a montar o quebra-cabeça.

– Mamãe pediu pra você ligar... liga logo, senão ela vai ficar plantada ao lado do telefone! – Dante o avisou e Léo ligou para a mãe, tranquilizando-a.

Dante ouviu apenas as respostas do irmão: "Tá, eu vejo... uhumm... eu cuido... tá... eu aviso. Pode deixar..." – ele olhou para Dante e piscou. – Sei... o cigarro? Ah... tá bom então... – balançou a cabeça – Te amo, mãe... Beijão.

Léo virou-se para o irmão e riu.

– Sacou, né, brother?

– Saquei... – Dante entortou a boca.

Quando entraram na casa de Dante, Léo soltou alguns palavrões e riu.

– Se dona Sônia vê isso... Você não tá morando mais aqui? Tem algum bicho morto? Ou anda trazendo trabalho pra casa? – falou e riu com vontade da própria piada. Léo era superorganizado, suas roupas limpas jamais se misturavam às sujas como estavam, no meio da sala, as de Dante. Ele separava CDs e DVDs por títulos ou artistas, assim como suas revistas e gibis. Dante sempre dissera que seu irmão era o exemplo da contradição. – Dan, eu tô falando sério! Se a vigilância sanitária baixa aqui, cê vai preso, cara!

– Eu conheço algumas pessoas da VS – Dante levantou os ombros enquanto se jogava no sofá.

Léo foi até a geladeira e a abriu, olhando para o vazio no seu interior. Ia fazer algum comentário e se virou para Dante, mas o viu com a aparência exausta, com os olhos fechados, massageando as têmporas. Léo sempre admirara o irmão mais velho. Dante era muito inteligente e comprometido com o que fazia. Era um dos melhores médicos que Léo conhecia. O irmão era seu ídolo desde garoto e agora, olhando para ele, percebeu que algo realmente não ia muito bem, mas não ia comentar nada ainda...

– Será que tem alguma pizzaria aberta a essa hora? – Léo perguntou da pequena cozinha. – Eu tô morto de fome!

– Você acha que aqui é São Paulo, cara? Pizza em qualquer lugar e a qualquer hora? – Dante balançou a cabeça. – Tem uma congelada aí... bota no micro-ondas...

Léo pegou a pizza temendo que estivesse ali há muito tempo, mas viu que ainda estava na validade.

– Não é a mesma coisa... mas serve! – brincou, apressando o preparo.

– Não quer tomar um banho? – Dante olhou para o irmão, que continuava olhando para a geladeira e acabava de encontrar duas latas de refrigerante.

– Primeiro o estômago... – Léo brincou, e Dante avisou que iria tomar um banho enquanto a pizza esquentava.

Léo olhava para a bagunça e se perguntava o que estaria atormentando Dante. Aquilo tinha jeito de ser problema com mulher, mas não havia nenhum indício de presença feminina naquela casa. Talvez não fosse um relacionamento tão sério assim... Lavou dois pratos e talheres e se encostou à parede da minúscula cozinha esperando a pizza ficar pronta. Observava a casa do irmão. Ele merecia mais do que aquele cubículo. Era inteligente, dedicado, capaz... mas sua família nunca tivera muito dinheiro. Pertencia à falida classe média paulistana. Percebeu que o cinzeiro estava repleto de bitucas. Com certeza o irmão estava fumando demais e, a julgar pelo aroma que imperava no ambiente, também estava se excedendo no café. Se sua mãe soubesse daquilo, pegaria um avião e aterrissaria sobre a casa de Dante para resgatá-lo daquela situação.

Quando Dante saiu do banho, Léo já estava comendo metade da pizza sentado no sofá e assistindo a um filme da sessão da madrugada.

– Guardou um pedaço pra mim? – Dante brincou, e Léo apontou para a cozinha.

– Não me parece que você anda se preocupando muito com comida, Dan... – a voz de Léo era séria. – Você tá com uma cara péssima! Se a mamãe te visse agora, te arrastava pra casa e te enchia de comida.

Dante não respondeu nada. Estava na cara, literalmente, que não estava bem. Acabara de se olhar no espelho e sua aparência era pior do que a de muitos de seus pacientes.

– Vai trabalhar amanhã? – Léo perguntou com a boca cheia.

– Não – Dante respondeu comendo um pedaço da pizza e só então se dando conta de que fazia realmente tempo que não comia nada.

– Ótimo! – Léo falou, animado. – Então vamos encher essa geladeira... Onde já se viu receber visita sem nada pra comer? A mamãe disse que pediu para dona Amélia fazer a feira pra você...

– Eu sei... Eu... não tenho ficado em casa, Léo – parecia que Léo era o irmão mais velho ali e chegava a ficar parecido com sua mãe falando.

– Mas amanhã vai ficar. Então... – Léo levantou-se do sofá esticando o corpo, estava cansado da viagem. Mexeu com o pescoço para os lados, tentando relaxar os músculos. Passar nove horas sentado em uma poltrona de ônibus não era sua diversão favorita. – Vou tomar um banho e pode arrumar aquela cama extra pra mim... – sorriu, batendo no ombro de Dante.

Dante assentiu e viu o irmão ir para o quarto carregando sua pequena mala. Era bom ter Léo ali. Talvez o ajudasse a enxergar toda aquela situação sem o estresse habitual. Comeu dois pedaços de pizza e bebeu uma lata de refrigerante. Colocou o prato sobre a pia e foi arrumar a cama para o irmão.

Quando Léo saiu do banho, Dante estava deitado contemplando o teto manchado do quarto, as imagens daquele sonho terrível o atormentavam de novo.

– Eu tenho a teoria de que o problema é mulher... – a voz do irmão fez as imagens sumirem da sua frente. Dante sorriu.

– Problema de quem? – fingiu não saber e cruzou as mãos atrás da cabeça.

– Meu é que não é! – Léo riu. – Minha condição de ficante dá uma vantagem gigantesca!

– Tem se cuidado, não é? – Dante olhou para o irmão. – Não sei se estou preparado para ser tio – torceu a boca numa careta. – O pior são as DSTs.

– Sou um cara inteligente, Dan... – Léo deitou-se na cama montada ao lado da cama do irmão e imitou a posição dele. – Mas nunca vi uma chuva de mulher tão grande! A vida universitária é muito boa! – comentou, e Dante riu ao se lembrar de sua época de universitário.

– Tem que se preocupar com a chuva de livros, Léo... senão não sai da universidade! – Dante aconselhou, sabia que era fácil se deixar envolver pela sensação de liberdade, autonomia e maturidade que toma conta do jovem quando começa um curso superior. Por conta dessa sensação, muitas pessoas esquecem por que estão ali e acabam usufruindo dos prazeres sociais em detrimento dos estudos.

– Tá limpo! – Léo sorriu e deu um longo bocejo. – Amanhã você não me escapa, Dan... vai ter que me contar sobre essa mulher que tá deixando você acabado!

– Você tá imaginando coisas, Léo... – Dante tentou se proteger, mas o irmão acertara em cheio, realmente era uma mulher que havia tirado sua paz...

– Falou... – Léo falou fechando os olhos, deixando o cansaço tomar conta do seu corpo, finalmente.

O Sol

Anya sonhou com sua mãe, mas foi um sonho confuso e, assim que abriu os olhos, não se lembrava mais de nenhum detalhe sequer. Sentiu o cheiro do mar, de pão, de frutas, de frios e de todo o cardápio de um café da manhã de hotel cinco estrelas. Viu que um raio de sol passava por uma fresta da pesada cortina que cobria a porta da varanda.

Ela suspirou, encolhendo-se sobre a cama. Ficou olhando para aquela luz amarela, brilhante, que deixava um fino rastro no chão do quarto. Anya sempre admirara os raios de sol de dentro de sua casa, desde criança. Lembrava-se de que sua mente infantil brincava com histórias que conhecia, imaginando que, se entrasse debaixo daquela luz maravilhosa, seria transportada para um mundo de fadas e duendes e que quando fosse tocada pelo sol, ganharia asas finas e reluzentes. Seria a rainha daquele universo... Conforme foi crescendo, as histórias mudavam em sua cabeça. Em sua adolescência fora uma princesa presa em uma torre, amaldiçoada por uma bruxa, e esperava seu príncipe, que deveria resgatá-la, levando-a em seu cavalo branco... Quando saiu da adolescência, as histórias foram perdendo o enredo, a fantasia, sobrara apenas a triste constatação de que era portadora de uma doença e que os culpados de tudo eram o sol e a genética...

Sentou-se e viu uma caixa sobre o baú aos pés da cama. Sobre a caixa havia um delicado cartão: "Agora pode ligar para sua avó". A letra bem desenhada, numa caligrafia elegante, deveria ser de Vivi. Anya sorriu e abriu a caixa, encontrando um celular ultramoderno com todos os recursos tecnológicos que um aparelho desses poderia ter. Além de tudo era vermelho, lindo! Dentro da caixa havia um papel com o número anotado. Segurou o aparelho na mão e suspirou. Jamais conseguiria comprar um aparelho daquele. Ou melhor, até conseguiria, mas só se pedisse dinheiro para a avó, coisa que não faria nunca. Deixou o aparelho sobre a cama e voltou a olhar para o raio de sol... Um relógio sobre o toucador indicava 7 horas da manhã. Dormira e nem esperara Vivi voltar com o tal sorvete. Sua nova condição era causadora de um sono inacreditável. Será que seria sempre assim?

Pensou em sua mãe e caminhou lentamente para onde o raio de sol insistia em chamá-la. Eu vou conseguir..., falou baixo, segurando na cortina. Sua mão tremia e seu coração estava muito acelerado. Respirou fundo e fechou os olhos por um minuto. Eu não sou covarde... vou enfrentar!, pensou com determinação, mas resolveu agir com cautela. Estendeu a mão que tremia na direção do facho de luz. Ela a puxaria rapidamente se começasse a queimar. Olhou para sua pele branca, pálida... uma vida sem sol... e o sol ali, ao alcance de seus dedos...

Estendeu o dedo indicador colocando-o diretamente sob o facho de luz e fechou os olhos esperando o pior. Sentiu um leve calor no dedo e abriu os olhos. Seu dedo estava iluminado pelo sol... sua pele não estava queimando, apenas sentia um calor confortável e uma alegria que tomava seu peito e sua alma levando lágrimas aos seus olhos... Não acreditava! Colocou a mão toda sob o facho de luz, admirando aquela luminosidade em sua pele pálida.

– Oh, meu Deus! – ela exclamou, em meio a um soluço e, devagar, abriu a cortina...

Conforme o tecido era puxado e ia expondo a luz do dia, o sol iluminava ainda mais sua pele; primeiro seu braço esquerdo, depois sua perna esquerda... O astro poderoso foi desvelando o corpo de Anya, que sentia como se a vida a estivesse preenchendo, dando uma cor nova a vinte anos de sombras. Sentia-se tal qual uma criança ao vislumbrar o brinquedo tão desejado, repleta de excitação, êxtase, admiração, alegria... Ela ria sozinha, diante do sol. Estava ali, entregue... e o sol a recebia com generosa luz e calor. Estendeu os braços e fechou os olhos, entregando-se àquele prazer sublime... Amava o sol!

Abriu a porta da varanda e, descalça, cruzou a linha entre uma vida de privações e escuridão e uma vida da qual não sabia o que esperar, mas que anunciava grandes mudanças, a começar por presenteá-la com o prazer indescritível de conhecer o sol...

Sentiu a brisa fria da manhã no corpo e o calor suave do amanhecer do outono. Cruzou os braços diante do corpo e fechou os olhos, aspirando o perfume divino do mar e ouvindo as ondas que batiam inclementes nas pedras. Quando abriu os olhos, admirou as cores e a vida que havia no dia... Apoiou-se na sacada ainda sem acreditar que estava ali, ao sol, com aquela sensação maravilhosa aquecendo sua pele.

Edgar havia acordado como se algo o estivesse arrancando da cama, puxando-o para o quarto da filha. Batera à porta chamando por ela, mas ela não havia respondido. Preocupado, virara a maçaneta e a porta estava destrancada. Anya não estava na cama e a cortina e a porta da varanda estavam abertas. A respiração dele falhou e seu coração deu um salto dolorido no peito. O medo parecia querer pregar seus pés no chão. Medo de encontrar a filha com o corpo queimado... Apressou-se até a porta e parou subitamente quando a viu bem, debruçada sobre a beirada da varanda, contemplando o mar... Toda a angústia, a dor, imagens negras do passado pareceram desaparecer ao vislumbrar sua menina ali, iluminada pela luz da qual foi privada por toda uma vida. Não segurou as lágrimas de alívio e alegria, chamando por ela.

– Filha... – ela se virou ao ouvir a voz do pai, que estava parado à porta da varanda e a olhava com lágrimas no rosto.

– Pai! – Anya tinha o rosto iluminado de felicidade, os olhos castanhos com um brilho tão vívido que se assemelhavam a pedras preciosas. Ela o abraçou e ele a apertou nos braços, chorando como há muito não fazia.

Anya era capaz de dimensionar o que se passava com seu pai, afinal ele temera tanto pela vida dela, temera que o problema que atingira implacavelmente a mulher que amava fosse capaz de ferir, machucar sua única filha. Ele a escondera do sol, esforçara-se para fazê-la feliz à sombra...

Os soluços do pai em seu ombro, enquanto a apertava de encontro ao corpo, tinham os sentimentos guardados de uma vida inteira. Anya sentia a profusão de lágrimas que desciam pelo seu rosto e acariciou os cabelos com os fios prateados da pessoa que mais amava no mundo.

– Eu te amo, pai... vai ficar tudo bem! – falou ao ouvido dele e o ouviu dar um longo e profundo suspiro.

– Me perdoe, filha... perdoe por tê-la privado por tanto tempo... – ele esticou o corpo, enxugou o rosto e beijou a testa dela. Como doía a possibilidade de tê-la feito infeliz.

Anya olhou-o cheia de amor e beijou seu rosto. Não havia nada a perdoar, e a felicidade que sentia naquele momento superava qualquer sentimento menos nobre.

– Sei que sempre quis o melhor para mim. Obrigada! – disse, passando a mão pelo rosto cansado dele.

– Você... – ele acariciou o rosto e os cabelos dela e sorriu – fica linda ao sol!

Ela sorriu e se apertou contra o corpo dele.

– Você também! – assim como ela, seu pai acabara se privando do sol por muito tempo, apenas para fazer-lhe companhia. Sentia o calor do abraço do pai e o calor do sol que a faziam se sentir viva e feliz.

Sabatina

Daniel dormiu como uma pedra. Não se lembrava de ter uma noite tão longa e repousante de sono em muitos anos. Embora muitos de seus encontros ocorressem durante o dia, a julgar pelo perfil de suas clientes, a maioria casada que possuía as tardes livres, havia baladas e clientes que pagavam por uma noite inteira de prazeres...

Estava deitado de calça e sem camiseta. Sentiu uma dor latejante do lado esquerdo do pescoço e, automaticamente, levou a mão ao local e sentiu um curativo pequeno, cuidadosamente colocado ali. Respirou fundo, tentando se lembrar exatamente do que havia acontecido.

– Anya... – murmurou baixo, enquanto olhava para o teto. Sentia o sangue correr mais rápido ao simples pensamento daqueles olhos de chocolate brilhantes, daquela boca quente e macia. Queria que ela o mordesse, mas... afinal, o que significava aquilo tudo? Ela sugara o sangue dele e ele... sentira prazer com aquilo? A verdade era só uma: queria ter ofertado muito mais, não só do sangue.

Sentou-se na cama, sentiu que suas mãos tremiam e seu estômago roncou alto.

– Coma antes que queira voltar a dormir – a voz grave o fez se virar. Aquele guerreiro negro estava sentado perto da janela e, com os braços cruzados, olhava para ele com o cenho franzido. – Tem um bom café ali – Ivan apontou para uma pequena mesa do outro lado do quarto. Sobre ela, muitas frutas, pães, frios, sucos vermelhos, ovo quente, ovo mexido, rosbife...

Daniel olhou admirado para o café da manhã que poderia alimentar uma família de quatro pessoas, mas não podia negar que estivesse disposto e fosse capaz de devorar tudo aquilo rapidamente. Depois, enquanto se levantava sentindo as pernas trêmulas, voltou a olhar para o gigante negro.

– Bem, cara... – falou, pegando sua camiseta que estava ao lado da cama sobre uma cadeira. – Já vou te avisando que não gosto de homem – sabia da fama de muitos garotos de programa, mas ele se recusava a trair seu gosto exclusivo por mulheres. – Não vem com essa de *voyeur* pra cima de mim.

Ivan não se alterou com o comentário e analisava o Escravo de Anya, com a certeza de que lhe daria muito trabalho...

– Você dormiu aí? – Daniel perguntou fazendo uma careta, enquanto ia se sentar à mesa. – Não gosto disso – pegou um copo de suco de uva e o virou de uma só vez na boca...

– Não tem que gostar ou não gostar – Ivan levantou-se e abriu a cortina, deixando toda a claridade da manhã entrar. A pele negra tatuada reluziu sob o sol.

– Vejo que a gente não vai se dar bem... – Daniel procurava encarar aquilo com naturalidade, mas não fazia a menor ideia do que aquele homem queria com ele. – Qual o seu nome? – falou com a boca cheia de ovos mexidos, a comida estava deliciosa.

– Ivan – ele respondeu e olhou para fora, pela porta de vidro da varanda.

– Eu sou Daniel – o rapaz falou, tentando manter a cordialidade.

– Eu sei – Ivan falou e se virou para ele. Viu que o rapaz devorava tudo que estava sobre a mesa. Sabia da fome que atacava um Escravo depois de ser doador. E era bom que comesse bastante. Tinha que se manter forte para quando Anya precisasse dele.

– Bom... e aí? O que rola? – Daniel olhou para ele, enquanto espetava uma fatia de rosbife. Conforme comia, ia se sentindo melhor e já não tremia.

– O que rola... – Ivan suspirou e se sentou em uma cadeira diante de Daniel – antes que eu diga qualquer coisa... é você quem vai cantar – encarou-o com os olhos negros, cheios de uma fúria contida.

– Eu não canto... às vezes danço – Daniel levantou os ombros.

– Em clube de mulheres, certamente... – Ivan trincava os dentes. Olhara o celular do rapaz enquanto ele dormia. Só telefones de mulheres, dezenas deles. Pegara o número do documento e pedira a um amigo que investigasse. Descobriu que o rapaz tinha a ficha limpa, era formado em Administração, mas não tinha trabalho registrado, morava em um *flat*, tinha um carro novo quitado... Toda aquela informação, aliada ao físico trabalhado em academia e à fala mansa que Daniel usara com Anya na noite anterior, só indicavam uma "profissão".

– Não, cara! – Daniel riu, deixando Ivan mais irritado. – Não uso aquelas sungas fio dental nem que me amarrem... Eu acompanho umas e outras a festas – respondeu, tomando um gole generoso do suco de tomate.

Ivan se surpreendia ao perceber que o rapaz não parecia assustado ou confuso com tudo que havia acontecido na noite anterior. Qualquer pessoa normal estaria apavorada com a perspectiva de ter sido atacado por uma vampira... Respirou fundo, concentrando-se naquilo que deveria fazer.

– O que você faz, realmente? – passou a mão pela cabeça nua.

Daniel olhou para ele e levantou a sobrancelha, conhecia os preconceitos que havia sobre sua profissão.

– Digamos que faço as mulheres felizes... sem ter que trabalhar no circo! É um trabalho de alto nível, cara! – brincou, e Ivan virou os olhos.

– Michê, garoto de programa... era só o que faltava! – Ivan murmurou irritado e se levantou.

– Qual é o problema? – Daniel terminava de comer uma generosa porção de salada de frutas. – Já aviso que não atendo homens.

Insuportável! Aquele era o adjetivo que Ivan encontrara para Daniel.

– Então deve saber que sua vida vai mudar – a voz grave saiu seca e Daniel o olhou, levantando a sobrancelha. – Você tem um objetivo maior agora.

– Anya – Daniel falou sem pestanejar e Ivan se surpreendeu. – Eu quero vê-la.

– Você faz a mínima ideia do que está acontecendo? – aquilo era inacreditável.

Daniel apenas o encarou, sem nada responder. Na verdade, não fazia ideia nenhuma, mas queria estar com Anya.

– Você é um Escravo – Ivan afirmou com a voz grave, esperando a reação do rapaz.

– Escravo... – Daniel repetiu a palavra e terminou de comer o *croissant* de queijo.

– De Anya. Ela precisa de você e você terá que se dedicar a ela daqui para frente. Vai perceber que esse fator independe de sua vontade. Você vai precisar dela tanto quanto ela de você – Ivan informava e percebia o olhar interessado do rapaz. – Seu sangue é vida para ela... e quando não puder doar o seu próprio sangue, terá que ajudá-la a se alimentar. Deve encontrar um doador, custe o que custar... Deve protegê-la – fez uma pausa, sentindo um aperto no peito ao se lembrar de que não conseguira salvar Bete –, mas não deve se envolver com ela...

– Opa, opa! – Daniel levantou-se e mexeu os braços, interrompendo a fala de Ivan. – Como assim, não posso me envolver com ela?

– Não pode. É só seu Escravo. Não se atreva – Ivan crispou os lábios grossos.

– Eu não posso ou você não quer? – Daniel entortou a boca, desconfiado.

– Você não pode e eu não vou deixar – Ivan respondeu ríspido.

– Ah, tá... – Daniel balançou a cabeça. Não seria aquele gigante que o proibiria de se aproximar de Anya.

– Anya é uma vampira e você é o doador – Ivan falou de repente e Daniel o olhou, antes de levar a mão ao pescoço tocando o curativo.

Era algo inacreditável... uma vampira! Aquilo era coisa de filme! Mas se lembrava muito bem de tê-la sobre seu corpo com os lábios macios em seu pescoço.

– Ela... me mordeu... – ele falou e se virou para a janela. – Eu... vou virar um vampiro também?

– Não. Você é o Escravo. O seu sangue é o melhor para ela. Anya tem uma doença e precisa de sangue; se não tomar sangue, morre. Como Escravo, você é capaz de suportar a dor e de doar o sangue sem perder a vida. Seu organismo vai se modificar para atender à necessidade dela – olhou com desconfiança para Daniel. Estaria aquele garoto de programa entendendo o que estava falando? – É capaz de compreender isso?

– E você é o quê? – Daniel perguntou. – E que lugar é esse? A casa dela? Eu vou morar com ela? – aquela última ideia era bastante agradável.

– Sou um amigo da família. Mas fui Escravo da mãe dela – ele precisava explicar, Daniel tinha que saber o que implicava ser um Escravo. – Vê isso? – estendeu os braços que mais pareciam troncos de árvores diante do corpo expondo inúmeras cicatrizes sob as tatuagens. Daniel olhou para aquilo e engoliu em seco. – Você vai amá-la mais que a seu próprio corpo – a voz foi transpassada por uma dor sutil, que Ivan não conseguiu disfarçar. – Não vai se importar...

Daniel amava bastante seu corpo, não gostava de agulhas, não injetava drogas, não tomava anabolizantes e praticava exercícios, mas de alguma forma entendia perfeitamente aquilo que Ivan falava, pois não se importava com aquele pequeno ferimento em seu pescoço.

– Você está me dizendo que eu vou amá-la mais que tudo, mas não posso me envolver com ela? – isso o deixava confuso. – Ela... é casada? Eu... não tenho problemas com mulheres casadas...

– Ela é uma menina maravilhosa e não merece um cara como você, com esse histórico. Tá entendendo agora? – Ivan ergueu a voz. Era inevitável pensar em sua relação com Bete, que era casada com um homem que a amara sem limites.

– Ah... um cara como eu... – ele respirou fundo. Aquilo machucou... e ele não sabia por quê, pois nunca se importara com o que achavam dele.

Ivan percebeu que passara a mensagem.

– Existe alguém que também despertou com vocês... – Ivan suspirou e apoiou uma das mãos na parede. – Essa pessoa vai tentar a todo custo matá-la. – Daniel olhou-o espantado, aquela informação fez o sangue pulsar com força, causando um imediato instinto de proteção.

– Eu o mato antes – Daniel falou automaticamente. Nunca ferira ninguém antes, mas seria capaz de matar qualquer um que atentasse contra a vida de Anya.

– Compreendeu a mensagem? E não pode falhar. Uma falha sua... – a voz forte tremeu – pode custar a vida dela – a imagem de Bete morta, com um tiro no peito, invadiu imediatamente sua mente.

– Você falhou? Onde está a mãe de Anya? – Daniel questionou e viu o rosto de Ivan se contorcer de raiva e dor. Não precisou de resposta, chegou a compartilhar a dor de Ivan naquele momento. – Não vou falhar – falou com determinação, o olhar sério e o maxilar tenso. Ivan, embora não simpatizasse com ele, ficou satisfeito. Daniel tinha a característica necessária a um Escravo além do instinto: confiança.

Ivan pegou o aparelho de celular que Daniel deixara no carro e um outro novo e os estendeu para ele.

– Suas clientes não vão ser prioridade... – Ivan falou apontando para o aparelho de Daniel. – Esteja onde estiver... fazendo o que quer que seja, no meio de uma transa, por exemplo... se Anya ligar... – mostrou o outro telefone – você deve sair correndo, o mais rápido possível e impossível. Não pode viajar, nem se afastar muito... – aquelas informações eram importantes. – O celular que estou te dando tem um GPS e está ligado diretamente ao dela. Você vai saber onde ela está e, se perder o sinal dela, deve ligar para mim ou para Rafael imediatamente.

– Rafael? – Daniel perguntou, ligando o celular.

– O dono dessa casa. Um Portador, assim como Anya. Um cara cheio da grana, que vai bancar suas contas para que não precise se afastar muito. E que pode morder seu pescoço sem a preocupação em mantê-lo vivo, compreende? Falhe e terá seu pescoço destroçado e seu sangue sugado até a última gota, isso se eu não arrancar sua cabeça antes – Ivan concluiu, sério.

– O cara vai me bancar? – Daniel sentou na cama. – Isso não vai pegar bem... – murmurou preocupado. Isso mancharia sua reputação, com certeza.

– Chego a pensar se você tem alguma coisa dentro dessa cabeça... já que nunca precisou usá-la muito – Ivan não acreditava que, de tudo que falara, o fato de estar no meio de vampiros, de ser um Escravo doador de sangue, de poder ter o pescoço destroçado, o rapaz se preocupara com o fato de Rafael "bancá-lo".

– Sou mais inteligente do que pareço, Ivan. Pode crer, cara – Daniel sorriu. – Agora eu queria muito ver a Anya...

A porta abriu e Daniel viu aquele outro homem que estivera no quarto na noite anterior. Era alto, magro, os cabelos escuros presos em um rabo de cavalo e os olhos azuis muito claros. O rosto era impassível feito mármore, parecia-se com modelo de revista de moda e tinha um "quê" dos vampiros de alguns filmes que Daniel já havia assistido.

– Vejo que já se recuperou – a voz era calma, mas áspera. Daniel percebeu que era mais um que não ia com a sua cara. – O café estava bom? – dirigiu o olhar para a mesa.

– Ótimo, obrigado.

– Sou Rafael Montéquio – ele se apresentou e viu Daniel sorrir com a boca torta.

– Então você é o cara – Daniel comentou, e Rafael olhou rapidamente para Ivan.

– Sou e também sou o cara que vai ficar no seu pé, sei do seu talento... – a voz calma soou irônica.

– Pelo visto, meu pé vai estar cheio de homens... não gosto disso – aquilo sim o desagradava.

– Ivan deve ter explicado seu papel – Rafael ignorou a observação dele e o analisou com ar superior.

– Explicou, sim, mas não vejo necessidade de ser "bancado", obrigado – Daniel respondeu sério, mantendo seu orgulho e deixando clara sua posição quanto àquilo.

– Isso não está em discussão – Rafael respondeu sem se alterar. – Recebeu o celular?

– Sim, mas... não concordo em... – Daniel ficou confuso.

– Vai concordar quando perceber que não conseguirá manter seu "trabalho" em dia e que terá que se dedicar a Anya – Rafael respondeu, indo até a porta da varanda e parou por um minuto, estático, com as mãos postas atrás do corpo. Então ele abriu a porta que dava para a varanda. – Ivan... venha ver... – a voz saiu suave, emocionada.

Ivan foi até a porta e ele e Rafael saíram para a varanda. Daniel os seguiu curioso.

– Eu não acredito! – Ivan exclamou e seus olhos brilharam com lágrimas.

Rafael apenas sorriu, um sorriso largo, satisfeito.

Daniel saiu para a varanda e olhou na direção para onde os dois olhavam. Anya caminhava animada pelo enorme jardim da casa, com o braço entrelaçado ao do pai. Dali eles podiam ver a expressão de felicidade em seu rosto. Ivan sentiu seu coração tão aliviado que seria capaz de chorar, não fosse a fraqueza que demonstraria diante de Rafael e Daniel. Rafael sorria com os olhos brilhantes para a figura relaxada da jovem tão parecida com Bete, mas com uma alegria que ele nunca vira no rosto da falecida. Anya era realmente uma mulher surpreendente...

– Ela... é linda! – Daniel falou baixo atrás deles. Não conseguia tirar os olhos daquela jovem com os cabelos cor de chocolate, brilhantes e esvoaçantes, a pele branca, o andar delicado e enroscada no braço do pai. Como não se envolver? Aquilo seria muito difícil... Como era possível que fosse uma vampira? Era mais fácil acreditar que ela possuía alguma doença. Aquela mulher que ele observava não tinha absolutamente nada de característica dos vampiros que apareciam em filmes, ela se parecia mais com um anjo...

Anya caminhava com seu pai pelo jardim. Queria andar ao sol, passear com o pai em plena luz do dia. Edgar estava muito feliz pela filha e o bem-estar dela o deixara com uma sensação de alívio muito grande. A garota olhou para a casa e viu aqueles três homens parados na varanda olhando em sua direção.

– Tio! – ela acenou para ele toda animada. Ivan retribuiu o aceno com um sorriso no rosto. – Olha só, eu e o sol! – abriu os braços tal qual uma criança animada, sem se dar conta de quão sensual se tornava para dois pares de olhos, um castanho-claro e outro azul...

– Eu sabia, branquinha! – ele falou com a voz grave embargada. – Você fica linda ao sol!

Ela sorriu e voltou a segurar no braço do pai, que apenas acenou para Ivan com um sorriso no rosto. Ivan imaginava as emoções que o amigo estaria sentindo e ficava feliz ao vê-lo bem ao lado da filha. Anya era realmente uma garota muito especial.

Daniel admirava aquela jovem tão naturalmente sensual, que despertara nele sentimentos que mantinha muito bem escondidos desde que escolhera aquela profissão. Percebeu a afeição que Anya tinha por Ivan e ele por ela. Não era por menos que aquele gigante negro o pressionara tanto. Olhou para Rafael, que admirava Anya com os olhos brilhantes, mas demonstrando algo diferente... desejo? Daniel sentiu o sangue esquentar e apertou os punhos com força. Vampiro ou não, seria capaz de arrancar aquela cabeça imponente daquele corpo de modelo. Respirou fundo e voltou a olhar para Anya, que olhava para ele, e sorriu. Foi como se seu peito fosse pequeno demais para abarcar seu coração e ele nunca sentira algo parecido antes...

– Ele está bem! – ela falou para o pai, apertando seu braço. – Que bom! – havia um grande alívio em sua voz.

– Vai ficar tudo bem, querida! – Edgar beijou o rosto dela. – Vamos tomar café agora? Não abuse do sol. Em excesso ele faz mal a qualquer um – sorriu, vendo o rosto corado dela.

– Tem razão! Não vou gastar tudo no primeiro dia, não é? – respondeu animada e eles se viraram para voltar para a casa.

Ivan, Rafael e Daniel voltaram para dentro do quarto.

– Ela merecia isso – Ivan falou com um sorriso no rosto.

– Merecia... o quê? – Daniel não entendia o que se passava ali.

– Felicidade – Ivan respondeu sem maiores explicações.

– Acho que meu sangue é bom mesmo! – Daniel riu, convencido, esfregando a mão sobre o peito forte. Sentia-se orgulhoso e realmente acreditava ser o responsável por aquilo.

Rafael apenas ergueu uma sobrancelha e Ivan entortou a boca. Aquele garoto de programa era realmente muito confiante e cheio de si...

– Ivan... você falou para ele sobre o Antagonista? – Rafael ficou sério, retomando o assunto do qual falavam antes da interrupção para admirar Anya.

– Antagonista? – Daniel olhou para eles confuso.

– É... aquele que eu disse que vai querer matá-la – Ivan bufou.

– Ah... esse – Daniel cruzou os braços diante do peito preparando-se para ouvi-los. – Onde ele está?

– Não é tão simples assim... – Rafael começou a andar pelo quarto.

– Como não? Eu o encontro e ele jamais vai atormentá-la! – o jovem colocou-se cheio de energia diante de Rafael. Os dois eram altos, mas Daniel era bem mais forte fisicamente, pelo menos aparentava.

– O caçador pode demorar anos a se manifestar... – Rafael o encarava quase sem piscar – e pode acreditar que ele não irá aparecer com uma capa longa, chapéus, com um crucifixo, água benta ou uma estaca... É uma pessoa comum, não tem nada que chame a atenção para cima dele. Pode ser um homem ou uma mulher... – respirou fundo e olhou para Ivan, que estava calado, com os braços cruzados diante do peito.

– Caramba! – Daniel exclamou. Com certeza aquilo ficaria difícil.

– Pois é... e descobri coisas ainda piores... – Rafael sentou-se à mesa olhando para os dois homens fortes que esperavam o que era ainda pior. – Ainda não te contei, Ivan...

– Piores? – Ivan indagou apreensivo, passando a mão pela cabeça, e Rafael assentiu muito sério. Era só o que faltava.

– Piores, sobre os caçadores...

– Manda – Ivan sentou-se na outra cadeira e Daniel, ainda confuso, se sentou na cama-se para ouvir. Ainda não entendia muito bem o que acontecia, qual era o "esquema". Rafael respirou fundo antes de falar.

– Como te disse, andei viajando, pesquisando... e descobri coisas que ainda não sabia... como a existência de uma organização de caçadores de vampiros – ele falou e Ivan arregalou os olhos. – Descobri isso por acaso, enquanto procurava meu Antagonista. A organização é formada por aqueles que sentiram prazer em sua missão. Não sentiram aquela angústia, dor e arrependimento que acometem muitos caçadores, que chegaram a se matar, pois não conseguiram conviver com o que haviam feito e, ao contrário deles, há aqueles que se sentiram muito bem, que juntaram suas experiências e saíram facilitando o trabalho de muitos Antagonistas...

— Deixe-me ver se entendi — Daniel interrompeu-o, levantando-se. — Tem um grupo de doidos por aí que matam pessoas com o problema de Anya? Ou seja, além da pessoa que quer acabar com ela, ainda temos que nos preocupar com sei lá mais quantos... é isso?

— É — Rafael respondeu, objetivo. Era aquilo mesmo, não havia motivos para rodeios.

— Puta que pariu! — Daniel desabafou e se viu observado por Ivan e Rafael.

— Acha que não vai ser capaz? — Ivan desafiou-o, apesar de aquela notícia também deixá-lo extremamente preocupado e com vontade de xingar.

— Eu sou! — Daniel falou, sério. — Mas estou preocupado por Anya, cara! Ela não vai querer sair na rua! Vai ficar com medo! — sua voz assumira o tom de preocupação legítima. Realmente possuía o instinto do protetor.

— Não vamos contar a ela — Rafael se levantou.

Anya e o pai entraram na sala de jantar e ela percebeu os aromas da comida. Ainda não sentia o cheiro do sangue dos empregados, de Vivi ou de seu pai, mas sentia o aroma dos pães, das frutas...

— Onde estão aqueles três, Vivi? — ela os vira na varanda, mas eles ainda não haviam saído do quarto.

— Conversando... — Vivi respondeu, séria. — Ivan precisa garantir que seu Escravo entenda o papel que deve desempenhar — a resposta era carregada de naturalidade, o que deixava Anya admirada. — E do jeito que ele gosta de você, menina... seu Escravo vai pular miudinho! — riu.

— Isso não te assusta? — Anya perguntou enquanto comia uma fatia de queijo.

— Não — Vivi sorriu. — Você ainda vai entender, querida, que somos capazes de tirar o melhor de qualquer situação.

— Mas... as cicatrizes... — Anya olhava para os braços e o pescoço da mulher, repletos de pequenas cicatrizes.

– Oh, sim... não importa! – ela sorriu, despreocupada. – E olha que Rafael se alimenta bastante fora de casa... – isso parecia irritá-la mais. – Ele me poupa muito... – Anya sentiu um certo ressentimento na voz doce de Vivi. Como aquilo era possível? Ressentir-se por ele não sugar o sangue dela? – Seu Escravo vai entender...

Anya olhou para o pai, que apenas levantou os ombros.

– Isso é uma outra dimensão... – Anya falou baixo, ainda tentando se encontrar no novo universo que tomara sua vida de assalto.

– Então... o sol é ótimo, não? – Vivi a olhava sorridente e viu os grandes olhos castanhos brilharem.

– É maravilhoso! Não posso nem descrever a sensação que senti quando ele tocou minha pele... – acariciou o braço.

– Vejo pelas suas bochechas vermelhas...

– Disse a ela para que não abuse – Edgar falou ao lado da filha. Estava mais calmo, embora ainda pensativo.

– Não vou abusar... vou usá-lo com sabedoria! – Anya brincou e pegou na mão do pai.

– Tenho certeza que sim – ele sorriu, exibindo pequenas rugas ao lado dos olhos.

– Nossa! Por falar nisso, preciso ligar para minha avó! – Anya falou de sobressalto. Se não telefonasse, Rita iria até sua casa, não encontraria ninguém por lá, iniciaria uma busca frenética e, com certeza, sobrariam farpas para seu pai.

Anya pediu licença e correu até o quarto.

– Edgar... deixe-a ficar aqui mais um pouco – Viviane pediu, vendo a preocupação no rosto dele quando a filha saiu. – Prometo que cuido dela.

Edgar olhou-a e balançou a cabeça.

– Se for necessário, vai enfrentar o Rafael? – ele fez uma careta.

– Prometo cuidar dela. Ninguém... ninguém vai fazer algum mal a ela nessa casa – frisou, séria, e pegou na mão dele. – Agora eu sei o que está acontecendo! Quando ele trouxe Bete para cá daquela vez... eu... – suspirou – não sabia quem ela era! Nem que era casada!

– Não sei, Vivi... – ele se encostou à cadeira.

– Ivan fica aqui! Daniel fica aqui! Dê-nos um voto de confiança! Sei que não merecemos... – os olhos dela brilharam.

– Não é só isso, Vivi... eu ainda estou anestesiado, entende? Não sei como agir! Não posso prendê-la, não posso impedi-la de viver, mas tenho tanto medo... – confessou, apoiando os cotovelos na mesa, fechando as mãos contra a cabeça.

Viviane falou com sua usual voz delicada.

– Sabe, Edgar... independente da condição especial dela, a vida é cheia de riscos, de perigos... Se vivermos sempre pensando no pior, não vivemos! E ela é jovem, bonita, inteligente, cheia de vida, merece curtir, entende? Se você a impedir de viver, vai doer ainda mais, vai tornar as coisas ainda mais difíceis... – concluiu a sessão de aconselhamento com um sorriso nos lábios.

Edgar olhou-a, agradecido. Realmente ele não tinha esse direito. Não podia negligenciar a segurança da filha, mas também não poderia transformá-la em prisioneira. Já fizera aquilo por tempo demais e era uma culpa que sempre o atormentava.

– O que achou do Daniel? – Edgar sabia que o rapaz era quem mais faria companhia a Anya dali para frente e Ivan não havia gostado muito dele, estava cheio de desconfianças.

– Ele vai cumprir bem o papel, Edgar. Não liga pro Ivan, não... é um ciumento – ela levantou os ombros. – E nunca ninguém é bom o suficiente – concluiu, com amargura na voz.

– Mas ele tem uma pinta de... mulherengo, não tem? – ele fez uma careta.

– Só porque tem um corpão? – ela riu. – Foi superdelicado com Anya, não foi? Tem o dom, não tem?

– Acho que sim – ele suspirou. – Mas preciso de uma boa conversa com ele... como pai.

Vivi riu com o jeito dele. Era um pai muito preocupado, de uma jovem linda, encantadora, mas que já estava com 20 anos. Não era mais uma menininha, apesar de Vivi ter certeza de que Anya jamais havia, sequer, namorado.

– Avise minha filha que fui participar da reunião lá com Ivan... – ele falou e saiu da sala de jantar.

Edgar entrou no quarto e encontrou os três sérios. Daniel estava de pé olhando através da janela, Ivan e Rafael estavam sentados à mesa. Havia uma grande tensão no ar...

– Oi, Ed! – Ivan levantou-se e bateu no ombro do amigo. – Está feliz pela Anya, não? Eu sabia que ela conseguiria! – haviam decidido que não falariam nada a Edgar sobre a tal "organização de caçadores", pois ele ficaria apavorado e não poderia fazer nada.

– Ela está tão feliz, Ivan... – Edgar sorriu, mas estava desconfiado com aquela tensão que sentiu assim que entrou. – Tá tudo bem por aqui? – disse, olhando para Daniel e supondo ser algum problema com o Escravo.

– É um momento de reflexão... – Ivan brincou.

Daniel afastou-se da janela e estendeu a mão a Edgar.

– Muito prazer, sou Daniel – ele sorriu, sabendo se tratar do pai de Anya.

– Edgar – ele respondeu, analisando o jovem sob os óculos quadrados. – O pai de Anya.

– Eu sei. E... também quer falar comigo, não é? – já estava até se acostumando àquele interrogatório todo e até partilhava da preocupação para com Anya.

Edgar assentiu. Ivan bateu no ombro do amigo.

– Pega pesado com esse cara, Ed – falou, e ele e Rafael saíram do quarto.

Daniel ficou ali de frente com o pai de Anya. Era um homem comum, diferente dos dois que tinham acabado de sair. Na verdade o fazia se lembrar de seu próprio pai, se acaso a bebida não o tivesse transformado.

– Como está se sentindo? – Edgar perguntou, quebrando o silêncio. – Vejo que se alimentou bem – sorriu, olhando para a mesa devastada. Não podia hostilizar o rapaz que manteria sua filha viva.

– Eu estou bem. E a comida estava ótima! – Daniel sorriu ao perceber como Edgar olhara para a mesa. – E a Anya? Ela me pareceu bem, lá fora.

– Ela está ótima. E devo agradecer a você – disse, ajeitando os óculos no rosto. Se aquele rapaz não tivesse compreendido seu papel naquela situação absurda, sua filha poderia não estar tão bem... – Ivan te explicou tudo? – encarou o jovem alto, forte, com pinta de galã.

– Explicou e garanto ao senhor que estou pronto para servir sua filha – Daniel falou, seguro. Não tinha dúvidas de que queria ser o que era, fazer o que precisava fazer por Anya.

Edgar caminhou pelo quarto com as mãos apertadas às costas.

– Sabe... – respirou fundo – minha filha é uma garota especial não só no sentido da doença dela... ela é... diferente de outras garotas que você deve conhecer... – olhou para Daniel, que o escutava atentamente com os braços cruzados diante do peito. – Até ontem... não sabíamos se ela poderia sair ao sol... viveu a vida inteira sem se expor... – Edgar parou, olhando pela janela, e viu as nuvens escuras que se avolumavam, anunciando chuva forte.

Daniel observava Edgar e pensava nas preocupações de Ivan com o fato de ele ser um garoto de programa. Era evidente que teria em suas mãos uma joia muito preciosa e teria de mostrar que era capaz de merecer o cargo tão importante que aparecera em sua vida, de forma tão repentina. Um desafio, e dos difíceis... tentou se concentrar na fala de Edgar.

– Até ontem? – aquela informação era surpreendente.

– A "doença" dela só se manifestou essa semana... a mãe dela, minha mulher, sofria de um tipo de alergia ao sol e se queimou muito... um médico atestou que Anya poderia carregar o mesmo problema e então não arriscamos...

Ivan havia dito que era o Escravo da mãe de Anya e deixara subtendido que ela havia morrido porque ele não conseguira protegê-la, então Daniel resolveu não perguntar sobre ela.

– Anya... descobriu que não tem esse problema? – o rapaz perguntou, lembrando-se da imagem da moça estendendo os braços debaixo do sol.

– Descobriu – Edgar sorriu rapidamente e voltou a ficar sério e olhar para o rapaz. – Você... faz o quê? É formado? Está trabalhando?

– Eu... sou formado, em Administração... – Daniel suspirou, nunca se sentira tão inseguro e envergonhado pelo que fazia para ganhar a vida. Devia contar, pois Ivan já sabia, mas temia perder a confiança do pai de Anya. – Seu Edgar... – falou sem jeito –, meu trabalho não é muito... convencional...

Edgar olhou-o ajeitando os óculos, o que ele queria dizer com não convencional?

Daniel viu o sangue subir para o rosto de Edgar.

– Eu faço alguns programas com mulheres... mas coisa de alto nível, limpa, segura... – falou rapidamente, e viu Edgar se sentar na cama.

– Meu Deus! – o pai de Anya passou a mão pelo cabelo. Era muita coisa para um homem só aguentar...

Daniel percebeu o choque do homem. Tinha que remediar aquilo. Sentou-se ao lado dele na cama.

– Eu não vou desrespeitá-la, se é o que está pensando! Sei que ela é diferente, é especial! Prometo que não vou desrespeitá-la! – falou, sério e aflito. Como fazer para provar que podia ser um cara decente com Anya? – Sei que minha profissão depõe contra mim...

Edgar sentiu a aflição do rapaz. Sabia que ele não havia escolhido se tornar um Escravo, simplesmente tinha sido despertado, jogado para uma vida diferente, muito diferente... devia confiar em sua filha para lidar com aquilo, mas precisava deixar bem clara sua posição. Sabia que Ivan já deveria ter ameaçado o rapaz de todas as maneiras possíveis. Respirou fundo e deu um suspiro longo.

– Sabe que ficará difícil continuar trabalhando, não sabe?

– Sei – Daniel respondeu imediatamente.

– Sabe que se fizer qualquer coisa com minha filha... estará acabado, não sabe? E quando digo acabado, é no sentido extremo da palavra – seus olhos castanhos faiscaram.

– Sei – o rapaz não mostrou medo ou insegurança. Edgar percebeu que ele era realmente um Escravo despertado com todo o instinto necessário. – Pode confiar em mim, seu Edgar.

– Faça por merecer, Daniel – Edgar bateu no ombro largo do rapaz. Iria falar o quê? Aconselhar? Não poderia impedi-lo de estar com Anya. Ela precisava dele.

– Eu... posso conversar com a Anya agora? – precisava vê-la. Passara por aquela sabatina, por aquelas entrevistas, pressões... tudo por ela. E agora precisava falar com ela.

– Vamos descobrir onde ela está – Edgar levantou-se e foi seguido por Daniel, que deu uma ajeitada no cabelo. Estava sem gel, não escovara os dentes, não tinha nenhum perfume ali, temia assustar Anya, mas precisava falar com ela.

Vento e Tempestade

Dante acordou com a já rotineira dor de cabeça. Olhou para o teto do quarto e respirou fundo. Sentiu um aroma delicioso de café e viu que Léo não estava mais deitado. Admirou a organização do irmão. A cama perfeitamente arrumada e as roupas dobradas. Olhou no relógio e já passava das 10 horas. Fazia anos que não dormia tanto!

Quando entrou na cozinha, encontrou Léo sentado à mesa, conversando com dona Amélia.

– Bom dia, doutor! – a senhoria falou animada. – Que bom vê--lo descansando em casa! – sorriu, expondo as rugas no rosto.

– Bom dia... – Dante respondeu e bateu de leve na cabeça do irmão, que apenas sorriu.

A casa estava bastante arrumada, havia pão, frutas e café à mesa e a geladeira estava cheia. Pelo visto o irmão acordara cedo e tentara dar uma ordem por ali.

– Dona Amélia fez a feira logo cedo pra você, Dan! – Léo sorriu, vendo a admiração no rosto do irmão.

– Obrigado, Dona Amélia. Me diga quanto gastou – Dante respondeu, lembrando-se do telefonema da mãe.

– É um prazer, doutor! E acertamos isso depois – ela sorriu.

Apesar da dor de cabeça, o café da manhã foi o melhor que Dante tomara em meses e as companhias estavam bastante animadas. Léo e dona Amélia falavam sobre filmes antigos, alguns musicais e os clássicos. Dante admirava o talento que o irmão tinha para a arte e a paciência com a senhora de 70 anos.

– Vamos andar um pouco, Dan? Pra conversar? – Léo sugeriu depois que dona Amélia foi embora.

– Parece que vai chover, cara – Dante não estava nem um pouco empolgado para andar, sua cabeça latejava, mas não queria preocupar o irmão.

– Você tá velho, Dan... acho que o melhor par pra você é dona Amélia! – Léo riu e Dante levantou a sobrancelha.

– Não fui eu quem ficou batendo papo e relembrando os velhos tempos do cinema, cara! – Dante brincou e Léo riu ainda mais.

– A velha tem boa memória! – respondeu e se levantou. – Só uma caminhada, ok? Não é o que os médicos dizem? Para espantarmos o sedentarismo? – a ironia era acompanhada por uma careta.

Dante suspirou. Não convenceria o irmão... Léo sempre encontraria algum argumento, por isso que a mãe o havia mandado como "agente especial".

– Tá bom... mas posso fumar um cigarro sem que conte para sua superior?

– Só um, cara... se passar desse limite, terei que acrescentar esse problema no meu relatório – falou brincando, mas a mensagem estava clara. Não iria deixar Dante se exceder no cigarro.

A julgar pela cor do céu, a chuva não demoraria a cair, então o passeio teria que ser rápido e os dois caminharam em direção à praia. Dante até se esquecera por que gostava tanto daquele lugar... Tinha o mar tão perto dele! Mas fazia tempo que sequer olhava em sua direção. Apenas duas quadras o separavam da imensidão azul e não se animava a ir até a praia... Incrível!

O mar estava bastante agitado e a manhã estava fria. O vento mais forte começava a soprar, empurrando e organizando cada vez mais as nuvens escuras numa grande massa compacta.

– Qual o nome dela, Dan? – Léo perguntou, olhando para o irmão que fumava um cigarro lentamente.

– Dela? – Dante fingiu não saber do que ele falava.

– Não é pela Lena que você tá assim... aquela mulher é muito certinha e água com açúcar... não ia provocar algo tão forte – Léo conhecera Lena há alguns meses, quando passara um feriado prolongado com o irmão. Ela era mais velha que Dante, devia ter trinta e poucos anos, e fazia o estilo básico, ou seja, não oferecia nada de especial, e Léo já havia se perguntado por que o irmão se envolvera com uma mulher tão estável, compreensiva e que deveria ser o exemplo de burocracia quando o assunto era sexo. Com certeza ela não provocaria sentimentos tão intensos em Dante. – Eu andei pensando... analisei seu estado lastimável, o número de bitucas de cigarro que recolhi de sua casa hoje pela manhã... e alguns detalhes que só um irmão pode perceber... e concluí que, definitivamente, tem uma mulher poderosa na jogada – Léo concluiu e sorriu, exibindo as covinhas num sorriso jovial.

Dante ouvia a teoria do irmão em silêncio e percebia quanto de verdade ele tinha descoberto, sem saber absolutamente de nada. Respirou fundo e jogou o cigarro na areia. Depois olhou sério para o irmão. Léo o conhecia muito bem, bem demais.

– Léo... acho que você andou fazendo cursos com a dona Sônia... – falou, enquanto se sentavam olhando para o mar agitado.

– Isso quer dizer que eu acertei, não é, Dan? – Léo encarou o irmão. – Quem é ela?

– É... mais complicado do que imagina... – Dante suspirou, balançou a cabeça e apertou as têmporas.

– Ela é casada – Léo tirou a conclusão óbvia.

– Não! – Dante riu.

– Não subestime minha imaginação, Dan... sabe como eu posso imaginar inúmeras possibilidades...

– Então quero ouvi-las, quem sabe me ajuda? – Dante o desafiou.

– Me dê o roteiro básico – Léo se interessou totalmente. Adorava uma boa história, um bom enredo, e intuía que dali iria sair algo grande, pois Dante não era dado a criações fantasiosas. Era um homem objetivo, centrado, e que há algum tempo só se dedicava a se tornar um médico muito bom...

Anya falou com sua avó ao telefone. Disse que passaria o final de semana na casa de uma amiga e que tinha algumas novidades para contar, mas que queria fazer aquilo pessoalmente. Passou o número do novo celular e deixou a avó pensar que ela comprara o aparelho. Rita jamais entenderia o emaranhado de coisas que havia na vida dela. Prometeu à avó que falaria com ela na segunda-feira e garantiu que não havia nada com que se preocupar. Encostou-se na sacada da varanda olhando para o mar revolto e para as nuvens escuras que tingiam o céu de cor de chumbo, anunciando uma tempestade. Aquele clima ilustrava perfeitamente sua vida: tempestades violentas e raros momentos de sol...

– Anya? – ouviu a voz de Daniel, que caminhava pela varanda em sua direção. Virou-se, sentindo o coração acelerar e o aroma de chocolate se acentuar. Aquele era o perfume dele... que fazia sua boca se encher de água e o sangue borbulhar em suas veias. Daniel sorria para ela à luz do dia. Era muito bonito. Sem graça, sem saber como tratá-lo depois de tê-lo mordido e sugado seu sangue, sentiu o rosto enrubescer. – Como se sente?

– Eu... estou bem – sorriu timidamente, ajeitando o cabelo atrás da orelha. – E você? – viu o curativo no pescoço dele.

– Estou ótimo! – Daniel sentia o coração acelerado e percebeu que tudo de que precisava era ficar ao lado dela. Seu sangue pulsava pedindo pelos lábios macios de Anya.

– Daniel, eu... sinto muito... – começou o pedido de desculpas, e ele colocou o dedo sobre os lábios rosados dela. Anya sentiu o sabor da pele dele e salivou. Afastou-se com o coração aos saltos.

– Não deve desculpas nenhuma... foi um prazer... verdadeiramente – Daniel encostou-se à sacada olhando para ela com um brilho nos olhos que Anya não compreendia.

– Não está assustado? Com medo de uma... – suspirou – criatura como eu? Que é capaz de sugar o sangue de outra pessoa? – caminhou nervosa pela varanda, não sabia como lidar com aquilo, não se sentia preparada para fazê-lo novamente, embora seu corpo todo pulsasse, desejando o sangue dele.

– Você está assustada, não é? – ele estendeu a mão e tocou nos cabelos brilhantes dela. A voz possuía uma musicalidade que a hipnotizava, deixando-a amortecida. – Confie em mim, Anya... eu vou ajudar você... e você é a criatura mais linda que eu já conheci – a voz mansa e sedutora a obrigaram a piscar lentamente e, inconsciente-mente, ela mordiscou o lábio inferior. Seria capaz de mordê-lo ali mesmo, sem estar com tanta sede.

Daniel segurou-se para não agarrá-la e beijar aqueles lábios tentadores. Como ia ser difícil aquela missão... muito difícil... Ele respirou fundo e se afastou um pouco, tentando mudar o tom de voz e o assunto. Cruzou os braços diante do peito na tentativa de controlar suas mãos que ansiavam por tocá-la.

– Então... – ele sorriu e Anya pareceu despertar do transe em que ele a deixara momentos antes. – E a faculdade?

Anya se perguntava o que havia na voz de Daniel que era capaz de tirar os pés dela do chão. Engoliu e se virou para o mar.

– Vou trancar – ela falou, tentando recuperar a normalidade da respiração.

– Por quê? – ele perguntou, interessado.

– Eu... não vou conseguir, Daniel... meu olfato ficou muito sensí-vel desde que... – parou de falar e ele a olhou, esperando a conclusão. Os olhos brilhantes de chocolate o fitaram, transparecendo confusão, aflição. Ela tomou fôlego. – Eu não era assim, sabia? Até uma semana atrás... Já era estranha... não saía no sol – os olhos dela se voltaram para o jardim. – Achávamos que eu não podia... hoje foi a primeira vez... – deu aquele sorriso tímido que fazia o corpo de Daniel reagir.

– Você fica linda ao sol... – ele não podia conter sua admiração e viu o rosto dela ficar vermelho. Não queria deixá-la sem jeito. – En-tão... os cheiros a atormentam, é isso? Que cheiro sente agora?

– Do mar, da chuva, das flores, do mato e... de chocolate... – Anya respondeu, e ele a olhou confuso. – Você tem cheiro de cho-colate, Daniel, é bom que saiba.

– Uau! Chocolate! – ele riu, satisfeito. Estaria chamando-o de gostoso ao usar aquela analogia?

– Você... come muito chocolate? – era uma informação que po-deria fazê-la entender alguma coisa quanto à atração dela por ele.

– Raramente... – ele meneou a cabeça negativamente. – Eu sou um rato de academia, sabe? Não se pode comer uma coisa assim quando se pretende manter a forma...

– Hummm... sei... mas nunca cai em tentação? – ela piscou. Ficou em dúvida, pois sentia o aroma de chocolate nele.

– Dificilmente... prefiro quebrar a dieta com uma pizza, uma picanha... – falou bem-humorado.

– Como... você está se sentindo com tudo isso? De repente ser... – de novo não conseguiu evitar o suspiro no lugar da palavra Escravo, seria dificílimo lidar com aquilo! – Eu não sei como falar isso! – arrematou, nervosa.

– Seu Escravo – ele completou por ela, que assentiu com os olhos cheios de água, encostando-se à parede.

Daniel colocou-se diante dela, prendendo-a na parede entre seus braços. A posição os deixou muito próximos e era possível sentir a respiração um do outro. Anya sentiu o ar faltar e aquele cheiro de chocolate a deixava louca. Fechou os olhos...

– Olhe para mim, Anya, por favor... – Daniel delicadamente segurou no queixo dela e a fez levantar a cabeça para olhá-lo dentro dos olhos. – Acha que sirvo pra você? – deu um sorriso leve e sensual. Esperava que sim e muito! – Porque eu adorei sentir sua boca em mim... – e aquilo era a mais pura verdade. Ou estava ficando louco, ou já a amava, como Ivan disse que ia ser, mas queria que ela o mordesse e sorvesse seu sangue, nem que fosse só um pouquinho. – Posso pedir uma coisa? – ele falou, aproximando-se ainda mais e fazendo com que seus corpos se tocassem. Daniel sentiu a respiração acelerada dela através dos seios que subiam e desciam nele.

– Não é um beijo, é? – perguntou, com a voz trêmula, lembrando-se do beijo que ele pedira na noite anterior.

– Se você quiser... – aproximou seu rosto do dela e Anya sentiu as pernas falharem. O que estava acontecendo com ela? Primeiro Rafael quase a beijara sem que ela conseguisse resistir, e agora Daniel a mantinha presa contra a parede com aquele corpo forte apertado contra o dela, deixando-a sem ar e inebriando-a com aquele aroma de chocolate. – Mas eu ia pedir para você tentar dar uma mordida de leve, sabe? Sem me tirar a consciência? – ele falou ao ouvido dela, o hálito quente fez o corpo todo de Anya arrepiar. Não acreditava naquilo que ele estava lhe pedindo.

– Eu... não posso! – ela falou ao ouvido dele. Daniel afastou-se e Anya finalmente conseguiu respirar.

– Concorda que vamos ter que trabalhar essa sua... resistência? – ele sorriu e passou o dedo lentamente pelos lábios macios dela.

Anya o olhava sem acreditar. Daniel estava totalmente inserido em sua nova vida de Escravo! Queria que ela o mordesse só um pouquinho? Como conseguiria fazer aquilo?

Daniel percebeu o olhar confuso dela.

– Vamos pensar juntos... se me usar aos poucos, mas várias vezes... não vai me tirar a consciência, entende? Eu não vou ficar esgotado e vou poder ficar de olho em você o tempo todo, te proteger... – ao falar aquilo, parecia que seu instinto de proteção fora ativado novamente e sua ira crescia só de pensar em alguém atentando contra a vida dela.

– O... tempo todo? – Anya afastou-se mais confusa ainda. Não esperava por aquilo. Ter aquele homem delicioso ao lado dela o tempo todo? Ah, meu Deus! O pensamento a apavorou. Tentou se proteger de alguma forma. – E sua namorada? Seu trabalho? Não quero que deixe de viver por minha causa... para que eu fique me alimentando! – falou, nervosa.

A referência ao trabalho dele fez Daniel se lembrar da promessa feita a Edgar. Ele se afastou ainda mais e respirou fundo.

– Eu... não tenho namorada... – respondeu, sério.

Anya perguntou a si mesma por que não. Afinal, era bonito, sensual, educado, tinha um corpo maravilhoso. Pelo jeito que se aproximava dela e falava, mostrava que gostava de mulheres... então... por quê?

A conversa foi interrompida pela chuva forte que foi levada pelo vento e atingiu a sacada, forçando-os a entrarem na casa pela porta do quarto de Anya.

– Então... aproveitando para se conhecerem? – Vivi estava no quarto e sorriu quando os viu entrando. Anya ficou com o rosto vermelho e Daniel admirou aquela mulher musculosa, com a voz doce e bastante simpática. Estendeu a mão para ele. – Oi, Daniel! Eu sou Vivi, a Escrava do Rafael... e soube que você andou fazendo sucesso por aqui! – brincou, e ele apenas levantou as sobrancelhas. Costumava fazer sucesso aonde fosse, principalmente entre as mulheres.

– Olhem só... arrumei umas roupas pra vocês. Acho que querem tomar um banho, não? Já que teremos de esperar essa chuva passar...

– Será ótimo tomar um banho! – Anya animou-se e viu a possibilidade de se afastar um pouco de Daniel. Ela não conseguia pensar direito com ele ali exalando aquele aroma enlouquecedor e fazendo sua pele arrepiar de excitação...

– Concordo! – Daniel realmente precisava cuidar da aparência. Não queria fazer feio para Anya. Queria impressioná-la. Pegou na mão dela e a beijou delicadamente.

– Até já! – falou piscando, antes de sair do quarto sorrindo.

Vivi olhou para Anya, que estava com o rosto vermelho e ofegante.

– Que sorte a sua, não? Já pensou, se o Escravo que despertasse para você fosse careca e barrigudo? – brincou, e Anya acabou rindo com o comentário, mas talvez fosse melhor se o Escravo não fosse tão tentador, em vários sentidos.

Os Vértices

Dante e Léo haviam voltado correndo para casa quando começou a chover. Dante contara tudo ao irmão... Contou desde o atendimento a Anya e a Renato, que coincidentemente era amigo dela. Contou sobre a perda excessiva de sangue de Renato, sem que houvesse hemorragia, e sobre o tumultuado atendimento ao touro, que dissera umas frases estranhas e o nome de Anya... Contou sobre sua investigação e que não havia rastro da garota, mas que descobrira onde estudava, que fora atrás dela e a tinha visto com o rapaz que fugira do hospital, mas ela não estava bem e um grupo estranho de homens a tirara da faculdade... Léo ouviu a história com ávido interesse, enquanto montava roteiros em sua cabeça.

– Você acha que o doutor Pereira está envolvido? – Léo perguntou, enquanto tanto ele quanto Dante tiravam as camisetas molhadas.

– Ele parece saber de alguma coisa, Léo, mas não vai me contar!

– Então está de licença porque acham que está maluco... – Léo fez uma careta.

– Estressado – Dante o corrigiu.

– Ou drogado – o irmão completou, levantando os ombros.

– Acha que inventei isso? – Dante encarou o irmão. Precisava muito que Léo acreditasse nele.

Léo foi até a geladeira e começou a procurar ingredientes para uma macarronada.

– Olha só, Dan... se essa história fosse minha, podia ser apenas fruto da imaginação, mas vinda de você! Que nunca conseguiu contar uma piada direito! Pega aí... – jogou uma lata de cerveja para Dante na pequena sala.

– Você já pode beber? – Dante o provocou, usando o fato de que o irmão caçula ainda faria 18 anos.

– Mamãe não está aqui... também tenho direito de aproveitar!

– Eu não conto... se beber só uma, não coloco no relatório... – fez o mesmo discurso de Léo sobre o cigarro e o irmão apenas sorriu.

Léo colocou a água do macarrão para ferver e se sentou ao lado do irmão.

– Ela é bonita? – perguntou, e viu que Dante ficou com os olhos parados, fixos em algum ponto da sala.

– É – respondeu finalmente.

– Mas você não pode ficar seguindo a garota, Dan! Isso é coisa de tarado, cara! Você dormiu dentro do carro, na porta do prédio dela? Você?! – aquilo realmente era inacreditável, não imaginava que o irmão fosse capaz de um comportamento como aquele.

– Eu preciso falar com ela, Léo! Acho que só assim vou ter certeza de que é real! – Dante virou o restante da cerveja na boca.

– É paixão, com certeza... – Léo balançou a cabeça. – O que vai fazer com a Lena?

– Léo, não complica! – Dante falou sério. Já estava com a cabeça cheia demais para se preocupar com mais aquele "detalhe".

– Tá... então vamos comentar outras coisas... – Léo se ajeitou no sofá. – Você comprou aquele quadrinho do Vlad e Madeleine por causa do cara que perdeu muito sangue e você não tem certeza por qual buraco? Ou porque a garota tem essa estranha alergia ao sol? – era capaz de imaginar uma história de vampiros bem interessante a partir daqueles dados...

– Sei lá – Dante levantou os ombros, não sabia o que o motivara a comprar aquele gibi, mas algo chamara sua atenção e aquela história parecia dizer-lhe alguma coisa, mas também não fazia a menor ideia do quê. – Eu cheguei a pensar que o Renato tinha participado de algum ritual, dessas tribos estranhas de jovens por aí. O corte no braço foi feito com perícia, cara... cortou o mínimo, mas em cima da veia, entende? Ele só levou três pontos! E aí aquela marca de mordida... – aquilo o deixara cismado.

– Anya é o ponto em comum... é o que liga esses dois caras... então ela é da seita... – a proposição básica e ingênua de Léo poderia ser até verdade, não fosse o pai cuidadoso de Anya e a mãe controladora de Renato, pensou Dante. – Será que ela sai com os dois? – Léo provocou o irmão e o viu ficar com o rosto vermelho. – Vai querer entrar para esse triângulo amoroso, Dan? Transformá-lo em... quadrilátero?

– Léo... – Dante suspirou. – Eu sonhei que a beijava... e a matava! – falou, e o irmão o olhou piscando os olhos com força.

– Cara! Você pirou por causa dela! – Léo se levantou para preparar o macarrão.

– Por isso que eu preciso falar com ela, Léo! Se eu não fizer isso, vou pirar totalmente, cara... – Dante recostou a cabeça no sofá.

Léo olhou preocupado para o irmão. Nunca imaginara Dante sofrendo por uma mulher e aquilo realmente não estava fazendo bem a ele.

– Descreva a Anya pra mim, Dan... – Léo falou da cozinha.

Dante não precisava pensar, lembrava-se perfeitamente de cada detalhe do rosto, da voz...

– Pele branca e macia... lábios delicados... olhos... – ele suspirou, o problema estava naqueles olhos que o tinham aprisionado. Léo olhava para o irmão sem acreditar naquela paixão que ouvia em sua voz – os olhos são cor de chocolate...

– Ela me parece deliciosa! – Léo riu, despejando o molho de tomate sobre o macarrão escorrido. – Mas é problemática, cara... pensa bem... – pegou dois pratos e o queijo ralado. – Ela talvez tenha tentado se matar... pode fazer parte de alguma seita de sugadores de sangue e ainda parece adepta de um *ménage-a-trois*! – levantou os ombros e serviu macarrão nos pratos.

– Não, Léo... ela não é assim... – Dante falou sério, certo de que aquela não era a índole de Anya.

– Ela faz Gastronomia? – Léo falou com a boca cheia de macarrão e Dante assentiu. – Então não deve ter problemas com o alho. Aliás... eu devia ter colocado um alho aqui... – apontou com o garfo para o macarrão em seu prato e reparou que Dante parecia fingir comer. – O que... você falaria para ela, Dan? Oi, lembra de mim? Sou o médico que colocou o estetoscópio em você! – ele brincou e riu da própria piada. Dante foi obrigado a rir da piada ridícula.

– Quando eu... fiquei lá parado diante da casa dela, eu me fiz essa pergunta. O que falaria? O que perguntaria? E se ela é alguma testemunha de crime protegida? Muita coisa passou na minha cabeça.

– Imagino...

– Não, Léo, você não imagina... – Dante afastou seu prato.

– O que sei, cara, é que você precisa sair dessa – Léo falou sério. – Eu vou com você até a casa dela amanhã, falou? Se ela é alérgica ao sol, deve ficar em casa durante o dia...

Dante não respondeu nada, mas olhou agradecido para o irmão.

Os dois então resolveram que deveriam mudar de assunto e falaram de seus pais, do curso de cinema que Léo estava fazendo, das ideias que ele tinha para produzir um curta-metragem, enquanto a chuva caía forte do lado de fora e o vento assoviava pelas frestas das janelas.

Anya tomou banho na ducha maravilhosa e colocou um moletom e uma camiseta que ficaram grandes, mas estavam perfumados e limpos. A roupa íntima era descartável. Anya já ouvira falar daquelas peças por meio de algumas amigas que foram viajar e queriam deixar as malas mais leves. Ela se perguntava por que mantinham aquela espécie de roupa ali. Sinalizava que costumavam receber visitas, sempre.

Ouvia a chuva forte que batia nas janelas. Pensava naquela loucura toda, em Daniel pedindo para que o mordesse. Ele disse que teriam de superar aquele medo de mordê-lo... Ele tinha ideia do perigo que ela representava? E como se sentia estranha com relação ao relacionamento entre eles? Ter seu corpo grudado ao dele enquanto sugava seu sangue era diferente de ter seu corpo tão próximo, sentindo o coração acelerado... Sabia que o fato de nunca ter namorado aos 20 anos a fazia parecer boba, inocente. Deveria ser mesmo. Mas como poderia ter namorado, se ficava em casa o dia todo e à noite estudava? Se seu pai estava sempre por perto? Sabia que ele se preocupava com ela e agora entendia ainda mais os cuidados extremados, mas o pai havia afastado qualquer possível pretendente. Lembrou-se de seu amigo Renato. "Nossa! Faz tempo que não falo com ele!", falou baixo, enquanto secava os cabelos. Ele devia ter tentado ligar no celular, na casa dela, devia ter aparecido no apartamento e, com certeza, estaria estranhando seu sumiço. Renato até era legal, mas a amava, havia se declarado. Anya lhe dissera que prezava sua amizade, sua companhia, mas não pretendia ter nenhum outro tipo de relacionamento com ele. Apesar do "fora", Renato continuara em seu papel de amigo. *Amigos...* Anya pensou balançando a cabeça. Depois de três anos de curso não fizera uma amizade séria com nenhuma de suas colegas de classe. Sua tendência era a de se isolar, já que nunca pudera compartilhar de atividades fora do horário das aulas, não ia ao *shopping* para um almoço, um lanche... criara uma concha ao seu redor e acabara se acostumando a ela.

De repente se lembrou daquele aroma agridoce de seu sonho. Só de pensar naquele perfume, naquela mistura perfeita de aromas doces e azedos, seu coração acelerava e suas mãos tremiam. E aqueles olhos verdes? Ela o havia mordido, mas não se lembrava do seu gosto, nem de como fora parar na areia da praia...

Muitas dúvidas rondavam sua cabeça. Quando ela precisaria se alimentar novamente? Não sentia a sede do sangue, mas quando Daniel se aproximava, aquele perfume de chocolate fazia com que sua boca se enchesse de água. Ele havia proposto algo homeopático... Como aquilo seria possível? Estaria mesmo compreendendo o que estava acontecendo? Ela não estava...

Daniel ainda disse que poderia ficar perto dela por mais tempo. Aquilo a assustava realmente. Ter um homem como ele ao seu lado o tempo todo? Com aquela voz mansa e sensual que a deixava tonta? E como seu pai reagiria àquilo? Como será que reagira quando Ivan aparecera, pronto para servir sua esposa? Deve ter sido ainda mais complicado. E ainda havia o tal caçador... Anya suspirou. Não queria pensar que uma pessoa faria de seu objetivo de vida matá-la, aquilo devia ser terrível! De repente você acorda com um desejo assassino? Bem... ela não era tão diferente assim... seria capaz de matar alguém, como Rafael disse fazer? Aquele pensamento fazia seu estômago revirar. "Por que eu?", pensou aflita.

Desejo de Carne e de Sangue

– Mandou me chamar? – Viviane entrou no luxuoso quarto de Rafael. Os móveis eram de mogno e os detalhes em dourado. Vivi dissera uma vez que parecia uma tumba, mas ele não gostara da observação. Rafael não tinha um gênio muito afável, mas ela se acostumara, estavam juntos havia tempo demais. Era pouco mais que uma menina quando descobrira ser a Escrava daquele homem sedutor, inteligente e muito bonito.

– Preciso de você, Vi... – ele falou e ela sorriu, fechando a porta. Rafael não estava exatamente com sede, mas a presença de Anya ali o fazia lutar pelo controle o tempo todo, não o controle de sua necessidade de sangue, mas o controle de seu desejo de sexo... Não era só porque ela o fazia se lembrar de Bete o tempo todo, mas porque tinha uma sensualidade tão natural, um sorriso encantador e uma agressividade latente que a tornavam irresistível a um homem como ele.

Viviane sentou-se à poltrona elegante de couro, o local onde Rafael gostava de prová-la, degustá-la... Amava Rafael mais do que poderia amar qualquer pessoa em todo o mundo, amava-o de uma maneira que apenas o Escravo de um Portador poderia compreender, pois era um sentimento que sobrepujava o corpo e transpassava a alma de uma forma tão violenta que os tornava, Portador e Escravo, dependentes de forma irremediável.

Ela estivera com outros homens, mas como mulher, não como Escrava... Ela e Ivan até tinham passado um bom tempo juntos, desfrutando de seus corpos fortes e marcados por cicatrizes. Gostava muito de Ivan, mas não era fácil para um Escravo manter outra pessoa em sua vida.

Ivan sumira depois da morte de Bete, que o deixara totalmente atormentado. Ela soube que ele ficara muito doente, reagindo como um dependente de drogas em crise de abstinência. Só de imaginar aquilo sentia o estômago embrulhar. Não podia nem queria imaginar como seria sua vida sem Rafael.

– Hoje eu a quero aqui – Rafael colocou a mão sobre a cama espaçosa, forrada por um grande edredom preto e almofadas e travesseiros com detalhes dourados.

Vivi o olhou surpresa. Ela o havia atendido na cama algumas vezes, há muitos anos... na época de Bete. A época em que pensara que Rafael fosse perder totalmente a lucidez, entregando-se a um comportamento animal, irracional. *Isso não pode estar acontecendo de novo!*, pensou assustada.

– Não vou machucar você, Vi... prometo – Rafael encarou-a com aqueles olhos azuis dominadores. – Mas hoje preciso do seu sangue e do seu corpo.

– Mas... faz tanto tempo! – ela falou, levantando-se insegura da cadeira. Não podia negar o atendimento a Rafael nem se quisesse. O chamado do sangue era forte para os dois, ela precisava dele tanto quanto ele precisava dela. Ficava angustiada, nervosa e chegava a adoecer quando ele arrumava um doador fora de casa, quando bebia o sangue de outra pessoa, saciando-se, deixando-a com o sangue borbulhando nas veias, mas sabia que não era mais jovem e não era muito segura de suas habilidades na cama.

– Eu sei – ele enfiou a cabeça entre as mãos e fechou os olhos. – Me desculpe – poderia procurar uma mulher qualquer para aplacar seu desejo de homem, mas ninguém matava sua sede e aplacava seu desejo de sangue como Viviane e, naquele momento, precisava das duas coisas.

Vivi sentou-se ao lado dele e o abraçou.

– Meu corpo não é mais de uma jovem, Rafael... – sorriu sem graça.

– Você é linda, Vi... – ele acariciou o rosto dela.

– Foi Anya quem despertou isso, não foi? – perguntou. Os olhos dele não a enganavam. – Não faça isso com você! – falou sentida, sabendo que ele sofreria c ela também. – Eu sei que ela se parece muito com a mãe... mas não é a Bete, Rafael! – tentou trazê-lo para a realidade, temia que ele estivesse confundindo o presente com o passado. Pensou na preocupação de Edgar e de que prometera que não deixaria nada acontecer a Anya naquela casa, mas ao ver o estado de Rafael ficou insegura, talvez não fosse boa ideia a filha de Bete ficar ali.

– Eu sei que ela não é a Bete, Vi... – ele a encarou e ela viu um brilho desejoso nos olhos que conhecia tão bem – mas despertou em mim um sentimento ainda maior...

– Meu Deus! – Vivi falou, preocupada.

– Me ajude... – ele pediu, angustiado, e ela o abraçou.

Rafael pegou no braço dela e passou os lábios lentamente por sua pele marcada por pequenas cicatrizes, marcas de seus dentes, registros de sua propriedade sobre aquele corpo... Aspirou a doce fragrância do sangue dela. O perfume que o atraía e saciava. O sabor que conhecia tão bem. Subiu os lábios pela clavícula forte, até alcançar o pescoço... o melhor lugar para sorver o sangue delicioso dela. Conhecia o corpo dela perfeitamente e estava tão acostumado às suas veias que as atingiria mesmo se perdesse o olfato, o tato, a visão... Não a mordeu... primeiro beijou o local escolhido com suavidade, delicadeza e a deixou entregue, disposta a doar tudo o que precisasse. Rafael levantou-se lentamente e começou a tirar a roupa, e Vivi fez o mesmo, mas ansiosa, desesperada para que ele a mordesse. Poderiam se passar dezenas de anos, mas o prazer que sentia quando ele colocava a boca no seu corpo era o mesmo que da primeira vez, quando ela tinha apenas 14 anos. Os filmes de vampiro que assistira não faziam jus à sensualidade que havia naquele contato, à sensualidade que havia em Rafael. Ele a puxou para si, primeiro a penetrando sem cerimônias... Rafael era esguio, mas não era magro. Músculos marcavam seus braços e seu abdome. Viviane adorava o corpo dele, não de forma sexual. Era algo difícil de explicar. Uma mente leiga só entenderia aquela atração pelo viés sexual, mas não era assim... a proximidade dos seus corpos era muito mais que o simples desejo sexual. Era um êxtase total, completo, era junção de corpos, almas e sangue... Enquanto estava dentro dela, ele mordeu o pescoço no local escolhido e só então Vivi sentiu toda a sua energia, todo o prazer, todo o êxtase explodir em seu sangue e correr pelo seu corpo...

Inocência

A chuva caía forte e o vento assoviava pelas janelas. Edgar estava sentado na sala ao lado da lareira, diante da TV desligada. Queria ir para casa, odiava aquele lugar. Lembrava-se de Bete ali, dizendo para que fosse embora, que seria melhor, mais seguro para todos que ela ficasse com Rafael. Lembrava-se do pânico na voz dela ao dizer que temia morder a filha ou mordê-lo! As lembranças o fizeram fechar os olhos e encostar a cabeça no sofá confortável. Podia ouvir a voz da esposa: "Eu sou um monstro, Edgar... você não merece! Nossa filha não merece! Me esqueça aqui!". Esquecê-la lá! Como se aquilo fosse possível! Via o rosto satisfeito de Rafael, que a apoiara na decisão de abandonar a família, oferecendo um esconderijo seguro para que se afastasse do mundo. Quando Bete morreu, Edgar pensara diversas vezes se não teria sido melhor deixá-la ali debaixo da proteção e nos braços de Rafael... Culpava-se por ter sido egoísta e de querê-la ao lado dele de qualquer maneira, e se perguntara até a exaustão se ela ainda estaria viva se tivesse ficado com Rafael...

Apesar de todas aquelas aflições do passado e de todo o tormento que se seguira, não queria e não iria deixar sua filha ali. Não adiantava Vivi garantir que nada aconteceria, Edgar conhecia o poder de persuasão de Rafael e Anya podia ter 20 anos, mas era uma jovem inocente, uma flor que ainda não desabrochara e, com certeza, não queria que Rafael se ocupasse de seduzi-la. Eles precisavam sair dali, estava decidido: com chuva ou não, levaria sua filha embora.

A casa estava silenciosa, Anya tinha ido tomar banho, assim como Daniel. Ivan avisara que iria dormir um pouco e Edgar sabia que o amigo precisava descansar, pois estava "no ar" há tempo demais. Rafael deveria estar em seu quarto, talvez se alimentando, pois Vivi também sumira... Embora aquela situação não fosse novidade para ele, não conseguia encará-la como algo normal. Não era normal um ser humano que precisava de outro que doasse servilmente o sangue... e sua filha fazia parte dessa realidade. Durante muito tempo pensara em como reagiria caso Anya herdasse a doença da mãe e agora que tudo se tornara uma realidade terrível, não sabia o que fazer. Tentava agir de forma a não transformar a vida da filha em um pesadelo insuportável, para que ela não se sentisse um monstro, algo abominável, mas era muito difícil. Difícil mesmo... Edgar ficou ali, com os olhos fechados, apenas ouvindo o crepitar da lenha queimando.

Anya foi até a sala e viu seu pai dormindo sentado no sofá. Sorriu e decidiu deixá-lo descansar um pouco, pois estava cansado, estressado, preocupado... Resolveu, então, conhecer a cozinha.

A casa era grande, linda, com uma decoração fina e elegante. Era até mais luxuosa que a casa de sua avó. O piso era de madeira, e Anya percebera que havia aquecimento nele, deixando o ambiente agradável mesmo com o vento frio e a chuva do lado de fora. De um dos lados da sala de estar saía uma escada de madeira nobre que levava a um mezanino, e ela suspeitava que o quarto de Rafael devesse ficar ali. Ao lado da sala de jantar havia um corredor com uma pequena porta de vidro, com um puxador de madeira, embutida na parede, mais ou menos a um metro e meio do chão. Curiosa, Anya a abriu e viu se tratar de um pequeno elevador. A comida subia da cozinha para a sala por ali! "Que chique!", pensou admirada.

Sentiu um aroma familiar e se virou assustada. Daniel estava parado junto à porta do corredor encostado ao batente, com os braços cruzados e sorrindo com um canto da boca.

– Tá bisbilhotando, é? – perguntou, admirando o rosto dela, vermelho pela vergonha de ser surpreendida.

– Tá me espionando, é? – ela retrucou, sentindo o coração acelerar.

– Na verdade, eu estava procurando a cozinha... me bateu uma fome! – ele falou sorrindo e se aproximou mais, fazendo a boca de Anya se encher de água ao sentir aquele aroma tentador.

– Eu... também estava procurando a cozinha – ela se virou para a escada no fundo do corredor.

– Se tá com fome... eu tô aqui – Daniel não tinha qualquer temor na voz.

– Pare com isso, por favor! – respondeu, carrancuda. Seus olhos castanhos faiscaram.

– Tá bom, tá bom... quem sabe mais tarde... – ele levantou os ombros e ela virou os olhos, voltando a caminhar pelo corredor, e desceu a escada com o Escravo logo atrás dela.

A cozinha era o sonho de qualquer pessoa que fosse apaixonada por culinária. Anya não pôde conter o "uau" ao olhar para aquele espaço. As peças eram todas em inox, as panelas de cobre estavam dependuradas sobre o fogão profissional, havia um fogão à lenha, uma chapa, fornos, geladeiras, *freezer* e uma bancada em mármore escuro que ocupava uma parede toda, com eletrodomésticos de última geração. Havia também ervas e frutas, e o aroma no ambiente era inebriante, fazendo-a se esquecer por um momento do aroma de Daniel que a estava deixando sedenta. Estava tudo impecavelmente arrumado e limpo. Um jovem usava um avental e marinava um pedaço de carne.

– Senhorita Anya! – ele sorriu, virando-se. – É um prazer tê-la em nossa cozinha! – a satisfação parecia autêntica. – Sou Alisson – apresentou-se.

– Como vai? – ela sorriu e sentiu o corpo grande de Daniel se aproximar do dela, ficando às suas costas. – Esse... é Daniel – apresentou-o e se afastou um pouco.

– Ah, sim! O rapaz da dieta especial! – Alisson sorriu. – Precisa de mais comida?

– Na verdade, sim – Daniel falou e colocou a mão no braço de Anya, que sentiu o calor de seu toque. O perfume do sangue dele invadiu seu corpo. Ela segurou a respiração e se afastou defensivamente.

Alisson sugeriu que se sentassem à mesa que havia do outro lado da grande cozinha enquanto preparava um lanche. Anya preferiu investigar a cozinha. Sentia vontade de cozinhar e aquele lugar dava espaço para sua imaginação culinária. Encostou-se ao balcão observando Alisson trabalhar e pensava se deveria desistir mesmo da faculdade. Seria capaz de resistir ao aroma do sangue de seus colegas de classe? Não se sentiria tentada a morder alguém e sugar o sangue?

– Quer fazer alguma coisa? – o cozinheiro perguntou quando a viu pensativa, olhando à sua volta. Pelo visto, todos sabiam de sua paixão pela culinária.

Sem graça, Anya apenas sorriu. Não se sentia tão à vontade ali para se dispor a mexer na cozinha. Perguntava-se por que não sentia o aroma do sangue de Alisson; aliás, não sentia o aroma de ninguém naquela casa, apenas o de Daniel e o de Rafael...

– Quem sabe outro dia.

– Quando quiser, senhorita – Alisson respondeu cordial e montou dois sanduíches de rosbife com alface, queijo, tomate, um molho *rosè* que tirou de um pote na geladeira, que Anya percebeu estar abarrotada. Era muita fartura...

Daniel devorou o sanduíche e ainda pegou metade do sanduíche de Anya, que se admirava ao ver a disposição dele em comer, mas era bom vê-lo se alimentando.

– Você... mora sozinho? – Anya perguntou, enquanto o observava.

– Uhum... – ele assentiu com a boca cheia.

– Você é quem cozinha? – ela sorriu.

– De jeito nenhum! Só como fora. Em casa, no máximo uma lasanha congelada – levantou os ombros.

– Não faz bem comer só fora de casa... – ela falou séria, perguntando-se como ele conseguia manter aquele belo corpo.

– Vou poder comer na sua casa? – ele deu um sorriso torto e a deixou vermelha.

Meu Deus! Como será minha vida daqui pra frente? A indagação surgiu imediatamente em sua mente. Daniel seria uma presença constante em sua vida, assim como Vivi era na vida de Rafael, que partilhavam, inclusive, a mesma casa?

– Claro – respondeu sem graça, e ele abriu o sorriso mostrando-se satisfeito. Anya ficou séria. Tinham que conversar e aquele era um bom momento, estavam sozinhos a não ser por Alisson, que continuava concentrado nos preparativos para o jantar. – Daniel... –

começou, sem saber como falar –, eu não sei como lidar com tudo isso, é tudo muito novo e difícil para mim! Eu... sinto muito que também tenha de enfrentar isso. Afinal tem uma vida, seus planos... e parece que tudo vai mudar.

Daniel a observava. Sabia que realmente aquilo era uma loucura, a história de vampiros, o fato de ele ser um Escravo e de que caçadores perseguiriam Anya, mas amava estar com ela e sequer pensava na vida que tinha antes de conhecê-la. Não sentia falta das mulheres, dos presentes, nem da academia. Sentia-se tão bem com Anya que tinha certeza de que não seria completo sem ela.

– Como foi que sentiu que... devia me conhecer? – ela perguntou, insegura, ele se ajeitou na cadeira e riu. "Como é bonito!", Anya pensou atordoada.

– Eu estava em um *fast-food*! – ele falou animado e a viu arregalar os olhos. – Ia comer um daqueles hambúrgueres gigantes, uma boa porção de batatas fritas e meio litro de refrigerante... – sua expressão era zombeteira. – Então, quando mordi o sanduíche, senti um gosto estranho, como se estivesse estragado, e o refri estava com gosto de ferrugem! – fez uma careta. – Fui reclamar, fiquei furioso... então senti uma dor terrível aqui – colocou a mão sobre o abdome forte – e tombei no meio da lanchonete! Quando acordei, estava no hospital com uns enfermeiros tentando espetar uma agulha em mim; bati em alguns deles e fugi – ele parou pensativo e ficou sério. Balançou a cabeça como que para organizar as ideias.

– O que foi? – Anya percebeu a mudança em seu rosto.

– Eu... não sei... eu acho que toquei num cara... não sei se era médico ou enfermeiro... senti alguma coisa. E descobri seu nome! Ninguém me falou, entende? Ele surgiu na minha cabeça antes que me dessem uma injeção que me fez apagar... – Daniel tentava se lembrar do rosto do homem em quem ele tocara e de quem sentira algo que era perigoso. Levantou com uma aflição no peito e uma ansiedade crescente. Um caçador! Havia um caçador no hospital!

– Daniel? – Anya perguntou, preocupada. – Qual o problema? – estava confusa. O rosto dele havia assumido uma aparência séria demais e ela ainda não o havia visto daquela maneira.

Daniel foi até ela e a segurou pelos ombros, olhando-a dentro dos olhos. Anya estava surpresa e confusa e sentiu seu corpo pulsar ao contato.

– Anya... eu não vou deixar que ninguém machuque você! – a voz era séria, preocupada, e passava um carinho que a deixou comovida. – Não vou deixar! – repetiu, e ela passou a mão pelo rosto dele.

– Eu sei – sorriu. Não sabia dizer por quê, mas tinha certeza de que estava segura com ele. O que era incrível! Afinal, mal o conhecia! Nunca o havia visto antes! Não sabia nada dele, mas mesmo assim tinha certeza de que poderia confiar-lhe sua vida sem pestanejar.

Daniel puxou-a para junto dele e a beijou...

O beijo a pegou de surpresa. Era quente, ávido e possessivo, o que a deixou totalmente atordoada. Se já não bastasse sentir o gosto delicioso dele, o beijo era maravilhoso! Ela ofegou, o coração acelerado e os pés que pareciam não tocar o chão. Daniel sentia o gosto de Anya e queria mais, aquilo era um tormento... delicioso! Anya delicadamente o afastou, seu rosto estava vermelho, sua boca pedia mais, mas também queria mordê-lo, saboreá-lo completamente, porém tinha que buscar o controle.

– Daniel, por favor... – a voz saiu fraca, o que combinava com suas pernas bambas.

Ele se afastou sem vontade, mas continuou segurando-a pelos ombros e seus olhos castanhos brilhavam enquanto a encaravam.

– Me... desculpe, Anya – o que estava acontecendo com ele? Nem parecia com um homem que ganhava a vida com sexo! Um simples beijo o deixara tonto, ofegante, com o coração disparado, sensações que duvidava ter sentido alguma vez depois da adolescência. – Vamos caminhar... É melhor – respirou fundo e a soltou.

Anya concordou rapidamente, lutando contra seus pensamentos e emoções. *Anya, sua idiota! Foi só um beijo! Um beijo de um homem lindo e delicioso! Parece que nunca beijou na vida!* Não, nunca havia beijado. Quantas experiências novas ainda esperavam por ela? Ah, como queria ser uma mulher mais experiente! Talvez não se deixasse encantar tão facilmente...

Justiceiros do Sangue

A figura pequena, coberta pelo agasalho de moletom, correu pela rua deserta. A chuva diminuíra, mas as poças faziam os passos ecoarem nas paredes das casas. Ela virou a cabeça para trás, os olhos puxados assustados, o rosto pálido molhado, assim como suas roupas. Precisava chegar à rua do apartamento, então correu... e os ecos que ouviu não eram apenas de seus passos... Por que não havia ninguém na rua? Por que não havia um bar aberto por ali? Era sábado, mas a chuva muito forte, que caíra mais cedo, deveria ter espantado os notívagos, além de quê, algumas ruas haviam ficado alagadas, o que dificultava o deslocamento. Como queria ter muita gente por perto àquela hora! Estava a uma quadra do seu apartamento...

Ofegante, Júlia correu, mas sentiu uma mão que a agarrou pelo braço e a jogou violentamente contra o muro de uma escola que era vizinha ao prédio onde ela e Alex moravam. Bateu com a cabeça e o ombro direito na parede de concreto e gemeu. Sua vista escureceu e piscou. Júlia viu quatro homens que se aproximaram usando capas longas e as cabeças estavam cobertas por chapéus. Tentou se levantar para correr, mas foi erguida sem dificuldade por um dos homens que agarrara a gola de seu moletom. Júlia era miúda, com o corpo que chegava a ser infantil.

– Enfim, pegamos você! – uma voz baixa e tenebrosa falou junto ao rosto dela.

– Me soltem! – encontrou a força necessária para gritar, na esperança de que algum morador do pequeno prédio onde morava a escutasse. Quem sabe Alex a escutasse... Mas não iria chamar o nome dele, não o colocaria em risco. – Alguém me... – começou a gritar e uma mão enluvada cobriu sua boca com força. Outro rosto se aproximou. Os olhos negros e o rosto sombreado pela aba do chapéu fizeram Júlia se arrepiar de medo.

– Não, não, não... – a voz tinha um timbre fino que não combinava com uma aparência tão grotesca.

Júlia o olhou com os olhos cheios de água, estava perdida... Imaginava que seu caçador estivesse morto...

Havia se afastado de seu Escravo há algum tempo; não era fácil, mas preferia se sentir livre e se alimentar de quem quisesse, não queria ter compromisso com uma única pessoa, a quem ela chamava de pegajoso. Alex a apresentara ao grupo de vampiros que se considerava anarquista, no qual todos rejeitavam a dependência de um único doador. Experimentavam a maior variedade possível do fluido vital e não se preocupavam em manter o doador vivo, o que não eram capazes de fazer com os Escravos. Gostavam e se aproveitavam da fama fantástica que os vampiros tinham de terríveis criaturas noturnas, criada para seu grupo por escritores de terror e roteiristas de filmes. Por isso, preferiam se alimentar à noite, em locais ermos, buscando vítimas que andavam sozinhas. Usavam roupas pretas e normalmente se passavam por membros de alguma tribo gótica. Afinal, a grande maioria das pessoas nunca acreditara em vampiros mesmo...

Júlia acabara de se alimentar. Sorvera o sangue de uma jovem que ganhava a vida se prostituindo nos limites da cidade. O sangue tinha altas doses de drogas e Júlia adorava, pois a deixava mais sensível e ativava seu olfato, que já era muito bom. Como sempre, enquanto sugava sem limites o sangue da vítima escolhida, pensara em seus pais... há muito tempo havia se afastado da família, pois desde que despertara, cinco anos antes, no dia de seu baile de debutante, seu comportamento tinha sido interpretado pelos pais como dependência química, e uma crise sem volta fora desencadeada. Alex tinha sido o Mensageiro e a havia perturbado tanto, mexera tanto com ela, que fora impossível esquecê-lo e ela seguira o cheiro dele até o encontrar... Ele a ensinara a ser o que era, fora seu tutor também, não permitindo que ninguém a "estragasse", como dizia sempre.

Uma seringa apareceu na mão de um dos homens, enquanto o outro a segurava de encontro ao muro, apertando como um alicate seu braço fino. Júlia sabia que os vampiros não sucumbiam a venenos, mas poderiam atordoá-la. A picada foi forte e um líquido gelado foi injetado em seu braço, a reação foi imediata. Suas pernas perderam a força e seu pescoço foi incapaz de sustentar sua cabeça, sentiu-se tal qual um boneco de pano. Antes de perder a consciência, ouviu um estampido seco e o grupo se agitou. Só teve tempo de visualizar Cauê, seu Escravo, que com uma arma na mão trêmula havia acertado um dos homens...

Alex ouviu um tiro vindo da rua quando foi até a cozinha. Apagou as luzes do apartamento e foi até a janela espiar. Júlia saíra para "beber" e ele não havia ido com ela, pois seu superior queria falar com ele sobre uma missão para despertar uma jovem no interior. Quando chegou em casa, ela ainda não havia voltado. Alex tinha uma visão privilegiada, conseguia enxergar a grandes distâncias. Pela fresta da janela ele viu Cauê, que era espancado perto da escola. Seu coração se acelerou. Se Cauê estava ali, só havia uma explicação. Dali ele podia ver quatro homens usando capas e chapéus. Mais um homem estava caído e era arrastado para dentro de um carro. Eram seis no total. Seus olhos buscaram desesperadamente por Júlia e viram quando ela foi jogada para dentro de outro carro, que saiu rapidamente pela rua vazia.

Passou a mão pelo cabelo sem saber o que fazer. Pegou o celular, apertou uma única tecla e falou rapidamente.

– Levaram a Júlia, vou atrás – não esperou a resposta e desligou. Foi até sua cama e, levantando o colchão, pegou a arma automática que deixava sempre carregada. Colocou-a enfiada em sua calça jeans. Correu para a escada em direção à garagem e pegou sua moto; seguiria aqueles caçadores idiotas e descobriria para onde haviam levado Júlia. Com certeza iriam torturá-la antes de matá-la, já ouvira falar do grupo, que se denominava Justiceiros do Sangue.

A cidade de Orleans era pequena, não havia muito lugar para se esconder ali. Alex a escolhera por causa do nome sugestivo. Muitas histórias de vampiros se desenrolavam em New Orleans, nos Estados Unidos, e até diziam que o furacão Katrina, que destruíra a cidade, fora uma espécie de maldição das criaturas da noite que lá habitavam. Alex avistou ao longe o veículo e seguiu atrás dele, sem saber exatamente como agir.

– Está nos seguindo... – Bastos falou olhando para trás. No banco traseiro havia dois homens, um morto e um bastante ferido.

O morto havia levado um tiro na cabeça e o ferido era Cauê, que fora espancado na tentativa de salvar Júlia. O jovem sangrava bastante na cabeça e seus cabelos encaracolados estavam repletos de sangue. No banco da frente, Bastos e Vieira, dois caçadores experientes que viam a moto que os seguia de longe na estrada vicinal, rumo à capital. O carro que levava Júlia seguira por outra estrada e parecia realmente ter despistado o perseguidor, que eles sabiam ser o outro vampiro que vinham tentando caçar havia meses...

Bastos pegou o rádio e se comunicou com o outro carro, e a ordem foi para que se deixassem perseguir até o local programado.

Alex percebeu que era levado pela estrada, em direção a Florianópolis. Via apenas um dos carros e sentia o coração aflito, não queria se aproximar muito, mas desconfiava de que o tivessem percebido. Pegou o celular, apertando a tecla da memória, esperando alguém atender ao seu chamado.

– Indo para Florianópolis, pela vicinal 2, passando do quilômetro 30 – passou sua localização, assim que ouviu a voz familiar do outro lado.

– Não faça nada sozinho, Alexandre – a voz respondeu em tom de comando. – Vou mandar alguém ajudá-lo.

– Valeu, Sid – Alex falou e desligou o celular.

Rafael estava deitado ao lado de Vivi, que ficara inconsciente, mas estava com os batimentos cardíacos controlados. Precisava deixá-la descansar, pois a atacara com um pouco mais de ferocidade, mas agora estava mais calmo, mais controlado. Olhava para o teto do seu quarto, enquanto sentia seu corpo se ajustando à ingestão recente do sangue de sua Escrava, e era como se seus músculos ganhassem força extra, seus sentidos se apurassem, assim como suas habilidades. Seu celular tocou. Sentou-se na cama, olhou para o número e pressentiu a urgência da ligação.

– Sid. O que posso fazer por você? – falou, enquanto ia para o banheiro se preparar para uma ducha.

– Os justiceiros pegaram uma das nossas. Estão indo para perto de você... pegue a vicinal 2 para Orleans. Mantenha contato que te passo as informações – Sid falou e desligou o telefone.

Rafael viu que seus planos de tomar um banho haviam se desmantelado e começou a vestir a roupa, ajeitou rapidamente o cabelo prendendo-o no rabo-de-cavalo, pegou uma caixa em seu *closet* e tirou de lá duas armas automáticas. Deixou Vivi na cama, desceu as escadas do mezanino e viu Edgar, que dormia no sofá. Foi para o corredor e bateu à porta do quarto de Ivan.

– Ivan. Preciso de você – ele o chamou e Ivan despertou imediatamente.

– O que foi? Alguma coisa com Anya? – o homem grande levantou-se num salto e abriu a porta.

– Não. Sid me ligou e disse que uma Portadora foi pega pelos justiceiros – Rafael falou e estendeu uma das armas para ele. – Vai me ajudar? Anya estará segura aqui com Daniel.

– Sid? Eu odeio esse cara! – Ivan falou com raiva. – Me dê um motivo para que eu saia com você – encarou Rafael, que suspirou. Não havia motivos, e Ivan não precisava fazer aquilo, mas era um dos Escravos mais bem treinados com armas que Rafael conhecia.

– A jovem que foi sequestrada vai ser torturada até a morte. Se matarmos alguns desses justiceiros, daremos mais segurança a Anya. Eles estão na região, Ivan – continuava com a mão estendida com a arma.

Ivan colocou a camiseta e pegou a arma da mão de Rafael sem falar nada, guardando-a na parte de trás de sua calça. Jogou água no rosto e saiu do quarto.

Rafael chamou um de seus empregados.

– Diga a Edgar que fomos resolver um problema e para que não saiam daqui em hipótese alguma até nós voltarmos. Peça para Alisson preparar uma refeição especial para Vivi – deu as ordens e saiu, acompanhado por Ivan até sua grande garagem. Entregou a chave do 4x4 turbinado para Ivan e eles saíram dali rapidamente na direção que Sid havia indicado.

Anya e Daniel estavam na parte de baixo da casa, haviam descoberto uma piscina aquecida, uma academia muito bem aparelhada e um salão de jogos onde encontraram uma máquina de fliperama, uma mesa de pingue-pongue e alguns equipamentos de mergulho. Decidiram que o fliperama era uma boa opção para passarem o tempo antes do jantar. Estavam se acostumando um ao outro e falavam de filmes, da faculdade, especulavam sobre a "grana" que Rafael deveria ter para manter uma casa como aquela, mas não abordaram questões pessoais, como se tivessem feito um acordo tácito de que a intimidade deveria ser preservada, por enquanto. Os dois riam enquanto jogavam e nem ouviram o carro que deixava a casa naquele instante.

Edgar acordou sobressaltado. Passou a mão pelo rosto e foi para o quarto da filha. Bateu e abriu a porta, mas ela não estava lá. Passou no quarto de Ivan, mas o amigo também não estava. Voltou para o corredor e encontrou Murilo, um dos empregados.

– Senhor Edgar, Rafael pediu para avisá-lo que saiu com Ivan para resolver um problema e para que o senhor e Anya não deixem a casa antes que eles retornem. Já serviremos o jantar – falou, prontamente.

– E minha filha?

– No salão de jogos, com Daniel – Murilo respondeu e Edgar desceu para o salão de jogos. Do corredor ouviu a risada dos dois e os tapas que Daniel dava na máquina de fliperama. Respirou aliviado ao perceber que sua filha estava bem e que Daniel estava sendo uma ótima companhia, como havia prometido.

– Oi, pai! – Anya falou, sorridente, e o abraçou. – Dormiu bem naquele sofá? – beijou o rosto dele.

– Estou acostumado a dormir em sofá... e esse até que é bem confortável – ele respondeu e acariciou o cabelo dela. – Vejo que descobriu os recantos da mansão do Conde Drácula... – ele fez uma careta e ela riu com a analogia. Foi capaz de imaginar Rafael usando aquela capa preta e vermelha, que combinaria com ele perfeitamente.

– Avisaram que o jantar está pronto.

– Maravilha! – Daniel falou, animado. Anya ficou admirada com a disposição dele para comer, pois não fazia muito tempo que havia comido um sanduíche e meio de rosbife.

– E o tio Ivan? – Anya perguntou enquanto deixavam o salão.

– Me avisaram que saiu com Rafael para resolver um problema – respondeu, imaginando o que tirara os dois dali àquela hora.

– E Vivi? – ela perguntou, pois fazia horas que não a via.

– Não sei. Acho que esteve com Rafael... – ele falou, e Anya soube que Vivi havia alimentado Rafael e deveria estar descansando. Não conseguia se sentir bem com aquilo...

Os três então se dirigiram para a sala de jantar e foram recebidos com toda a pompa para a ceia.

O Preço do Sangue

Júlia abriu os olhos lentamente e viu a luz fraca e amarelada iluminando o ambiente. Não conseguia se mexer e pouco sentia seus braços e pernas. Ouviu um murmúrio baixo de vozes perto dela e engoliu, sentindo uma secura insuportável na boca. Aos poucos, sua vista foi se acostumando à pouca luminosidade. Percebeu que estava em um quarto pequeno, sem janelas. Suas mãos e pés estavam amarrados nas colunas da cama. Viu um vulto se aproximar. Sem a capa e o chapéu, Régis chegou bem perto dela e sorriu. O sorriso demonstrava todo o prazer que sentia em tê-la ali, finalmente... As lágrimas correram pelo rosto dela.

– Minha pequena fujona... – inclinou-se sobre ela, permitindo que Júlia sentisse seu hálito quente sobre o rosto e visse a cicatriz profunda em seu pescoço. – Há quanto tempo espero para tê-la em minhas mãos...

Júlia olhava para ele com raiva e medo, sabia que estava perdida. Queria cuspir em seu rosto, mas sua boca estava extremamente seca.

– Pensou que tivesse se livrado de mim, não é? – ele riu alto e pegou no pescoço dela. – Mas sou duro na queda...

Ela se perguntava como ele sobrevivera. Haviam lhe contado que o tiro fora no peito depois de cortarem a veia do pescoço... Aquele homem era um monstro, um fantasma, uma verdadeira criatura da noite, assustadora e repleta de ódio. Os olhos escuros sob sobrancelhas espessas, o nariz aquilino, os cabelos enrolados e a boca formando uma linha rígida compunham aquele personagem, que por muitos anos a atormentara em seus sonhos, transformando-os em pesadelos terríveis.

– Estava bom o sangue da garota que você tomou hoje, filha do diabo? Foi boa a sensação de vê-la morrer aos seus pés? Gosta de deixar a marca dos seus dentes nos pescoços inocentes? – ele apertava a garganta dela e Júlia sentia que não conseguia engolir ou respirar, nem se defender podia, pois estava amarrada. Só conseguia ver o prazer nos olhos de Régis enquanto a fazia sufocar apertando a mão grande em seu pescoço, pressionando cada vez mais... O quarto começou a girar e então ele a soltou, liberando o ar de seus pulmões com força, fazendo-a tossir, quase se afogar...

Os outros homens saíram do quarto, deixando o caçador com sua presa. Era direito dele exigir o pagamento do sangue. Era seu dever eliminar aquela ameaça.

Régis, então, se sentou ao lado dela na cama segurando um pequeno estilete na mão.

– Seu Escravo podia ter ficado de lado, ter se libertado de você... Estou fazendo um favor a ele, impedindo-a de cortar sua pele, de mordê-lo e sugar ao seu bel-prazer o sangue do coitado... – com o estilete cortou a camiseta que Júlia usava, deixando seu corpo exposto, a barriga lisa e clara, os seios miúdos que ofegavam. Ele correu a mão grande pela barriga dela e apertou os seios com força, fazendo-a gritar.

– Me mate, então! Não é para isso que você existe? – a voz saiu sufocada, pela dor na garganta que fora apertada e pelas lágrimas que desciam pelo seu rosto.

– Eu quero que você sinta um pouco do que aqueles coitados, que você sugou até a morte, sentiram. A sensação da morte que chega enquanto o sangue é retirado de seu corpo... – ele passou o estilete pela barriga dela, cortando a pele o suficiente para que o lugar sangrasse e o líquido quente escorresse pelo ventre. Júlia gemeu com a dor. – Tentaram me matar... – balançou a cabeça e cortou o lado de dentro do braço dela que estava amarrado. O corte mais profundo fez o sangue escorrer em profusão... – Deram um tiro em mim! Veja só! – falou com ironia e cortou também o outro braço dela. Júlia gritou e sentiu o sangue escapar rapidamente do seu corpo. – Chegaram a cortar meu pescoço! – Régis riu alto. – Dizem que algumas pessoas têm dons especiais... E o meu é não morrer tão fácil!

Júlia tinha a sensação de que perdia a energia conforme o sangue escapava pelos ferimentos, podia sentir seu coração batendo mais devagar. O ar começou a faltar novamente. Seus olhos estavam embaçados, mas ela estava ciente de seu observador. Régis inclinou-se e falou mais próximo ao seu ouvido.

– Seu namorado merece um tratamento ainda pior... nós sabemos o que ele faz. Sabemos que ele é um mensageiro...

Ela sentiu a cabeça rodando, não conseguia fechar a boca na tentativa falha de respirar e o quarto começou a ficar escuro... que a morte venha rápido, pediu em pensamento. Era melhor perder a consciência e não sentir mais nada...

Régis percebeu que ela iria desfalecer e morrer placidamente, então agarrou seu pescoço novamente e apertou com força...

Ele ficou olhando friamente a jovem tentar respirar, sem poder se mexer. Júlia estava sofrendo na morte e era isso que ele queria. Ela ergueu levemente o tronco, como se assim o ar pudesse entrar em seus pulmões, mas ele manteve a mão, impedindo que sua morte fosse apenas o abandono lento do corpo pela alma. O prazer mórbido de vê-la tentar se debater sem conseguir, de ver seus olhos puxados se apertarem desesperadamente o deixava excitado. Soltou o frágil pescoço, mas ela não conseguia mais puxar o ar... Liberou as mãos dela enquanto a cama era inundada de sangue. O corpo jovem e saudável lutava e ela respirava. Sua vida se esvaía como num frágil sussurro, mas ainda respirava...

A mão de Régis queria o pescoço dela, queria reger sua morte, como num acorde final de uma ópera. Tinha o poder de determinar quando aquele espírito demoníaco deixaria aquele corpo... Régis apertou o pescoço e Júlia ainda conseguiu erguer um dos braços e tocar no braço dele, mas não havia força, só o abandono... ele a ouviu sufocar e o ar parou de circular, a mão que estivera no braço dele despencou sobre a cama, o sangue escorreu pelo nariz pequeno dela e pelos lábios ressecados que ficaram roxos. O corpo quase infantil ficou inerte sobre a cama, os olhos levemente abertos, assim como os lábios. "Que o bem sempre vença!", o caçador falou baixo, satisfeito. Sua missão estava cumprida, depois de tantos anos... Fizera aquilo que precisava fazer. O desejo que atormentara sua vida, que o transformara num insone, que o fizera abandonar a família, a igreja, tudo o que amava e conhecia... Tudo por causa daquele monstro sugador de sangue. Respirou profundamente. Estava pronto para ajudar outros caçadores a cumprirem sua missão...

O preço do sangue estava pago.

Chacina

– Por um acaso você sabe o que está procurando? – Ivan falou, enquanto dirigia pela estrada escura e cheia de poças.

– Um carro... – Rafael o olhou apreensivo. Sid passara as informações sobre o tipo de veículo, que deveria estar sendo perseguido por uma moto.

– Ótimo! – Ivan resmungou. – Pensei que fosse um disco voador... – ironizou.

– Os justiceiros levaram uma Portadora, Ivan... a informação é de que um dos carros estava vindo por essa estrada... – ele tentava manter a voz calma, mas algo dizia que a situação era bastante séria, principalmente pela presença de justiceiros de sangue na região. – Ali! – ele apontou à frente para um carro que se aproximava a toda a velocidade.

– Tem certeza? – Ivan perguntou apreensivo, não poderia causar um acidente a uma pessoa inocente que por um acaso estivesse passando pela estrada.

– Eu posso senti-los, Ivan – Rafael falou seguro. – Acenda todos os faróis! – Ivan acionou faróis com luzes fortes, que brilharam da parte de cima e da frente do carro.

Vieira, que dirigia o veículo, foi cegado por aquela luz forte e perdeu o controle da direção do veículo. Freou, mas o carro foi jogado para fora da estrada, em meio à lama e ao mato. Com os faróis acesos, Ivan virou o carro na direção do veículo desgarrado. Viram uma moto se aproximar rapidamente e um rapaz sem capacete correr na direção do carro.

– 222 –

Com o veículo enfiado na lama, Vieira e Bastos saíram cambaleantes e puxaram suas armas, mas não podiam enxergar devido à luz muito forte que partia do carro na estrada; era como olhar diretamente para o sol.

O som do tiro foi acompanhado pelo grito de Bastos, que caiu com um uma bala enfiada em sua coxa. Ivan e Rafael olharam na direção de onde o tiro partira e viram o rapaz que apontava a arma na direção do carro e atirou novamente, acertando Vieira na cabeça, fazendo-o cair no meio da lama. Ivan admirou a mira do rapaz, que saiu correndo na direção do carro. Rafael e Ivan foram atrás dele.

Desesperado, Alex abriu a porta do passageiro só para encontrar Cauê ferido e o corpo de um dos justiceiros. Praguejou alto e o som do seu grito morreu entre o mato e a lama.

Ivan ergueu o justiceiro ferido que perdera a arma na lama ao levar o tiro e o arrastou para perto da estrada.

– Onde ela está? – Alex o pegou pela camisa apertando o colarinho contra o pescoço.

Bastos apenas riu satisfeito. Alex apontou a arma para a outra perna do homem e atirou à queima-roupa, rompendo músculos e ossos, fazendo o homem urrar.

– Onde ela está? – Alex repetiu a pergunta, apontando a arma para a cabeça do justiceiro.

– Na antiga igreja de Santa Marta – Bastos respondeu gemendo. Aquela informação fazia parte do plano para atrair o mensageiro até o grupo de justiceiros que engendravam uma morte bastante dolorosa para ele.

Ivan e Rafael foram até o carro e verificaram que havia o corpo de um justiceiro, que usava um daqueles sobretudos escuros, e de um rapaz que estava bastante machucado, mas ainda respirava. Retiraram o rapaz do carro e ouviram um novo estampido. Viram o homem que estivera sentado no chão tombar para o lado. Em seguida, Alex voltou para a moto e Rafael, com sua habilidade em deslocar-se mais rápido do que a maioria das pessoas, se interpôs em seu caminho enquanto Ivan levava o rapaz ferido para o carro.

– Quem é você? E quem está procurando? – ele bloqueou o caminho, vendo os olhos verdes que faiscavam, iluminados pelo farol da moto atrás deles. – Sid pediu que eu ajudasse.

– E ajudou. Agora eu preciso encontrá-la – Alex falou, tentando passar.

– Calma aí! Você acha mesmo que vai conseguir enfrentar um grupo de justiceiros sozinho? – Rafael falou rígido, bloqueando o corpo do rapaz. – E se for uma armadilha para pegá-lo também? – Viu uma marca de mordida no pescoço, mas aquele jovem não era um Escravo, podia sentir. – O que você é? – indagou, confuso, costumava identificar Portadores e Escravos com facilidade, mas aquele rapaz parecia não se encaixar em nenhum dos dois lados. Era um Mensageiro!, Rafael concluiu, espantado. Observou o rosto dele e se lembrou da descrição que Anya fez do Mensageiro que a despertou.

Alex o encarou, empurrando-o, e subiu na moto.

– Ele disse onde está a moça que você procura? – Rafael olhou para o corpo do justiceiro que jazia perto do seu carro.

– Na igreja velha de Santa Marta... – Alex olhou para aqueles dois homens que haviam bloqueado a passagem do carro dos justiceiros e o ajudado a saber de Júlia.

– É fria, cara! –Ivan o alertou.

– Mas vou tentar! – Alex respondeu com fúria.

Rafael olhou para Ivan.

– Quem é o cara que tá mal? – Ivan perguntou, apontando-o.

– O Escravo dela... – Alex respondeu e, acelerando a moto, partiu rapidamente pela estrada.

– E agora? – Ivan olhou interrogativo para Rafael, que passou a mão pelo rosto, nervoso.

– Primeiro entregar a mercadoria no HG... – Rafael falou, trincando os dentes. Não sabia por que Sid pedira a ele para ir atrás daquele rapaz, mas sabia o suficiente sobre a importância de um Mensageiro e prometera a si mesmo que iria descobrir quem havia despertado Anya.

Dante olhava para a TV, mas não prestava atenção ao filme que Léo assitia. Era um daqueles clássicos que só agradavam estudantes de cinema. Já estava se acostumando à dor de cabeça, que não o deixava de maneira nenhuma. Diante dele e do irmão, sobre a mesa de centro, duas garrafas de cerveja, frios e salgadinhos... a orgia gastronômica, segundo Léo, que parecia se divertir com cenas do filme que, para Dante, não tinham graça nenhuma. A verdade era que queria ir até a casa de Anya. Será que ela estaria em casa? Ou saíra para alguma balada? Teria se arriscado naquela chuva? Não seria bom se fizesse isso, pois a febre que tivera indicava alguma infecção e ela poderia ter alguma complicação. "Mas, afinal, por que estou me preocupando?", pensou, agitando-se no sofá. Levantou-se, indo até a cozinha. O sonho que tivera com ela, no qual a matava, havia se repetido, deixando uma sensação ruim no peito.

– Quer colocar outro filme, Dan? – o irmão sabia que alguma coisa o incomodava.

– Não, Léo... só não estou a fim de filme – respondeu, bebendo um gole generoso de água.

– Quer passar na frente da casa da mulher que roubou seu coração? – Léo brincou e Dante levantou uma sobrancelha. – Pensa que não ouvi o jeito que você falou com a Lena quando ela ligou? Eu ouvi você mentindo, cara... falou pra ela que estava trabalhando... Por que não termina de uma vez?

Dante olhou para o irmão. Tudo era tão simples para ele!

O celular de Dante tocou e os irmãos se olharam.

– Não disse que era melhor falar a verdade? – Léo se esticou no sofá, jogando um punhado de salgadinhos na boca.

Dante olhou para o celular e o número que estava aparecendo era do HG. Tinha que atender.

– Doutor Dante? – uma voz de mulher perguntou e ele confirmou. – O doutor Amorim pediu para que o chamasse urgente. O hospital está cheio e estamos com poucos médicos – a secretária falou e Dante respirou fundo. Então, o todo-poderoso precisava dele?

– Estou de licença – ele respondeu sério e também aproveitou para fazer o hospital implorar um pouco mais pela sua presença.

– Ele sabe, doutor, mas pediu que eu apelasse para seu comportamento ético e disse que é o médico indicado.

– Isso foi um elogio ou uma chantagem? – Dante sorriu.

– Por favor... o senhor é o melhor em emergências... – o elogio parecia autêntico.

– Eu estou indo – Dante respondeu e a secretária agradeceu aliviada do outro lado.

Léo olhava para o irmão e percebeu que o haviam chamado para trabalhar.

– Fico aqui com os filmes... qualquer coisa, liga. Eu deixo a chave no canto da janela – falou, despreocupado.

– Estarei no HG – Dante pegou seu jaleco e a chave do carro.

– Vixi! – Léo fez uma careta. Sabia como era o trabalho de Dante na emergência do HG: muito sangue, muito suor e muitas más notícias...

– Não come tudo, hein? – Dante sorriu, dando um tapa na cabeça do irmão, e saiu.

Rafael e Ivan estavam nas proximidades da antiga igreja de Santa Marta e não sabiam o que esperar. Viram a moto parada na rua ao lado da igreja.

– O cara tá descontrolado, Rafael... se ele quiser morrer, o que nós poderemos fazer? – Ivan falou antes e saírem do carro. – Ele é um Portador? Ou Escravo?

Rafael não poderia contar que aquele rapaz era "o Mensageiro", pois sabia que Ivan ficaria tentado a ele mesmo matá-lo. Afinal, o Mensageiro era o responsável pelo "despertar" e era uma peça rara naquele jogo. Não haveria mais despertados se não houvesse mensageiros, mas não podia dizer aquilo a Ivan que, com certeza, ficaria feliz em ver eliminado um dos responsáveis pela situação de Bete e de Anya. Rafael, ao contrário, agia com o instinto de preservação da espécie...

– Portador – falou, sério. Não era mentira, o Mensageiro tinha que ser um Portador.

– Bom... – Ivan respirou fundo. – Quantos caçadores você é capaz de eliminar? – olhou de canto para Rafael.

– Você sabe que não posso mordê-los, não sabe? – Rafael perguntou, pegando a arma na mão. O sangue de um Antagonista era intragável a um Portador. A sensação era de que suas vísceras se corroíam. Não matava, mas deixava o Portador fora de combate por um bom tempo. Alguns mais espirituosos diziam que os caçadores deviam ser ávidos consumidores de água benta...

– O que significa uma azia se tem a oportunidade de eliminar um caçador? – Ivan levantou a sobrancelha.

Os dois perceberam uma agitação à porta apodrecida da igreja. Dois tiros foram dados... depois mais um... Dois homens saíram por uma porta lateral, entrando em um carro e partindo rapidamente. E então, o silêncio...

– Doutor, graças a Deus que o senhor chegou! – uma enfermeira apareceu correndo quando Dante entrou no hospital. – Só temos dois médicos aqui hoje! E a tempestade provocou um deslizamento de terra e temos muitos feridos... – eles caminhavam rapidamente pelo corredor, rumo à emergência. – Um rapaz chegou agora. Na verdade, foi deixado na porta do hospital! – Dante a olhou surpreso. Não era a primeira vez naquela semana que um jovem aparecia jogado à porta do hospital: o outro era Renato Cordeiro, amigo de Anya.

Dante sentiu urgência em saber o que acontecera ao rapaz e foi até a maca. Na sala havia várias pessoas com fraturas, sujas de lama e que gemiam enquanto eram atendidas por residentes plantonistas. A enfermeira depositou nas mãos de Dante o prontuário de atendimento com poucas informações sobre o estado do paciente e saiu para atender uma jovem que chegara em trabalho de parto e gritava.

O rapaz estava inconsciente, gravemente ferido na cabeça. Dante colocou suas luvas descartáveis para examiná-lo. Havia bastante sangue sobre todo o corpo, mas a maior parte estava nos cabelos encaracolados. Verificou as pupilas, levantando as pálpebras. O rosto estava todo inchado e cheio de hematomas. Havia, inclusive, a marca de uma bota... o paciente havia apanhado, e muito... Dante chamou um dos enfermeiros e pediu para encaminharem o jovem para a sala de raio x. Pegou no pulso para medir os batimentos cardíacos, a pulsação baixa indicava estado de coma... Mas não foi isso que fez Dante se preocupar...

– Mas o que... – ele falou, olhando a parte interna do braço do rapaz. Dante levantou o braço inerte e analisou aquelas pequenas cicatrizes mais de perto. Pegou o outro braço e notou as mesmas marcas. Eram pequenos cortes, sempre dois a dois, simétricos e ligeiramente côncavos. Não eram feitos por agulhas... Intrigado, e com uma terrível sensação de *déjà vu*, Dante verificou o pescoço do rapaz. Deu dois passos para trás, olhando atônito para aquelas marcas...

Dois enfermeiros transferiram o rapaz de maca e o levaram para os exames pedidos por Dante.

Não era possível! Não estava ficando louco! Dante apertou as têmporas e foi prestar socorro a uma criança com fratura exposta na perna. O menino chorava e tentava mexer no local ferido. Foram necessários dois enfermeiros para segurá-lo, para que pudessem aplicar um sedativo e levá-lo para a sala de cirurgia.

Rafael e Ivan correram em direção à porta da igreja. A expressão de Rafael não se alterou diante da cena, mas Ivan fez uma careta. Havia dois corpos estendidos perto da porta, ambos com tiros certeiros na cabeça. Ivan não pôde deixar de pensar em como aquele rapaz atirava bem e, de longe, com uma precisão incrível... Conforme caminhavam, seus pés deslizavam no sangue que escorria generosamente pelo chão, misturando-se às poças de água da chuva que caíra mais cedo. A porta, do que parecia ter sido há muito tempo uma sacristia, estava aberta e era iluminada por uma luz pálida. Diante dela, o rapaz da moto atacava o pescoço de um dos caçadores com uma fúria animal... seus dentes projetados arrancavam pedaços de pele e carne do pescoço do homem, que gorgolejava agonizante com os olhos querendo saltar das órbitas.

Ivan nunca havia visto um ataque como aquele. Era uma cena que poderia pertencer perfeitamente a um filme de terror: o vampiro devorando o pescoço da vítima e seu rosto, braços e peito cobertos de sangue e de pele. Rafael pareceu não se importar com o ataque voraz; passou ao lado do vampiro e do caçador e entrou no pequeno quarto chamando Ivan, que também entrou no aposento.

– Meu Deus! – Ivan exclamou ao passar pela porta.

As lágrimas saltaram inevitavelmente de seus olhos quando viu aquela pequena figura que jazia sobre a cama. Era uma oriental, bem miúda, com uma aparência adolescente. Seus pés estavam amarrados a uma cama, seu corpo nadava em lençóis encardidos, repletos de sangue; havia profundos cortes em seus braços e um corte que passava por toda a extensão da barriga lisa e rígida. A pele estava levemente roxa, os olhos ligeiramente abertos assim como a boca, onde apareciam marcas de sangue escorrido. O pescoço fino tinha marcas vermelhas e roxas...

Rafael não conseguiu emitir um som sequer, era um cenário de tortura...

Os dois foram empurrados para o lado pelo rapaz que passou cambaleante. Tinha um ferimento à bala na perna e as mãos e o rosto estavam pintados de sangue. Ele foi até a cama e passou a mão carinhosamente pelo rosto da jovem e depois a beijou com desespero... Ele se contorceu para trás segurando o estômago e vomitou, ao lado da cama, um jato de sangue...

– Régis... – Otávio o olhou enquanto saíam do centro da cidade. – O monstro atirou de longe... não deu tempo... – tentava justificar o fracasso da guarda que deveria ter surpreendido o vampiro, mas acabou surpreendida por ele.

– Ele enxerga longe, Otávio... – Régis apertou a mão no volante. – Vamos nos reunir e pensar em uma maneira de pegá-lo... ao menos vai ver aquela assassina do jeito que mereceu ser tratada – seus olhos escuros brilhavam e seus dentes trincavam de ódio por não ter conseguido se livrar também do namorado daquela que fora sua missão por anos...

Dante olhava para o rapaz na UTI que sofrera um trauma craniano, estava com várias costelas quebradas e hemorragia interna; as chances de sobrevivência eram ínfimas, a morte viria em questão de horas. Era jovem, talvez 20 anos, mas estava sem identificação nenhuma. Não era um morador de rua e não era um viciado em drogas, o que ficara comprovado pela análise do sangue, que estava com hiperviscosidade; apesar disso, não havia sinais de nenhuma doença grave. Com o corpo limpo, livre do sangue, aquelas pequenas marcas se destacavam e Dante observava que elas sempre estavam sobre alguma veia ou artéria, inclusive no pescoço. Analisou detidamente aqueles pequenos furos no pescoço, as formas côncavas, simétricas, todas iguais, como se fossem feitos pelo mesmo instrumento... Um pensamento passou pela sua mente, mas aquilo era impossível. Como poderiam ser tantas marcas de dentes? Balançou a cabeça atordoado...

Rafael pegou o celular. Ivan ouviu a conversa, mas não conseguia tirar os olhos daquela jovem. Pensava em Anya, e imagens de Bete assassinada bombardeavam sua mente, fazendo-o sentir novamente aquela dor no peito...

– Sid? – Rafael passou a mão pelo cabelo, olhando para a jovem morta sobre a cama e para o rapaz que se contorcia ao lado deles. – Mande uma equipe de limpeza para a antiga igreja de Santa Marta... – ele fez uma pausa e Ivan o ouviu suspirar. – Ele está vivo... mas bebeu sangue de caçador... Para minha casa? Não sei... – Rafael ficou um minuto apenas escutando e depois desligou o celular.

– E aí? – Ivan respirou fundo e olhou para ele.

– É pra deixar tudo como está e levar o cara para minha casa, e providenciar para que fique bem – apontou para o rapaz que estava sentando no chão, olhando para o vazio. – Ele se chama Alexandre...

– Tem lugar? – Ivan falou, cobrindo delicadamente os seios da jovem com o pedaço do moletom rasgado.

– Não tenho opção – Rafael respondeu mal-humorado e se aproximou de Alex. – Alexandre... Sid mandou você ir para minha casa e aguardar ele ligar. Venha – ele estendeu a mão e o rapaz o olhou com dor e ódio nos olhos verdes.

– Eles... a torturaram... – ele falou finalmente e pegou na mão pequena da jovem sobre a cama. – Régis estava aqui... filho da puta, desgraçado! – a voz saiu rouca e transmitia todo o ódio que sentia.

– Quem é Régis? – Ivan perguntou.

– O caçador que deveria estar morto há muito tempo... – Alex falou, fez uma careta e voltou a se contorcer.

Ivan e Rafael pegaram nos braços do rapaz e o tiraram dali.

Alex apenas deu uma olhada para trás e fitou o corpo de Júlia pela última vez. Seus olhos brilharam com lágrimas que não escorreram...

Rafael olhou para o rapaz que apertava o estômago sentado ao seu lado no banco do carro. O rosto duro, o maxilar apertado e os lábios contraídos, ilustrando dor e ódio. Ivan levava a moto de Alex até a casa de Rafael...

– Você é um Mensageiro, não é? – Rafael falou, e o rapaz não se virou para ele, continuou olhando fixamente para frente.

– Sou – a voz saiu entremeada por um gemido baixo e a mão se apertou sobre o estômago. A perna sangrava e encharcava a calça jeans que ele usava, mas Rafael sabia que a dor causada pela ingestão do sangue do caçador era ainda pior.

– Alexandre... – Rafael falou depois de respirar fundo. – Foi você quem despertou Anya, não foi?

– Se ela morar aqui na região... – Alex não se prendia ao nome dos despertados, apesar de saber exatamente de quem Rafael falava. Não se esquecera daquela jovem que o fitara com olhos cor de chocolate e que o lambera antes de mordê-lo...

– Ela mora – Rafael passou a mão pelo cabelo e fez cara de desagrado. Não queria levar o Mensageiro para perto de Anya, mas Sid ordenara que ele o mantivesse em sua casa. Não poderia deixar os dois se encontrarem.

– É a princesinha, não é? – Alex tentou se ajeitar no banco.

Rafael dirigiu um olhar mortal para ele, não gostou da maneira como tinha falado. Alex completou.

– Sid me falou que ela ia ser superprotegida... – encostou a cabeça no banco e fez cara de dor. – E você e aquele Escravo são seus *pitbulls*... – fechou os olhos e ouviu algum murmúrio inteligível da boca do motorista.

Lembranças de um Aroma Agridoce

Neide, uma das empregadas de Rafael, ficou encarregada de cuidar de Alex. O rapaz foi levado para um dos quartos na ala dos empregados, seria mantido longe de Anya. A empregada era uma senhora, que fora Escrava um dia, mas o Portador a quem servira morrera logo depois de despertar e ela fora abrigada por Rafael. Todos os empregados dele eram Escravos sem Portadores...

Quando finalmente entraram em casa, Ivan e Rafael encontraram Edgar, Anya e Daniel assistindo à TV. Rafael não queria que Anya os visse sujos de sangue, mas foi inevitável...

O olfato de Anya a alertou e ela se levantou, antes que visse Ivan e Rafael, como se tivessem esborrifado algum perfume diante de seu nariz... O cheiro era confuso, ainda não estava acostumada a separar os diferentes odores, mas conseguia identificar pelo menos três odores diferentes e um deles a deixou tonta. Imagens começaram a bombardear sua mente. Via aquele homem lindo, dentro da água, sorrindo para ela. O aroma agridoce a deixava com água na boca e sua cabeça girou.

– Anya! – Daniel a segurou e a ajudou a se sentar no sofá.

Anya fechou os olhos e encostou a cabeça no sofá, seus lábios estavam pálidos.

– Filha, o que foi? – Edgar pegou na mão dela.

– Esse cheiro... – ela falou, tentando não respirar, não inalar aquele aroma que a fazia sentir uma vontade incontrolável de morder, de sugar o sangue agridoce.

– Não se preocupe, nós vamos tirar essas roupas... – Rafael fez um sinal para Ivan e os dois deixaram a sala rapidamente. Anya voltou a respirar lentamente, havia apenas poucos vestígios do aroma que a deixara atordoada e ele já se misturava ao perfume de chocolate de Daniel, que começava a ficar mais acentuado... estaria com sede se novo? Ou era a proximidade de Daniel que segurava em uma de suas mãos que fazia aquele seu cheiro peculiar se destacar? Sem querer, ela passou a língua pelos lábios.

– Posso ajudar você? – Daniel perguntou, apertando a mão dela. O gesto involuntário dela de passar a língua pelos lábios não só o deixava excitado, mas indicava que estava sedenta e ele não a deixaria sofrer de sede.

Anya não disse nada. Apertou os lábios com força e negou com a cabeça sem olhar para ele. Edgar olhou para o rapaz sabendo que ele sentia que Anya precisava dele, mas a filha lutava para não ter que mordê-lo. Ele a conhecia e ela agia de forma muito parecida com a mãe em suas primeiras semanas como despertada.

Bete relutara em sugar o sangue de Ivan depois do primeiro contato entre os dois no hospital onde ela estivera internada com aquela "anemia". Tentara evitá-lo, trancara-se no quarto e fora preciso arrombarem a porta para que a fizessem beber. Tinha sido muito difícil para Edgar ver Ivan acariciando sua mulher, tentando convencê-la a mordê-lo, ou deixá-los a sós no quarto enquanto Bete se alimentava. Bete implorara para que Edgar não assistisse ao que ela chamava de monstruosidade. Fora difícil ver sua mulher nos braços de outro homem, os dois corpos tão íntimos, tão dependentes... Ele tivera que lidar com a dor, com o ciúme e com o amor tão grande que sentia e que o impedia de deixá-la.

– Que cheiro sentiu? – Edgar despertou de suas lembranças ouvindo a voz preocupada de Daniel. – Não é o cheiro de chocolate? – Daniel queria que o aroma que ela sentisse fosse o seu.

– Também! – ela respondeu, agoniada. – Mas havia outros perfumes... c um deles... – ela respirou fundo e sentiu o cheiro acentuado de chocolate que começava a fazer seu sangue borbulhar – era um cheiro que eu já senti em alguém antes!

– Cheiro de quem? – Daniel se levantou, olhando para ela. Não sabia explicar por quê, mas seu sangue ferveu à menção de um outro cheiro perturbá-la.

– Não tenho certeza! – ela respondeu, apertando as mãos sobre o colo. – Mas acho que é do homem que eu mordi na praia, antes de me afogar... – completou e olhou para o pai, que arregalou os olhos.

– Como assim, filha?

– Você se afogou? – Daniel se sentou, perplexo. – Esse tal cara afogou você? – apertou os punhos e ficou com o rosto vermelho.

Anya olhou para Daniel rapidamente, sentiu a voz tensa dele e viu seus olhos cintilarem numa mistura de confusão e raiva. Era ciúme? Impossível!

– Eu fui atraída para a praia por um aroma que me deixou doida! Foram dois dias de angústia para tentar decifrá-lo – lembrava-se daquele dia fatídico. – Senti um perfume agridoce, que mexeu com todos os meus outros sentidos! – tentara simular aquela combinação perfeita de aromas em sua cozinha, mas não conseguira e ficara atormentada.

– Agridoce, assim... que nem comida chinesa? – Daniel perguntou, atento e confuso.

– Mais ou menos... – respondeu, mas o aroma puro que sentira não era possível de ser reproduzido, em qualquer receita que fosse, não com aquela perfeição. – Eu descobri que o aroma vinha daquele homem... – os olhos dela se concentraram em um ponto qualquer na sala, na verdade não via nada daquele ambiente, apenas visualizava a cena do dia em que despertara.

– O cheiro de um homem? – Daniel não pôde conter o ciúme na voz. Que homem a atraíra daquela maneira?

Anya suspirou.

– Ele estava saindo da água... devia estar nadando... – aquele belo corpo estava bem nítido em sua mente – Fui até ele... não conseguia resistir, não sabia o que estava fazendo! – falou nervosa, irritada. Como sucumbira àquela tentação? Se tivesse resistido, talvez não tivesse despertado! Mas Rafael havia dito que os Mensageiros usavam de artifícios que atraíam os Portadores de forma irresistível.

– Claro que não sabia... – Daniel murmurou mal-humorado, enquanto Edgar apenas ouvia o relato da filha. Percebia que só agora ela começava a se lembrar dos detalhes daquela noite.

– Acha que eu teria ido até ele se soubesse que era um Mensageiro? Alguém que estava me atraindo para esse destino? – Anya falou, irritada, olhando para Daniel e seus olhos castanhos o fuzilaram. O que ele estava tentando dizer? Que se oferecera? Ele não a conhecia! Como podia sugerir que havia se entregado à tentação por livre e espontânea vontade? Ficou com vontade de bater nele.

Daniel aguentou a irritação dela e apenas levantou a sobrancelha.

– O que é um Mensageiro? – ele desconhecia o processo de despertar.

– É alguém que está ali para destruir sua vida! Para fazer você despertar como um monstro sugador de sangue! – a voz dela tremeu e seus olhos se encheram de água. Daniel se arrependeu pelo jeito como falara.

– Você não é um monstro sugador de sangue – ele a olhou e ela desviou o olhar.

– Ah, Daniel... você é a pessoa que tem mais direito de me acusar disso!

– Mas não vou acusar! – ergueu-se nervoso. – Quero saber quem é esse cara que tem o cheiro melhor do que o meu!

Anya não acreditava naquilo que ouvia. Era com isso que estava preocupado? Com o fato de uma outra pessoa ter o sangue atraente para ela? Como aquilo era possível? Balançou a cabeça, sem acreditar...

– Você se lembra de como foi que se afogou, filha? – Edgar perguntou, parecendo finalmente sair de um transe.

– Fui até onde ele estava. Ele me puxou para dentro da água... – Anya ficou com o rosto muito vermelho. – Senti o sabor da pele dele... – não queria dizer que o havia lambido, sentindo o gosto da pele e do sal, mas não precisou...

– Você lambeu o cara? – Daniel ficava cada vez mais irritado, não queria pensar que Anya havia lambido o "tal". O sentimento de posse crescia dentro dele, algo que jamais sentira em toda a sua vida, não com a profissão que exercia.

Ela apenas o olhou, sem nada responder. Havia lambido Daniel antes de mordê-lo e isso a deixava envergonhada demais, devia ter parecido uma qualquer, uma assanhada...

– Continua, filha... – Edgar olhou invocado para o rapaz que a interrogava como se fosse seu dono. Que se colocasse no seu lugar de Escravo! E quem era ele para exigir explicações de Anya? Um garoto de programa!

Anya respirou fundo, mas cada vez que o fazia o aroma de Daniel invadia seu corpo, que pulsava. Não sabia quanto tempo mais aguentaria sem que precisasse mordê-lo, mas precisava adiar aquele momento o máximo que conseguisse.

– Eu o mordi... e senti todo aquele gosto... meu corpo deve ter se entregado tanto àquela sensação que acho... não tenho certeza, que minhas pernas fraquejaram e afundei... acho que ele me tirou da água... não posso dizer, pois eu não sentia mais nada, só aquela sensação intensa daquele sangue que correu pelo meu corpo! – sua boca estava seca e ela foi obrigada a lamber os lábios novamente, a sede a estava atingindo com força e o perfume de Daniel só fazia piorar a sensação.

– E você sentiu esse cheiro aqui, hoje, quando Ivan e Rafael entraram? – Edgar perguntou, cismado. A filha assentiu. Ivan e Rafael haviam chegado com sangue pela roupa, depois de terem saído para uma missão importante, e ele ainda não sabia qual tinha sido...

– O que será que aconteceu, pai? Eles... estavam com sangue na roupa! Será que estão machucados? – perguntou, preocupada, olhando na direção da escada do mezanino.

– Vamos saber logo – Edgar passou a mão no cabelo dela. – Está se sentindo melhor? – ele sorriu e ela assentiu, mas era mentira... a sede, a vontade de sugar o sangue de Daniel aumentava e ela travava uma luta interna na tentativa de se conter. – Então vou até o quarto do Ivan perguntar.

Daniel levantou-se também.

– Eu vou junto, seu Edgar, preciso saber o que está acontecendo.

– Tá... – Anya falou, invocada. – E só eu fico aqui sem saber de nada! Vocês me tratam como uma criança! – isso a estava deixando realmente nervosa. Desde que despertara, não conseguira tomar uma decisão sozinha, sem ter aquele bando de homens dizendo o que devia e o que não devia fazer. Já tinha 20 anos e não era uma menininha. – Tudo o que está acontecendo interessa a mim, principalmente!

Edgar segurou nos ombros da filha. Sabia como ela devia estar se sentindo, mas não sabia o que fazer. Preocupava-se com a segurança dela, mas sabia que estava cerceando sua liberdade.

– Eu sinto muito, filha – falou e a puxou de encontro ao peito, abraçando-a com força.

– Deixa eu ouvir o que eles têm a dizer! – pediu com os olhos castanhos lacrimosos.

Foram interrompidos pela entrada de Murilo na sala.

– Senhorita Anya... creio que é o seu celular que está tocando no quarto – anunciou, e ela ficou confusa. Quem saberia seu número? O celular era novo! Não tinha passado o número para ninguém a não ser para...

– Minha avó! – falou, e correu para o quarto.

Edgar olhou para Daniel quando a filha saiu.

– Vamos aproveitar e falar com Ivan...

Os dois então saíram em direção ao quarto de Ivan.

O negro forte e grande estava irritado no quarto, pois não tinha roupa para trocar, Murilo arranjara uma camiseta que ficara justa, apertada demais, mas não havia calça que servisse. Tinha que ir até a casa de Edgar pegar uma roupa. Edgar não bateu, apenas entrou no quarto, sério, ajeitando os óculos sobre o rosto. Atrás dele, entrou Daniel, igualmente sério e preocupado.

– E então? – Edgar encarou o amigo.

– Eu preciso das minhas roupas, Ed... não tenho calça para trocar... deixei minha mala lá na sua casa! – Ivan falou, ignorando o amigo nervoso. Na verdade, não sabia como falar de algo que poderia deixar Edgar aterrorizado e, o pior, assustar Anya mais do que toda aquela situação já a estava assustando.

– Não desconversa! – Edgar estava com o rosto vermelho. – Você vai me contar o que aconteceu! – irritou-se quando percebeu que o amigo não queria falar sobre o assunto.

– O que aconteceu, Ivan? – Daniel, que estava ao lado deles, perguntou, sentindo que alguma coisa não estava bem.

Ivan olhou para os dois e suspirou, depois se sentou na cama e passou a mão pela cabeça nua.

– Nós fomos atrás de uma Portadora que foi levada por um grupo de caçadores – ele falou, e Edgar foi obrigado a se sentar.

– Um... grupo? – as mãos de Edgar tremeram.

Daniel sentiu o estômago se contrair e se lembrou do que Rafael dissera sobre aquilo.

– Eles... estão aqui? – ele perguntou e Ivan apenas assentiu. – Meu Deus... – disse, apoiando-se ao lado da janela.

– Vocês... encontraram a moça? – Edgar estava pálido e viu os olhos de Ivan se encherem de lágrimas.

– Infelizmente – os olhos negros ficaram fixos na parede do quarto.

– O que fizeram com ela, Ivan? – o pânico cresceu no peito de Edgar.

– Mataram – não contaria os detalhes. – E também atacaram o Escravo dela. O rapaz estava muito mal... – olhou para Daniel, que escutava a tudo olhando pensativo pela janela. – O namorado dela matou um monte deles, mas está ferido...

– Acha que eles estão procurando Portadores? – a voz de Edgar tremeu. Sentia o coração batendo acelerado. – Minha filha está correndo risco demais, não está? – levantou-se da cama, nervoso.

– Calma, Ed! Nós não sabemos o que a garota morta estava aprontando, se deu moleza... – tentou acalmar o amigo, apesar de não saber o que pensar daquela situação. – E um dos que estava no grupo era o Antagonista dela...

– Eu preciso arrumar uma arma, cara! – Daniel se manifestou, preocupado.

– Sabe atirar? – Ivan observou o garoto de programa.

– Não, mas vou aprender – Daniel o encarou sério e determinado.

– Vou falar com Rafael e ele arruma uma arma e o porte de arma pra você – Ivan respondeu. Definitivamente Daniel precisaria de uma arma para defender Anya. Depois olhou para Edgar, que continuava pálido ao lado da cama. – Ed... pode ser que os caras só estivessem atrás daquela garota. Os que sobraram fugiram!

Foram interrompidos por uma batida na porta. Edgar a abriu e viu Anya, que o olhava com raiva. Sabia que tinham aproveitado a ausência dela para ir falar com Ivan, excluindo-a de receber as informações, e isso a estava deixando furiosa. Será que imaginavam que não seria capaz de compreender?

– Eu quero saber o que está acontecendo! – ela os encarou, com os olhos faiscantes.

Ivan respirou fundo e olhou para Edgar, mas foi Daniel quem falou.

– Mataram uma Portadora como você. Feriram o Escravo dela e Ivan e Rafael foram chamados para ajudar, só isso. Eles chegaram tarde, se quer saber – resumiu a história.

– Ela... morreu? – Anya perguntou, sentindo o estômago revirar. Olhou para Ivan, que assentiu. – E o Escravo? – dirigiu um olhar assustado para Daniel.

– Deixamos no hospital – Ivan respondeu, mas tinha quase certeza de que o rapaz não sobreviveria.

– Meu Deus! – Anya levou a mão aos lábios.

Ivan olhava para ela e se lembrava da cena da jovem torturada, suas mãos tremeram e ele as apertou ao lado do corpo.

– Por isso é melhor que fiquem aqui – a voz de Rafael veio do corredor atrás deles.

– Mas, podem estar atrás de mim? – Anya virou-se para ele com os olhos de chocolate assustados.

– Não sabemos, Anya. Mas não vamos deixá-la correr riscos – Rafael respondeu, sério.

Anya respirou fundo.

– Ela foi morta pelo Antagonista, não foi? O que despertou para matá-la? – com certeza o que diria pareceria insensível e egoísta. – Não é o meu caçador... então não devo me preocupar com esse acontecimento! Quer dizer, eu devo me preocupar, afinal uma garota foi morta e era uma Portadora, mas... por causa disso vou virar prisioneira? – o rosto dela ficou vermelho. Estava assustada, nervosa, e não queria se sentir tão mal daquele jeito. – Eu quero ir pra casa – ela se virou e saiu pelo corredor. Os homens se olharam.

– É melhor irmos para casa – Edgar falou, virando-se, e foi barrado por Rafael.

– É um grupo de caçadores, Edgar! E são bastante cruéis... – completou, e foi encarado por Edgar. – Eles torturaram a garota – Rafael falou devagar. Sabia que aquilo o amedrontaria, mas precisava convencê-lo de que ali era o melhor lugar para Anya ficar. Edgar olhou aflito para Ivan, que mantinha o olhar sério e o maxilar contraído. – Anya estará segura aqui!

O pai de Anya tirou os óculos e esfregou os olhos. Um pesadelo. Realmente vivia num pesadelo. E aquela notícia de que havia um grupo de caçadores torturando e matando Portadores? Aquilo o obrigava a ceder... a segurança de sua filha era mais importante do que qualquer outra coisa...

– Eu devo ir buscar roupas e outras coisas! Estamos aqui somente com a roupa do corpo! – Edgar falou, nervoso, não gostava de ficar ali, mas aquelas informações o haviam assustado realmente. – Ivan... – Edgar se virou para o amigo.

– Eu vou com vocês – Ivan respondeu rapidamente.

– Eu também – Daniel falou, sem pestanejar. – Só preciso passar no *flat* e pegar umas coisas – não iria se afastar.

Pouco depois, o carro de Edgar e o de Daniel deixaram a casa de Rafael para retornarem o quanto antes. Rafael respirou fundo e começou a instruir seus empregados para o atendimento dos hóspedes que teriam dali para a frente. Depois foi até a ala dos empregados, onde Alex era tratado.

Daniel entrou em seu apartamento depois de dias sem aparecer por lá. Precisava reunir seus pertences. Na verdade, levaria tudo e fecharia sua conta no *flat*, pois Rafael já havia dito que "bancaria" suas despesas. Não havia gostado daquilo, mas não via alternativa. Ele precisava proteger Anya, precisava atendê-la, e se ela ficaria refugiada naquela casa, então ele também ficaria.

Jogou as roupas sobre a cama e se sentou, olhando para o quarto impessoal, vazio, sem nada que indicasse sua personalidade. O que acontecera com ele? Por que nunca percebera aquilo antes? Olhou para aquele quadro com as ondas batendo em rochas e se lembrou da casa de Rafael. O que estava acontecendo, afinal? Entrara num filme e desconhecia muito de seu enredo... a única coisa da qual tinha certeza era de que precisava de Anya. Podia sentir o sabor dos lábios dela, o aroma de sua pele. Tocou o curativo em seu pescoço. Uma vampira... suspirou e se esticou na cama. Então era real o que contavam sobre os vampiros? Que tinham tanta sensualidade que aprisionavam suas vítimas? Mas ele não era uma vítima e a sensualidade de Anya era tão natural, tão ingênua! Não sabia que existiam mulheres assim... e conhecia muitas mulheres! O que mais o atormentava era o desejo de que o mordesse! Era como se seu sangue todo se agitasse no corpo, pedindo que ela o sugasse... Percebia que Anya lutava contra o fato de ter que mordê-lo, não entendia como ele necessitava daquilo!

Enquanto enfiava suas roupas em uma mala, ligou o seu antigo celular, que estivera desligado desde que chegara à casa de Rafael. O novo aparelho, que mostrava onde Anya estava, permanecia ligado e bem perto dele. Verificou a referência, que dizia: casa. Era para lá que ele iria, depois de arrumar tudo.

Havia dezenas de mensagens no antigo aparelho.

"Max, o que aconteceu? Sou eu, Gabriela! Preciso de você essa noite!"

"Aqui é Sandra. Esqueceu de mim? Meu marido foi viajar e estarei sozinha...."

"Preciso do teu corpo já!"

"Niel, o que aconteceu? Estou tentando falar com você há dois dias! Meu casamento é daqui a 15 dias e nem pense em faltar, mando todo mundo atrás de você!"

A última mensagem o fez parar e passar a mão pelo cabelo.

– Puta merda! O casamento da Nenê! – havia se esquecido completamente do casamento de sua irmã. O que faria? Como poderia deixar Anya e viajar? Andou pelo quarto, sentindo-se sufocado, sem saber como agir. Se não fosse ao casamento da irmã, com certeza alguém iria atrás dele para cobrar o porquê da ausência. Sua família pensava que trabalhava como administrador em uma empresa de grande porte. Dissera que não permitiam ligações para funcionários, então o único jeito de entrarem em contato com ele era pelo celular.

Terminou de colocar as coisas na mala. Ligou para a recepção pedindo para fecharem a conta e descobriu que já estava tudo pago.

Anya, irritada, arrumava suas roupas e pertences em uma mala. Precisou limpá-la bem, pois nunca a usara desde que a ganhara de sua avó; afinal, nunca havia viajado para lugar nenhum! O objeto fazia parte das esperanças que sempre rondaram sua alma: poder se expor ao sol, conhecer outras cidades, outros países, montar seu próprio bistrô... Sentou-se na cama e sorriu triste. Aquela situação toda ainda a deixava confusa. Era muito irônica. Fora libertada da alergia ao sol, finalmente poderia viajar, mas ficara presa em uma rede ainda mais perigosa: precisava de sangue para viver, não conseguiria terminar seu curso e jamais poderia montar seu bistrô... Respirou fundo e suas mãos tremeram, sentia a sede de sangue aumentando em seu corpo, já podia prever o sabor de chocolate... Não podia estar com sede novamente! Tinha a esperança de ser um daqueles vampiros que Rafael disse que se alimentavam uma vez por mês, mas não era verdade! Precisava de mais! Bem que diziam que o chocolate era viciante, que era um produtor de prazer... Mas por que o sangue de Daniel tinha que ter esse aroma e sabor? Ele nem comia chocolate! Com as pernas trêmulas e a respiração acelerada, Anya caminhou até a janela de seu quarto. Que sonho maluco era aquele em que ela se metera? E por que não acabava nunca? Passou a língua pelos lábios ressecados e sedentos. Ela parou por um momento, encostando-se à parede ao lado da janela, e respirou fundo. Sentiu o aroma de feijão e ovo frito que vinha de um homem que passava na rua. Pegou o celular com a mão trêmula. "Me perdoe, Daniel!", ela falou baixo com lágrimas nos olhos e apertou a tecla de número 1, o atalho para o celular dele.

Daniel acabara de tomar um *mojito* no bar do *flat* para se despedir daquele lugar onde morara por dois anos. Era o máximo que se permitia de álcool. Sempre tivera muito cuidado com bebidas, pois vira seu pai beber por muito tempo e lutar, por mais tempo ainda, para se livrar do vício. Havia apanhado várias vezes sem qualquer motivo, apenas porque o pai estava embriagado, ou porque tentara defender a mãe de alguma surra... O celular novo tocou e ele sabia que era Anya.

– Anya? – falou, já sentindo seu sangue pedindo por ela. Aquela sensação era uma novidade com a qual seria fácil de se acostumar. Parecia que seu corpo previa o contato, a sensação era de que o volume de sangue aumentava em seu corpo...

– Daniel, eu... – não sabia como falar, como pedir para que doasse o sangue novamente, mas não precisou.

– Está tudo bem? Precisa de mim? – perguntou, sem obter resposta. Daniel sabia que Anya precisava dele, pois ele estava precisando dela. – Ainda está na sua casa?

– Estou... – a voz saiu baixa –, mas se você não...

– Estou indo – ele falou com firmeza.

Anya desligou o telefone sentindo-se muito mal. Como lidaria com aquilo? Chegaria um dia em que encararia aquilo com naturalidade? Achava que não.

Pegou sua mala na mão e foi para o corredor, suas pernas tremiam. Encostou-se à parede junto à porta e fechou os olhos.

– Ei, branquinha! Você tá precisando de alguma coisa? – Ivan apareceu no corredor e a viu pálida encostada à parede.

Anya olhou-o lacrimosa e se deixou abraçar pelo corpanzil dele. Ficava aliviada por não sentir nenhum aroma nele nem em seu pai.

– Quer que eu chame o Daniel? – Ivan perguntou com a voz grave, acariciando seus cabelos.

– Já chamei... – ela respondeu e ele sorriu.

– Muito bom! – Ivan disse animado, beijando-a na testa. Anya aprendia rápido e esse era um passo importante para que se acostumasse à nova situação e a dominasse.

Das Sombras...

Renato estacionou o carro na Rua Equador, uma pequena travessa que saía da Rua Cardeal e que levava até a Avenida Beira-Mar. Sentia um leve latejar no ferimento do braço. Respirou fundo e caminhou em direção ao parque. O que teria acontecido com Anya? Por que não ligara para ele? Por que ele não conseguia falar com ela? Aquela ansiedade por notícias fazia seu estômago queimar. Não se alimentava direito há dois dias. Por causa disso, havia discutido com sua mãe, que o recriminara por estar tão preocupado com Anya. Afirmara que a moça não se importava com ele e que o filho estava gastando o amor à toa. Dissera ainda que deveria procurar outra, alguém que não pisasse nos sentimentos dele daquela maneira, mas ela não compreendia... Havia decidido que queria Anya e que a conquistaria com o tempo, nem que para isso tivesse de ser seu amigo. Estava certo de que um dia ela perceberia o quanto foram feitos um para o outro. Um sentimento platônico no presente, mas que lhe traria o amor de Anya no futuro.

Caminhou lentamente pela calçada do parque, do outro lado da rua, parando junto ao portal. Era um belo lugar, com alamedas de pedras, um parque infantil no centro com os brinquedos feitos de madeira reutilizada de antigos postes da cidade e área para piquenique. Um belo bosque, com pinheiros, araucárias, entre outras árvores, ladeava todo o parque. Embora não houvesse muros ou cercas, havia dois portais de entrada, um na Rua Cardeal e o outro na Rua do Conde, que ficava na outra extremidade. Durante o dia, o lugar era bastante movimentado, com pessoas passeando com crianças, cachorros, casais que se sentavam nos bancos ou entravam no bosque para namorar. À noite, porém, o lugar era considerado perigoso e poucas pessoas se atreviam a cruzá-lo. Havia um carro de polícia que fazia ronda de hora em hora, mas isso não impedia as notícias de assaltos ou de pessoas que se drogavam, aproveitando-se da proteção das árvores às suas identidades...

De onde estava, Renato podia visualizar o pequeno prédio de três andares. Viu as luzes acesas do apartamento. Ela estava em casa! Por que não ligara para ele? Seu coração deu um soco no peito. Já estivera tantas vezes em seu apartamento, mas agora se sentia inseguro, tenso... O ferimento em seu braço latejou violentamente, forçando-o a pressionar o local que sangrara...

O sangue correu velozmente por suas veias quando viu Anya aparecer na sacada da sala. Estava linda! O vento soprou, agitando os cabelos castanhos diante do rosto. Ela se debruçou sobre a grade...

– Ele vai achar a rua, branquinha! – Ivan passou a mão pelos ombros de Anya, que saía da varanda, e a sentiu trêmula.

– Tio, eu não queria! Mas eu... – ela suspirou. Como dizer que estava ansiosa para sorver o sangue de Daniel? Aquilo era terrível!

– Não lute contra você mesma, Anya! Só vai sofrer com isso! – Ivan a olhou nos olhos. – Acredite que um Escravo não sofre por alimentar um Portador, mas sofre, e muito, quando não o alimenta! – a voz ficou tensa.

– Você faz parecer simples! – ela deu um sorriso triste com os lábios pálidos. – E se Daniel se cansar? Não quiser mais? Isso pode acontecer, não pode?

– Não. Isso não acontece – ele respondeu seguro. – É uma prisão sem muros da qual não queremos escapar...

– E quando... um dos dois não vive mais? – ela o olhou e viu os olhos negros lacrimejarem.

– É uma dor insuportável... é uma forma lenta e dolorosa de morte... – ele falou com a voz grave, respirou fundo e a apertou nos braços grandes. Como se ali estivesse Bete. Como se pudesse resgatar o contato com a pele dela, mas seu sangue não reagia, era como um mar morto...

Edgar apareceu na sala e viu os dois abraçados diante da janela da varanda. No rosto de Ivan, a dor; no de sua filha, tristeza e palidez.

– Nós ficaremos lá só o necessário, filha... – ele falou, imaginando que ela sofria por ter que deixar sua casa para trás e ficar na casa de Rafael.

– Eu sei, pai – ela respondeu e voltou para a varanda.

Anya olhava para aquela paisagem noturna, era tão familiar! A rua vazia, as árvores do parque do outro lado... Respirou fundo. O aroma que sentiu a fez dar um passo para trás. Era um aroma ácido que embrulhou seu estômago. Teve a sensação terrível de que estava sendo observada. Olhou para os lados e apenas viu alguns carros estacionados na rua. Viu quando o carro vermelho de Daniel apontou na esquina. Sentiu um alívio tão grande que ficou admirada consigo mesma.

Primeiro, Renato a viu sorrir. Aquele sorriso tímido que ele conhecia muito bem; depois, viu o carro vermelho que veio pela rua e parou diante da porta do prédio dela, atrás do carro do professor Edgar. Do carro desceu um rapaz alto, forte, com "pinta de galã", que olhou para a varanda e acenou. Anya entrou de volta no apartamento e o rapaz entrou no prédio. Renato foi tomado por uma ira que não imaginava possuir, uma sensação tão forte que o fez contrair todos os músculos do corpo; queria partir os ossos e a cara daquele galã. Seus lábios estavam tão crispados que chegou a sentir gosto de sangue na boca, havia mordido o próprio lábio e aquele sabor fez o corpo todo pulsar. Aquilo explicava tudo... Afastou-se do portal pronto a invadir o apartamento de Anya e matar aquele desgraçado. Ouviu o riso de duas jovens que estavam passando ao lado do parque, provavelmente indo para alguma balada. Sentiu um cheiro tentador de sangue. O ódio cresceu dentro dele e se multiplicou como uma erva daninha que se espalha sobre o tronco de uma árvore. Podia senti-lo em seus músculos, em seus nervos, em seu sangue, como se uma pessoa inteiramente nova estivesse nascendo! Não era mais o compreensivo, o tranquilo, o idiota do Renato... Era um Renato cheio de energia, de gana, de desejo, de impaciência... Não conseguia se controlar e também não desejava o controle, aquela sensação que preenchia seu espírito dava-lhe a sensação de poder e ele estava ávido por sangue!

Daniel entrou no apartamento e viu Anya pálida, parada ao lado da janela.

O cheiro de chocolate invadiu o apartamento, fazendo-a salivar. Aquilo a irritava.

– Precisa de mim? – Daniel sorriu e foi até ela. – Estou aqui... – a voz era rouca e sensual, o que tornava o aroma ainda mais inebriante.

– É. Ela precisa sim, e você deve apenas cumprir com sua obrigação – Ivan falou ríspido e Daniel não se importou, apenas levantou uma das sobrancelhas.

– Tio! – Anya falou brava com ele. Já era difícil ter de fazer aquilo que precisava, e a maneira como ele falava a fazia se sentir ainda mais culpada.

– Vamos tomar um café, Ivan – Edgar pegou no braço do amigo. – Filha... faça o que tem de fazer – viu os olhos de Anya se encherem de lágrimas. Era difícil para ela, claro! Por isso mesmo precisava deixá-la à vontade. Só Deus sabia como aquilo era difícil para ele também!

– Que tal me mostrar sua casa? – Daniel sorriu e tocou no cabelo dela, ajeitando uma mecha que caía sobre os olhos. – Até que aqui é bem agradável... Nunca tinha passado por esse bairro – olhou junto com ela pela porta da varanda e a ouviu respirar fundo. Apoiou a mão no batente da porta e aproximou o rosto do dela. – Não quer um pouco de chocolate? – sussurrou ao seu ouvido, fazendo-a se arrepiar, ficar com a boca cheia de água e controlar a vontade de atacá-lo ali mesmo.

Anya sentia tanta raiva dele! Por que tinha que ser assim? E por que ele tinha de agir daquela maneira? O rosto dela ficou vermelho, encarou-o e saiu da sala, indo para o quarto e fechando a porta.

Daniel encostou-se à porta e suspirou. Como convencê-la a não se sentir mal em mordê-lo?

– Ela não é uma cliente sua – ouviu a voz irritada de Ivan que veio da cozinha. – Não jogue essa conversa mole pra cima dela! Sua obrigação é dar o sangue e não tentar conquistá-la como a uma de suas mulheres.

Daniel não respondeu à provocação, apenas respirou fundo e foi para o corredor.

– É a última porta – Edgar falou, apoiado no balcão. Depois olhou para o amigo e balançou a cabeça. – Deixe os dois se entenderem, Ivan...

– Ed... eu não confio nesse cara! – Ivan falou, invocado. – Ele é um garoto de programa!

– E minha filha é esperta... e é uma moça livre, solteira e desimpedida – respondeu, sério, e viu as mãos de Ivan se apertarem sobre o balcão.

O que Ivan poderia dizer? Que, como Escravo, havia amado profundamente a mulher de Edgar? Que seu corpo e seu espírito precisavam tanto dela que quase morrera junto com ela? Que o desejo correra desenfreado pelo seu corpo, cada vez que ela tocara os lábios na pele dele? Que ele havia tomado aquele corpo macio em suas mãos, acariciado-a intimamente enquanto ela o sugava? Que haviam feito amor duas vezes nos seis anos em que fora seu Escravo? Apesar de tudo, Edgar apoiara Bete e se tornara um grande amigo.

Edgar respirou fundo. Não queria ser estúpido com seu amigo, pois sabia que tudo o que acontecera entre ele e Bete fora circunstancial... Preferia pensar assim. Também não lhe agradava a ideia de que sua filha fosse seduzida por Daniel, mas não podia fazer nada. Ela não era mais uma adolescente e ele já a impedira demais de se relacionar com quem quer que fosse. A filha faria o que achava que devia fazer ou o que era obrigada a fazer. Ao menos não tinha um marido para fazer sofrer, como ele sofrera...

Anya estava confusa, atormentada e sedenta quando se sentou na cama, procurando respirar normalmente. Precisava encontrar o equilíbrio, mas Daniel não ajudava! Não sabia como ela era antes daquela loucura toda! Sempre fora tímida! Apenas se preocupara com os estudos! Não era só o fato de ter se tornado um ser estranho, uma vampira, mas todo o comportamento que tinha de assumir para atender sua nova condição! Era se jogar nos braços de um homem que mal conhecia e compartilhar uma intimidade... um prazer para o qual ela não havia se preparado!

Daniel parou à porta do quarto de Anya e bateu.

– Vai me deixar entrar? – ele perguntou suavemente e o sangue dela se agitou, deixando-a irada. Não queria depender de Daniel daquela maneira. Ouviu a voz suave dele do outro lado da porta e suspirou... seu corpo tremia, precisava da energia do sangue, sua boca estava seca como que esperando o sangue delicioso dele para satisfazê-la. "Meu Deus, como vou me acostumar com isso?", pensou aflita, pela enésima vez. Respirou fundo e ouviu Daniel, que bateu novamente na porta.

– Anya... não quer o meu sangue? Então eu vou buscar um doador diferente pra você! – ele falou, e ela olhou assustada em direção à porta, sentindo o coração aos saltos. Não! Ele não podia fazer aquilo!

– Acho que vou atrás de algum vizinho seu...

Daniel apelou. Sabia que ela não iria querer ferir alguém e ele também não estava disposto a deixá-la sugar o sangue de mais ninguém... só o dele.

Ivan observava o rapaz no corredor diante da porta. Ouviu a proposta que fez e, embora não gostasse dele, tinha que admitir que Daniel era muito bom como Escravo. Entendera perfeitamente seu papel e o cumpria com destreza, determinação e segurança invejáveis. Ivan tivera muita dificuldade, mas também Bete era casada, o que havia tornado seu relacionamento com ela muito delicado e infinitamente complicado!

– Daqui a pouco eu volto... – Daniel falou com a cabeça encostada à porta, não tinha a intenção de sair dali. Anya praguejou, destrancou a porta e se afastou. Precisava dar um jeito naquilo. Daniel sorriu quando ouviu a porta ser destrancada. "Eu sabia!", pensou, vitorioso.

Daniel entrou no quarto dela e fechou a porta atrás de si. Sentiu o ar perfumado e observou ligeiramente o ambiente com móveis de madeira clara, sem "frescuras", muitos livros, um computador, uma cômoda e um espelho. Para ele, dizia muito sobre a personalidade dela e da qual ele gostava muito. Ela achava que não era sensual, achava que conseguia se passar por invisível, que era uma mulher comum, e isso era encantador... Anya estava parada no meio do quarto, com os braços firmemente cruzados diante do peito.

– Você não teria coragem, teria? – falou sem olhar para ele. – Seria capaz de trazer alguma pessoa inocente para que eu a ferisse?

– Seria – ele respondeu sério e caminhou na direção dela –, mas só se eu estivesse seco e você não pudesse beber o meu sangue – completou e a segurou pelos ombros, fazendo-a olhar para ele.

O aroma de chocolate a atordoava, não a deixava pensar com clareza. A cada vez que respirava fundo aquele aroma invadia suas narinas, seu coração acelerava e seu sangue borbulhava. Anya afastou-se defensivamente da mão quente dele. Não tinha coragem de olhá-lo nos olhos.

– Talvez seja melhor eu morder... seu braço. Seu pescoço vai... – ela suspirou e ele passou a mão delicadamente no rosto dela.

– Morda onde quiser, Anya... – a melodia sensual da voz dele era irresistível.

– Eu não queria... – estava difícil respirar e, além de tudo, havia aquela voz que parecia enfraquecer seus músculos.

Daniel puxou-a contra o corpo e a beijou. O sabor de chocolate estava levando Anya à loucura. Podia sentir o sangue dele correndo com velocidade dentro do corpo, o coração disparado, assim como o seu. Daniel sentia seu corpo pulsar, enquanto tomava aqueles lábios macios com avidez. Passou a mão pela nuca e correu os dedos pelos cabelos macios dela. Anya o empurrou, ofegante.

– Pare... – pediu, trêmula. Daniel tirou a camisa, expondo o corpo bronzeado e musculoso, seu orgulho na verdade. Tinha certeza de que Anya estava fazendo bom proveito dele. O rosto dela corou e seus olhos se detiveram naquela veia pulsante debaixo do pequeno curativo. Como precisava daquele sangue carregado de energia! – Você é exibido! Insuportável! – irritou-se com ele, que deu um sorriso sensual e levantou os ombros.

– E você é linda... adoro sua boca – encurralou-a junto à parede. – Você realmente não faz ideia de como é sensual? – tocou-a no pescoço e observou os seios que subiam e desciam rapidamente. Passou o dedo pelo lábio dela e Anya sentiu a cabeça rodar, aquele aroma a obrigava a mordê-lo e ele ficava fazendo aquele jogo sensual. Como o odiava!

Puxou o curativo do pescoço dele, sem qualquer preocupação com a delicadeza; então ouviu um "Ai!" e depois o riso de Daniel.

– É uma boa ideia... aproveitar o mesmo buraco... – ele falou, levantando uma das sobrancelhas.

Anya encarou-o e ele percebeu os olhos da cor do chocolate se colorirem como se houvesse uma brasa dentro deles. Ela o segurou com força pelo cabelo e seus lábios alcançaram o pescoço. Sentiu quando os caninos se projetaram e não precisou machucá-lo muito, pois assim que seus dentes tocaram o ferimento, ele se abriu e o sangue de chocolate verteu, preenchendo sua boca, descendo pela sua garganta, alojando-se em suas células... Daniel emitiu um som baixo de dor. Anya não via ou ouvia mais nada, apenas sentia aquela energia que corria pelas suas veias e artérias e o prazer que isso causava nela...

Daniel puxou-a ainda mais contra seu corpo quando a ouviu gemer de satisfação, os lábios macios que se moviam sobre sua pele, fazendo seu corpo todo desejá-la. Ele apoiou as mãos nas nádegas macias e ela se deixou erguer, encaixando-se ao corpo dele. Foi a vez de Daniel emitir um gemido rouco de prazer, foi até a cama e se sentou com ela sobre seu colo, as pernas de Anya se prendendo ao seu quadril e os lábios sequiosos em seu pescoço que tomavam a energia que ele produzia para ela... Daniel enfiou as mãos por baixo da camiseta dela, explorando as curvas, sentindo a pele macia das costas e da cintura. Sabia que ela se concentrava no prazer do sangue e o toque dele parecia não incomodá-la. Subiu as mãos para os seios e sentiu a excitação de sua Portadora. Precisava de toda a sua experiência para não se entregar ao gozo, mas estava cada vez mais difícil...

As duas jovens haviam apressado o passo quando perceberam aquele rapaz que as seguia. Era sempre arriscado sair para uma balada, mas não podiam perder a oportunidade de encontrarem amigas e rapazes. Os resultados valiam os riscos, além de ser a oportunidade de uma bela produção. Roupas, bolsas, sapatos, perfumes e maquiagem eram um investimento que sempre resultava em algum encontro mais íntimo. Tinham medo de cruzar o parque àquela hora, mas parecia que o rapaz as dirigia para aquele lugar. Torciam para que o carro de polícia, que fazia a ronda à noite, passasse por ali. Os passos do perseguidor ficaram mais rápidos atrás delas. As duas se olharam e apertaram as bolsas ao lado do corpo, correndo perto do portal do parque... Uma delas foi agarrada pelo braço. As duas começaram a gritar por socorro, tentando atrair a atenção de algum morador, transeunte ou até de algum desavisado dentro do parque. A jovem presa pelas mãos fortes teve o grito interrompido quando seu pescoço foi quebrado tal qual um galho seco, e seu corpo caiu.

Apavorada, a outra tentou correr, mas o pânico e o desespero, ao ver a amiga cair sem vida com os olhos arregalados, dominavam suas pernas que não conseguiam se mexer. O rapaz magro tinha o rosto contorcido, os olhos vermelhos pareciam soltar faíscas, de seus lábios apontavam dois dentes grandes e pontiagudos... A jovem foi agarrada e sua boca tapada e, enquanto esperneava, era arrastada para o meio das árvores que ladeavam as passagens de pedras. Um dos vizinhos ouviu os gritos, mas não se atreveu a sair de casa e ligou para a polícia.

Foi fácil demais partir o osso frágil do pescoço daquela garota. Renato não sabia a força que tinha, nunca se dedicara ao corpo, nunca acreditara na violência, não era uma pessoa de briga, sua preocupação sempre fora estudar e mostrar que a mente era melhor que o corpo. Isso costumava não atrair as garotas, e ter conseguido se aproximar de Anya há dois anos tinha sido uma vitória importante. Ela era linda, mas era diferente... não vivia atrás dos rapazes sarados, conquistadores. Preferia se dedicar aos estudos e era muito caseira. Renato a havia elegido sua futura esposa, apesar de ela dizer que apenas o queria como amigo, mas ele era insistente... Agora a vira sorrindo para um perfeito garanhão e o recebera no apartamento. Seu sangue fervia e chegava à sua boca...

Virou para a jovem que tinha em suas mãos, que se debatia e o arranhava, mas não podia gritar, pois ele tapava sua boca com força. O parque era um ótimo lugar para o que o instinto o mandava fazer. Precisava da privacidade que as árvores do bosque forneciam àquela hora da noite. Encostou a jovem com violência contra um dos pinheiros e sentiu o cheiro de sangue, o cheiro de pavor... Os olhos escuros da jovem estavam arregalados e o rosto molhado de lágrimas. A roupa sensual, que ela usava para provocar os rapazes na festa para a qual ia, deixava parte dos seios à mostra, mas nada era tão tentador quanto aquela veia que pulsava no pescoço fino... O grito de desespero dela foi sufocado e os dentes caninos enormes se projetaram ainda mais quando Renato abriu a boca em um sorriso demoníaco... Os olhos tinham cor de sangue... Renato atacou o pescoço de sua vítima com fúria, rasgou a pele e a veia e sentiu uma profusão de sangue que encheu sua boca e escorreu pelo seu queixo... Ele sorveu aquele líquido com um prazer que jamais havia sentido em toda a sua vida, nem na comida, nem no sexo. Sentia a energia correndo por seu corpo, seu coração disparado enquanto sua mente projetava imagens de Anya, como se aquele pescoço que tinha entre seus dentes fosse o dela... o sabor de Anya. Ele precisava experimentar, mas primeiro tinha que se livrar daquele homem que aparecera do nada...

O corpo da jovem perdeu a força. Ela parou de se debater e os músculos, que estavam rígidos, relaxaram; ela perdeu a consciência. Renato apertou o corpo inerte contra a árvore sentindo, através daquela veia outrora pulsante, o coração dela desistir de bater. Afastou-se com a respiração acelerada e o sangue pingando pelos lábios... Definitivamente não era o mesmo homem, não era mais aquele idiota, o amigo "bonzinho", que jamais recebera um beijo daquela a quem se declarara e dedicara seu amor... Anya o retribuía com a traição. Largou o corpo junto à árvore, respirando ofegante. Precisava de mais. Uma sirene de polícia ecoou pelo parque e Renato, correndo, o atravessou em direção ao outro portal, à Rua do Conde...

Maria da Paz voltava do culto com seus pais. Haviam ficado na igreja até mais tarde, pois seu pai ajudava o pastor a contar a arrecadação do dízimo do dia. Assim como a mãe, usava os cabelos encaracolados presos numa trança que descia até a altura dos quadris e uma roupa recatada. A bíblia estava apertada diante do corpo enquanto eles caminhavam rapidamente em direção ao ponto de ônibus. Não estavam preparados para aquele jovem que cruzou o caminho diante deles e que saía do parque através do portal. Os olhos de sangue fitaram as três almas. O rosto estava rubro de sangue, assim como a roupa. A mãe dela caiu de joelhos chamando por Jesus e apontando a bíblia na direção do que imaginava ser o próprio Satanás, que subira à terra para recrutar almas perdidas... Maria da Paz tentou correr, o que foi dificultado pela saia abaixo do joelho que usava. Ela tropeçou e caiu na calçada. O pai, desesperado, mas agarrando-se à sua fé com a mesma força com que apertava sua bíblia, tentava expulsar, com preces desconexas, o demônio que os ameaçava.

Percebendo que de nada adiantara sua oração, talvez minimizada pela presença maligna, mandou a filha correr de volta para a igreja, enquanto via o ser do inferno agarrar sua mulher pelo pescoço e o destroçar com dentes enormes, fazendo jorrar sangue para todos os lados. O homem se lançou sobre o demônio, ainda tentando evitar que o mal se apossasse do corpo de sua mulher, mas foi erguido do chão com facilidade como se não pesasse nada e voou por cima da calçada... o som de sua espinha se quebrando ecoou na rua deserta. Maria da Paz gritou e foi alcançada por Renato... seu pescoço desnudo atraiu a boca sedenta dele, os dentes rasgaram sua pele e o sangue verteu. Ela balbuciou: Jesus!

O som de mais uma sirene de polícia soou, obrigando Renato a largar a vítima antes de sorver tudo o que queria e a sair correndo por uma passagem estreita e escura que levava de volta à Rua Cardeal. Sabia que as sombras o protegeriam, já que para ele tudo parecia mais escuro agora. Não que aquilo fosse ruim... Afinal, ele vivera à sombra por tempo demais...

Anya abriu os olhos. Ouvia o bater ritmado do coração de Daniel... ele se recuperava rápido. Era incrível! Estava deitada sobre o peito forte. Limpou os lábios. Era uma ação limpa, não desperdiçava o sangue saboroso. Havia apenas alguns pingos em sua camiseta e sobre o peito dele. Sentia o braço dele que a abraçava possessivo, mantendo-a ali. Precisava colocar um curativo sobre a mordida, de onde escorria um fraco filete de sangue.

– Aonde vai? – ouviu a voz de Daniel quando afastou o braço dele e se ergueu. Então ele não ficara inconsciente dessa vez!

– Vou colocar um curativo no seu pescoço – ela falou, levantando-se. Foi até sua cômoda, pegou um chumaço de algodão e um esparadrapo. Com uma toalha limpou o pescoço dele e depois colocou o curativo. O local estava bastante vermelho e havia também marcas roxas. Teria sido ávida demais? Pressionara os dentes com mais força do que da primeira vez? Era horrível para ela constatar que era a culpada pelas marcas que deixaria ali permanentemente, como as que Ivan e Vivi possuíam.

Antes que ela se afastasse, Daniel segurou em seu braço.

– Fique um pouco comigo, Anya... – pediu, falando com um pouco de dificuldade. Os olhos demonstravam cansaço e sonolência. – Bem que você podia me dar um beijo... – sorriu suavemente e ela fez uma careta.

Anya olhou bem para o rosto dele. Estava com a boca pálida, olheiras, a barba por fazer, mas era um homem muito bonito e estava ali na sua cama, com o torso nu e pedindo que ela ficasse com ele e o beijasse... Embora não quisesse assumir, Daniel era a parte boa daquele sonho estranho. Por que não aproveitá-la? Um sorriso se desenhou em seus lábios. Já não se reconhecia. Havia uma nova mulher que a cada dia se apossava da antiga moça, tímida e recatada. Uma mulher ardente, insaciável... Passou a mão delicadamente pelo rosto dele, sentiu a barba pinicar, depois passou o dedo pelos lábios dele. Daniel beijou o dedo dela e sorriu. Anya passou a mão pelo cabelo escuro, depois se inclinou e encostou os lábios suavemente nos lábios dele. Daniel pegou-a pelo pescoço, apertou-a contra seu corpo e seus lábios responderam ao beijo com vigor e avidez, surpreendendo-a. O sabor da boca dele era muito bom e ele realmente beijava muito bem!

Percebeu que a mão dele suavizara o contato, indicando que ele estava se entregando à exaustão.

Daniel lutava para não dormir, queria aproveitar mais da intimidade que conquistava com Anya. Aproveitar a diminuição da resistência dela. Da primeira vez foi um beijo tímido no rosto e agora ela acariciara seu rosto e o beijara de verdade! Olhou-o com os olhos brilhantes e sorriu.

– Agora sim... – falou satisfeito. – Deite aqui comigo um pouco – beijou a ponta do nariz dela.

– Não acha que está pedindo demais? – ela falou, irônica, ajeitando-se nos braços dele. Estava se acostumando a ficar ali.

– Você ainda não viu nada... – ele sussurrou ao seu ouvido e ela o olhou com os olhos arregalados, mas ele fechara os olhos, cansado.

Logo, ele estava dormindo. Anya sentia a respiração dele e a mão quente em seu braço. Realmente aquilo tudo era uma loucura! Daniel era o tipo de homem que ela evitava: presunçoso, metido, que se achava o gostoso, sensual... E ela era o tipo de mulher que aquele tipo de homem evitava. Muito séria, concentrada nos estudos, que não se preocupava em parecer sensual; ao contrário, detestava chamar a atenção para si. Era pretensamente inatingível... Se não fosse aquela situação improvável, surreal e esdrúxula, os dois jamais se encontrariam e, muito menos, estariam dividindo o pequeno espaço da sua cama de solteiro. Com certeza precisavam conversar com mais calma, num momento em que ela não estivesse com sede ou ele tão esgotado...

Infiltrados

rádio emitiu um bip e Régis pegou-o rapidamente. O canal indicava que era um comunicado oficial.
– Régis. (bip)
– Na escuta. (bip)
– Venha até o parque da cidade, tem algo que você precisa ver. (bip)
– Estou indo. (bip)

Régis deixou a capa e o chapéu de lado, pegou o carro e saiu rapidamente. O chamado do seu amigo da polícia não podia ser ignorado de maneira nenhuma. Lúcio era um olho importante dos Justiceiros sobre os vampiros...

Não demorou muito e estava na cena do crime, misturando-se aos policiais. A área recebera iluminação extra, vinda do equipamento da polícia e de duas câmeras de redes de TV, que acompanhavam policiais em ações que envolviam homicídios pela cidade.

Régis caminhou pela calçada da Rua Cardeal até o portal de entrada do parque. O corpo de uma jovem era fotografado e o local do crime sinalizado pela equipe técnica, enquanto outros policiais faziam uma varredura na área. Régis aproximou-se do corpo, procurando sinais que indicassem que o agressor era um dos vampiros que caçava. Não havia nenhum ferimento visível nem sangue junto ao corpo. Um dos policiais lhe disse que o pescoço estava quebrado. Lúcio, o amigo policial, chegou junto ao portal vindo de dentro do parque e fez um sinal para Régis, que passou pelo portal e entrou no parque. Eles caminharam pela trilha de pedras por alguns metros.

– Essa que está aí deve ser uma das suas – Lúcio apontou para a lateral da trilha, na direção do pequeno bosque e onde se via mais luzes da equipe da polícia que trabalhava. Os dois se aproximaram do segundo corpo, caído diante de um pinheiro. Havia muito sangue sobre o corpo da jovem, a pequena bolsa caída ao lado. Régis reconheceu imediatamente a ação de um vampiro ao ver o pescoço dilacerado da jovem, mostrando que fora mordida e sugada. Não teve dúvidas, apesar de ser um ferimento de proporções muito maiores do que estava acostumado a encontrar nas vítimas dos vampiros.

– Temos mais coisas do outro lado do parque – Lúcio falou e ele e Régis seguiram para o outro lado pela trilha de pedras.

– Acham que foi um só? – Régis perguntou ao policial. Uma coisa o deixara intrigado: a jovem com o pescoço quebrado. Não era comportamento dos vampiros matar por matar, eles buscavam alguma coisa com as vítimas e essa coisa era o sangue.

– Ainda não sabemos, mas se foi apenas um, era muito forte e rápido – respondeu Lúcio. Uma neblina começou a cair sobre o parque, tornando o local do crime ainda mais sinistro.

Diante do portal que se localizava na Rua do Conde havia outro corpo, outra equipe de policiais, muitos curiosos e outra equipe de TV. Lúcio apontou para o corpo que estava formando um "L".

– O velho teve a espinha quebrada... – eles caminharam pela calçada isolada e passaram por duas bíblias e uma bolsa jogadas. Alguns metros adiante havia o corpo de uma mulher, com muito sangue em volta e o pescoço aberto numa grande laceração. – A moça, que deve ser a filha do casal, ainda não estava morta quando a tiraram daqui, mas o pescoço parecia bastante ferrado... É um dos seus, não é? – ele ajeitou os óculos no rosto e olhou para Régis, que mantinha o olhar feroz e assentiu.

De fato, ao observar os corpos, Régis pôde concluir que aqueles ataques eram obra de um vampiro, mas nunca vira algo igual, que envolvesse tantas vítimas e algumas que não tiveram o sangue sugado. Poderiam ser duas pessoas agindo ali, talvez o vampiro estivesse acompanhado de um Escravo. Os Escravos normalmente eram fortes e temerários... Aquelas criaturas estavam ficando cada vez mais perigosas e ousadas.

– Vou achar o animal que fez isso, Lúcio – Régis respondeu com aquela voz estranhamente fina, que não combinava com a aparência aterrorizadora que possuía.

– Conto com sua ajuda – Lúcio deu um tapinha no ombro dele e foi se juntar aos outros policiais que haviam cercado a área.

Régis pegou seu telefone e ligou para Ingrid, a Grã-mestre dos Justiceiros de Sangue...

– O que será que aconteceu? – Edgar falou com Ivan, enquanto olhavam pela varanda a agitação de policiais pela rua na direção do parque.

– Coisa boa que não é – Ivan respondeu, o corpo tenso.

– Vou até lá saber – Edgar ajeitou os cabelos. – Você chama muita atenção... – bateu no ombro grande de Ivan.

– Só porque sou negro e tenho tatuagens? – ele riu alto. – Exagero... – falou, irônico.

– Não, porque é muito feio – Edgar sorriu e saiu. Ivan ficou olhando pela varanda esperando para saber sobre as descobertas do amigo.

Dante preparava-se para voltar para casa. Trabalhara muito nas últimas horas, mesmo estando de licença. O jovem espancado havia morrido uma hora antes, não sobrevivera aos ferimentos na cabeça. Aquele rapaz havia deixado Dante muito intrigado. As marcas de mordidas cicatrizadas poderiam indicar que realmente havia alguma tribo agindo de forma perigosa na região já há bastante tempo, e Renato Cordeiro deveria ser membro dela, embora não tivesse assumido. O fio de suspeita aumentava na mente de Dante... Uma enfermeira aproximou-se dele, agitada.

– Doutor! Sei que quer ir embora, mas precisamos do senhor lá na emergência, por favor! – pediu, pegando em seu braço. Dante suspirou e apertou as têmporas. Enquanto ficasse ali, apareceriam emergências...

– Elaine... é o último atendimento que faço, combinado? – falou cansado, seguindo a enfermeira.

O carro do resgate acabara de deixar a jovem na emergência. O bombeiro informava os procedimentos e o estado da paciente quando Dante entrou.

– Foi algum animal que a mordeu! Não conseguimos conter a hemorragia...

As pernas de Dante tremeram ao ver a jovem. O pescoço tinha sofrido uma grave laceração junto à carótida, deixando músculos expostos. Antes que começasse a elucubrar, Dante fez o atendimento e a encaminhou para a sala de cirurgia, onde tentariam conter a hemorragia e suturar a artéria atingida. Havia apenas um fino fio prendendo a jovem à vida e eles tentariam ajudá-la a se agarrar a ele. Ficou sabendo pelo bombeiro que havia acontecido uma chacina no Parque da Cidade, quatro mortos e a jovem quase morta. Contou que outra moça tivera o pescoço quebrado, um homem teve a cervical esfacelada e outra jovem e uma mulher mais velha foram mortas, também com os pescoços dilacerados...

Dante sentiu o estômago queimar ao ouvir a narrativa, principalmente por saber que um dos lados do parque se limitava com a rua onde Anya morava. Antes de sair do hospital, pegou o celular e ligou para o irmão.

Léo dormia no sofá e a TV estava ligada. O telefone o fez saltar e olhar para os lados, assustado. Teria acontecido alguma coisa? Um telefone tocando de madrugada nunca era portador de boas notícias.

– Léo? – Dante falou com a voz trêmula.

– Dan! O que houve? – Léo esfregou os olhos e ficou de pé.

– Agora que já te acordei... vou te pegar pra gente ir averiguar uma coisa.

– Tudo bem – Léo respondeu rapidamente. – Mas... o que aconteceu? – perguntou, preocupado.

– Te conto quando chegar aí – Dante respondeu.

– Falou – Léo desligou o telefone e foi lavar o rosto e ajeitar a roupa. Não fazia a menor ideia do que estava acontecendo; seu irmão não estava se comportando de maneira usual e ele não sabia o que esperar, podia ser apenas alguma notícia de Anya.

Não demorou muito para que Dante passasse em sua casa. Ele não entrou. Tocou a buzina uma única vez e Léo saiu correndo.

– Dan, que sangria desatada é essa? – Léo viu o rosto abatido e tenso do irmão. – Andou bebendo? Ou foi alguma droga mesmo?

– Léo... o assunto é sério... – Dante apertou as mãos no volante e contou ao irmão tudo o que havia acontecido.

– Pescoços destroçados? Quebrados? Perto da casa da Anya? – Léo ficou atordoado com todas as informações. – E antes disso... um cara morreu de tanta pancada e tinha marcas de mordida no braço e no pescoço? – seus olhos estavam arregalados. – Me belisca, Dan... acho que dormi no sofá e tô sonhando!

– Não preciso te beliscar, Léo. Logo, logo você vai ver com seus próprios olhos... – Dante respondeu com os olhos vidrados no caminho à frente.

Anya havia cochilado, sentindo o aroma delicioso de Daniel. Abriu os olhos e viu que ele dormia profundamente. Afastou seu braço e saiu da cama. Lavou o rosto e trocou a camiseta. Foi para a porta e ouviu a voz baixa de seu pai e Ivan que conversavam na sala, diante da varanda. Havia luzes azuis e vermelhas iluminando a rua.

– O que está acontecendo? – ela parou atrás deles, que se viraram com olhares de extrema preocupação.

– Um crime no parque – Ivan respondeu rapidamente.

– Crime? – ela esticou o pescoço para ver por sobre o ombro do pai.

– Essa cidade está muito perigosa! – Edgar disfarçou. Não contaria à filha o que vira e que, com certeza, fora o ataque de algum Portador totalmente descontrolado.

– Assalto? – olhou-os, curiosa.

– Parece – o pai respondeu. – Mas interditaram a rua, teremos que esperar para sair.

– Então acho que vou preparar alguma coisa... Daniel vai acordar faminto! – ela falou, prendendo o cabelo. Estava bem, corada, os olhos brilhantes e nem a notícia de um crime na rua comprometeu seu rosto relaxado.

– Isso, filha... – Edgar forçou um sorriso. – Estou com saudade de sua comida! – seria bom que ela se distraísse na cozinha, assim não ficaria perguntando sobre o que acontecera.

Rafael estava sentado no sofá e esperava o retorno de Anya, não tinha certeza de que Edgar voltaria com a filha. O celular tocou. Era Sid. Rafael franziu o cenho. O que queria àquela hora? Já não o avisara de que o Mensageiro estava bem e que se recuperava?

– Rafael, tive notícias de que um Portador atacou no Parque da Cidade. Não faço ideia de quem possa ser, não tem o nosso jeito de agir... – a voz grave informou com preocupação.

– Como assim, Sid? – Rafael sentiu as mãos tremerem, o local ficava em frente à casa de Anya.

– São quatro mortos e uma jovem mandada para o hospital entre a vida e morte, dois pescoços destroçados, um pescoço quebrado e um homem quase partido ao meio – a voz de Sid era bastante tensa.

– Mais de um Portador? Algum anarquista? – ele pegou a chave do carro.

– Não sei, mas quero que descubra quem é. Fale com Alex, ele conhece os anarquistas.

– Mas ele ainda não... – Rafael não pretendia sair com Alex para qualquer lugar que fosse, queria deixá-lo isolado e mandá-lo embora assim que se recuperasse, evitando que ele e Anya se encontrassem.

– Com certeza há vários caçadores na área.

– Eu passo as informações – Rafael falou, deixando subentendido que não pretendia levar Alex com ele.

Rafael foi até o quarto onde Alex estava hospedado. O rapaz estava acordado, sentado na cama. A perna estava enfaixada e ele parecia muito bem.

– Ei, o dono do hotel cinco estrelas! – Alex falou, sarcástico. – Veio me dar alta?

Rafael não gostava dele, mas se ele tinha informações sobre os Anarquistas, deveria investigar.

– Como está se sentindo? – Rafael parou junto à porta do quarto. Mantinha o corpo ereto e rígido, o olhar sóbrio. – Você não dorme?

Infiltrados

– O efeito colateral... – Alex levantou os ombros. – Você não tem nenhum?

– Nenhum que precise saber – Rafael respondeu com a voz tensa.

– Você pretende mesmo ser o Conde Drácula, não? – Alex levantou-se, mostrando que a perna estava boa. – Oh... não, não, talvez o Barão Drácula... ninguém supera o Sid, não é mesmo? – ele riu de sua ironia e reparou que a expressão no rosto de Rafael não se alterara.

– O que sabe sobre os Anarquistas? – Rafael encarou-o com os olhos azuis e viu uma sombra passar pelos olhos de Alex.

– Nada – ele respondeu, seco, e colocou a camiseta.

– Não foi isso que me disseram – Rafael mantinha-se imóvel diante da porta.

– E qual seu interesse nisso? – Alex o encarou, tinham a mesma altura. – Não faz seu estilo, com certeza – deu um meio sorriso irônico.

– Com certeza – Rafael concordou. Respirou fundo, estava perdendo tempo. – Houve uma série de ataques no Parque da Cidade agora à noite, quatro mortos, dois com os pescoços dilacerados... Precisamos saber quem fez isso, pois põe em risco todos os Portadores... O local já está cheio de caçadores, que com certeza estão farejando Portadores! – ele apertou as mãos ao lado do corpo. Eram muitos caçadores próximos demais de Anya...

– Uma boa hora para se jogar uma bomba! – o rosto de Alex ficou contraído ao imaginar o corpo torturado de Júlia. Piscou para se livrar da imagem.

– Acha que pode ser ação de algum Anarquista? – Rafael perguntou, sentindo os dedos formigarem; sua vontade era socar aquele Mensageiro.

– Não é o estilo... os Anarquistas não são canibais... não destroçam os pescoços das vítimas, apenas as sugam até secarem... até sentirem a sensação extraordinária do corpo do doador sucumbir, esvaziando-se de vida e enchendo-os ainda mais de energia... aquela energia final, aquela que dá o maior prazer que um vampiro pode ter, a energia do último suspiro... – Rafael entendia perfeitamente o que Alex falava, mas evitava pensar naquilo, procurava manter um nível elevado de civilidade. – Vai dizer que nunca... – Alex o provocava, mas Rafael ignorou a tentativa de fragilizá-lo e contra-atacou.

– Então... o que eu vi você fazendo com aquele caçador na igreja velha indica que você age como canibal – ficou satisfeito ao ver o rapaz retesar o corpo e apertar os olhos para encará-lo.

– Foi uma exceção que abri para aquele filho da puta – Alex respondeu com ódio nos olhos verdes.

– Então quer dizer que não sabemos com quem estamos lidando...

– Já ouviu falar dos contaminados? – Alex terminava de se vestir.

– Isso é lenda – Rafael respondeu, mas sentiu uma pontada de desconfiança. Fazia anos que não ouvia alguém falar sobre a Lenda dos Contaminados.

– Toda lenda tem um fundo de verdade, Barão... – Alex dirigiu-lhe um olhar cheio de sarcasmo.

Rafael respirou fundo e viu que Alex se preparava para sair.

– Aonde pensa que vai? – seus olhos azuis fuzilaram o rapaz quando viu que ele procurava a chave da moto.

– A hospedagem estava ótima, Barão, mas eu tenho coisas a fazer. Não sou seu prisioneiro, sou? – os olhos verdes também brilhavam de raiva. Não gostava daquele vampiro que fingia ser o que não era: uma pessoa normal... e se revestia de poder tratando os iguais a ele como se fossem seus subordinados.

– Não – Rafael respondeu com o rosto vermelho. – Mas só vai sair daqui depois que me der sua palavra de que não vai procurar Anya – tinha de deixar claro que não era para ele se aproximar dela. Estava disposto a se colocar no caminho de qualquer um que tentasse seduzi-la da forma que fosse. Já era obrigado a aguentar o Escravo dela; com o passado comprometedor, não iria aguentar o Mensageiro tentando atraí-la.

– Hum... – Alex o encarou e sorriu. – Então o Barão elegeu sua amada...

– Quero sua palavra – os dentes de Rafael trincavam e ele lutava para que seus caninos não se projetassem e o impelissem a atacar um

Portador como ele, apesar de ser um jovem impertinente e avesso à autoridade.

– Eu vou sair daqui e não preciso dar garantia nenhuma – Alex aproximou-se e ficou frente a frente com Rafael. Seu maxilar também estava apertado, sinal de que tentava não avançar sobre Rafael. – Você não tem autoridade nenhuma sobre mim – ele empurrou Rafael, que manteve o corpo imóvel. Alex percebeu que aquele vampiro não cederia. Apesar de tudo, tinha uma dívida para com ele, pois o ajudara a abordar os caçadores e o socorrera quando levara o tiro. – Não quero aquela garota mimada, te garanto. Ela é muito certinha... mais parecida com você – fez uma careta.

Rafael não tinha certeza do conteúdo daquela resposta, mas achou melhor aceitá-la como sendo a intenção do rapaz em manter-se afastado.

– Sua chave está com o segurança do portão – Rafael afastou-se e Alex passou por ele.

– Obrigado pela hospedagem – Alex falou antes de sair em direção ao portão.

Rafael passou a mão pelo cabelo que estava preso em um rabo de cavalo. Respirou fundo e foi chamar Viviane para sair.

Dante e Léo chegaram ao local dos crimes. Havia uma grande agitação por ali. Vizinhos, policiais e curiosos aguardavam o final do trabalho da polícia técnica e a chegada de alguns peritos.

– Puta merda, cara! A coisa foi feia! – Léo falou quando desceram do carro.

– Aquele é o prédio de Anya – Dante mostrou o pequeno edifício.

– Dan... você tá desconfiado de que foi alguma coisa com a Anya? – Léo olhou para o irmão, mas Dante não respondeu nada. – Não existe só ela por aqui!

Os dois caminharam por entre os curiosos na rua. Dante usava o jaleco e isso abria caminho para ele e para Léo que o seguia. Com o crachá do Hospital Geral, Dante pediu para ver os corpos. Um dos policiais, relutante, acabou autorizando depois que Dante disse ter atendido a jovem mordida, na emergência do hospital. Léo ficou um pouco mais para trás, mas conseguiu ver a jovem com o pescoço quebrado quando o corpo foi parcialmente descoberto. Seu estômago embrulhou, mas ele aguentou firme. Admirava-se ao ver a frieza com que seu irmão olhava para aquele corpo. Um médico não podia se abalar, e Dante sempre fora calmo e seguro daquilo que fazia.

– E o outro? – Léo ouviu o irmão perguntando ao policial, que indicou o caminho do parque.

Como médico, Dante conseguiu se aproximar do segundo corpo e Léo foi junto, como se fosse algum médico residente ou algo parecido. Léo atuava e procurava imitar o jeito de médico...

O corpo da segunda jovem foi descoberto e então Léo entendeu o que Dante havia falado sobre suas suspeitas da ação de alguma seita ou tribo radical. Em voz baixa, soltou uma dúzia de palavrões. Aquilo era inacreditável! Nenhum filme a que assistira passara aquela imagem. Nada retratava aquela cena. O aroma da morte no ar, o sangue empapado em cima e em volta do corpo magro. A pele rígida e azulada, que se assemelhava a um boneco de cera. No rosto uma expressão de dor e terror... Léo ouviu dois policiais conversando e que falavam dos outros corpos do outro lado do parque, e que o suspeito deixara um rastro de sangue.

Dante suspirou e tirou as luvas de látex. O ferimento no pescoço daquela jovem era igual ao da jovem que estava no hospital. Ao que parecia, a segunda jovem teve sorte, se é que poderia ser chamado de sorte estar às portas da morte. Os dois foram até os outros corpos e a cena não era melhor. Léo tentava entender aquele ataque, parecia que fora feito por duas pessoas diferentes. Ele imaginou uma cena onde havia um Vampiro e um Lobisomem e, enquanto um se fartava nos pescoços das vítimas, o outro se divertia triturando seus ossos... Na maioria das sagas vampirescas, sempre aparecia um Lobisomem... Imaginar filmes ao menos o tirava um pouco daquela realidade terrível que estava à sua frente.

Dante virou-se para o irmão e o viu com a boca pálida.

– Vamos – bateu no ombro de Léo e os dois atravessaram o parque e saíram para a Rua Cardeal. Dante parou para respirar enquanto sentia as têmporas latejando. Léo colocou a mão no estômago, aquelas imagens o deixaram nauseado. – Você tá legal? – Dante perguntou, afinal o irmão não estava acostumado àquelas cenas, não escolhera medicina e sim cinema, em que as cenas eram forjadas, montadas; o sangue era falso e não havia aquele cheiro de morte no ar.

– Dan... você pode achar que eu tô doido ou exagerando, ou as duas coisas... mas isso é trabalho de vampiro, cara! Você viu o pescoço daquela lá? – apontou na direção do parque.

– A que está no hospital está do mesmo jeito – Dante suspirou e apertou as têmporas. – Alguma coisa séria tá acontecendo nesta cidade, Léo... deve ser algum culto ao demônio, alguma seita de malucos! Sei lá! – falou, irritado.

Léo ficou parado, pensativo. Olhava para o prédio baixo onde Dante disse que Anya morava. Havia várias pessoas nas pequenas varandas olhando para a ação da polícia na rua. Ele viu um homem negro enorme parado em uma das varandas e que olhava com interesse para a rua.

– Léo... – Dante o chamou e ele se virou. – Eu... vou pirar, cara – a voz dele tremeu. Léo viu que o irmão também olhava para o prédio. – Tá vendo aquele armário parado naquela varanda?

– E quem não vê? – Léo brincou. Era um homem muito grande e forte.

– Eu o vi na faculdade de Anya... ele... prensou o touro contra a parede enquanto outro cara que estava com o pai dela a tirava de lá – as imagens saltavam diante de seus olhos.

– Sei... o touro que você atendeu, que bateu em todo mundo e fugiu do hospital... – Léo se lembrava bem de cada detalhe daquela história, até escrevera alguma coisa para não esquecer.

– É ali que ela mora – Dante completou com os olhos brilhando.

– E deve estar em casa... – Léo levantou as sobrancelhas. – Resta-nos saber se você está mesmo a fim de encarar aquele armário que está lá e só Deus sabe mais o que pode estar no caminho...

Dante ficou olhando para o prédio. Não iria aparecer de madrugada na casa de Anya, no meio daquela bagunça toda que estava na rua e, ainda por cima, enfrentar aquele gigante negro que parecia um guarda-costas.

– Sabe, Dan... vendo essa cena eu me lembrei de algumas histórias de conto de fadas... – Léo apoiou a mão no ombro dele. – Daquelas em que a princesa é confinada em uma torre e é guardada por um dragão... – apontou para a figura negra com os braços cruzados diante do peito. – Você, por um acaso, tem uma lança? Um escudo? Uma espada? – brincou, e o irmão acabou sorrindo.

– Não, Léo... tenho luvas, um estetoscópio e... há um bisturi em minha maleta!

– Claro! Pode cortar os tornozelos dele! – Léo riu, e Dante balançou a cabeça.

– Você já viajou demais, Léo! – Dante falou enquanto voltavam para o carro.

Ivan ainda estava na varanda quando o celular tocou. Era Rafael.

– Ivan, fiquei sabendo das notícias e estou chegando aí – a voz era controlada. – Está tudo bem?

– Estava – Ivan falou, cheio de ironia.

– E Anya? – Rafael não se importava com a ironia dele, precisava saber dela.

– Ela não sabe dos ataques – Ivan respondeu baixo, olhando na direção da cozinha onde ela acabava de preparar a refeição e o cheiro era maravilhoso. Realmente, seria uma pena que ela tivesse de se afastar do curso que fazia, pois tinha talento.

– Não precisa saber. Mas vou precisar de você.

– Isso já tá ficando sério – Ivan respondeu mal-humorado. – Eu não trabalho pra você!

– Mas é para o bem de Anya – Rafael afirmou, sabendo que aquele seria um bom motivo para que Ivan o ajudasse a encontrar aquele Portador que agira compulsivamente. – Vamos ter que tirar ela daí em segurança... tem muito caçador na área.

– Ela está segura aqui dentro – Ivan garantiria que ninguém passasse por aquela porta e atentasse contra a vida dela.

– Até quando? – a voz de Rafael ficou tensa.

Ivan poderia responder que seria até quando ele continuasse vivo, mas não iria conseguir manter Anya confinada por muito tempo. Conhecia-a desde muito pequena e sabia que depois de ser obrigada a viver sem o sol por toda uma vida, ela iria fazer de tudo para aproveitar o que havia perdido, e eles não poderiam lhe negar a liberdade mais uma vez...

Anya, depois de verificar o que ainda tinha em casa para preparar uma refeição, assou uma carne e preparou um molho madeira. Salteou alguns legumes na manteiga e gratinou algumas batatas. Sabia que não era o ideal para atender às necessidades de Daniel, mas o sustentaria até que pudesse comer mais proteínas. Precisava de algumas dicas de Alisson, o cozinheiro de Rafael, que estava acostumado à dieta de um doador.

Ivan ficara na varanda depois de falar ao telefone com Rafael. Observava a ação da polícia e a dispersão das equipes de TV e da polícia técnica. Apenas duas viaturas da polícia ficaram em frente ao parque. Ele tentava detectar algum Caçador ou Portador, mas já não era o mesmo desde a morte de Bete... perdera muito a sensibilidade que desenvolvera ao longo dos anos que passara como Escravo e a cada dia perdia a vitalidade. A sensação de cansaço e fraqueza o atingia com mais intensidade, embora ele lutasse muito contra ela. Cuidar da segurança de Anya havia lhe dado uma carga nova de energia, que não sabia o quanto duraria... Viu quando o carro de Rafael encostou à porta do prédio. Respirou fundo, saiu da varanda e olhou para Edgar, que ajudava Anya a arrumar a mesa.

– A rádio vampiro é eficiente... – falou, irônico.

– Rádio vampiro? – Anya riu ao ouvir o termo. Ignorava os reais acontecimentos.

– Seu tutor veio buscá-la pessoalmente... – Ivan fez uma careta e Edgar ficou vermelho; será que Rafael achava que não era capaz de cuidar da própria filha? Ou já saberia do ataque no Parque? – Vou acordar aquele Escravo que acha que é rei...

– Tio... ele precisa descansar! – Anya foi em defesa de Daniel.

– Eu sei muito bem do que ele precisa, branquinha – Ivan resmungou e foi para o corredor.

– Ele não gosta mesmo de Daniel, não é? – ela falou para o pai, fazendo uma careta.

– É porque são parecidos... – Edgar levantou os ombros. Escutou alguém bater à porta. Quando a abriu, suspirou. – Nossa... que surpresa você aqui... eu nem imaginava – falou com desdém para Rafael, quando deixou que ele e Viviane entrassem.

– Que cheiro maravilhoso! – Vivi sorriu e foi até Anya.

– Você está bem, Vivi? – Anya viu um grande e recente hematoma e a mordida no pescoço dela que estava coberta por um curativo. Parecia que Rafael não era muito delicado com sua Escrava...

– Estou ótima – Vivi respondeu, com seu jeito delicado.

– Anya... está tudo bem? – Rafael fitou Anya com os olhos azuis calmos e brilhantes. Via que estava com uma ótima aparência, o rosto rosado, a pele luminosa, os lábios tinham um inchaço que indicava que havia se alimentado recentemente... Era tentadora.

– Acho que sim. Por que não estaria? – ela o olhou e levantou uma das sobrancelhas.

– Achei que você fosse para minha casa mais cedo... – falou, inseguro. Aquela mulher mexia muito com ele e não fazia ideia de como o afetava.

– Não estou com pressa – ela respondeu, seca. Aquela pressão que ele fazia não lhe agradava nem um pouco. Ainda não entendia por que devia ir para a casa de Rafael. Estava bem ali, com seu pai, e tinha Ivan e Daniel que poderiam garantir a segurança. Chegava a pensar se não seria uma "neura" daqueles homens o medo do ataque de um caçador. Conhecia muito bem seu pai e sabia que era extremamente cuidadoso e zeloso, mas aquele excesso já estava beirando a paranoia...

– Eu sei – Rafael sorriu e suspirou. – Edgar, posso falar com você um minuto? – ele se virou para Edgar. – E Ivan?

– Foi acordar Daniel... – Edgar respondeu e olhou para a filha, que já os observava desconfiada.

Anya percebeu que eles pretendiam conversar novamente sem a presença dela e aquilo a estava irritando. Que segredinhos tinham que não podiam dividir com ela? Que estratégias mirabolantes estariam arquitetando para o seu deslocamento? Aquilo tudo parecia roteiro de filme... a pessoa que é protegida pela justiça, por ser uma espécie de "arquivo vivo" das ações de algum mafioso, precisa que as agências de espionagem a protejam de tudo e de todos... Com certeza alguém ali havia assistido a filmes demais, além dela, claro.

– Bem, Bela Adormecida... – Ivan jogou água no rosto de Daniel, que abriu os olhos assustado. – Não foi para dormir que você foi contratado.

– Ei, cara! Não pode ser um pouco mais... delicado? – Daniel falou, ironizando, e se sentou na cama sentindo as pernas trêmulas, mas não tanto quanto da primeira vez em que doara. Ainda ficaria muito bom naquilo.

– Deixo essa coisa de delicado para você... "go-go" – Ivan também ironizou, e Daniel fechou a cara. Aquelas insinuações já o estavam irritando. – Enquanto você fica aqui esparramado em seu "sono de beleza", o mundo desaba lá fora – a voz grossa ficou séria.

– Anya? Ela está bem? – Daniel levantou-se preocupado, realmente não poderia se entregar ao sono daquela maneira. Ivan tinha razão, pelo menos quanto àquilo.

– Está, mas se dependesse de você...

A porta abriu e Rafael e Edgar entraram. Daniel procurou a camisa para vestir. Quando todos aqueles homens se reuniam, era assunto sério...

– O assunto é sério – Rafael falou, confirmando sua suspeita.

Rafael respirou fundo, Daniel estava no quarto de Anya, com certeza ela havia se alimentado novamente. Era uma das Portadoras insaciáveis...

– Os ataques... – Ivan antecipou o assunto.

– Ataques? – Daniel não fazia ideia sobre o que eles falavam. Ficou furioso consigo mesmo por ter se entregado à exaustão. Aquilo não podia se repetir.

A conversa não pôde ser concluída, pois Anya, irritada e impaciente, abriu a porta do quarto.

– Isso não está legal... podem parar de trocar segredinhos sem a minha presença! – as bochechas estavam vermelhas e os olhos brilhando. – Vocês trabalham para alguma agência de espionagem? Fazem parte de algum grupo de elite? Por que não me incluem na conversa? É algo do tipo "clube dos meninos"? – estava irritada e viu que Daniel sorriu com o jeito dela.

– Eu só queria me certificar de que seu pai iria levá-la até minha casa – Rafael mentiu e ninguém o desmentiu.

– E isso é segredo para quem? Para mim? – olhou de Rafael para o pai, que apenas suspirou. Não conseguiriam mantê-la afastada do que realmente acontecia por muito tempo. – Quem vai me contar o que está acontecendo?

Edgar suspirou, tirou os óculos e esfregou os olhos, e a filha o olhou, esperando a resposta. Conhecia o jeito dele e sabia que se preparava para falar.

– Anya... houve uma série de ataques no parque – falou baixo, olhando fixamente para ela. – Acreditamos que tenha sido algum Portador descontrolado... há quatro pessoas mortas lá! Duas delas estão com os pescoços destroçados, as outras duas tiveram o pescoço e a espinha quebrados – viu o olhar brilhante da filha. Os olhos dela não desgrudavam dos dele. Edgar a conhecia muito bem, sabia que estava processando aquelas informações.

– Não pode ser apenas algum maluco atacando? Sabem? Tipo um maníaco? – Daniel falou, tentando compreender melhor.

– Um vampiro maníaco – Ivan respondeu ao lado dele.

– Acham que eu corro algum perigo? Por que um vampiro iria querer me atacar? – Anya finalmente falou. – Não somos da mesma... espécie? – ela fez uma careta e olhou para Rafael.

– Não custa nada a gente se precaver, filha – Edgar passou a mão no cabelo dela.

– Mesmo porque a agitação toda no parque trouxe muitos caçadores aqui para perto. É arriscado ficar aqui, Anya – Rafael falou com sua voz sempre calma. Parecia que falava sobre a decoração do quarto.

– Não custa nada ficar um pouco afastada de tudo, filha! Não vou permitir que se arrisque! – Edgar falou, preocupado.

Anya suspirou e olhou para aquele grupo de homens. Eram tão diferentes! Como conseguiam concordar tão rapidamente quando o assunto era controlá-la?

– Venha, você precisa comer – falou, séria, e pegou Daniel pela mão, puxando-o para fora do quarto. – E vocês podem vir também. Não quero ninguém no meu quarto – falou, e Daniel deu um sorriso maroto, enquanto era levado pela mão de Anya, vendo o olhar mortal que Rafael lhe dirigiu.

Renato estava há horas dentro do seu carro. Vira toda a movimentação da polícia. Havia vestido sua jaqueta sem a camiseta por baixo e ficara um pouco entre os curiosos, verificara que o carro vermelho ainda estava parado à porta do prédio de Anya. Sentia uma energia gigantesca correndo pelo seu corpo, uma força que tomava conta de suas pernas e braços. Sabia que havia cometido crimes, que ceifara vidas, mas aquilo não o incomodava, assim como não incomodava o frio do início da manhã. O que o incomodava era Anya e aquele garanhão que passara a noite com ela, além do brilho do sol em seus olhos, que ardiam.

Sua paciência foi recompensada quando viu o carro vermelho sair. Atrás dele outro automóvel, um importado de luxo e, por último, o carro do pai de Anya... Então, estavam todos saindo! Ligou o motor do veículo e seguiu mais atrás daquele comboio.

Régis e o grupo de caçadores trabalharam o resto da madrugada buscando pistas do vampiro que atacara no parque. Pelo que haviam descoberto, ele saíra a pé do local. O grupo havia discutido sobre aqueles ataques e concordava que não seguia ao padrão de ataques a que estavam acostumados, mas que, sem dúvida, fora feito por um vampiro. Ingrid os orientara a não se exporem demais e agirem com cautela, pois mais uma morte na região iria chamar muito a atenção e ficaria difícil encobrir...

Alguma Coisa em Comum...

Daniel comia um pão com queijo e tomava um copo de leite diante da enorme TV da sala. Não fazia muito tempo que havia se fartado com a comida deliciosa que Anya preparara especialmente para ele. Nunca comera uma carne assada tão boa! Ela era uma excelente cozinheira! Mas já fazia algum tempo que haviam chegado novamente à mansão de Rafael e a fome batera novamente. Perdera o sono depois da conversa que tivera com Ivan e Rafael, que lhe detalharam os ataques no parque e, depois de insistirem para que ficasse alerta, saíram para uma busca. Disseram que tentariam encontrar o Portador... Anya precisava dormir um pouco e, assim que ela se fechara no quarto, o pai dela também se recolhera. Daniel aproveitara para observar aquela casa luxuosa. Já estivera em casas luxuosas antes. Duas de suas clientes eram argentinas, muito ricas, que possuíam casas de veraneio em Santa Catarina, e toda vez que estavam passando as férias na região, longe de seus maridos, o chamavam para atendê-las. O melhor era que pagavam em dólar.

Mordeu o pão e ficou pensativo. Estava tudo acabado. Não poderia mais prestar aqueles serviços. Estava se tornando o tipo de homem que nunca quis ser, o homem de uma só mulher... e sequer tinha uma relação amorosa com ela.

– Pensando em sua nova vida, com certeza... – a voz suave de Viviane o fez se virar. Ele ainda não conversara muito com ela. Sabia que era a Escrava de Rafael, mas somente agora os dois podiam conversar.

– Como adivinhou? – falou, levantando uma das sobrancelhas, e sorriu.

– Eu fiz isso diversas vezes... – Vivi respondeu calma. Admirava o belo homem que ele era. Jovem, cheio de energia, o que também poderia transformar-se em fragilidade, visto que despertara para uma Portadora como Anya. – Quer malhar um pouco? Já foi até nossa academia? – ela propôs, mostrando que estava pronta para exercitar aqueles músculos definidos.

– Eu... não queria sair por aí assim... – ele se levantou. Ainda se sentia um intruso naquela mansão luxuosa e entre aquelas pessoas. Não que fosse difícil superar, sempre fora um homem despojado e extrovertido. Precisava ser assim, caso contrário jamais conseguiria clientes. – Só me arrisquei a ir até a cozinha mesmo, porque a fome tava me matando! – brincou.

– Você pode ficar à vontade aqui, Daniel! Já que vai morar conosco... – Viviane afirmou, segura. Sabia que precisavam deixá-lo à vontade, afinal era um convidado e não um prisioneiro.

– Se eu fosse você, não diria isso! – ele riu, e ela o olhou zombeteira.

– Por quê? Pretende andar nu pela casa? – mediu o corpo dele e pensou que não seria nada mal ter um corpo como aquele iluminando aqueles corredores e aposentos...

– Tenho medo de ser atacado pelo seu vampiro... – ele falou sarcástico, fazendo uma careta, e ela riu com vontade.

Daniel ficou realmente admirado ao ver a academia que mantinham ali, que possuía os aparelhos básicos para se manter a forma. Tudo de primeira qualidade: a supino, o peck-deck, a esteira, a bicicleta, os pesos, saco de areia, entre outros, além da piscina aquecida que ele vira da outra vez que explorara a casa com Anya. Havia toalhas limpas colocadas sobre um aparador. Os dois conversaram um pouco sobre os equipamentos e o tipo de exercício que faziam, as sequências, os pesos que usavam, e Daniel se sentou em seu equipamento favorito, o peck-deck, enquanto Viviane ia para a supino...

– O que você fazia realmente, antes de despertar? – ela perguntou curiosa, enquanto o via sem camisa trabalhando o peitoral. Ele fazia aquilo com um pouco de dificuldade. O movimento deveria estar causando dores na região do pescoço mordido...

– Vai contar para Anya? – Daniel perguntou sem pensar. Na verdade aquilo o estava incomodando... o que ela pensaria dele quando soubesse? Será que permitiria que se aproximasse novamente? Ela se sentiria tentada a beijá-lo ou a dormir em seus braços de novo? Isso realmente o estava perturbando...

– Eu já imaginava... – ela falou, sentando-se e olhando para ele. Já desconfiava que a profissão dele não fosse nada convencional, senão por que aquela resistência de Ivan e de Rafael para com o rapaz de tão boa aparência e educação? – Talvez ela não goste muito mesmo... – fez uma careta e viu que ele ficou preocupado, talvez desapontado. – O destino é realmente irônico, não? – balançou a cabeça. – Colocar você e uma jovem como Anya na mesma cama!

– Você também não combina com o senhor modelo de grife importada... – ele respondeu, áspero, não gostou do jeito que ela o fizera parecer inadequado para Anya. Já não bastava Ivan, que o considerava um lixo?

– Não mesmo! – ela não se importou com o jeito dele e riu. – Mas têm partes de nós que se encaixam perfeitamente... como a boca dele e minha pele... os dentes dele e minhas veias... a sede dele e meu sangue...

– Anya sempre vai me ver como a uma barra de chocolate, não? – ele suspirou, e Vivi o olhou sem entender a analogia. – Ela diz que eu tenho cheiro e sabor de chocolate... – completou, para se explicar melhor, e a viu fazendo um gesto afirmativo com a cabeça.

– Acho que isso é um elogio... e ela te chamou de gostoso! – brincou, e ele sorriu, já havia pensado naquilo. – Você sabe que substância tem o chocolate, não sabe? A dopamina, que gera aquela sensação de prazer e é viciante... Não te agrada que ela se vicie em você? Que te veja como uma enorme e deliciosa barra de chocolate?

Daniel olhou-a por um momento. Não era aquilo que ele desejava que as mulheres sentissem por ele? Não era um dos motivos pelo qual escolhera aquela profissão? Dar prazer às mulheres? Usar de todos os artifícios de sedução para deixá-las com água na boca e calor entre as pernas?

– Sabe, Daniel... a nossa relação com o Portador vai se ajeitando com o passar dos anos. Nos acostumamos tanto um com o outro que, às vezes, as palavras não são mais necessárias... acabamos conhecendo tão bem o outro que um simples olhar ou até um jeito diferente de respirar explica tudo!

– Isso parece casamento para mim... – ele fez uma careta, e ela sorriu.

– É muito pior! Pode ter certeza! – brincou, mas havia um traço de amargura em sua voz. – E dura muito mais...

– Quanto tempo faz que está "casada" com o almofadinha? – perguntou, curioso.

– Você não vai acreditar...

– Acredito em tudo, já que vampiros existem – ele levantou os ombros.

– Quarenta e cinco anos – ela falou e, mesmo que ele dissesse acreditar em tudo, o viu arregalar os olhos e abrir a boca incrédulo. – Disse que não iria acreditar...

– Mas você... nem tem essa idade! – Daniel exclamou.

– Obrigada pelo elogio – o sorriso brincava nos lábios dela. – Eu me cuido.

– Não, não... peraí, Viviane! – ele se levantou, totalmente confuso. – Não quero ser indelicado com uma mulher... mas quantos anos você tem? – sabia que as mulheres não gostavam de revelar a idade, mas estava realmente atordoado.

– Eu tinha 14 anos quando despertei... faça as contas! – ficou observando a reação dele.

– Impossível! – ele voltou a se sentar. Era muito difícil acreditar que aquela mulher que estava diante dele, e que aparentava ter trinta e poucos anos, estava beirando os 60 anos! Nenhuma plástica era tão boa daquele jeito!

– Não, não é... – ela se sentou virada para ele. – Sabe... nosso organismo se altera para atender ao Portador, e um Portador tem uma vida muito longa...

– Imortais? – Daniel percebia que toda aquela história era mais sombria do que vinha supondo. A sensação que teve foi de que, até aquele momento, estava curtindo aquela relação de sangue com uma garota linda, mas não havia levado a sério o que realmente representava ter despertado como um Escravo...

– Não. Mas com uma longa vida... – Viviane percebeu que só agora a "ficha" parecia ter caído para Daniel e que só agora ele se dava conta realmente do que significava aquela relação entre o Portador e o Escravo... – Veja como a chance de desfrutar da fonte da juventude! – ela quis animá-lo.

– Quer dizer que eu e Anya entramos nessa e teremos que viver juntos até que a morte nos separe? – ele deu um meio sorriso nervoso. Nunca quisera se casar! E, pelo visto, para o caso dele e de Anya não existia a opção de uma separação amigável, ou melhor, de qualquer tipo de separação.

– Mais ou menos isso...

Ele deu uma risada alta, que ecoou pela academia.

– E Ivan, que disse que eu não deveria me envolver com Anya! – balançou a cabeça. Viver uma vida inteira com uma pessoa com quem tinha intimidade e não ter nenhuma relação com ela? Absurdo! Um casamento monástico? Aquilo era ridículo!

– Ela pode querer se casar com outra pessoa... – Viviane percebeu que havia muita coisa que Daniel precisava aprender. – Mas você sempre será o Escravo...

Daniel ficou sério e a encarou. Não gostou daquela observação, mas um pensamento perverso passou pela sua mente. Podia imaginar Anya, deitada languidamente em uma cama e com o marido, um sem graça com certeza, ao seu lado. Via-se entrando no quarto e jogando o marido dela para fora da cama e Anya se jogando nos braços dele e o mordendo no pescoço, gemendo de prazer...

– A relação pode ser apenas de sangue... – Vivi o fez retornar à realidade e ele piscou, acordando daquele devaneio. Viviane sabia que o que dizia não era verdade, era inevitável a duas pessoas, que ficariam tão íntimas, se entregar vez ou outra a um desejo que não tinha nada a ver com simplesmente sugar o sangue. Olhava para o rapaz bonito, viril, experiente... com certeza ele e Anya trocariam muito mais intimidade do que exigia o desejo de sangue.

– Duvido... – Daniel murmurou em voz baixa. Era muita coisa para abstrair naquele momento. Informações impactantes e preocupantes. Percebeu, com dor no estômago, que tinha entrado numa roubada sem desejar e que não podia escapar dela, e o pior, não queria! Como assim, Anya poderia vir a se casar com outra pessoa? Aquela possibilidade parecia ainda pior!

– Daniel, não entre em pânico agora... tenha um pouco de paciência e vai aprender como a vida vai funcionar daqui pra frente... você e Anya ainda serão felizes – ela tocou no braço dele e Daniel apoiou a cabeça nas mãos, fitando o chão. – Quando quiser conversar, pode me procurar... – Vivi falou e saiu, deixando-o sozinho na academia. Sabia que ele precisava de um tempo para processar aquelas informações.

Assim que ficou sozinho, levantou-se e foi para a esteira correr. Nunca pensava em nada enquanto corria. E naquele momento não queria mesmo pensar em nada, por isso correu muito...

– Daniel? – a voz de Anya o trouxe algum tempo depois de volta à realidade. Seu sangue correu velozmente pelo corpo quando ouviu a voz dela. Como viver uma vida inteira ao lado daquela mulher e ser tão dependente dela? E querê-la e desejá-la? Precisava dela! É por isso que eram chamados de Escravos... Ela, se casar com outro? A pergunta voltou a martelar em sua cabeça...

Anya entrou sem jeito na academia e ajeitou o cabelo atrás da orelha. Daniel já havia percebido que fazia aquilo quando estava nervosa, tímida ou encurralada. Os grandes olhos castanhos estavam lacrimosos e ela segurava o celular na mão, que tremia ligeiramente. Parou a esteira e, suando, pegou uma toalha para se secar...

– Tá tudo bem? Precisa de mim? – perguntou e se viu fitado pelos olhos aflitos. – Tá com sede de novo? – a pergunta saiu naturalmente, mesmo depois de pensar tanto em como lidar com aquela nova vida cheia de surpresas e loucuras e se perguntar se realmente queria ser Escravo.

– Não! – ela falou, nervosa, apesar do cheiro de chocolate estar bastante acentuado, provavelmente porque ele se exercitara. O sangue acelerara nas veias, o suor exalava o aroma dos hormônios ativados...

– Eu pensei que... – Daniel ficou confuso.

– Quero que me leve ao hospital Ana Néri – ela baixou os olhos. Daniel aproximou-se, pegou no braço dela e a fez levantar o rosto.

– Está sentindo alguma coisa? Passando mal? – Havia preocupação autêntica na voz dele. Ela negou com a cabeça e ele viu as lágrimas descerem pelo rosto vermelho dela. – O que foi, Anya?

A voz dela saiu, trêmula...

– Minha avó teve um enfarte e me ligaram do hospital... disseram que vão operá-la e eu queria estar lá! Ela não tem mais ninguém e... – respirou fundo. – Meu pai e ela não se dão bem e não quero acordá-lo agora. Ele jamais me deixaria sair depois de tudo que aconteceu no parque! Eu o conheço muito bem! Se eu sair e for ver minha avó, ele vai brigar e é capaz de querer me trancar numa torre! – ela respirou fundo e sorriu triste. Ela não queria que o pai se preocupasse, mas não podia deixar a avó só num momento como aquele. – Eu não sei dirigir e seria perigoso se eu...

– Eu levo você – ele passou a mão no rosto dela. – Mas vão querer acabar comigo... – levantou uma das sobrancelhas. Ivan, Rafael e o pai dela iriam trucidá-lo, mas ele não era Escravo de nenhum deles. Eles não precisavam dele como ela precisava!

– Se achar que não deve, eu chamo um táxi ou chamo a Vivi – Anya falou e se virou para sair. Já havia se arrependido de ter ido falar com ele. Realmente ela podia complicar as coisas para o lado dele. Mas precisava ir até o hospital.

– Já disse que vou com você! – ele falou, nervoso. – Só me dê um minuto para uma ducha, tá bom? – Atenuou a voz, procurando se controlar. Ela não fazia ideia do que provocava nele! Que era impossível negar-lhe o que quer que fosse!

Anya foi atrás de Viviane, que acabava de sair da piscina.

– Vou sair com Daniel – ela falou, e Vivi a olhou surpresa e preocupada. – Minha avó teve um enfarte e vai ser operada. Eu tenho que estar lá! – justificou a saída ao perceber o olhar de Viviane.

– E Edgar? – Vivi perguntou.

– Ele não ia me deixar sair, Vivi! Mas preciso ir... Quando ele acordar, vai me ligar e não vai ter opção senão aceitar que saí... – ela levantou os ombros e viu a careta de Viviane.

– Não posso impedi-la de fazer o que quiser, Anya... não sou sua carcereira! Mas me preocupo muito com você, e Rafael vai me xingar até o fim dos nossos dias por te deixar sair... – Viviane suspirou e viu o rosto entristecido de Anya. Vivi passou a mão no cabelo dela e sorriu enternecida. – Você sabe que todos vão ficar furiosos por você ter saído às escondidas, não sabe? – Anya despertava nela sentimentos maternais. Era uma garota frágil, mas com uma personalidade forte e que perdera a mãe muito cedo, e agora se via diante de uma situação improvável. Era uma vampira, uma sugadora de sangue, mantida sob uma proteção absurda, castradora...

– Não sou criança, Vivi! Estou cansada de ter que andar como se fosse uma criminosa! Não vou morder ninguém na rua! – o rosto dela ficou vermelho. – Por isso pedi que meu lanche vá junto! – falou, nervosa, e se arrependeu imediatamente. Aquela ironia não só magoava Vivi, como a fazia se sentir uma sugadora de sangue egoísta.

– Pelo que ele me disse, é sua barra de chocolate... – Viviane respondeu séria e deixou Anya ainda mais vermelha. – Sei que ele pode não ser seu príncipe encantado, Anya, mas é um ótimo rapaz... – saiu em defesa de Daniel. Aquilo transmitia um pouco dos seus sentimentos também. Ser tratada como a "marmita", que depois de usada é largada apenas como o recipiente que guarda a comida, a deixava triste e angustiada. Rafael nunca fizera questão de fazê-la pensar diferente.

– Desculpe, Vivi, eu não queria dizer isso – Anya sentiu-se muito mal com o que dissera. Nada justificava tratar Daniel daquela maneira. – Eu... estou nervosa! Todos me tratam como criança! Eu só vou até lá saber da minha avó!

– Eu sei, Anya... você está pressionada, entendo – Vivi falou com a voz doce e respirou fundo. Estava sendo tudo difícil para aquela jovem lançada a uma vida totalmente nova e da qual pouco sabia. – Vou avisar ao segurança para que deixe o carro do Daniel sair.

Quando Vivi se afastou, Anya sentiu que a magoara. Sentia-se péssima! Estava parecendo com sua avó, capaz de passar por cima de tudo e de todos, ignorando sentimentos...

Vivi encontrara com Daniel no corredor e lhe dera uma adaga com o cabo de madrepérolas; disse que era dela, mas emprestaria para que ele pudesse proteger Anya, já que Rafael ainda não arrumara uma arma para ele. Ele agradeceu, apesar de não saber usar arma nenhuma e, seguindo as instruções dela, prendeu as presilhas da bainha de couro junto à canela, debaixo da calça, e foi encontrar com Anya à porta da garagem. Os dois foram para o carro sem dizer nada.

Renato havia descido do veículo, caminhado um pouco pela rua, tentando parecer uma pessoa normal que estava hospedada por ali. Verificara que aquela propriedade se parecia com uma fortaleza inexpugnável, principalmente se alguém sozinho tentasse invadi-la. Sentia-se forte e autoconfiante como nunca em toda a sua vida e achava ser capaz de acabar com alguns daqueles seguranças, mas com certeza seria interpelado por mais e não conseguiria fazer o que desejava ardentemente, pelo que fazia seu sangue borbulhar nas veias. O *playboy* que estava com Anya teria todo aquele dinheiro? Ela nunca parecera uma garota interesseira, mas conseguira enganá-lo quanto a ser uma sem-vergonha...

De dentro do carro ele viu quando o veículo vermelho passou na estrada. Pôde ver Anya sentada no banco do passageiro. Podia sair de dia? Como aquilo era possível? Desde que a conhecera sabia da tal alergia e nunca a vira sair de casa ao sol! Agora, saía àquela hora com aquele cara! Mentirosa, traidora...Trincou os dentes, sua respiração acelerou desconfortavelmente e sentiu seu canino se projetar... respirou fundo e seguiu o carro de Daniel.

– Desculpe – Anya falou baixo, olhando para o rosto sério de Daniel. Ele mantinha aquela barba por fazer, talvez para manter um estilo, estar na moda. Colocara uma camisa clara cuja gola disfarçava o curativo sobre o pescoço. – Eu... não queria forçar você...

– Tudo bem – ele respondeu, sem olhar para ela. Tudo o que Viviane havia dito ainda martelava em sua cabeça.

– Eu... não quero tratar você como uma barra de chocolate! – Anya falou, apertando as mãos sobre o colo, e o viu sorrir com um dos cantos da boca.

– Viviane fofoqueira...

– Não sabia que se sentia assim... é tudo difícil para você! E eu achando que é difícil só para mim...

Daniel colocou uma das mãos sobre as dela e pressionou suavemente. Ele tinha as mãos macias, era carinhoso, e isso deixava Anya com ainda mais remorso sobre o que havia dito a Vivi. Segurou na mão dele antes que fosse obrigado a puxá-la para trocar a marcha.

– Pelo que eu soube, teremos muito tempo para resolver isso – ele fez uma careta.

– Como assim?

– Fiquei sabendo que nossa vida será longa... – ele sorriu.

Anya sabia que o Portador vivia bastante, pois Rafael já havia dito aquilo, mas não sabia que um Escravo também tinha a vida prolongada. Era óbvio! Afinal, um vampiro tinha que se alimentar... Aquele pensamento a fez ficar com raiva de si mesma.

– Você sabia que a Viviane tem quase 60 anos?

– Jura? – perguntou, admirada, e ele assentiu. Realmente aquilo era incrível. Viviane era uma mulher jovem, aparentava trinta e poucos anos...

– Vai saber quantos anos tem seu amiguinho Rafael – ele falou, carregando na ironia.

Anya não havia pensado naquilo...

– Ele não é meu amiguinho... – ela fez uma careta. – Ele diz que é meu tutor e é capaz de querer me bater com vara de marmelo por causa da minha escapada.

– Ele que se atreva – Daniel falou, muito sério. Algo deixava aquele modelo-tutor entalado em sua garganta.

Anya ficou incomodada e se ajeitou no banco. Resolveu mudar de assunto.

– Você não precisa ir trabalhar hoje? O que disse para seu patrão? Ou você é o patrão? – ela brincou, mas viu que ele não sorriu, em vez disso apertou as mãos no volante. – Rafael vai pagar suas despesas?

– Disse que vai – ele respondeu somente à última pergunta dela.

– Acho que você pode trabalhar... não precisa ficar comigo o tempo todo! – havia tantas coisas a esclarecer ainda...

– E você volta para a faculdade para terminar o curso? – ele preferiu indagá-la enquanto pensava em que resposta daria.

– Não sei se consigo... os cheiros me atormentam, me deixam sedenta, confusa...

– Sente algum cheiro agora?

– Só o meu preferido e também o de algum perfume importado... – ela sorriu sem graça e viu um ar de satisfação no rosto dele. – E... você não é só uma barra de chocolate...

– Sou um rio de chocolate – ele riu, aliviando a tensão do rosto e fazendo-a admirá-lo.

– Por que não tem namorada? – ela perguntou de repente e viu que a pergunta o incomodava, pois reparou que ele contraiu o maxilar.

– Não sou um cara muito sério, nunca me prendi a ninguém... Até te conhecer... – olhou rapidamente para ela e a viu suspirar. – Por que não tem namorado? – deu um sorriso sensual e a deixou vermelha. Era uma mulher linda, inteligente e com uma sensualidade muito natural. Era encantadora.

– Não sou... o tipo que... – suspirou sem conseguir explicar que sua situação a deixara muito insegura em qualquer tipo de aproximação. – Nunca me prendi a ninguém – concluiu, tensa. Na verdade nunca tivera nenhum namorado, ninguém com quem tivesse intimidade. Daniel era o primeiro a atingir um grau de intimidade que ela considerava perigoso demais, mas do qual não podia fugir e, embora não quisesse assumir, gostava de estar perto dele, não apenas para desfrutar o prazer do sangue. Virou o rosto para o outro lado, para que ele não visse seu rosto ruborizado. Daniel sorriu satisfeito ao descobrir que, pelo menos, tinham alguma coisa em comum...

Vítimas de Contágio

O celular de Dante tocou e ele custou a entender o que estava acontecendo. Esfregou o rosto e se sentou. Viu o irmão que dormia na cama ao lado. Depois de passarem no parque da cidade, haviam tomado um generoso café da manhã e se entregado ao sono, exaustos. Dante pegou o celular, a chamada era do hospital Ana Néri.

– Doutor Dante? Aqui é Aline da recepção do Ana Néri – a voz era baixa e ele apertou o telefone no ouvido para compreendê-la melhor. – Olha... você não perguntou outro dia sobre uma paciente chamada Anya?

– Sim, perguntei – Dante despertara completamente. Aquele nome mexia com todos os nervos do seu corpo e produzia um latejar desconfortável em suas têmporas.

– Pois é. Ela acabou de passar aqui na recepção – a voz ficou ainda mais baixa. Dante tinha a impressão de que a recepcionista sussurrava e provavelmente protegia a boca com a mão.

– Ela está machucada? – a pergunta saiu automaticamente e ele sentiu seu coração acelerar. – Ferida? – a recepcionista não respondeu imediatamente, deixando-o ainda mais tenso.

– Não, doutor... ela veio para ver a avó que está na cirurgia. Vítima de enfarto. Está aguardando notícias na sala de espera do segundo andar – havia uma espécie de descontentamento na voz de Aline que Dante não compreendeu.

– Não a deixe ir embora antes que eu chegue, por favor – apelou, e ouviu um suspiro que veio do outro lado.

– 285 –

– Ela está com o namorado, doutor... um rapaz lindo e muito forte – Aline falou, como que compreendendo finalmente o porquê daquela ansiedade toda de Dante em encontrar Anya.

– Não a deixe sair – ele ignorou aquele comentário e respirou fundo. – Obrigado, Aline, mesmo! – amaciou a voz, não tinha por que ser áspero com a recepcionista tão atenciosa.

Léo tinha acordado e olhava para o irmão.

– Bem... onde está Anya? – Léo fez uma careta, sabendo que era essa a informação que Dante recebera.

– No Ana Néri. – Dante vestiu a camisa rapidamente.

– Vou com você! – Léo saltou da cama. Não iria deixar o irmão sair sozinho atrás daquela garota tão envolta em mistérios. Não depois de ter visto aquele armário de guarda na varanda do apartamento dela. Temia que o irmão entrasse numa roubada.

José Carlos acabara de tomar um café. O trabalho como segurança no Hospital que atendia à elite da cidade era muito tranquilo e dois homens eram suficientes para dar cobertura à entrada principal e à entrada oposta, faziam uma ronda e mantinham contato por rádio. O segurança andava próximo à saída dos funcionários quando aquele rapaz apareceu diante dele. A fração de segundo que levou para entender o que acontecia foi fatal. Ele não conseguiu pegar a arma no coldre, não conseguiu ativar o rádio... os olhos do rapaz pareciam sangrar e os dentes enormes que se projetavam foram vistos momentaneamente, pois logo se cravaram em seu pescoço. A dor era lancinante e durou pouco...

Ivan e Rafael haviam vasculhado a área próxima à casa de Anya atrás do rastro do Portador descontrolado, mas não encontraram nada. O celular de Rafael tocou e ele viu que a ligação era da casa dele.

– Rafael? – a voz suave de Viviane estava apreensiva.

– O que aconteceu, Vivi? – ele a conhecia muito bem para saber que alguma coisa não estava bem.

– Anya... saiu – ela falou, insegura.
– Saiu, como? Edgar foi com ela? – a voz dele estremeceu.
– Não... Edgar ainda não sabe que ela saiu. Anya saiu com Daniel, foi até o hospital Ana Néri. Rita teve um enfarte, e eu não consegui segurá-la aqui.
– Vivi, não podia tê-la deixado sair! – ele falou, procurando se manter no controle, mas sua mão apertava o celular com força.
– Sinto muito – Viviane falou baixo do outro lado.
Rafael desligou o telefone e olhou para Ivan, que já estava tenso e apreensivo.
– Rita teve um enfarte e Anya foi até o hospital... Edgar nem sabe de nada – comunicou, e viu o rosto de Ivan se contrair com ferocidade. – Daniel está com ela.
Ivan praguejou, cuspiu vários palavrões ao mesmo tempo. Os dois entraram no carro e saíram rapidamente em direção ao hospital.

– Tá se sentindo bem? – Daniel perguntou baixo, olhando para Anya, que estava pálida sentada ao lado dele. Diante deles havia um casal que aguardava notícias sobre a cirurgia do filho que fora atropelado.
Anya tivera bastante dificuldade para chegar até aquela sala. Os aromas dos funcionários do hospital, de médicos, atendentes e enfermeiros haviam-na deixado tonta. Procurava não puxar a respiração muito profundamente. Ela pegara na mão de Daniel, que a sentiu trêmula e gelada. Agora sentia o aroma de carne, pão, pimentão, cigarro, todos misturados, o que a deixava ao mesmo tempo sedenta e confusa.
– Quer sair um pouco? Tentar respirar o ar lá de fora? – ele passou a mão pelos ombros dela e a puxou delicadamente para perto dele. – Quer fazer um lanche? – falou baixo junto ao ouvido dela, e Anya o olhou com raiva e não disse nada. Já bastava ter que sentir o sangue de chocolate dele pulsando, como que se preparando para ela.
– Eu... posso aguentar – falou, apertando os lábios com força. Tinha que ser forte, não podia se entregar tão facilmente àquele desejo insano! Que espécie de monstro ela era?

Duas enfermeiras olharam e se afastaram assustadas quando Renato apareceu diante delas. A roupa suja de sangue, assim como o rosto lívido.

– Onde está Anya? – ele perguntou com a voz rouca e as encurralou contra a parede.

– Que... quem? – uma delas perguntou, trêmula.

– Anya! – ele gritou perto delas.

– Pergunte na recepção – a outra enfermeira falou, tentando parecer segura.

Renato caminhou pelo corredor, enquanto as duas enfermeiras saíram correndo. Aline estava na recepção e se levantou quando viu aquele rapaz, que parecia ferido, vindo em direção ao balcão.

– Onde está Anya? – perguntou, fuzilando-a com os olhos de sangue, fazendo-a tremer. Ele se aproximou perigosamente e ela se afastou defensivamente. – Se não me falar, mato você – levantou a jaqueta. Aline viu a arma no cós da calça.

– Segundo andar... na sala de espera – ela falou, tremendo, e o viu sair rapidamente, depois correu desesperada em busca do segurança.

Um médico falava com o casal sobre a cirurgia que realizavam no filho. Anya estava com a cabeça encostada no ombro de Daniel, sentindo o perfume que lhe fazia tão bem e tão mal, mas era melhor do que prestar atenção naqueles outros aromas presentes na sala. A porta estava aberta e a entrada repentina de Renato alarmou a todos. Anya sentiu um aroma tão ácido que seu estômago revirou.

– Renato? – ela se levantou assustada ao ver o estado dele, e aquele aroma forte atingindo-a com intensidade.

Daniel pegou no braço dela e a puxou para perto dele. Não conhecia aquele rapaz que estava cheio de sangue no rosto e na roupa. Alguma coisa o alertava contra aquela aparição.

– Renato! Está ferido? O que aconteceu? – Anya perguntou, nervosa, mas viu os olhos dele se colorirem de vermelho e aquilo agitou o sangue em seu corpo.

– Quem é esse cara, Anya? – Renato esbravejou, apontando para Daniel. – Desde quando pode sair no sol? – ele estava transtornado. O médico e o casal presentes saíram dali ao perceber que algo não estava certo.

– Do que está falando? – Anya sentiu a mão de Daniel, que apertou seu braço.

– Quem é você? Com que direito fala assim com ela? – Daniel colocou-se diante de Anya, encarando aquele homem que era muito menor que ele.

– Não... Daniel, ele não está bem! – Anya falou, assustada. Nunca vira Renato daquele jeito. – O que aconteceu com você, Renato? – perguntou, sem conseguir sair detrás do corpo protetor de Daniel.

– Você nunca deixou que me aproximasse de você, Anya! – a voz saiu amarga e ela ficou confusa. Fazia tanto tempo que ela e Renato haviam conversado sobre aquilo e ele havia aceitado ser seu amigo! – E agora dorme com esse aí! – seus olhos vermelhos faiscaram encarando Daniel.

– Ele... é um Portador? – Daniel, confuso, perguntou a Anya por sobre os ombros.

– Não! Quer dizer... não sei! Nunca o vi assim! – ela agarrava o braço de Daniel.

O segurança apareceu à porta.

– O que... – ele viu o rapaz cheio de sangue um segundo antes de ser atacado e seu pescoço ser facilmente quebrado por Renato.

Anya sentiu as pernas fraquejarem e Daniel respirou com dificuldade, nunca vira algo parecido em sua vida! Só vira uma cena como aquela em filmes! Os dentes de Renato se projetaram, e Daniel deu um passo para trás.

– É um vampiro, definitivamente! – exclamou, pegando Anya pela cintura e a empurrando para o lado. Aquele monstro não tinha nada a ver com Anya! Não eram a mesma coisa! Não sabia o que fazer...

– Vou quebrar o seu pescoço e beber o seu sangue! – Renato deu um passo à frente em direção a Daniel.

Daniel abaixou-se e pegou a adaga que estava presa à sua perna. Renato puxou a arma que estava em sua calça e atirou.

Dante e Léo chegavam ao hospital quando viram a agitação junto à porta. Aline estava do lado de fora e correu até ele.

– Doutor Dante! Não entre lá! Tem um homem armado atrás da Anya. Aquela que... – ela não terminou a frase e viu Dante sair correndo pelo meio dos funcionários e curiosos.

Léo seguiu o irmão e entraram no hospital. Um funcionário disse que estavam no segundo andar.

– Dan! O que vai fazer? O cara tá armado! – Léo falou ofegante ao lado dele.

– Eu... não sei! – Dante falou com o rosto vermelho.

Renato segurou Anya pelo pescoço e a puxou para perto dele. Ela tentava olhar para Daniel, que tombara ao levar um tiro, mas Renato a mantinha presa e com o rosto virado em sua direção. Não conseguia ver onde Renato acertara Daniel, mas sentia o cheiro forte de chocolate misturado àquele aroma ácido do sangue de Renato. Tremeu e sentiu o sangue correr velozmente por suas veias.

– Como pôde, Anya? – os olhos vermelhos pareceram suavizar por um instante. – Eu me dediquei a você! Não quero ser seu amigo! – apertou a mão no pescoço dela e os dentes incisivos apareceram entre os lábios.

A respiração de Anya acelerou, mas ela não sentiu medo dele; ao contrário, seu corpo reagiu como se uma fonte de energia crescesse dentro dela. Agarrou os braços de Renato com força fazendo-o afrouxar o aperto e seus dentes também se projetaram, surpreendendo Renato.

– Vá embora, Renato! Suma daqui! – a voz dela saiu mais forte do que ela imaginava. – Eu mato você! – os lábios se contraíram e os dentes machucaram sua boca. Nunca ameaçara ninguém antes, nunca sentira aquele desejo crescer com tanta velocidade em suas veias, mas seria capaz de destroçar o pescoço dele com seus dentes, tamanho era o ódio que sentia. O cheiro de chocolate acentuado só a alertava de que o sangue de Daniel escorria. Pensou ter ouvido Daniel falar seu nome...

Dante e Léo pararam diante da porta da sala de espera, onde o corpo do segurança jazia. Dante era pura determinação e instinto. Abaixou-se e pegou a arma que estava ao lado da mão do segurança. Nunca usara uma arma antes, mas, naquele momento, se sentia capaz de usá-la. Os dois entraram na sala.

Léo jamais esqueceria aquela cena... Um jovem, todo sujo de sangue, segurava uma moça linda pelo pescoço. Anya, com certeza!, pensou, admirado. O rapaz tinha o rosto transtornado, os olhos cheios de sangue e grandes caninos que apareciam entre os lábios.

– Puta que pariu! – ele exclamou, totalmente atordoado. – Um vampiro! – com os olhos arregalados, viu o rosto da garota. – Ela é uma vampira! – falou, encostando-se à porta, sem poder acreditar nos dentes que pareciam machucar os lábios carnudos dela, fazendo-a parecer ao mesmo tempo furiosa e frágil. Estava hipnotizado pela cena, parecia flutuar em alguma outra dimensão, sua boca estava literalmente aberta. Seu torpor foi quebrado pelo som de um tiro, um estampido seco. Ele viu o vampiro e a jovem caírem no chão. Olhou para Dante que estava parado ao lado do rapaz. Estava mortalmente pálido e a arma tremia em sua mão.

Dante olhou para a cabeça de Renato, onde acabara de atirar. O sangue escorria em profusão. Deixou-se cair de joelhos e pegou na mão de Anya, que estava ajoelhada, segurando o pescoço que fora apertado e olhava assustada para Renato caído. Ela olhou para Dante por um minuto, fazendo uma eletricidade correr pelo corpo dele, como se tivesse encostado o dedo na tomada. Anya pareceu sentir a mesma coisa e puxou a mão com os olhos grandes assustados. Levantou-se e foi para o outro lado da sala, onde Daniel se esvaía em sangue... um rio de chocolate...

Léo foi para o lado do irmão, que parecia estar em estado de choque, e parou ao ver o touro que, ferido, se sentara apoiado no sofá da sala de espera. Levara um tiro, ao que parecia, no abdome.

Anya abriu a camisa de Daniel em pânico. O sangue precioso dele escorria manchando a camisa clara.

– Eu sou um idiota! – ele falou, fazendo uma careta de dor. Anya passou a mão no cabelo dele com a mão trêmula. – Não deixe o chocolate desperdiçar... – tocou no rosto dela. – Beba, Anya...

Os dentes de Anya já haviam se retraído e ela olhou para Daniel confusa e assustada. Ele pedia para que ela aproveitasse que ele estava sangrando, para beber o sangue?

– Se você beber... eu vou fabricar mais... – ele falou, ofegante, o rosto transpassado pela dor.

– Não morra, Daniel! – ela pediu, com lágrimas nos olhos. Beijou de leve os lábios dele e depois pressionou sua boca contra o ferimento que sangrava. Sentiu o gosto que tanto amava, mas havia também o gosto de metal e de pólvora do projétil. Ela o ouviu suspirar.

Dante estava atônito, segurando a arma na mão. Não acreditava naquilo que vira. Não acreditava que ele havia matado Renato! O rapaz que salvara dias antes! Estava atordoado! Sequer havia cogitado atirar no braço ou na perna... atirou na cabeça, com a clara intenção de matar! Instintivamente se virou para onde Daniel e Anya estavam e a viu sugando o sangue que saía do ferimento dele! Não! Ele tentara não absorver a imagem dos lábios dela machucados por presas que se projetavam! Como se não tivesse visto aquilo. Não queria ver... Mas agora, aquela imagem o atingia como se tivesse levado um soco no estômago e ele arqueou. Só podia estar imaginando coisas... Sua cabeça girava, a sala toda girava... Ouvia ao longe a voz do irmão o chamando. O que estava acontecendo com ele? A arma tremia em sua mão quando, sem que percebesse exatamente o que estava fazendo, apontou para Anya...

Léo via que Dante não estava bem, seus olhos estavam vidrados, suas mãos tremiam. Chamava por ele, mas ele não o ouvia. Havia visto a cena... Não acreditava! Aquele rapaz pedindo para Anya sugar o sangue dele! Sua respiração estava alterada, não compreendia nada. Viu quando o irmão apontou a arma na direção de Anya. Léo não pensou. Entrou na frente do irmão e tirou Anya de cima de Daniel, apertando -a nos braços, protegendo-a da arma que o irmão apontava.

– Dante, não! – ele gritou, colocando-se na mira da arma. – Vai ajudar aquele cara! – vociferou, furioso, escondendo Anya entre os braços. Viu o irmão piscar várias vezes e baixar a arma. – Você é médico, cara! Não é um matador! – a voz de Léo tremeu, mas soou forte.

Anya se viu resgatada e aprisionada entre braços magros, mas fortes. Sua cabeça estava encostada no peito dele e ouvia o coração muito acelerado, e sentia um cheiro que a encantou, era uma mistura de doces, um aroma de festa infantil: algodão-doce, maçã do amor, paçoca... A mistura deixou-a com uma sensação de paz e calma, algo que não conseguiria explicar.

Dante, confuso, olhou para o irmão e, aflito, foi até Daniel.

– Anya... – Léo olhou-a no rosto e passou a mão pelos seus lábios sujos de sangue. – Não faça isso... – ele fitou os olhos castanhos e doces dela. Como era possível? Não. Não era possível...

– Você não entende... – ela falou, com os olhos cheios de lágrimas. Léo percebeu que ela não vira o perigo que sofrera, com a arma de Dante apontada para sua cabeça. – Ele... precisa de mim... – virou-se e viu Daniel ser erguido por Dante, que era ajudado por dois enfermeiros que apareceram no corredor e entraram na sala.

– Meu irmão vai cuidar dele... – Léo não a soltou e viu que Daniel olhou para ela e, depois, com extrema desconfiança para ele.

– Ela vai ficar bem – Léo se viu falando para o rapaz forte.

– Anya... – Daniel olhou-a e se contorceu de dor.

– Deixe que cuidem de você, Daniel, preciso de você inteiro! – ela passou a mão no rosto dele e ele tentou sorrir antes de ser retirado da sala.

– Vamos sair desse lugar – Léo passou a mão pelos ombros dela e a encaminhou para a porta da sala, passando pelos corpos de Renato e do segurança.

Duas enfermeiras trouxeram uma maca e Daniel foi colocado sobre ela.

– Eu vou com ele! – Anya afastou-se de Léo e foi para perto de Daniel, mas alguma coisa ali a fazia sentir medo. Não queria olhar para o médico que, depois de matar Renato sem titubear, socorria Daniel.

– É uma bala, doutor? – um enfermeiro perguntou, mas Dante não respondeu. Seus olhos estavam fixos em Anya e sua respiração falhou.

–É! É uma bala! – Léo respondeu pelo irmão e pegou no braço dele. – Salve esse cara, Dan... – sua voz soou ameaçadora ao lado de Dante.

– Para... – Dante engoliu antes de falar – o centro cirúrgico – completou. Não se sentia presente na cena da qual participava, apenas respondia aos comandos da voz do irmão, como se não fosse capaz de tomar decisões por si mesmo. A voz de Léo penetrava em seus ouvidos e ele simplesmente o obedecia...

Apesar dos protestos de Anya por não poder acompanhá-lo, Daniel foi levado para o centro cirúrgico. Dante iria retirar aquele projétil, que parecia não ter atingindo algum órgão vital, mas não tinha certeza. Viu o irmão ficar abraçado a Anya enquanto deixava a sala. Ele se perguntava se realmente vira Anya sugando o sangue de Daniel. O que ele teria feito se Léo não interferisse? Atiraria nela? Ele a mataria?

Daniel sentia muita dor, além da fraqueza que tomava conta do seu corpo. Não queria deixar Anya com aquele rapaz estranho. O pior era a sensação de que já conhecia aquele médico que o socorria e que não gostava nem um pouco dele. A dor aguda não o deixava pensar com clareza, mas não gostava nem de médicos nem de hospitais... o corredor escureceu e não viu mais nada.

– Ele vai ficar bem, Anya – Léo falou ao ver a angústia estampada no rosto dela. – É um cara forte.

– Quem é você? – ela olhou-o confusa enquanto sentia aquele aroma que de certa forma a deixava calma. Era bom estar ao lado dele, mas não o conhecia, nunca o vira antes, com certeza.

– Sou Leonardo, mas pode me chamar de Léo – ele sorriu nervoso e exibiu o par de covinhas no rosto. Estava atordoado, mas precisava ficar com ela, tranquilizá-la.

Anya olhou para ele, piscou algumas vezes, como que tentando voltar à realidade...

– Você é... irmão do... – ela apontou para o corredor por onde Dante saíra com Daniel. Os irmãos eram muito parecidos.

– Médico. Sim. Dante é meu irmão – respondeu, preocupado com o irmão, que certamente não estava bem. Torcia para que ele conseguisse salvar Daniel.

Rafael e Ivan passaram pelas pessoas na porta do hospital ao mesmo tempo em que alguns carros de polícia chegavam fazendo bastante barulho. Ivan, com o coração acelerado e aflito, empurrava as pessoas quase jogando-as para longe. Rafael, com sua habilidade em se locomover mais rápido que a maioria das pessoas, entrou correndo no hospital, jamais se perdoaria se alguma coisa tivesse acontecido a Anya...

Correram pelos corredores e chegaram ao segundo andar.

Léo estava com Anya no corredor quando viu aquele homem negro, o mesmo que avistara na varanda do apartamento dela, aparecer como um lobo. Estava acompanhado por um homem que podia ser perfeitamente um modelo de roupas de grife. Os dois o olharam como se fossem destroçá-lo, e Anya, ainda tremendo, correu até o negro enorme e o abraçou chorando.

Rafael, desconfiado, aproximou-se daquele rapaz alto parado mais atrás e o encarou com os olhos azuis, brilhando. O rapaz estava pálido, com sangue na frente da camiseta.

– Anya, meu Deus! O que aconteceu? – Ivan perguntou, aflito, pegando no rosto dela. – Está machucada? Quem é aquele? Ele feriu você? – encarou Léo.

– Não, tio! Ele me ajudou! Foi o Renato, tio! Ele atirou em Daniel! Ele... era um Portador! – falou baixo, aflita. – Ele quebrou o pescoço daquele segurança! – apontou para o corpo junto à porta.

– E Daniel? – Ivan perguntou, percebendo que o Escravo não estava por ali.

– Meu irmão é médico do hospital. Ele o levou para a cirurgia – Léo antecipou-se e respondeu.

– Quem é você? – Rafael perguntou ao rapaz que era mais alto que ele.

– Leonardo – ele respondeu, sentindo-se analisado por aquele homem com o rosto de mármore, os lábios rígidos e os olhos azuis faiscantes.

Ivan entrou na sala e só então percebeu quem era o Renato de quem Anya falara. Aquilo era impossível! Aquele rapaz não era um Portador! Não há uma semana! Sentiu o coração acelerar. Impossível!

Vários policiais apareceram no corredor...

– Anya, saia com Rafael daqui – Ivan falou e deu um beijo na testa dela. Ele iria resolver aquela situação com a polícia, precisava criar uma explicação para despejar na mente deles... nada que levasse até Anya...

– Vou levar esse também – Rafael apontou para Léo. – Precisamos conversar...

Sem compreender o que acontecia, Léo sentiu quando Anya pegou na mão dele. Estava fria. Não sabia explicar por quê, mas precisava ir com ela...

Rafael estava rígido quando entraram em um dos consultórios vazios. Olhou sério para Anya. Queria brigar com ela por ter saído da casa dele às escondidas, por se expor ao perigo, mas olhar para ela, abatida, o acovardou. Então respirou fundo, passou a mão no cabelo e se concentrou no rapaz.

– O que viu? – ele interrogou, e Léo não respondeu. Não sabia o que podia contar para aquele homem que, analisado com mais cuidado, se parecia com um vampiro clássico.

– Rafael... – Anya interferiu – Renato entrou no hospital todo sujo de sangue e foi atrás de mim. Era meu amigo da faculdade... – as lágrimas escorreram pelo rosto dela. – Eu... não sei o que aconteceu com ele! Nunca o vi brigar com ninguém, se descontrolar! – a voz dela tremia. – Quebrou o pescoço daquele segurança com uma facilidade! Atirou em Daniel e tentou me... – suspirou.

– Ele iria matá-la – Léo completou. – Meu irmão pegou a arma do segurança e atirou nele.

– Seu irmão... o médico – Léo assentiu e Rafael tentava perceber o que era aquele rapaz, mas sentia que não se tratava de um caçador. – Mais alguém testemunhou tudo? – Rafael olhava para o rapaz, que negou.

– Havia um casal e outro médico quando Renato entrou furioso, mas eles saíram correndo – Anya falou e se sentou em uma cadeira na sala. Suas pernas estavam bambas e só pensava em Daniel. A culpa era dela por ele estar ali.

Rafael suspirou. Havia testemunhas demais. Não tinha certeza de que Ivan conseguiria controlar aquela situação de forma satisfatória.

– Rafael, preciso saber de Daniel – Anya tocou em seu braço e ele se inclinou, passando a mão no rosto dela.

– Fique aqui. Não saia, entendeu? De jeito nenhum! – a voz parecia a de um pai bronqueando com uma criança, e ela sabia que merecia. – Você! – pegou no braço de Léo. – Fique com ela. Não saia daqui até que eu ou aquele gigante que você viu lá fora apareça, compreende? Se deixar alguma coisa acontecer com ela...

– Ela vai estar segura... Rafael – Léo falou, sério, encarando-o.

Quando Rafael saiu, Léo sentou-se ao lado de Anya e segurou em suas mãos frias.

– Bem... Anya – ele respirou fundo e procurou sorrir para ela –, agora que estamos sós... pode me contar o que levou seus caninos a se projetarem e machucarem sua boca? – passou a mão no lábio machucado dela e a sentiu tremer. – E por que aquele grandalhão que levou o tiro pediu que você sugasse o sangue dele?

Anya puxou as mãos e o olhou receosa. Estava perdida... haviam descoberto no que ela se transformara. Léo percebeu o medo nos olhos dela.

– Prometo, pela minha vida, que não falarei disso com ninguém – afirmou, solene. Depois sorriu e levantou os ombros. – Ninguém acreditaria mesmo...

Ela olhou bem para os olhos dele. Não o conhecia, mas seu instinto dizia que podia confiar nele... Mesmo assim resolveu responder o mínimo possível e da forma mais científica e menos fantasiosa que conseguiu.

– Sou Portadora de um mal do sangue. Preciso de sangue para sobreviver, e Daniel é meu doador. O sangue dele... – ela engoliu com dificuldade pensando em como ele estaria –... me basta, me sustenta... e ele produz mais sangue conforme doa. Entende? – olhou para o rapaz, que parecia fascinado com a narrativa dela.

– E... aquele que morreu? – Léo tentava montar o quebra-cabeça. – Também tinha essa doença? – lembrava-se do que Dante contara sobre o que acontecera a Renato dias antes.

– Não que eu saiba... – ela balançou a cabeça, desconsolada. Perdera seu melhor amigo da pior forma possível.

– Ele... pode ter sido mordido? Você...

– Não! – ela se levantou, nervosa. – Eu... não o mordi, se é isso que quer dizer. O que tenho é uma doença genética! Não é contagiosa! Mas se manifestou apenas há uma semana!

– Quando você se afogou? – ele perguntou, já de pé ao lado dela. Anya arregalou os olhos e se afastou assustada. Como ele sabia daquilo? Léo percebeu a apreensão e o medo dela. – Meu irmão tem procurado por você... desde o dia em que sumiu do hospital. Ele te atendeu e não te esqueceu – viu que ela abriu a boca, admirada. Então ela conhecia aquele médico! Será que foi por isso que sentiu uma sensação muito intensa quando ele a tocara? Aquele aroma de café forte... que fizera um estranho medo correr por suas veias...

Léo percebeu a palidez dela.

Rafael entrou na sala e olhou para ela, preocupado. Respirou fundo e passou a mão pelo cabelo.

– Rafael? – Anya tocou o braço dele. O rosto não transparecia boas notícias e aquilo fez seu estômago retorcer.

– Daniel passa bem. Me informaram que a bala não atingiu órgãos vitais e ele é forte, vai se recuperar... – viu Anya se sentar, visivelmente aliviada. – Mas soube que Rita não resistiu à cirurgia... – ele completou sério, esperando a reação dela.

– Meu Deus! – o choque a fez se lembrar por que estava ali, naquele hospital. Entregou-se às lágrimas, amparada pelos braços possessivos de Rafael, que encarava Léo...

Antagonistas

ante terminou de se lavar depois de operar Daniel. A bala felizmente não atingira nenhum órgão vital e se alojara em um músculo abdominal. A cirurgia fora muito rápida. O rapaz era bastante forte, tinha uma saúde perfeita e um processo de cicatrização absurdamente rápido. Com certeza, logo estaria em casa. Parou, olhando-se no espelho enquanto enxugava os braços. Um assassino... que matou Renato a sangue-frio e por pouco não atirou em Anya! Suas mãos tremeram. Seus sonhos vieram à tona. Sonhos nos quais ele matava Anya depois de beijá-la... Jogou água fria no rosto. Precisava encontrar Léo. Se não fosse pelo irmão... Respirou fundo várias vezes e percebeu, surpreso, que a dor de cabeça que o acompanhava há uma semana havia desaparecido completamente...

Ivan, depois de um "contato" com a polícia e um arranjo no local do crime, ligou para a casa de Rafael e contou a Viviane sobre a morte de Rita. Ela disse que Edgar havia acordado e se arrumava para sair atrás da filha. Ivan resolveu não contar sobre as "outras notícias". Estava nervoso e confuso. Imaginava como Renato podia ter se tornado um Portador. Ele não era um antes de Anya mordê-lo, com certeza! Mas não havia a possibilidade de contágio. Pelo menos sempre disseram que não. Precisava falar com Rafael.

Léo estava encostado à parede com as mãos nos bolsos, enquanto esperavam a poeira abaixar. Olhava para Anya, que havia chorado bastante quando soube da morte da avó e agora estava quieta, sentada em uma cadeira. Rafael, depois de interrogá-lo inúmeras vezes sobre o ocorrido na sala de espera, estava sério, parado tal qual um manequim diante da janela do consultório, olhando para a agitação do lado de fora do prédio. Léo o observava e tinha certeza de que ele tinha a mesma "doença" de Anya e o imaginava dentro de um filme, como o protagonista, Conde Drácula.

Ivan entrou na sala, ajoelhou-se diante de Anya e a abraçou.

– Sinto muito, branquinha – ele falou, carinhoso, afagando os cabelos dela. – Já avisei Edgar... ele está vindo para cá.

– Ele deve estar furioso comigo... – falou, fanhosa, e ele acariciou seu rosto.

– Ele nunca fica furioso com você – Ivan sorriu e beijou a testa dela. Depois se levantou e se colocou diante de Léo e o encarou.

Léo era bem alto e olhou para aquele negro, que era mais alto que ele e dava dois ou mais dele em largura. Era realmente intimidador. Antes que falasse qualquer coisa, Léo estendeu a mão.

– Sou Leonardo – apresentou-se, e Ivan, antes de apertar a mão dele, olhou para Rafael.

– Ele está limpo – Rafael falou com a voz firme. – Pode mandar embora.

Ivan, então, apertou a mão do rapaz e o olhou dentro dos olhos... Léo viu os olhos negros ficarem azulados e se fixarem nele com insistência. Aquilo era muito estranho. O que seria aquele homem? Um mutante?, Léo se perguntou e viu o cenho de Ivan se franzir, como se estivesse incomodado com alguma coisa. A mão forte apertava a sua com força e seus dedos estralaram.

– Você... estava tentando ler minha mente? – Léo perguntou, liberando sua mão do aperto. – Você pode fazer isso? – estava admirado e viu os olhos de Ivan voltarem à coloração normal.

Ivan ignorou o rapaz e olhou para Rafael, preocupado.

– Preciso conversar com você – falou com a voz grave, e Rafael lhe dirigiu um olhar interrogativo. – Lá fora.

Anya nem se deu ao trabalho de perguntar o que escondiam dela. Estava arrasada, triste, e se sentia culpada demais. Culpada por não ter dado atenção suficiente à sua avó. Culpada pelo estado de Daniel, pois se ela não tivesse pedido que ele fosse junto...

Rafael e Ivan saíram da sala e Léo se sentou ao lado dela.

– Acho... que você pode ir agora – ela sorriu, triste, olhando para ele. Sentia aquele aroma doce do sangue dele, mas não sentia vontade de sugá-lo, o que era estranho. Talvez estivesse saciada, mas não era assim que se sentia quando Daniel estava por perto e era obrigada a lutar contra o desejo de mordê-lo.

— Posso fazer companhia a você? Vou esperar meu irmão... — Léo sorriu. — Quer conversar? Falar de sua avó? — perguntou, e viu os olhos dela se encherem de lágrimas. Ele sabia que doía. — Eu perdi minha avó paterna há quase três anos... eu gostava dela, cozinhava muito bem.

— Ninguém gostava da minha avó... — ela sorriu, triste. — Eu gostava, mas preferia vê-la só de vez em quando. Eu sei que ela me amava... — passou a mão enxugando a lágrima do rosto.

— O rapaz é imune, Rafael... — Ivan falou, passando a mão pela cabeça nua e respirando fundo. — Não consigo apagar...

— O que vamos fazer? Matá-lo? É uma testemunha... — Rafael o encarou.

— Não! Claro que não vamos matar um inocente, cara! E ele está apoiando Anya, acho que não sabe o que ela é... ele só viu o que Renato se tornou... O pior é Renato... — Ivan então contou que Anya havia mordido o rapaz.

— Como assim, Ivan? — Rafael estava pálido depois de ouvi-lo.

— É isso que você ouviu. O cara foi visitar a Anya bem no dia em que ela despertou com sede. Eu e Edgar o usamos como doador. Ele não era um Portador, Rafael! — Ivan falou alto e depois baixou a voz, olhando para o corredor vazio.

— Não conte isso a ninguém, Ivan... — Rafael falou, nervoso. — Anya não pode saber que mordeu esse cara!

— Ela... o contaminou? Isso é possível? — Ivan estava perplexo. — E Daniel?

— Não sei de nada, Ivan! Não vamos fazer suposições! A possibilidade de um contágio é mito, Ivan. Entende? Mito... — Rafael passou a mão pelo cabelo e viu Ivan ficar com os lábios grossos pálidos...

— Meu Deus! Ela não merece isso, Rafael — sabia que Anya não suportaria descobrir que poderia ter transformado Renato. Era muita coisa para uma jovem como ela aguentar: ser uma Portadora, precisar sugar o sangue de um Escravo, perder a avó e, além de tudo, ser capaz de contaminar outras pessoas...

Rafael ficou muito preocupado. Ninguém poderia saber daquele "dom" de Anya, nem Antagonistas, nem Portadores. Ela representava o perigo extremo para uns e a esperança desmedida para os outros...

Dante caminhou pelos corredores, procurando o irmão. Os funcionários do hospital haviam sido retirados para que a perícia trabalhasse e não podiam entrar, mas os médicos e enfermeiros que estavam em atendimento tiveram permissão de ficar no prédio, porém não podiam ficar circulando, por isso o corredor estava vazio. Abriu a porta de alguns consultórios e encontrou em um deles o irmão, Anya e um homem alto e magro que o olhou como se fosse estrangulá-lo quando entrou.

Léo viu o irmão e foi até ele. Rafael puxou Anya pelo braço e a segurou junto dele enquanto ela protestava.

– Me solta! – ela falou, olhando-o confusa. Não sabia por que ele a apertava tanto junto ao corpo.

– Fique aqui – ele falou ao ouvido dela. Sentiu a presença de um caçador assim que Dante abriu a porta. Seu coração acelerou.

Dante olhava para Anya, que estava pálida e agarrada pelo braço daquele homem. Sua pulsação acelerou demais ao olhar para ela e sentiu a mão do irmão em seu braço.

– Dan... tá tudo bem? Daniel vai sobreviver? – Léo perguntou ao irmão, mas estranhou o comportamento de Rafael, que encarava Dante com os olhos azuis escurecidos.

Dante, relutante em desviar o olhar, se virou para o irmão.

– Ele vai ficar bem... você tá legal? – perguntou e voltou a olhar para Rafael, que segurava Anya.

– Eu estou. E você? Está mais calmo agora? – bateu no ombro do irmão e olhou discretamente para Anya, que parecia nervosa com Rafael.

– Eu... estou bem... – Dante respondeu, mas não era verdade. A visão de Anya produzia nele sentimentos contraditórios, que o deixavam realmente confuso e angustiado. – A polícia ainda está no prédio? – queria parecer no controle, mas a maneira com que aquele homem olhava para ele o deixava desconfortável. Estaria ele acusando-o pela morte do rapaz? Ou saberia que havia apontado a arma para Anya, por isso a mantinha segura ao seu lado?

– Você é o médico que cuidou de Daniel? – Rafael dirigiu-se a ele com a voz cortante, feito uma navalha. – E que matou Renato? – falou com o maxilar contraído.

– Ele me salvou, Rafael! – Anya virou-se para ele e se desvencilhou de seu aperto. – Renato estava descontrolado, havia matado aquele segurança! Estava me estrangulando! Se ele não tivesse atirado... – respirou fundo – eu estaria morta! – estava entre ele e Dante e viu que Rafael estava muito contrariado. Depois se virou para o médico, que a olhava quase sem piscar. Não sabia que ele apontara a arma para sua cabeça... aquilo o fez se sentir mal, angustiado. – Obrigada, doutor – agradeceu, e ele não sabia o que dizer ao fitar aqueles olhos que o aprisionavam, que tragavam sua alma e perturbavam seu espírito.

– Eu... – engoliu com dificuldade e era observado pelo irmão, o único que sabia de sua tentativa de matá-la – preciso me apresentar à polícia.

– Não, não precisa. Estão sabendo que foi suicídio – Rafael respondeu. Ficou confuso. Tinha diante dele um caçador, com certeza! Mas seria ele o Antagonista de Renato? Que, sem se dar conta, cumprira sua missão? Poderia aquele "instinto" despertado ter se acalmado e ficar adormecido novamente, sem nunca mais se manifestar? Conhecia casos assim...

– Ah... agora entendi... – Léo, pensativo, começava a entender que tipo de mutação Ivan possuía. – Incrível... – murmurou e viu Ivan parado à porta, praticamente bloqueando toda a saída. Dante olhou para o irmão, totalmente confuso. O que Léo sabia e que ele não fazia ideia?

– Devem esquecer o que aconteceu aqui. Não devem falar com ninguém sobre o ocorrido ou sobre a presença de Anya na cena do crime – a voz grave de Ivan fez todos se virarem para ele. – Se algum detalhe vazar, que só vocês saibam, saberei que foi um de vocês e então irão se juntar aos antepassados no céu ou no inferno.

– Tio! – Anya exclamou assustada.

– Tem que ser assim, branquinha – ele a olhou sério e viu que havia uma expressão perigosa no rosto de Rafael, alguma coisa não estava bem. – Algum problema, Rafael?

– Precaução... – Rafael respondeu e olhou para Dante.

– Não falaremos nada! – Léo tomou a palavra. – Jamais – olhou para o irmão. – Não é, Dan?

– É... – Dante falou inseguro, sentindo as mãos tremerem.

Antes que Rafael pudesse impedi-la, Anya foi até Léo, abraçou-o e o beijou no rosto.

– Obrigada, Léo... você é um anjo – sorriu, ainda com aquele ar triste. – Sua companhia foi maravilhosa, mas é melhor que vá embora agora.

Ele não queria se despedir, queria ficar com ela. Saber mais sobre aquela sua doença e ajudá-la, embora não soubesse como.

– Vou ficar preocupado com você, Anya – ele também sorriu, exibindo as covinhas, e passou a mão no rosto pálido dela.

– Eu vou ficar bem – ela respondeu e parou diante de Dante.

Anya sentia o coração disparado no peito ao olhar para ele. Alguma coisa naqueles olhos verdes a deixavam insegura, temerosa, mas devia sua vida a ele. Estendeu a mão ligeiramente trêmula e ouviu um muxoxo que vinha da boca de Rafael, mas não se deu ao trabalho de se virar.

Da mesma maneira insegura, Dante apertou a mão fria dela, mas que fez um calor correr pelo seu corpo. Sabia que de alguma forma estava ligado àquela mulher...

– Obrigada – ela falou e sorriu timidamente.

– Espero que fique bem – ele respondeu e, puxando a mão rapidamente, acenou para os dois homens e saiu acompanhado do irmão...

Anya ficou parada à porta, sentindo ao mesmo tempo um vazio e um alívio pela saída dos dois.

Ivan foi até a janela onde estava Rafael.

– O que foi? – perguntou baixo, olhando na direção da janela para disfarçar.

– Caçador... – Rafael falou em um sussurro, viu os olhos de Ivan se arregalarem e ele se virar pronto a buscar o médico. Rafael segurou no braço dele. – Quarentena... – afirmou, e Ivan sabia que deveria manter os olhos sobre o médico que salvara a vida de Anya e de Daniel.

Régis apertou o jornal nas mãos. Ele tinha que resolver aquilo. Precisava falar com Ingrid urgente. Henrique olhou para o jornal sobre a mesa, depois de Régis tê-lo descartado com fúria. Leu a notícia de primeira página:

Terror em Florianópolis

Acredita-se que o maníaco que atacou no Parque da Cidade, no último dia 30, e que deixou quatro mortos e outra vítima em estado gravíssimo, suicidou-se dentro do hospital Ana Néri, no início da tarde de ontem, dia 31.

Apesar de a polícia não revelar detalhes da investigação, a informação disponibilizada é a de que dois seguranças, José Carlos Neves (58) e Maurício Bernete (39), foram mortos violentamente por Renato A. Cordeiro (22). Três outras testemunhas afirmaram que a motivação do crime pode ser passional, pois, segundo elas, havia uma jovem em uma das salas de espera do hospital e que foi abordada com violência pelo rapaz. A polícia garante que não havia tal moça no local.

O caso ainda está bastante obscuro, visto que os ferimentos encontrados nos seguranças se assemelham aos das vítimas do parque. A mãe do rapaz afirmou aos jornalistas: "Meu filho nunca fez nada. Sempre foi um rapaz maravilhoso, calmo e estudioso. É impossível que tenha cometido tais atrocidades!", revoltou-se Vera M. Cordeiro (53), enquanto era atendida por um médico devido à pressão alterada. Perguntada sobre a possibilidade da motivação dos crimes ser passional, ela afirmou que o filho não tinha nenhuma namorada e que também não era usuário de drogas. Contou que fora assaltado e agredido dias antes, à noite, quando voltava da faculdade, e que ainda se recuperava.

Renato A. Cordeiro era estudante do último ano do curso de Economia na Universidade Federal de Santa Catarina e não possuía qualquer registro criminal. Segundo amigos, era um

rapaz pacato e inteligente e que nutria uma paixão platônica por uma amiga da faculdade, mas que não acreditam que tenha sido capaz de tais atos para se vingar dela. A jovem em questão ainda não foi encontrada. Especula-se que esteja assustada com os eventos. A polícia promete concluir o inquérito dentro de quinze dias.
Da Redação.

Henrique terminou de ler e traçou o sinal da cruz diante do corpo. Se havia alguém capaz de descobrir o que estava acontecendo, era Ingrid. E se havia alguém capaz de acabar com todos os malditos sugadores de sangue, era Régis. Sentia que uma grande batalha estava deflagrada, mas ainda tinha uma missão para aquela noite...

O Sangue

A chuva abafou a voz de Bia, enquanto seus pés afundavam nas poças de água.

– Não olhe para trás, Gi! Não olhe! – as mãos geladas apertavam o braço da irmã mais nova enquanto as duas corriam, saindo de perto do mar em direção à rua iluminada.

– Eu não consigo mais, Bia! – Gisele falou, ofegando, e a água da chuva encharcou seus lábios. Ela sentia a mão da irmã que a puxava, mas suas pernas já não aguentavam mais correr.

– Consegue, sim! – Bia agarrou o braço da irmã com as duas mãos e a puxou na direção da rua. Ela viu um carro que se aproximava pela rua estreita e acenou, desesperada. Em seu coração surgiu a esperança de que alguém as socorresse...

A motorista do carro dirigia tensa àquela hora da noite. Nunca parar era seu lema quando saía tarde da casa do namorado. Não parava em semáforos vermelhos ou cruzamentos, que eram sempre uma roleta-russa. Mas havia tantos casos de assaltos que não se importava com as multas. Duas figuras totalmente molhadas usando moletons com capuz apareceram à calçada gesticulando. Foi instintivo, ela desviou o carro e saiu a toda a velocidade. Olhou pelo retrovisor e viu as duas pessoas correndo para o outro lado da rua. Respirou aliviada, com certeza alguma coisa não estava certa ali e ela escapara. Não iriam assaltá-la aquela noite, de jeito nenhum!

– Meu Deus, Bia! – Gisele falou em prantos, mal conseguindo respirar quando chegaram ao outro lado da rua.

Bia arrastou a irmã pela rua em busca de um lugar onde houvesse alguém que pudesse ajudá-las, ou talvez encontrassem algum esconderijo. A chuva forte espantara qualquer transeunte e àquela hora o comércio já fechara as portas.

– Eu não vou deixar ninguém machucar você, Gi! – a voz de Beatriz tremeu. Queria passar segurança à irmã, mas estava apavorada. Arriscou olhar para trás em meio à chuva que voltava a cair mais forte e não viu o perseguidor, mas seu coração acelerado a alertava de que as sombras o escondiam e de que não havia desistido.

As duas abrigaram-se debaixo de uma marquise, tentando recuperar o fôlego. Gisele soluçava assustada, segurando no braço da irmã. Bia sentia fraqueza nas pernas e seu pescoço latejava, mas ela tinha que proteger a irmã.

– Vamos correr mais um pouco e logo chegamos em casa – a irmã mais velha falou e sorriu, tentando acalmar a mais nova. Tinham apenas três anos de diferença, mas a responsabilidade que caíra sobre os ombros de Bia a fizera ainda mais madura...

Um carro apontou na esquina à direita de onde as duas irmãs estavam, ele se aproximava lentamente; o condutor parecia não ter pressa. Bia puxou a irmã e se virou, pronta para correr na direção oposta, mas esbarrou no corpo forte de um homem que parou diante dela. Ao lado dele, mais dois homens. Instintivamente, colocou-se diante da irmã. Os homens usavam chapéus e capas de chuva que cobriam até seus tornozelos. A chuva forte não deixava que ela decifrasse as feições deles. O homem que as interceptara era alto, com os ombros largos, e a capa longa o fazia parecer ainda maior. A proximidade possibilitou que Bia visse uma parte do rosto dele. Os lábios finos estavam contraídos com força e uma cicatriz subia do pescoço até debaixo do queixo quadrado. Sentiu o ódio naquele rosto parcialmente revelado e seu coração disparou: estava tudo perdido...

O homem a segurou com força pelo braço. Foi encarada por olhos escuros sob sobrancelhas espessas. A água da chuva caía pela aba do chapéu sobre o rosto assustado dela.

– Saia da frente, menina! Vai nos agradecer depois – ele falou com uma voz estranha, era rouca e fina, o que não combinava com aquela figura cheia de ferocidade. Bia olhou desesperada para a irmã, que chorava. O homem a segurou, mantendo seus braços presos por mãos ásperas e duras. Os dois homens que o acompanhavam agarraram Gisele e ela gritou.

– Bia! – chamou pela irmã e foi violentamente jogada contra a porta de aço detrás dela.

– Não! – Bia gritou desesperada e chutou o homem entre as pernas, com toda a sua força. Ele urrou, mas segurou as pernas dela, prendendo-a contra a parede. – Não! – gritou novamente ao ver a irmã, com o rosto sangrando, ser erguida por um dos homens.

Gisele gritou. Ela abriu a boca e seus dentes incisivos se projetaram descendo como enormes presas, passando pelos lábios pequenos... O homem apertou-a contra a parede, segurando-a pelos ombros com violência, mesmo assim conseguiu virar-se e cravou os dentes no braço de seu algoz. Ele xingou e deu um soco no rosto dela, fazendo-a cair para trás.

– É melhor terminar com isso agora! – o homem com a voz rouca e fina, que prendia Bia, falou em tom de comando.

O homem mordido que socara Gisele sacou uma arma, era uma semiautomática com um silenciador. Ele a encostou na cabeça da menina e, sem dizer nada, deu um único tiro...

Bia sentiu suas pernas fraquejarem e seu corpo despencou sobre o chão molhado quando o homem a soltou. Estava em choque, seus olhos estavam pregados no corpo de sua irmã, que era carregado por um dos homens para dentro do carro. Seus músculos não conseguiram reagir. Não foi possível se mover nem gritar. O choque, a dor e o desespero fizeram seu corpo amortecer. Um soluço saiu de seu peito e ela se deitou no chão chorando, encolhendo-se tal qual um feto. Falhara com sua irmã. Havia prometido protegê-la... Perdera tudo. Nada restara de sua família... Não soube quanto tempo se passou, quanto tempo ficou ali com sua dor e desespero, até que sentiu uma mão quente que pousou em seu braço.

– Venha, menina... – uma voz suave soou junto de seu ouvido. – Eu vou cuidar de você...

Bia não tinha como resistir, nada mais importava, e sentiu-se reconfortada quando o homem que falara com ela passou a mão pelo seu ombro e a ergueu nos braços. Sentiu-se aquecida e protegida. Um forte cheiro de canela vinha dele e ela se aconchegou junto ao peito forte. Era bom ali, sentiu uma segurança e um conforto que perdera havia meses, desde que seus pais morreram. Fechou os olhos e se deixou levar daquele lugar...

A rua estreita na periferia da cidade sempre foi o lugar perfeito para um Anarquista. Já haviam até criado uma lenda urbana para justificar os ataques que ocorriam. Criara-se um medo em torno daquele lugar, uma mística, que gerava alguns tipos de comportamentos: ninguém queria passar por ali e até a polícia mantinha-se, e o que mais agradava aos Anarquistas era o comportamento dos curiosos, dos metidos a valentões e dos adolescentes empurrados para rituais de iniciação. A rua, que se chamava Piedade, tinha cerca de 500 metros e era de paralelepípedos; as casas eram de madeira, algumas apodrecidas pela umidade, outras possuíam trepadeiras que tomavam conta das paredes, deixando-as com a aparência ainda mais sinistra, apesar dos pequenos quintais com árvores e muros baixos. Na rua havia apenas dois postes com as lâmpadas funcionando, o que deixava o local escuro demais depois que o sol se punha. Há muito tempo, os moradores pediam à Prefeitura que olhasse para aquela situação, mas nada acontecia. Com a "fama" que havia ali, muitos moradores abandonaram suas casas e saíram em busca de um local mais seguro. As pessoas que teimaram em continuar no local evitavam sair à noite e se trancavam em casa depois que o sol se punha. Em muitas noites escutavam gritos e sons estranhos, mas sequer se aproximavam das janelas, com medo de serem percebidas...

Uma das casas não estava totalmente abandonada, mas seus moradores não eram vistos durante o dia.

– Acho que hoje vou beber... – Lilith falou com o sorriso lupino no rosto.

– Vai de safra especial ou de pinga? – Jorge perguntou, acendendo um cigarro.

Safra Especial era o termo que os Anarquistas usavam quando se referiam aos seus Escravos, aqueles que haviam despertado para alimentá-los, e Pinga era o termo para qualquer outro doador.

– Esta semana já bebi da Safra... e vou dizer, ele tava chato demais! Cada vez que eu bebo da safra tenho que ouvir lamúrias, reclamações... ouvir que quase morreu ou que está ficando louco e perguntando por que eu não bebo dele sempre! – ela falou, com desdém.

Os Anarquistas eram Portadores que se negavam a depender apenas de um Escravo para saciar sua sede de sangue. Segundo os princípios dos integrantes do grupo, o fato de você se prender a um único doador o tornava um Escravo, e um Portador era superior a um Escravo... A liberdade de escolher um doador era o que os fazia diferentes dos demais Portadores, que o grupo chamava de Alienados. Embora vez ou outra usassem seus Escravos, os Anarquistas não dependiam deles e até abriam mão do prazer muito maior que o gosto do sangue do Escravo proporcionava em prol da degustação de sabores diferentes.

Havia outra vantagem em ser "independente": podiam se desfazer de doadores sem se preocupar com as consequências que o ato teria para suas vidas e colher o delicioso último suspiro. Era muito difícil, praticamente impossível, a um Portador, matar seu Escravo, pois estavam ligados de tal forma que havia histórias contando que, ao matar seu doador exclusivo, o vampiro não sobrevivera por muito tempo...

Os Anarquistas adoravam sorver o sangue de suas vítimas e usufruir do prazer que o último suspiro delas lhes dava, por isso se alimentavam de diferentes e descartáveis doadores.

– Minha safra até que é gostosa... mas não quero mulher no meu pé – Nicolas falou enquanto despejava café em uma xícara.

– Bom... hoje é sexta-feira e, com certeza, vai ter algum movimento por aqui. Então, quem quiser se alimentar perto de casa é melhor se preparar... – Érica apertou o corpete negro sobre sua blusa branca. Olhou no espelho e gostou da silhueta que ganhava quando usava aquele acessório: sua cintura afinava e os quadris aumentavam, além de deixá-la com a aparência de vamp. Penteou seus cabelos negros, nos quais dera um tratamento de tinta, já que eram naturalmente castanhos. Caprichou no delineador preto em torno dos olhos castanhos-escuros e no batom vinho. Passou a língua pelos lábios finos, apreciou-se mais um pouco, ajeitou um pouco mais os seios para que aparecessem insinuantes sobre o corpete e admirou sua pele branca... nunca tomava sol, tinha que manter a aparência, afinal era uma vampira e com muito orgulho... – Eu vou sair, tem uma festa incrível hoje! Vai rolar muito sangue bom... – ela sorriu.

– Você vai arrasar, Kika... – Nicolas afirmou, indo até ela e abraçando-a pela cintura. Érica era alta e a bota preta de salto alto e cano longo a deixava ainda maior, chegava a ficar alguns centímetros mais alta que Nicolas. Ele usava a roupa que chamava de básica: camiseta, calça e botas pretas. Os dois sempre chamavam a atenção por onde passavam e eram considerados membros de alguma tribo estranha, o que não era incomum em vários lugares que frequentavam. – Vai rolar um *poser*, hoje? – perguntou, prendendo os cabelos loiros em um rabo-de-cavalo.

– Até dois... – ela falou, beijando-o levemente nos lábios.

Os Anarquistas chamavam de *posers* aquelas pessoas que gostavam ou se achavam vampiros; vestiam-se como vampiros de filmes, não tomavam sol, não por que eram alérgicos, mas porque acreditavam que um vampiro nunca saía ao sol. Usavam maquiagens pesadas e alguns até passavam por algum tratamento dentário que lhes dava falsas presas. Muitos tomavam sangue que arrumavam de algum hospital e não faziam a menor ideia de que não era só o sangue que importava, mas a energia contida nele enquanto circulava nas veias da vítima. Um *poser* era sempre uma presa fácil, pois se deixava levar pela fantasia de vampiro que possuía e era delicioso quando percebia que estava de frente para um vampiro genuíno... todos se apavoravam, lutavam e davam um belo sabor ao sangue no último suspiro...

– Nós vamos beber em casa hoje – Lilith disse, espreguiçando-se languidamente sobre o sofá. – Tô com uma preguicinha... Vou mandar o Jorge trazer aqui... – ela sorriu para Jorge, também largado sobre o sofá.

– Eu não sou seu Escravo... – ele disse, levantando a sobrancelha. – Mas se me pagar depois... – sorriu com ar maroto.

– Eu sempre pago bem... – ela se sentou no colo dele.

Érica e Nicolas saíram para a balada na moto dele e pelo celular avisaram Jorge de que havia doadores na rua...

Jorge era um homem com o corpo atarracado, mas com muitos músculos. Antes de despertar, trabalhara no porto em Recife, como estivador. Na noite em que foi despertado, voltava para casa depois de um dia cansativo de trabalho; tinha 27 anos na época e sua mulher estava grávida do primeiro filho. Morava na periferia da cidade e pegava o último ônibus da noite. Ele esperava, como sempre, sentar-se no último banco do coletivo onde podia cochilar sossegado até chegar na rua de sua casa. Mas, naquela noite, além dele, havia uma mulher sentada em um dos bancos. Estava bem arrumada, usava um vestido com motivos florais, era morena, com olhos amendoados e pele cor de jambo; os lábios carnudos estavam pintados de vermelho. Não se parecia com uma prostituta, mas Jorge percebera a maneira sensual com que ela o olhara assim que havia passado ao lado do banco onde estava sentada. Ele se considerava feio, mas sabia como as mulheres apreciavam músculos e havia contraído os bíceps para mostrar o quanto era forte... Mas alguma coisa o havia perturbado... o perfume dela. Era almiscarado, delicioso, e ele obrigou-se a se sentar no banco ao lado dela. Ela o olhou, sorriu e disse: "Oi, Jorge... estava esperando por você". O ônibus parou em uma rua escura e o motorista desceu, indo embora e deixando-os sós.

Jorge nem percebera o que havia acontecido, não vira mais nada, pois agarrou a mulher rasgando seu vestido fino, algo tomava conta de seus sentidos... Com os seios morenos palpitantes e a roupa rasgada, ela ainda sorria e então, sem que soubesse o que estava acontecendo, ele a mordeu... Acordou horas depois, com o rosto encostado na janela do ônibus abandonado, levantou-se cambaleando, com o corpo formigando. Tropeçou entre os bancos antes de sair do veículo. Parecia que havia bebido uma garrafa de uísque. Quando finalmente chegou em casa, já não se aguentava em pé, sua boca estava seca e ele sentia o corpo tremer. Sua mulher, preocupada, pensou que estivesse doente, deu-lhe um analgésico qualquer antes de deitar... Ela dormiu, mas ele não conseguiu e foi tomado por uma sensação angustiante de sede. Havia levantado várias vezes para beber água, mas sua sede não era aplacada de maneira nenhuma. Horas depois, ainda estava sentado na cama quando olhara para a mulher que dormia tranquilamente e algo chamara a atenção dele... aquela veia pulsante em seu pescoço magro. Começou a acompanhar os batimentos cardíacos dela, apenas observando aquela veia. Podia ouvir o coração dela e o do bebê que estava em sua barriga de sete meses...

Ele não se deu conta do que fazia, lançou-se sobre sua mulher e as presas enormes projetaram-se de sua boca. Aquela sensação jamais esqueceria... a mulher acordou sentindo sua pele ser rompida pelos dentes dele. Gritando, tentou afastá-lo, mas logo o corpo magro perdeu a força; seus olhos escuros olhavam apavorados para o marido e as lágrimas escorriam pelo rosto. Foram minutos preciosos para Jorge, que desfrutava do prazer do sangue. Sua mulher ofegava, os seios miúdos mexiam-se rapidamente, buscando o ar e a força; o sangue dela escorria da boca afoita do marido, inundando o lençol. Ela gemeu pouco antes de seu último suspiro, um gemido rouco, e então o coração dela parou... mas havia mais, havia ainda uma energia que pulsava descontrolada, a energia do filho... Jorge estava em êxtase, nunca sentira em seu corpo uma sensação tão intensa quanto aquela e manteve os lábios no pescoço dilacerado da mulher até que as batidas frenéticas do coração de seu filho, que lutara pela vida, parassem repentinamente... A operação lhe deu tanto prazer que ele se virou para o lado da cama e dormiu. Acordou no meio da tarde do dia seguinte e sentia-se extraordinariamente bem. Normalmente despertava com os músculos doloridos depois de um dia fatigante de trabalho, mas não naquele dia. Virou-se na cama e encontrou a mulher que jazia a seu lado... o corpo com a enorme barriga estava rijo, os lábios estavam abertos, assim como os olhos. Ele saltou da cama desesperado, dormira sobre o sangue que inundava a cama, sangue que saíra do enorme ferimento no pescoço de sua jovem mulher, e ele se deu conta do que fizera... Juntou alguns poucos pertences e fugiu. Isso acontecera há vinte anos...

Jorge parou no portão da casa da Rua Piedade e observou o lugar. Havia um fusca estacionado a uns cem metros dali, a porta do motor estava aberta e dois jovens olhavam para a fumaça que saía do lugar.

– Puta merda, Ge... que lugar pra essa merda quebrar! – um dos rapazes falou nervoso. – Não sei onde tava com a cabeça quando te deixei me convencer a ir na casa da Miriam... esse lugar é sinistro... – olhou para o lado e viu Jorge que se aproximava. – Tamo fudido... – falou baixo, enquanto o outro rapaz se levantava.

– Boa noite... – Jorge falou, cordialmente. – Problemas com o carro? – perguntou. Os rapazes se olharam desconfiados.

– Só esquentou – o rapaz que estivera abaixado respondeu, limpando a mão com uma estopa.

– Eu moro ali... – disse, apontando na direção de sua casa. – É perigoso ficar por aqui; essa rua não é segura – sua voz era amistosa. – Podem ficar lá até o motor esfriar, minha mulher não se importa.

Os dois rapazes se olharam. Viam que o homem era muito forte, apesar de ser mais baixo que eles, mas os braços mais pareciam toras de madeira.

– É... só uns 15 minutos... – o rapaz que estava mais apavorado por ficar ali na rua escura falou para o amigo.

– Mas podem custar sua vida... – Jorge disse em tom alarmado, e os rapazes enrijeceram os corpos. – Bom... – disse, virando-se – qualquer coisa... gritem – fez um sinal com a mão e ouviu a voz de um dos rapazes às suas costas.

– Não vamos incomodar?

– De maneira nenhuma – Jorge sorriu, e os rapazes o seguiram até sua casa. A noite estava apenas começando...

Abstinência

aniel sentia seu corpo pulsar, precisava de Anya. O sangue corria rapidamente pelas suas veias e artérias. Sentia uma dor intensa no abdome, semelhante àquela que sentira na lanchonete no dia em que despertara como Escravo. Sabia que só havia uma maneira de aplacar aquela sensação. Abriu os olhos. Sua respiração estava acelerada. Quanto tempo fazia que estava inconsciente? E onde estava Anya?

– Anya... – ele murmurou, sentindo a boca seca. Tentou sentar-se na cama, mas a dor no estômago o fez se deitar novamente. Virou a cabeça para o lado e viu Ivan, que estava parado junto à porta, com os braços musculosos cruzados diante do peito e um olhar sério e preocupado. – Ivan... como está Anya? – perguntou, aflito.

– Ela está bem – Ivan respondeu, aproximando-se da cama. – Mas não graças a você! – a voz grave era acusadora, e Daniel sabia que Ivan estava com toda a razão. Fora um fracasso. Quando precisara proteger Anya, falhara. E ainda ficara ferido, sangrando feito um idiota! Daniel respirou fundo e apoiou a cabeça no travesseiro. Tocou no local onde levara o tiro, nele havia um curativo. Percebeu que não sentia muita dor ali, doía-lhe muito mais a necessidade de satisfazer Anya. Quanto tempo fazia que tudo havia acontecido?

– Eu sou um idiota... – murmurou com raiva.

– Concordo plenamente – Ivan resmungou e viu o rapaz sentar-se lentamente na cama, apoiando a mão sobre o abdome. – Isso aí não foi nada – falou com desdém, indicando o local do ferimento. Não podia revelar que ficara temeroso pela vida dele, não que gostasse de Daniel, mas ele era o Escravo de Anya e ela precisava dele

– 316 –

Abstinência

para saciar sua necessidade de sangue. Também o observava curioso. Percebera que Daniel não tinha nenhuma cicatriz no pescoço ou nos braços, nada que indicasse que Anya o havia perfurado com os dentes. Como aquilo era possível? Nunca vira algo assim num Escravo. Olhara para suas próprias cicatrizes, seus braços estavam repletos de pequenas marcas e ele não desejava que sumissem... era seu corpo marcado pela boca de Bete, eram lembranças doces e amargas...

Daniel era um enigma. O rapaz, ex-garoto de programa, também não se contaminara depois dos contatos com Anya. Chegava a pensar se o que acontecera com Renato não fora uma infeliz coincidência...

– Pimenta nos olhos dos outros não é nada... – Daniel respondeu sarcástico à acusação. Sabia que Ivan não gostava dele, principalmente por causa da profissão que exercia antes de despertar como Escravo de Anya.

Uma enfermeira entrou no quarto e arregalou os olhos quando viu Daniel que se levantava da cama.

– O que pensa que está fazendo? – ela bronqueou, colocando a bandeja com os medicamentos sobre a cama e indo na direção dele.

– Olha só, querida... – Daniel falou, erguendo um pouco mais o corpo. Ele se recuperava rapidamente e, conforme o sangue se agitava em seu corpo, mais forte se sentia, mas... maior era a urgência de encontrar Anya. – Agradeço pelo tratamento vip, mas não gosto de agulhas e hospitais... já fiquei demais por aqui – procurava alguma roupa sua, e Ivan apontou para uma cadeira onde havia uma troca de roupas limpas.

– Mas você não está de alta! Não pode sair! Você foi operado ontem! – a enfermeira falou, nervosa, enquanto via Daniel que, ignorando seus apelos, vestia a roupa.

Ontem?, Daniel pensou, surpreso. Foi há tão pouco tempo! Como poderia estar tão necessitado de Anya daquela maneira? O ferimento, então, não fora mesmo muito sério, senão não conseguiria sequer erguer-se. O local apenas queimava um pouco, mas era muito menos do que todo o seu corpo que latejava, como se seu sangue fosse explodir suas veias. Vestiu a calça e a camisa, bebeu um copo de água e respirou fundo. Precisava de Anya e tinha que sair dali. Aproximou-se da enfermeira. No crachá estava escrito o nome dela: Lurdes. Era uma mulher magra, de cerca de 30 anos, com os cabelos pintados de loiro e que estavam presos em um rabo-de-cavalo. Olhava para ele totalmente atordoada. Daniel sabia como lidar com mulheres, elas eram sua especialidade... Sob o olhar sério, mas curioso de Ivan, ele pegou nas mãos da enfermeira e, com um sorriso sedutor, levou-as aos lábios e as beijou suavemente; nem parecia que fora operado recentemente para a retirada de uma bala. O rosto da enfermeira ruborizou e ela suspirou, olhando para os olhos castanhos claros de Daniel.

– Você vai me deixar sair, não vai, querida? Não precisa contar a ninguém... – a voz dele era mansa e sedutora. Ele passou a mão delicadamente no rosto da enfermeira. – Prometo te mandar umas flores... – sorriu ao sentir as mãos trêmulas e vê-la piscar demoradamente, sem conseguir responder nada. – Agora, sente-se aqui – ele a conduziu pela mão até a cama e a fez se sentar. – Isso! Você é linda, Lurdes! – falou sedutor e se inclinou, beijando-a suavemente no rosto, e Ivan, que os assistia, ouviu a mulher suspirar novamente. Estava dominada e entregue. Ivan achou aquilo bastante interessante. Daniel parecia possuir um dom semelhante ao seu, mas com uma "pitada" diferente... – Fique aqui que já volto...

Daniel então olhou para Ivan e deu um sorriso maroto; Ivan apenas levantou a sobrancelha.

– Vamos? – Daniel foi para a porta, deixando atrás de si a enfermeira com a respiração ofegante e o rosto vermelho.

Ivan não gostava de Daniel, mas tinha que assumir, o rapaz tinha talento...

– Onde está Anya? – Daniel, ansioso, perguntou enquanto caminhavam pelo corredor. Sua recuperação era realmente algo surpreendente.

– Foi para a casa de Rafael. Rita faleceu – Ivan o informou, e Daniel balançou a cabeça.

– Anya deve estar arrasada! – imaginava o que ela estaria sentindo; afinal, fora por causa da avó que haviam ido até o hospital, expondo-se àquela situação.

Daniel a acompanhara até o hospital, pois recebera a notícia de que a avó tivera um enfarto e seria operada. Contra a vontade do pai, de Ivan e Rafael, Anya saíra da segurança da casa de Rafael e foi Daniel quem a ajudou a "escapulir". Enquanto esperavam por notícias da avó, aparecera aquele rapaz que, depois de quebrar o pescoço de um segurança com uma facilidade surpreendente, investira contra Anya acusando-a de alguma coisa. Daniel tentara pegar a adaga que estava afivelada em sua canela, mas Renato atirara nele. Vira o rapaz puxar Anya, segurando-a pelo pescoço, e não conseguiu defendê-la. Tentara se erguer, mas a dor o fizera encostar-se em uma das cadeiras na sala de espera. Foi quando aqueles dois homens apareceram na sala. Um deles, que ele descobriu ser médico, pegou a arma do segurança e atirou na cabeça do rapaz que agredia Anya, matando-o instantaneamente. Daniel se lembrava de ter pedido a Anya que aproveitasse o sangue dele que escorria pelo ferimento para se alimentar e sabia que, quanto mais ela o sugasse, mais rápido ele se recuperaria... Mas então o outro rapaz que estava com o médico a tirara de perto dele, enquanto sentia que enfraquecia rapidamente... Lembrava-se de seu instinto de proteção tê-lo deixado angustiado quando viu o médico que o atendia, mas não conseguiu fazer nada e tudo escureceu.

– Isso não pode se repetir, Daniel! – Ivan falou severamente quando entraram no carro. Estava espantado em ver como o rapaz havia se recuperado totalmente. – Você tem que protegê-la e não ficar caindo por aí, como uma mosca inútil.

– Você não me deu uma arma! – Daniel olhou para ele, irritado.

– E, por acaso, sabe usar uma? – Ivan falou, fazendo uma careta. – Você só sabe usar esse jeito sem-vergonha para ludibriar as mulheres! – viu o rosto de Daniel ficar vermelho e o rapaz respirar fundo. – Tem muito que aprender ainda...

– E, pelo visto, serei obrigado a ter um professor pentelho... – Daniel falou, colocando a mão sobre o ferimento, onde sentira uma pontada.

– O que não fazemos por Anya, não? Eu, tendo que ensinar um idiota como você! – Ivan passou a mão pela cabeça nua.

Os dois não tinham simpatia um pelo outro, mas estavam ligados por causa de Anya e era por ela que se aguentavam.

– Agora me conta o que aconteceu depois que eu apaguei – Daniel suspirou e se ajeitou no banco, tentando controlar a sensação terrível de seu sangue correndo espesso e veloz pelo corpo.

Ivan contou sobre como tudo se resolvera e que estava de olho no médico e no irmão dele, pois Rafael desconfiava que Dante, o médico que socorrera Daniel, era um caçador, mas não sabiam se era o caçador de Renato, que cumprira sua missão, ou não. Por isso o haviam deixado de "quarentena".

– Então foi isso que eu senti no cara! – Daniel falou, surpreso. – Eu... senti que havia algum perigo... mas, cara... é um médico! – aquilo o deixava totalmente confuso, como podia um médico ter despertado como alguém que deveria ceifar vidas? Era uma grande ironia...

– E você é um garoto de programa! Não importa a profissão! Quando a gente desperta, perde tudo! – Ivan falou e seu rosto se contraiu numa máscara de dor e raiva.

– E... você, perdeu o quê? – Daniel levantou uma das sobrancelhas e olhou para Ivan.

– Não te interessa! – falou, ríspido, e Daniel fez uma careta. – Agora tem uma coisa que é muito importante e muito mais perigosa... – as mãos de Ivan se apertaram contra o volante e Daniel o olhou, interrogativo. – Anya pode ter contaminado o cara, o tal Renato, que foi atrás dela para matá-la... – o Escravo precisava saber, pois caberia a ele manter a atenção redobrada para que ninguém colocasse as mãos em Anya.

– Contaminado? Como assim? Não é uma doença genética? Ela me disse... – Daniel estava totalmente confuso.

– É! É uma doença genética! Mas existe um mito... uma história que rola entre os Portadores e que fala de alguns que são capazes de transformar pessoas "normais" em Portadores – Ivan olhou rapidamente para o lado e viu os olhos arregalados de Daniel.

– Puta que pariu! – Daniel desabafou e automaticamente tocou o pescoço onde, apesar de não haver mais nenhuma marca, guardava a lembrança do toque dos lábios de Anya. Será que ele se transformaria num Portador?

– Não se preocupe... eu disse pessoas "normais" – Ivan entortou os lábios grossos, tinha que parecer seguro, apesar de ele mesmo ter se perguntado se Daniel ainda não se transformaria. – Agora, preste muita atenção! – seu cenho franziu-se com ferocidade. – Anya não sabe disso e não pode saber! Nem Edgar! Você está compreendendo? – falou, com o maxilar totalmente enrijecido. – Se ela descobrir, vou saber que foi você que contou e...

– Já sei... torce meu pescoço e dá pro Rafael acabar o serviço – Daniel completou. Já decorara as ameaças que faziam contra ele. – O Rafael sabe disso? – não gostava de Rafael. O vampiro era petulante demais, metido demais e olhava para Anya de um jeito que Daniel não gostava.

– Sabe, mas não vai contar a ninguém... – Ivan falou. Tinha que confiar em Rafael, embora não gostasse dele, mas sabia que precisariam de toda ajuda possível para manter Anya em segurança. Tinham que protegê-la dos Caçadores e dos Portadores...

– Isso vamos ver... – Daniel ficou sério. A cada minuto que passava, mais tinha urgência de estar com Anya.

– Venha, Anya... vamos comer alguma coisa – Viviane falou com sua voz suave e deu um sorriso maternal. – Não pode ficar sem comer nada!

– Não tenho fome, Vivi – Anya ajeitou-se na cama. Estava triste pela perda de sua avó, o enterro a deixara deprimida e sentindo-se mais só do que nunca! A avó era o único laço de família que ela possuía a não ser seu pai. Rita era uma pessoa de difícil convivência. Era autoritária, arrogante e tratava seu pai com muito desdém, mas Anya sabia que a avó a amava e fora a única referência feminina que tivera desde que sua mãe morrera. Chorou por sua avó. Sua tristeza, entretanto, pareceu despertar ainda mais sua necessidade de sangue. Agora lutava contra a sede, mas seu corpo reagia como o de um dependente químico que fica sem a droga. Daniel fora ferido quando tentava protegê-la do ataque de Renato, estava internado e não poderia saciá-la, mas estava decidida a não morder ninguém, não colocaria em risco a vida de algum inocente para aplacar sua necessidade de sangue. Era uma Portadora, mas não seria um monstro!

– Não vamos deixar que fique assim, Anya! – Viviane, preocupada, sentou-se na cama e passou a mão pelo cabelo dela. Sentia pena de Anya. A jovem perdera a mãe cedo demais, passara uma vida inteira longe do sol e sob a proteção excessiva do pai, descobrira ser uma vampira e agora perdera sua avó e seu Escravo estava no hospital. Não era fácil para ela, com certeza! – Seu pai não vai gostar de ver você desse jeito! E Rafael me mata se souber que não consegui fazer você comer! – ela fez uma careta. Edgar só fora ao encontro com o advogado de Rita depois que Anya lhe garantira que estava bem e Viviane prometeu que ficaria ao lado dela. – Eu posso alimentar você! – Viviane falou, determinada, e Anya a olhou assustada.

– Não, Vivi! – seus grandes olhos cor de chocolate ficaram marejados. – Eu não poderia!

– Eu sou uma Escrava, Anya! Para mim, não há problema algum! – Viviane sentia que podia ajudar Anya e queria fazê-lo. – Sei que meu sangue não é de chocolate... – sorriu ao fazer referência ao aroma e paladar que o sangue de Daniel tinha para Anya.

– Eu... posso lutar contra isso, Vivi! – Anya falou, tentando parecer determinada, mas sentia seu corpo enfraquecer.

– Mas não precisa, querida! – Viviane a abraçou. Sabia que a jovem perderia aquela luta, mais cedo ou mais tarde.

– Por que diferenciam Escravos e Portadores? – falou com raiva, naquele momento não conseguia perceber diferença nenhuma entre aquela necessidade doentia que sentia do sangue de Daniel e a necessidade de um Escravo. – Eu me sinto escravizada, Vivi! – a voz saiu fanhosa e Viviane respondeu carinhosa e paciente.

– A diferença, Anya... é que um Portador pode aplacar sua sede usando qualquer outro doador. Não será fácil, não será tão saboroso e revigorante, mas ele pode fazer isso... já um Escravo... – ela suspirou – o que se passa conosco é a total incapacidade de se afastar. Podem nos bater, nos maltratar, nos ignorar e quase nos matar, mas estaremos sempre pedindo, implorando para saciá-los... Isso é servidão, Anya... – havia uma amargura contida em sua voz e Anya sentiu-se muito penalizada.

– Eu... sinto muito, Vivi... – Anya falou, enxugando o rosto, precisava deixar de ser tão egoísta e pensar que seus problemas eram maiores do que os dos outros...

– Não... não sinta – Viviane falou, afagando seus cabelos. Não queria que Anya sentisse pena dela. Estava conformada com o que era e já era Escrava há tempo demais para se lembrar de como era sua vida antes de ser despertada para aquela condição.

Anya deixou-se acalentar por Vivi. Sentia tanta falta de sua mãe! Não que o pai não lhe desse carinho suficiente, mas era diferente do calor materno, e sua avó nunca fora exatamente maternal. Sentiu o calor afetuoso de Viviane e, de certa forma, sentia-se aliviada por não sentir o aroma de outros Escravos que não o seu, pois podia sentir perfeitamente o pulsar da veia cheia de energia no pescoço musculoso da Escrava de Rafael.

– Você acha que Daniel está bem? – Anya perguntou, acomodando-se novamente entre as cobertas, tentando enganar a tremedeira que começava a acometer seu corpo.

– Ele é forte, Anya. E Ivan não vai deixá-lo descansar... – Viviane sorriu. Conhecia Ivan e sabia que, por Anya, ele seria capaz de arrastar o rapaz inconsciente, com o soro espetado no braço, até ali.

– Pobre Daniel... – Anya falou em meio a um gemido fraco. Seu corpo doía, mas não poderia deixar a sede dominá-la, tinha que ser mais forte. Mas só de pensar no aroma e sabor do sangue dele, seu corpo tremia e doía como se tivesse levado uma surra; ela suava frio e sua boca estava completamente seca.

Viviane a observava atentamente, conhecia os sintomas e sabia que Anya passava por uma crise de abstinência. Rezou para que Ivan desse notícias rápido.

– Durma, querida... – falou com a voz suave, acariciando os cabelos da jovem fragilizada.

– Dan... você não tá bem, cara! – Léo olhava para o irmão que, encostado no sofá, transpirava muito. – Sei que é médico... mas precisa de alguém para cuidar disso aí! – falou, nervoso.

– Vai passar, Léo... não se preocupe – Dante falou olhando para o irmão, querendo tranquilizá-lo, mas o que se passava com ele era muito sério. Desde que matara aquele rapaz no hospital onde trabalhava e se vira apontando a arma para a cabeça de Anya, pronto para matá-la também, ele não dormia. E o pior de tudo era que sentia, ainda, a urgência de ver Anya, mas temia que não conseguisse se controlar quando a encontrasse novamente... e se ele tivesse aquele surto novamente e atentasse contra a vida dela? – Você não tem que voltar pra São Paulo? – Dante ajeitou-se no sofá e passou a mão no rosto, enxugando o suor frio.

– Não vou enquanto você não estiver bem! E se não procurar ajuda, eu vou ligar e pedir para dona Sônia vir cuidar de você! – a referência à mãe fez Dante respirar fundo; tudo o que ele não precisava agora era da mãe zelosa, tentando descobrir o que acontecia com ele.

– Acho que é abstinência... me dá um cigarro – Dante brincou com o irmão e o viu continuar, sério. Muitas vezes Léo parecia ser mais velho que ele.

– Vou ligar para o doutor Pereira – Léo disse, pegando o telefone. Dante pegou na mão do irmão, impedindo-o de fazer a ligação.

– Me dê mais algumas horas, Léo... – pediu, vendo o irmão caçula suspirar e colocar o telefone no gancho. – Eu... vou tomar um banho para tirar essa "inhaca"! – disse, levantando-se. – E nada de ligar para a "gestapo" nas minhas costas, hein? – deu um tapinha no ombro do irmão e foi até o banheiro.

Léo, preocupado, sentou-se no sofá, colocando as pernas sobre a pequena mesa de madeira com o tampo rachado que ficava no centro da sala. O irmão não estava bem, mas não era à toa. Dante atirara na cabeça de um rapaz, matando-o instantaneamente, e tentara atirar em Anya! E era um médico! E ninguém sabia que ele era o autor daquele crime. Apenas Anya e seu grupo de "seguranças" sabiam o que realmente havia acontecido.

Ainda tentava imaginar se não teria sido um sonho tudo que acontecera desde que chegara de São Paulo. O enredo era melhor do que muitos dos roteiros de filmes que estudava ou assistira. Nada o preparara para o que vira, para o cheiro de sangue e de morte que sentira nos últimos dias. Jamais imaginaria aquela cena na qual seu irmão, com uma arma na mão, atiraria em um rapaz que havia se transformado num vampiro!

Desde que chegara à casa do irmão, os acontecimentos pareciam pipocar com cenas de ansiedade, tensão e terror, com corpos com os pescoços quebrados ou destroçados, vampiros atacando e se transformando...

Léo encontrara o irmão atormentado e, desde o princípio, sabia que o motivo daquilo tudo era uma mulher... só não imaginava que aquela mulher fosse mudar a vida dos dois permanentemente. Descobrira que a mulher era Anya, uma jovem linda e frágil, com olhos meigos, mas que, por mais incrível que pudesse parecer... era uma vampira! Ele testemunhara a transformação dela, os dentes incisivos projetando-se e ferindo os lábios carnudos! Ele a vira tentando sugar o sangue de Daniel, um cara fortão, que levara um tiro quando tentara protegê-la! Daniel pedira para que Anya sugasse seu sangue! E Anya disse que Daniel era seu... doador! – Que viagem... – falou, balançando a cabeça. Ainda havia Ivan, um negro enorme, forte e que tinha algum poder especial, que tentara ler sua mente! Incrível! E Rafael? Que mais parecia o Conde Drácula...

Léo e Dante foram pressionados e ameaçados para que não contassem nada do que acontecera no hospital, embora Léo duvidasse que alguém pudesse acreditar naquela história fantástica. Seus amigos da faculdade iriam dizer que ele estava fazendo algum tipo de marketing sensacionalista para o curta-metragem que precisavam criar. Não iria contar nada a ninguém. Não podia arriscar. Dante poderia ser acusado de assassinato e não seria ele a colocar o irmão atrás das grades. Acreditava que, mesmo que quisesse sair e contar para alguém, não conseguiria chegar à esquina sem ser abordado. Pela manhã, quando saíra para comprar pão, vira um homem grande, com aparência de segurança, que parecia observar sua casa. Tinha certeza de que eram vigiados...

Apesar de tudo, de todos os riscos, de toda a loucura, a verdade era que queria ver Anya novamente...

Dante deixava a água correr pelo seu corpo. Estava enlouquecendo, era isso! Como pôde concordar com aquela ordem de não se entregar à polícia? De deixar que acreditassem que Renato se matara? Como fora capaz de matar com tanta perícia? Nunca havia usado uma arma antes! Era um médico! Fizera o juramento de lutar pela vida!

– Anya... – aquela mulher o atormentava desde que a atendera depois de um suposto afogamento! Tirara sua paz, sua tranquilidade, sua sanidade... Lutava contra a imagem dela, os lábios feridos por presas que se projetavam, ela sugando o sangue do "touro" Daniel. "Vampiros não existem!", gritava para si mesmo. Com raiva, deu um murro na parede do box. Tinha que recuperar o equilíbrio...

Anya foi despertada por um aroma que invadiu suas narinas e fez seu corpo tremer. Chocolate! Olhou para o quarto vazio. Estava enlouquecendo. Suas mãos tremiam. A porta abriu lentamente e o cheiro se acentuou.

– Daniel! – ela falou, sentando-se na cama. O movimento brusco fez o quarto todo girar e ela foi obrigada a fechar os olhos.

– Anya! Como está pálida! – Daniel sentou-se na cama e tomou o rosto dela entre as mãos. Ela não estava bem e precisava dele. Ele também precisava dela, seu sangue parecia espesso demais correndo pelo corpo, precisava dos lábios macios em sua pele.

– Você... está bem? – ela perguntou, tocando no local onde ele levara o tiro. Estava preocupada com ele, mas sua boca se encheu de água, precisava do sangue dele, agora!

– Estou pronto pra você! – ele a beijou suavemente nos lábios e tirou a camisa rapidamente, enquanto via que ela tremia e suava. Ela não estava bem, precisava dele.

Anya viu que ele a observava com preocupação. Lembrou-se da conversa que tivera com Viviane... queria resistir, tratá-lo com mais carinho; afinal, ele acabara de sair do hospital! Devia conversar com ele antes de sugá-lo! Não podia ser tão monstruosa assim! Daniel pareceu perceber o temor dela.

– Estou bem... só não estou melhor porque preciso sentir sua boca no meu pescoço – ele sorriu, pegando na mão fria dela e a colocando sobre uma veia pulsante junto ao pescoço. – Vê? Ansiosa pelos seus lábios macios...

–Daniel... Tem certeza? – perguntou, insegura, sentindo a energia do corpo dele pulsar sob seus dedos. Era tentador, apetitoso, irresistível.

– Absoluta – ele acariciou os braços dela. – Vem, Anya... – Daniel deitou sobre a cama e a puxou sobre seu corpo. Um suspiro saiu pelos seus lábios. Como precisava daquilo!

Anya tocou com os lábios na pele firme do pescoço de Daniel e sentiu a energia do sangue, o aroma enlouquecedor que a fazia esquecer-se de tudo. Beijou carinhosamente o local e depois o lambeu... ouviu o gemido rouco de Daniel e sentiu as mãos dele que subiram pelas suas costas, levantando a camiseta do pijama que usava. Anya era uma garota tímida, mas quando estava se alimentando de Daniel, nada disso importava, o prazer do sangue era extraordinário e a levava à satisfação plena. O toque delicado das mãos de Daniel só a deixava ainda mais sensível. Seus dentes projetaram-se e atingiram a pele dele, perfurando-a, ele arfou e a apertou nos braços, ficou imediatamente excitado e seu coração acelerou... Anya sentiu o sangue cheio de energia, com sabor de chocolate, correr para seus lábios e inundar seu corpo de prazer, de vida. Suas células se revigoravam, seu coração acelerava e todo o seu corpo pulsava de desejo... o desejo do sangue...

Tesouro

Rafael havia parado seu carro diante da entrada da enorme mansão. Passara por seguranças, alarmes, câmeras, cachorros que farejaram seu veículo, mas estava acostumado a isso, afinal aquela era a "Fortaleza de Sid". Respirou fundo, ajeitou os cabelos que deixara soltos, caindo sobre os ombros, e dirigiu-se à porta de entrada.

A porta dupla de madeira cor de marfim foi aberta por um homem alto e magro, usando um terno preto impecável. Seus olhos muito negros eram cobertos por espessas sobrancelhas escuras e o queixo proeminente dava-lhe um ar de soberba. Seus lábios enrugados torceram-se num sorriso suave e ele se inclinou ligeiramente num cumprimento cortês.

– Senhor Montéquio, meu senhor o aguarda no solar – falou com extrema formalidade, e indicou a direção do grandioso salão com piso de mármore italiano e impecavelmente branco.

– Como vai, Jonathan? – Rafael perguntou ao entrar.

– Bem, senhor – o mordomo respondeu com o rosto sério.

Aquele ambiente luxuoso não impressionava Rafael. Também era rico. Por isso, nem se dava ao trabalho de olhar para as pequenas estatuetas indianas, chinesas e gregas sobre pilastras de mármore negro, ou para as obras de arte com molduras douradas, que valiam uma pequena fortuna e que decoravam as paredes do grandioso *hall*, cujo pé direito deveria ter cerca de 10 metros de altura. O teto era trabalhado com intrincados desenhos, de onde pendia um lustre de bronze gigantesco, com inúmeros cristais. O reflexo de Rafael e do mordomo era visível sob seus pés e os passos ecoavam pelo grande aposento com enormes janelas duplas de vidro, cobertas por pesadas cortinas de linho cor de vinho. O sol do fim da tarde iluminava o salão com raios tímidos.

Rafael e o mordomo caminharam em silêncio e passaram pelo corredor com luminárias de bronze e tapeçarias com desenhos de diferentes castelos europeus. Rafael conhecera alguns daqueles castelos pessoalmente. No meio do corredor havia uma enorme porta de vidro que foi aberta pelo mordomo e os dois passaram para um corredor cujas paredes eram de vidro. O local parecia-se com um portal para outra dimensão e as grandes janelas que estavam com as cortinas brancas de linho abertas exibiam um magnífico jardim, digno dos mais belos cenários europeus. A grama era baixa e impecavelmente aparada, alguns arbustos estavam perfeitamente podados com formatos arredondados, os pinheiros altos e as araucárias estavam por toda a propriedade, assim como canteiros de flores de diferentes tipos e cores que formavam desenhos de graciosos labirintos por entre as árvores.

Rafael entortou os lábios num sorriso sarcástico. Sid era alérgico ao sol, mas mantinha aquele lugar que durante o dia brilhava. O "grande" Sid gostava de se iludir: dominava a todos, mas não tinha poderes sobre o sol e isso mostrava sua fragilidade. Rafael sentia-se reconfortado com aquilo...

A convocação que recebera de Sid para que comparecesse à fortaleza o deixara tenso e apreensivo. Não gostava de ir até lá, procurava manter-se longe dele, não reconhecia, tampouco admirava seu despotismo, e sempre que se encontravam o resultado era desastroso. Com o corpo ereto, o maxilar contraído e os olhos azuis escurecidos, caminhou até o final do corredor onde havia um grande domo de vidro, cujo teto retrátil estava aberto. Sob a cúpula havia uma mesa de madeira e algumas cadeiras com almofadas impecavelmente brancas. Do outro lado do solar, diante de uma grande porta de vidro aberta, havia um sofá de vime com enormes almofadas brancas. Sid estava sentado do lado oposto de onde os raios de sol passavam pelo vidro iluminando metade do domo. Era protegido pela sombra de uma enorme *Salix babylonica*, mais conhecida por Chorão, que havia do lado de fora no jardim e se inclinava sobre o domo. Fumava lentamente um longo e fino cigarro. Suas pernas longas estavam cruzadas e ele apenas levantou uma das sobrancelhas ao olhar para Rafael, deixado ali pelo mordomo que saíra, fechando a porta.

– Quanto tempo, Rafael... – ele falou com a voz suave e fez um gesto para que Rafael se sentasse no pequeno sofá diante dele. – Não moramos tão longe assim...

– Para mim é suficiente – Rafael arqueou as sobrancelhas e, relutante, se sentou apoiando as mãos sobre as pernas. Não queria que seu nervosismo transparecesse.

Sid apertou levemente os olhos azuis-escuros enquanto olhava para Rafael e tragava lentamente o cigarro, expelindo a fumaça com perfume de canela. Depois se virou para admirar os raios de sol que passavam pelos vitrais. Ao menos àquela hora ele podia fazer aquilo, podia se sentar à sombra, sentir a brisa do cair da tarde, como se o sol não fosse capaz de desfigurá-lo. Voltou a olhar para Rafael, desconfortável diante dele. Era sempre assim...

– Primeiro quero parabenizá-lo por sua ação na captura daqueles Caçadores... – Sid levantou-se e caminhou lentamente pelo canto do solar onde as sombras o protegiam. – O tratamento que deu a Alexandre foi muito bom.

– Não voltarei a fazer aquilo, pode ter certeza – Rafael falou com o cenho franzido, enquanto observava o caminhar suave de Sid. Aquilo o irritava, sabia que ele estava fazendo rodeios.

– Temos que tratar bem os Mensageiros – Sid falou com um sorriso fraco no rosto pálido.

Rafael riu sarcástico. Sid era um Mensageiro e aquela afirmação deixava claro que ele não gostava da forma como Rafael o tratava. Rafael, porém, pouco se importava com o que o outro sentia ou deixava de sentir, só estava ali porque desconfiava de qual era o real motivo para aquela convocação.

– Não quero mais ver a cara daquele Mensageiro. Não me obrigue, senão vai perder um elemento precioso de sua equipe – ameaçou, sério, e Sid o olhou levantando a sobrancelha, dando de ombros antes de continuar. O sol se punha perto das montanhas que faziam limite com a propriedade e a sombra estendeu-se ainda mais dentro do solar, dando mais mobilidade a Sid.

– Como vai Viviane? – falou, olhando novamente para Rafael. O rosto bonito e sério estava exposto a um facho de luz que deixava o solar. Sentia inveja dele por isso, por não ser afetado pelo sol.

– Ótima – Rafael respondeu, ríspido, não estava ali para falar de sua vida ou de sua Escrava que, por sinal, odiava Sid. – Por que me chamou aqui? – perguntou, controlando a raiva e mantendo os lábios crispados. – Tenho compromissos e não posso me demorar – ajeitou-se na poltrona, apoiou um dos braços sobre o encosto e cruzou as pernas. Deixara Anya não se sentindo bem, passando pela privação do sangue do Escravo, e queria estar com ela o mais rápido possível.

Sid pegou o jornal que estava sobre um pequeno aparador ao lado da mesa e o estendeu diante de Rafael.

– Acho que já viu as notícias... – Sid falou, sério, e voltou a olhar pela janela. O sol sumia entre as árvores de seu gigantesco jardim, deixando algumas árvores avermelhadas. Era um belo espetáculo e significava a liberdade para ele... A noite era sua.

Rafael pegou o jornal, mas já sabia qual era a notícia. Com destaque na primeira página estava a notícia dos ataques que Renato fizera havia três dias e da sua morte, que todos acreditavam ser suicídio, no Hospital Ana Néri. Especulava-se que Renato, um dedicado estudante do último ano da faculdade de Economia, havia ido até o hospital atrás de uma possível namorada e se suicidado diante dela, depois de matar dois seguranças. Algumas fontes diziam que a jovem teria terminado o namoro e Renato não aceitara. Testemunhas diziam ter visto a tal jovem, que, segundo a mãe de Renato, se chamava Anya, mas ela desaparecera sem deixar rastros.

Os olhos azuis de Rafael cerraram-se olhando para Sid, que o observava atentamente.

– Ela está com você, não está? – Sid o encarou. Seus olhos, também azuis, eram mais escuros e estudavam o comportamento de Rafael cuidadosamente.

Rafael levantou-se do sofá e jogou o jornal sobre a almofada.

– Não devo satisfações a você! – falou com o maxilar contraído, encarando-o furioso.

Sid, entretanto, não se deixou abalar e voltou a caminhar lentamente pelo solar que, livre do sol, estava na penumbra. As luzes em volta do domo acenderam automaticamente e os vidros se transformavam em espelhos refletindo as luzes artificiais e as imagens dos dois homens.

– Ela é especial, não é, Rafael? Como ela é? Se parece com a mãe? – comentou, e viu o rosto de Rafael ficar vermelho. – Elisabete era uma mulher belíssima... não o condeno por ter se apaixonado – ele balançou a cabeça complacente, irritando Rafael ainda mais. – Você sabe que eu não julgo o amor, embora para nós, vampiros, não seja o ideal... – ele sabia que Rafael odiava ser chamado de vampiro.

Rafael respirava com dificuldade. Sua vontade era pular no pescoço de Sid, mas não podia, não devia... Sid parecia saber das intenções dele e apenas sorriu. Era um sorriso lupino, experiente e de contentamento ao ver que atingia Rafael com suas palavras.

– Uma coisa me deixou confuso nesses acontecimentos... – Sid virou-se novamente para Rafael e o viu apertando as mãos ao lado do corpo, mas ignorou o gesto. – Esse rapaz... o tal de Renato... não sei quem o despertou...

Rafael deu um sorriso sardônico para tentar dissimular sua preocupação.

– Você deve perguntar isso aos seus Mensageiros... talvez seu querido Alexandre tenha cumprido um expediente e não te avisou... – a voz saiu entre dentes. Conhecera o Mensageiro que despertara Anya. Alexandre era um rapaz petulante, avesso à autoridade e muito autoconfiante.

– Isso que é estranho... – Sid acendeu mais um cigarro e encarou Rafael. – Nenhum deles o despertou e eu não o "senti"... não poderia ser um dos nossos... – havia uma pontada de preocupação na voz fria de Sid.

– Vai ver você está ficando velho demais para isso... – Rafael falou com prazer, mas seu sangue gelava, sabia que não era verdade. Sid podia sentir quando alguém iria despertar, farejava futuros Portadores e nunca falhava. Seu temor aumentou. Sid estava farejando ainda além... Estava farejando Anya!

Sid deu uma risada seca e Rafael viu uma jovem que entrou pela porta do solar. Devia ter uns 17 anos, era linda, seus cabelos eram muito loiros e levemente ondulados, a pele clara e os olhos verdes.

Seu corpo era delgado e delicado, os lábios eram finos e rosados, mas Rafael percebeu que havia uma fúria muito grande nela, algo que parecia ter trabalho para conter.

– Minha querida! – Sid pegou-a pela mão e deu um beijo delicado em sua testa. Bia encostou-se ao corpo esguio de Sid e ele a abraçou pela cintura. Sid, apesar de muito mais velho, aparentava ter 50 anos, era tão alto quanto Rafael e tinha um porte elegante... usava sempre roupas de grife e mantinha o charme dos cabelos prateados um pouco longos. – Rafael... essa é Beatriz – apresentou a moça, que olhou para Rafael rapidamente. Ele se inclinou ligeiramente em um cumprimento, era um cavalheiro, não podia evitar. – Eu a encontrei depois que os "Justiceiros do Sangue" mataram a irmã... veja só... ela era a Escrava da irmã! Fato raro... – Sid falou e beijou a mão dela, que o olhava com uma expressão séria no rosto delicado.

Rafael percebeu algumas marcas no pescoço da jovem e não havia marcas nos braços, o que indicava que fora Escrava por pouco tempo... e que era realmente jovem.

– Você pode ser acusado de pedofilia, já te avisaram sobre isso? – Rafael comentou, amargo, e Sid riu alto.

– Rafael... como sempre, sério demais... – ele balançou a cabeça e depois se virou para Bia. – Vou precisar de você daqui a pouco, querida. Enquanto isso, chame os rapazes para mim, sim? – falou com a voz suave, e Beatriz deu um sorriso fraco. – E aproveite para comer alguma coisa – falou carinhoso, beijando sua mão antes que ela se afastasse, dirigindo um olhar desconfiado para Rafael. – Adoro o frescor da juventude... – Sid falou sorrindo assim que a jovem saiu. – Não há possibilidade de o sangue ser ruim, mas estou indo devagar com Beatriz. Chegou aqui em estado lastimável... e passou pela abstinência. Agora quer vingança! Eu adoro essa garota! – falou, orgulhoso. – Quando quiser, deixo você experimentar o sangue doce dela... – disse, provocativo.

– Por que me chamou aqui, afinal? Para me mostrar um jornal? Para exibir seu brinquedo novo? – disse, apontando na direção da porta por onde Beatriz saíra. – O que quer? – perguntou, irritado.

Sid o olhou por um momento com as sobrancelhas arqueadas. Relacionar-se com Rafael era sempre muito difícil...

– Queria ter certeza de que Anya está com você – falou finalmente. – Quero conhecê-la.

– Para quê? – Rafael sentia o sangue fervendo em suas veias. Era um homem controlado, mas aquilo já estava passando dos limites, Sid o testava e ele odiava aquilo.

– Ora! Ela é uma Portadora! – Sid arregalou os olhos na tentativa de dissimular suas verdadeiras intenções. Sabia que se dissesse que "farejara" algo diferente em Anya, algo de muito especial, Rafael a esconderia ainda mais e dificultaria sua aproximação.

– Ah! Me esqueci! E você é o Imperador dos Portadores, é isso? – carregou de sarcasmo a frase. – Todos devem comparecer para se inclinar diante de você, para que os abençoe! Certamente se acha o macho alfa, não é? – falou e viu o rosto impassível de Sid ficar vermelho. – Sinto muito, *Sir* Sidney... – ele entortou os lábios. – Mas devo me ausentar dessa reunião ridícula! – virou-se para sair e, quando deu o segundo passo, Sid já estava diante dele, com a mão sobre seu peito. Os dois encararam-se ferozmente por alguns segundos.

– Não me importa se está apaixonado por ela, Rafael Montéquio! Sabe que, quando quero alguma coisa, eu a consigo, por bem... ou por mal! – ameaçou e foi empurrado por Rafael, mas nenhum dos dois saiu do lugar. – Já passamos por isso antes... quis esconder Elisabete de mim! E veja no que deu! Você fracassou!

– Saia da minha frente, Sidney – Rafael falou e seus dentes afiados projetaram-se ameaçadoramente.

Sid o encarou e deixou que seus incisivos enormes também se projetassem.

– Se você não a trouxer até mim... vou usar outros métodos e não garanto que ninguém sairá ferido – o tom era ameaçador e os olhos de Sid se coloriram de vermelho. Era um Portador poderoso, isso era inegável, mas Rafael estava determinado a não deixá-lo colocar as mãos em Anya.

– Não tenho medo de você, Sidney... e vai perder dez "puxa-sacos" a cada protegido meu que ferir.

– Vai ser capaz de matar vampiros como você? – Sid falou, com ironia nervosa. Conhecia bem Rafael e sabia que ele não era de ameaçar se não fosse capaz de cumprir.

– Qualquer um – Rafael o encarava com fúria.

Sid o olhou por um minuto e se viu refletido ali. Respirou fundo e suas presas retraíram-se. Rafael continuou olhando para ele, ainda na defensiva.

– Era para ser um convite formal... eu daria uma festa, você traria a jovem aqui, eu a conheceria e...

– E o quê? – Rafael falou depois que suas presas também se retraíram.

– Vai trazê-la? – Sid o encarava.

– Não.

– Então nossa conversa está encerrada – Sid falou, seco, e apontou a porta do solar. – Dê lembranças a Viviane.

Rafael não disse mais nada, virou-se e foi em direção à porta. Sua respiração estava alterada, seu coração batia rapidamente. Tinha que fazer alguma coisa, pois sabia que a primeira moeda que Sid usaria seria Viviane... ele seria capaz de capturar sua Escrava para forçá-lo a atender a ordem de levar Anya até ele.

Sid caminhou lentamente em direção ao seu jardim e respirou fundo. Rafael sempre o desafiara, mas desta vez ele não iria ceder. Anya poderia ser o maior tesouro que os Portadores poderiam querer e ele tinha que controlá-la. Não poderia deixar que algum caçador colocasse as mãos nela. Sabia que era o único capaz de lhe oferecer total proteção, além de fazê-la o instrumento de dominação de sua espécie...

Este livro foi composto em Minion Pro, corpo 12/14,4.
Papel Off White 66,6g
Impressão e Acabamento
Orgráfic Gráfica e Editora — Rua Freguesia de Poiares, 133 —
Vila Carmozina — São Paulo/SP — CEP 08290-440 —
Tel.: (011) 2522-6368 — orcamento@orgrafic.com.br